Bernd Franzinger

OHNMACHT

Inhalt

Von einem Eisenbahntunnel herunter wird ein betäubter Mann auf die Gleise geworfen und kurz danach von einem Intercity überrollt. Exakt 48 Stunden später wiederholt sich dieses makabere Szenario. Aber das ist nicht das Einzige, was die Toten miteinander verbindet: beide waren nackt, ihre Hinterteile zierte die gleiche auffällige Tätowierung. Da die Mordopfer ansonsten keinerlei Identifikationsmerkmale aufweisen, gestaltet sich die Ermittlungsarbeit zunächst äußerst schwierig. Erst als der berühmte Kommissar Zufall unverhofft in den Diensträumen des K1 auftaucht, kommt ein wenig Licht in das Dunkel.

In Wolfram Tannenbergs privatem Umfeld ereignen sich derweil erfreuliche Dinge: Nichte Marieke hat ihren Traummann gefunden. Umso größer ist der Schock, als sie erfährt, dass ihr Freund nach einem Motorradunfall in eine Privatklinik eingeliefert werden musste.

**Krimis im Gmeiner-Verlag:
die mit dem besonderen Pfiff!**

Dr. Bernd Franzinger, Jahrgang 1956, lebt mit seiner Familie in einem kleinen Dorf bei Kaiserslautern. Mit seinen überaus erfolgreichen Kriminalromanen »Pilzsaison« und »Goldrausch« hat er weit über die Grenzen seiner Heimatregion für Furore gesorgt.

Bernd Franzinger

OHNMACHT

Tannenbergs dritter Fall

**Bibliografische Information
der Deutschen Bibliothek**
Die Deutsche Bibliothek verzeichnet diese
Publikation in der Deutschen Nationalbibliografie;
detaillierte bibliografische Daten sind im Internet über
http://dnb.ddb.de abrufbar.

Besuchen Sie uns im Internet:
www.gmeiner-verlag.de

© 2004 – Gmeiner-Verlag GmbH
Im Ehnried 5, 88605 Meßkirch
Telefon 0 75 75/20 95-0
info@gmeiner-verlag.de
Alle Rechte vorbehalten
1. Auflage 2004

Lektorat: Claudia Senghaas, Kirchardt
Umschlaggestaltung: U.O.R.G. Lutz Eberle, Stuttgart
Gesetzt aus der 9,5/13,5 Punkt StempelGaramond
Druck: Druckerei C. H. Beck, Nördlingen
Printed in Germany
ISBN 3-89977-619-4

*Ich kann mir keinen Zustand denken,
der mir unerträglicher wäre,
als bei lebendiger und schmerzerfüllter Seele
der Fähigkeit beraubt zu sein,
ihr Ausdruck zu verleihen.*

Michel de Montaigne (1533-1592)

1

Freitag, 18. April

Der ICE ›Rheingold‹ verließ fahrplanmäßig um 1 Uhr 53 den Kaiserslauterer Hauptbahnhof.

Mit hohem Tempo raste er durch die tiefschwarze Frühlingsnacht.

Lautes Pfeifen zerschnitt die friedliche Stille, gefolgt vom wütenden Protest aufgeschreckter Waldvögel.

Leuchtstarke Scheinwerfer brannten kegelförmige Löcher in die mondlose Finsternis.

Nach einer lang gezogenen Linkskurve tauchte der Heiligenberg auf.

Kurz vor dem mit verwittertem Bruchsandstein umrahmten Tunneleingang geschah das Unfassbare.

Reflexartig betätigte der Zugführer das Schnellbremsventil.

Schrill aufkreischende Bremsen, die in der engen Röhre ohrenbetäubenden Lärm erzeugten.

Hysterische Menschenschreie.

Die beiden Zugbegleiter eilten in den Führerstand, fragten nach dem Grund der Notbremsung.

Aber sie erhielten keine Antwort.

Er stand unter Schock.

Regungslos starrte er auf die hell erleuchtete Gleisanlage.

Sein Gesicht war aschfahl.

Dicke Tränen quollen aus seinen geröteten Augen.

Als Hauptkommissar Tannenberg etwa eine halbe Stunde später das triste Bahnhofsgebäude in Hochspeyer betrat, stürmte sofort ein hünenhafter jüngerer Mann auf ihn zu, baute sich drohend vor ihm auf und begann, gestenreich auf ihn einzureden.

»Haben *Sie* das angeordnet?«

»Was?«

»Die Vollsperrung! Sie können doch hier keine Vollsperrung veranlassen! Das ist doch ein enormer wirtschaftlicher Schaden, den Sie uns verursachen. Sie sind wohl wahnsinnig geworden!«

Vielleicht hing es an dem ausgeprägten Dämmerzustand, mit der sich sein rebellischer Biorhythmus gegen den brutalen Eingriff in den tradierten tannenbergschen Schlafzyklus zur Wehr setzte. Vielleicht waren es aber auch die Spätfolgen des bis kurz vor Mitternacht gemeinsam mit Bruder Heiner und Dr. Schönthaler zelebrierten feuchtfröhlichen Skatabends. Jedenfalls reagierte der Kriminalbeamte entgegen sonstiger Gewohnheit völlig ruhig und gelassen auf die aggressiven Anfeindungen des Bundesbahn-Mitarbeiters – zumindest äußerlich.

»Herr Kollege, kommen Sie mal her«, rief er in Richtung eines Streifenbeamten, der gerade mit der Befragung mehrerer Zugpassagiere beschäftigt war. Aber darauf nahm Tannenberg keinerlei Rücksicht. »Sorgen

Sie mal dafür, dass dieser überaus sympathische Zeitgenosse hier nicht weiter die kriminalpolizeilichen Ermittlungen stört.«

»Und wie soll ich das machen?«, gab der Uniformierte übellaunig zurück.

»Na, dann lassen Sie sich doch einfach mal etwas einfallen«, antwortete der Leiter der Kaiserslauterer Mordkommission gähnend, wandte sich zu seinem Mitarbeiter Adalbert, genannt ›Albert‹, Fouquet um und forderte diesen dazu auf, ihm nach draußen ins Freie zu folgen.

Die kalte Nachtluft, die ihn vor der Bahnhofstür erwartete, wirkte belebend. Mit einem tiefen Zug sog er die frische Kühle ein, blähte dabei seinen Brustkorb auf und reckte die eingerosteten Glieder seines verschlafenen Körpers. Dann entließ er mit einem kräftigen Stoß die eingesperrte Atemluft wieder in die Freiheit.

»So, Albert, und jetzt sagst du mir zuerst einmal, warum du mich überhaupt um diese unchristliche Zeit aus dem Bett geholt hast. Ich kann nur hoffen, dass du dafür gute Gründe vorzubringen hast. Schließlich gibt's für solche Fälle den Bereitschaftsdienst. Und der ist ja meines Wissens heute Nacht von deiner Wenigkeit zu gewährleisten. Oder lieg ich da etwa grundlegend falsch?«

»Nein … Aber …«

»Aber was?«, fiel Tannenberg seinem jungen Mitarbeiter ziemlich unsanft ins Wort. »Die Sache ist doch wohl sonnenklar. Das haben sogar die Kollegen von der Streife erkannt, die mich zu Hause abgeholt haben. Da hat wohl irgend so ein armer Irrer nichts Besseres zu tun gehabt, als sich mitten in der Nacht vor einen Zug zu werfen. Das ist doch nichts Besonderes, nur ein ganz normaler Selbstmord! Das kannst du doch wohl alleine machen, oder? Mensch, Albert!«

»Aber, aber Wolf, der Zugführer hat doch was von zwei Männern erzählt.«

»Zwei Männer? Was hat er gefaselt? Den kannst du doch nicht für voll nehmen, der steht doch unter Schock!«

»Ich hab halt gedacht, dass *du* ihn vielleicht mal befragen könntest. Weil ich außer diesen beiden Wörtern nichts aus ihm rausgekriegt hab. Vielleicht ist ja auch was Wahres dran an der Geschichte.«

»Also, gut. Wenn ich jetzt schon mal hier bin, kann ich dir ja auch gleich mal zeigen, wie man aus einem Menschen, der unter Schock steht, trotzdem Informationen rausholen kann«, verkündete der Leiter des K1 in oberlehrerhaftem Ton und begab sich anschließend mit Kommissar Fouquet zu dem Lokführer, der sich in Begleitung eines Sanitäters in einem Nebenraum des Bahnhofsgebäudes aufhielt.

»Mein Name ist Tannenberg, ich bin Kriminalbeamter und möchte Ihnen gerne ein paar Fragen zum Ablauf des Unglücks stellen. – Haben Sie verstanden, was ich eben gerade gesagt habe?«

Keine Reaktion.

Aber der berufserfahrene Ermittler ließ sich von dieser demonstrativ zur Schau getragenen Ignoranz nicht im Geringsten beeindrucken. »Sie wollten gerade mit Ihrem Zug in den Heiligenbergtunnel einfahren. Und da ist etwas passiert. Ist das richtig?«

Der kräftige, bärtige Mann schwieg und blickte weiter starr geradeaus in Richtung eines etwa drei Meter von ihm entfernt stehenden Schreibtischs. Sein glasiger Blick schien allerdings nichts Konkretes zu fixieren. In Zeitlupentempo schoben sich die Lider über die mit roten Äderchen durchsetzten Augäpfel, trafen sich für einen kurzen Moment in der Mitte, um sich gleich danach wieder langsam voneinander zu entfernen.

»Haben Sie ihm etwa ein Beruhigungsmittel gegeben?«, herrschte Wolfram Tannenberg plötzlich den jungen Sanitäter an, der zusammengesunken auf einem Stuhl neben dem einzigen Fenster des äußerst spartanisch eingerichteten Büroraums saß.

»Nein, ich nicht ... Und der ... Doktor auch nicht«, gab dieser stockend zurück.

Tannenberg kniete sich direkt vor den Zugführer, legte seine Hände auf dessen Knie und betrachtete ihn mit einem fordernden, stechenden Blick.

»Sie wollten also gerade in den Tunnel einfahren. Konzentrieren Sie sich! Was ist genau in diesem Moment passiert?«

Der Mann machte den Eindruck, als ob er etwas sagen wollte, denn seine Lippen öffneten sich, gefroren dann aber gleich wieder zu völliger Regungslosigkeit.

»*Was* ist passiert? *Warum* haben Sie die Notbremse gezogen?«

Die Augenbrauen zuckten ein wenig, sonst blieb der Zugführer des Intercitys ungerührt.

»Sind Sie eigentlich verrückt geworden? Sie haben mit ihrem blödsinnigen Verhalten das Leben Ihrer Fahrgäste gefährdet!«, schrie Tannenberg plötzlich los, erhob sich mit schnellen Bewegungen aus seiner knienden Sitzposition, packte den Zugführer an dessen Schultern und rüttelte ihn ein paar Mal richtig durch.

Noch bevor Kommissar Fouquet und der Sanitäter die völlig überraschende Veränderung der Situation erfasst hatten, war in die mumienhafte Mimik des Beschimpften das Leben zurückgekehrt.

»Aber ich musste doch bremsen«, sagte er mit tränenerstickter Stimme.

»Wieso *mussten* Sie bremsen?«, setzte Tannenberg sofort nach.

»Weil ...« Er schlug die Hände vor die Stirn. »So etwas Schreckliches hab ich noch nie erlebt!«

»Das ist wirklich etwas Furchtbares! Aber Sie müssen einfach daran denken, dass *Sie* absolut keine Schuld trifft. Es ist nun leider mal so: Wenn ein verrückter Selbstmörder sich umbringen will, kann man gar nichts dagegen machen. Wie schnell sind Sie denn eigentlich gewesen?«

»Hundertsechzig ...«

»Hundertsechzig! Wie sollten Sie denn da noch rechtzeitig bremsen? Das ist ja völlig unmöglich!«

»Ja: völlig unmöglich ... Aber es war kein Selbstmord.« Er schüttelte zur Unterstützung seiner Behauptung mit Vehemenz den Kopf.

»Warum nicht?«, setzte Tannenberg direkt nach.

»Weil diese beiden Männer ...«, der Zugführer schluckte, presste die Lippen fest aufeinander, »die Person auf mein Gleis geworfen haben ... Die hätten ja auch das andere nehmen können. Dann wär wenigstens ich nicht drübergefahren!«

»Sind Sie wirklich sicher, dass es zwei *Männer* waren?«, mischte sich nun auch Adalbert Fouquet ein. »Vielleicht haben Sie sich ja getäuscht und es waren nur Schatten von Bäumen oder Sträuchern.«

»Im ersten Augenblick hab ich ja gedacht, dass es Wildschweine oder Rehe sind. Die seh ich nachts nämlich oft. Aber als die beiden Männer aufgestanden sind und den Körper an den Beinen hochgehoben haben …« Er brach ab, rang deutlich erkennbar um Fassung.

»Konnten Sie die Gesichter der Männer sehen?«, platzte es unkoordiniert aus dem altgedienten Kriminalbeamten heraus.

»Weiß nicht … Hab keine Gesichter gesehen … Hatten Masken oder Mützen auf … Ging ja auch alles so schnell!«, stotterte der Mann, der zu zittern und hörbar mit den Zähnen zu klappern begann.

Dieses markante Geräusch war anscheinend das Startsignal für einen intensiven Betreuungseinsatz des Rot-Kreuz-Sanitäters, der die ganze Zeit über recht teilnahmslos in der Ecke gesessen hatte. Nun aber wurde er von einem regelrechten Energieschub erfasst, der ihn sogleich dazu veranlasste, sich von seinem Stuhl zu erheben, zu dem völlig verstörten Zugführer zu gehen, ihm eine grau-rot-karierte Decke umzulegen und ihm als Sahnehäubchen seines beeindruckenden sozialen Engagements aus einer Thermoskanne einen heißen Tee zu servieren.

Tannenberg ließ sich von diesem plötzlichen Samariter-Aktionismus allerdings nicht aus dem Konzept bringen.

»Klar ging das alles sehr schnell über die Bühne«, bemerkte er verständnisvoll. »Also noch mal: Diese beiden Gestalten haben den Menschen an den Beinen hochgehoben. Und dann?«

Keine Antwort.

»Und dann!«, wiederholte Tannenberg.

»Dann haben sie ihn direkt ... vor meinen Augen ... losgelassen ...«

»Haben Sie das Gesicht der Person erkennen können?«, fragte Fouquet leise.

»Nein ... Ich hab nur den ... Hinterkopf gesehen.«

»War es eine Frau oder ein Mann?«

»Weiß nicht ...« Unschlüssig wiegte der Zugführer seinen Kopf. »Vielleicht eher ein Mann ... Aber das ging ja alles so verdammt schnell ... Mann oder Frau? ... Eigentlich müsste ich das ja wissen ... Dieser Mensch war ja schließlich nackt.«

»Was? Nackt war der?«, fragte Kommissar Fouquet verblüfft.

»Ja, ganz nackt ... Aber ..., aber ich hab ihn ja nur von hinten gesehen. Und das auch nur ganz kurz.«

»Und wie war der Körper?«, warf Tannenberg ein und ergänzte, nachdem er das Stirnrunzeln des Zugführers registriert hatte: »Ich meine: Hatte der Körper Spannung? So wie jemand, der mit einem Kopfsprung in ein Schwimmbecken springt?«

»Nein, der war ganz schlaff ... Erst hab ich ja für einen kurzen Augenblick gedacht, dass das nur so 'ne aufgeblasene Plastikpuppe oder so was ist.« Plötzlich riss der Mann seinen Kopf zu Tannenberg um. »War es vielleicht nur 'ne Puppe?«

»Leider nicht«, brach Kommissar Fouquet den Strohhalm ab, an dem sich der Zugführer gerade hochgehangelt hatte. »Aber wenn es stimmt, was Sie sagen, dann war dieser Mensch garantiert schon tot, als man ihn auf die Gleise hat fallen lassen.«

»Glauben Sie wirklich?«

Wieder traf ein flehender Blick den Leiter des K1.

»Ja. Sie haben mit ihrem Zug bestimmt nur einen Toten überfahren«, düngte Tannenberg das zart aufkeimende Hoffnungspflänzchen. Dann wandte er sich an seinen Kollegen: »Albert, ich denke, es wird Zeit, dass wir uns jetzt an den Ort des Geschehens begeben.«

»Kannst du das nicht alleine machen? Ich fühl mich nämlich nicht so gut!«, jammerte der junge Kriminalbeamte, während er den Zündschlüssel aus seiner Hosentasche kramte.

»Nein, tut mir Leid. Das gehört eben auch zu unserem Job. Da musst du jetzt wohl durch. Aber ich verrate dir nachher einen Trick, mit dem du solche unangenehmen Ereignisse wenigstens einigermaßen erträglich gestalten kannst.«

Kurz vor dem kleinen Waldparkplatz in unmittelbarer Nähe des Heiligenbergtunnels nötigte Tannenberg Kommissar Fouquet zu einem Zwischenstopp.

Sein angekündigter ›Trick‹ bestand in einer äußerst fragwürdigen dienstlichen Anordnung, mit der er seinen jungen Mitarbeiter konfrontierte, nachdem dieser den silbernen Mercedes zum Stillstand gebracht hatte.

»Dieses Zaubermittel hier hilft immer, wenn man in eine Schlacht zieht! Das haben schon die alten Germanen gewusst«, sagte Tannenberg und setzte einen chromfarbenen Flachmann, den er aus der Innentasche seines olivgrünen Parkas hervorgezaubert hatte, an die geöffneten Lippen. Anschließend wischte er dessen Trinköffnung mit dem Jackenärmel ab und überreichte ihn seinem angewidert dreinblickenden Kollegen.

»Oh nein, Wolf, das kann ich jetzt wirklich nicht! Nicht um diese Zeit! Und dann auch noch auf nüchternen Magen!«

»Los, Mann, mach schon! Stell dich nicht so an. Das Ding machst du jetzt leer! Und zwar ganz! Du wirst mir nachher dankbar sein!«

Widerwillig befolgte der junge Kriminalbeamte die Anweisung seines Vorgesetzten. Aber sein gesamter Körper schien sich mit Vehemenz gegen diese alkoholische Zwangsbeglückung zur Wehr zu setzen: Die Mundschleimhäute zogen sich zusammen, der Magen krampfte, kalte Schauerwellen liefen über seinen Körper.

»Ist das Zeug scharf! Das brennt ja wie Feuer!«, beschwerte sich Fouquet, wilde Grimassen schneidend.

»Dilettant! Du hast doch überhaupt keine Ahnung! Das ist ein wunderbar weicher Mirabellenbrand. Gut und gerne zehn Jahre alt. Die Früchte hab ich eigenhändig gepflückt und auf dem Frönerhof selbst gebrannt.«

»Entschuldige, ich hab ja nicht gewusst, dass ich solch eine Delikatesse gerade achtlos hinuntergekippt habe.«

»Fahr jetzt besser weiter. Sonst vergesse ich mich noch, du kulturloser Banause!«

Als Tannenberg vor dem von grellem Halogenscheinwerferlicht hell erleuchteten Tunneleingang stand, war er sehr verwundert darüber, dass er zwar einige Mitarbeiter der Spurensicherung auf der Gleisanlage sah, aber keinen Intercity.

»Hallo Eisbären, wo ist denn der Zug?«, fragte er die, wie immer in putzige weiße Kunststoffoveralls gehüllten Kriminaltechniker.

»Der steht hinten im Tunnel nach der Kurve«, rief einer der Männer zurück. »So ein Intercity hat schließlich einen Bremsweg von mehreren hundert Metern.«

»Danke Kollege, für die Auskunft! Wo ist denn euer Chef?«

»Wolf, ich bin hier unten!«, antwortete plötzlich eine dunkle Stimme von der anderen Seite des Bahndamms her. »Warte, ich komme hoch und zeig dir mal, was wir bisher gefunden haben.«

»Ach, Karl, so genau will ich das alles gar nicht wissen«, wehrte Tannenberg ab.

Der Leiter der kriminaltechnischen Abteilung kletterte schnaubend die Böschung hinauf. Mit seiner rechten Hand hielt er einen länglichen Gegenstand in die Höhe. »Weißt du, was das hier ist?«

»Wie soll ich denn das auf die Entfernung hin sehen? Ich bin doch kein Adler! Eigentlich will ich mir dieses Zeug auch gar nicht näher anschauen!«

»Es ist aber höchst interessant, was ich hier habe!«

»Dann sag mir's halt einfach. Aber bleib ja dort, wo

du gerade bist!«, erwiderte Tannenberg und ging zur Sicherheit ein Paar Schritte zurück.

Karl Mertel deutete mit dem Zeigefinger seiner linken Hand auf das wurstähnliche Ding, das er in einem kleinen durchsichtigen Plastiktütchen verstaut hatte. »Das hier ist der eindeutige Beweis dafür, dass es sich bei dem zerfetzten Toten definitiv um einen Vertreter des männlichen Geschlechts gehandelt hat!«

Die aus Richtung Fouquets an Tannenbergs Ohr dringenden Würgegeräusche waren so laut, dass er seine Antwort einen Augenblick hinauszögern musste.

»Bleib mir bloß vom Leib mit diesem ekligen Kram!« Er schaute sich suchend um. »Wo ist denn eigentlich mein alter Freund, der liebe Herr Kollege Rechtsmediziner?«

»Der liegt bestimmt selenruhig zu Hause in seinem warmen Bettchen. Das ist auch besser so. Der würde uns sowieso bloß wieder tollpatschig zwischen den Füßen rumlaufen. – *Dass* der arme Kerl hier, zu dem diese vielen Einzelteile gehören, mausetot ist, sieht ja wohl auch ein Blinder mit einem Krückstock. Und *wie* er zu Tode gekommen ist, ja wohl auch.«

»Hast eigentlich Recht, Karl. Dieser alte Chaot würde uns hier sowieso nur alles durcheinanderbringen.«

»Seh ich auch so, Wolf. Wir sammeln ihm die Brocken auf, kratzen die Fetzen vom Zug und von den Tunnelwänden, fotografieren sie, versehen sie jeweils mit einem nummerierten Schildchen, legen sie in die große Alukiste und schieben sie ihm nachher in der Pathologie in eines seiner geliebten Kühlfächer. Dann kann er später in aller

Ruhe sein Leichenpuzzle zusammensetzen. – Fouquet, hörst du was?«

»Was soll ich hören?«, antwortete der Angesprochene gedehnt mit gepresster Stimme.

»Na, diese lauten, spitzen Schreie der Raubvögel, die vom Aasgeruch angelockt worden sind?«

Der junge Kriminalbeamte antwortete nicht, sondern entledigte sich geräuschvoll der letzten Reste seines Mageninhalts.

Am späten Nachmittag desselben, ungewöhnlich kalten Apriltages saß Wolfram Tannenberg alleine in seinem Dienstzimmer und wartete ungeduldig auf den angekündigten Besuch Dr. Schönthalers. Dieses Entgegenkommen war dem Gerichtsmediziner allerdings nur schwer abzuringen gewesen, bestand er doch fast das gesamte Telefongespräch über hartnäckig darauf, dass ihn der Leiter der Kaiserslauterer Mordkommission wie üblich in der Pathologie des Universitätsklinikums aufsuchen sollte. Aber angesichts des ihn dort erwartenden makaberen Szenarios hatte Tannenberg schon lange vor dem Telefonat entschieden, sich diesmal unter keinen Umständen an den sterilen, weißgekachelten Arbeitsplatz des Rechtsmediziners zu begeben.

Tannenberg langweilte sich.

Und er verspürte nicht die geringste Lust, sich mit einem mysteriösen Mordfall zu beschäftigen.

Na ja, vielleicht handelt es sich ja wirklich nur um einen Selbstmord, versuchte er sich selbst Hoffnung zu machen. Aber dann müsste es doch eine Vermisstenanzeige geben! Bis jetzt ist aber noch keine eingegangen. Und dann war der Mann ja auch noch nackt! Wer begeht denn nackt einen Selbstmord? Das hab ich noch nie gehört! Blödsinn!

Er schüttelte den Kopf, warf die linke Hand an seine Lippen, öffnete den Mund und begann nervös an seinem Zeigefinger herumzuknabbern. Eine lästige Angewohnheit, die ihn seit seiner frühesten Kindheit durch das Leben begleitete und die ihm an dieser Stelle seiner Hand im Laufe der Jahre eine hartnäckige Hornhautschicht beschert hatte. Und gerade deshalb musste man diese dicke, raue Haut ja auch mit den Schneidezähnen des Unterkiefers häufig abschaben – fand Tannenberg jedenfalls.

Lange Zeit hatte er diese merkwürdige Zwangshandlung überhaupt nicht bemerkt, denn niemand hatte ihn darauf hingewiesen. Bis er Lea kennen gelernt hatte, mit deren Hilfe er sich diese ungewöhnliche Marotte schließlich irgendwann einmal abgewöhnte, zumindest in der Öffentlichkeit.

Sein gedankenverlorener Blick schwebte ruhelos durch den Raum. Er seufzte tief auf. Er griff in seine Hosentasche, zog einen Schlüsselbund hervor, öffnete mit einem kleinen silbernen Schlüsselchen eine Schublade seines Schreibtischs und entnahm ihr einen Stapel Fotos, in die sich seine Augen sofort vergruben.

Plötzlich wurde die Tür aufgerissen.

»Hallo, alter Knochen!«, rief Dr. Schönthaler frohgelaunt in Richtung seines sichtlich verdutzten alten Freundes. »Wieso kriegst du denn so eine rote Birne?« Er wechselte in eine höhere Tonlage. »Hab ich dich etwa in flagranti ertappt? Sind das vielleicht Pornobilder, die Sie sich da anschauen, Herr Kriminalhauptkommissar?«

»Was? ... Pornobilder? ...« Mehr war der geschockte Leiter des K1 nicht zu sagen in der Lage.

Schon stand der Pathologe vor seinem Schreibtisch.

»Zeig mal her!«, forderte er, während er gleichzeitig eine Hand ausstreckte.

Tannenberg reagierte nicht.

Dr. Schönthaler ging um den Schreibtisch herum und stellte sich rechts neben den Ermittler. »Ach so: Die Fotos von der Beerdigung«, sagte er verständnisvoll mit sich absenkender, leiserer Stimme. »Die Bilder mit der Frau, die Lea so verdammt ähnlich sieht. Wolf, wie hieß die noch mal?«

»Die hieß nicht nur so, die Frau heißt immer noch so: Ellen Herdecke.«

»Genau! Das war die Mitarbeiterin dieser Softwarefirma bei deinem letzten Fall. Stimmt's?«

»Ja, stimmt«, knurrte Tannenberg.

»Sag mal, alter Junge, müssten die Bilder eigentlich nicht in der Asservatenkammer oder im Archiv liegen?«

»Reg dich ab! Ich hab sie mir ja nur mal kurz ausgeborgt.«

»Aha, ausgeborgt nennt man das. Und warum, wenn ich fragen darf? – Weil du verknallt in die Frau bist, alter Knabe! Und das in deinem fortgeschrittenen Alter. Die geht dir einfach nicht mehr aus dem Kopf, gell?«

»Quatsch!«

»Kein Quatsch, lieber Wolfram! Das ist doch super!« Der Gerichtsmediziner gab Tannenberg von hinten einen kräftigen Klaps auf die Schulter. »Mensch Wolf, das wäre ja glatt ein Indiz dafür, dass du wieder lebst – emotional meine ich. Es würde ja wirklich auch mal Zeit dafür, alter Junge. Schließlich ist Lea nun schon seit acht Jahren tot! Und sie hätte garantiert nicht gewollt, dass du im selbst auferlegten Zölibat lebst! Hast du mal mit dieser Ellen Kontakt aufgenommen?«

»Nein. Die ist doch verheiratet und hat zwei Kinder.« Tannenberg seufzte, machte eine wegwerfende Handbewegung. »Ist ja auch egal.«

»Ich sag dir eins: Wenn *du* nicht den Hintern hochkriegst, geh *ich* für dich auf Partnersuche! Dann werd ich nämlich mal 'ne Anzeige in der ›Menschlichen Brücke‹ aufgeben.«

»Du spinnst ja! Lass mich doch ein für alle Mal in Ruhe mit diesem bescheuerten Thema! Wir haben uns schließlich mit wichtigeren Sachen zu beschäftigen, zum Beispiel mit einem total beknackten Mordfall. Denn das war ja wohl kein Selbstmord, oder?«

Dr. Schönthaler antwortete nicht, sondern zuckte nur leicht mit den Schultern.

»Los, sag schon, was hast du alter Leichenschinder denn Interessantes für mich rausgefunden?«

»Gemach, gemach, Herr Kommissar! Zuerst machen wir mal einen Test!«

»Wieso? Was für einen Test machen wir?«

»Frag nicht lang herum, leg einfach mal dein rechtes Bein hier auf die Schreibtischplatte!«

Tannenberg lachte. »Warum sollte ich denn so was Verrücktes machen?«

»Frag nicht. Mach's einfach!«

»Na gut, von mir aus.« Grinsend und gleichzeitig kopfschüttelnd kam er der merkwürdigen Aufforderung nach. »So, und jetzt?«

»Jetzt ziehst du den Socken nach unten und das Hosenbein nach oben, und zwar so weit wie's geht!«

Tannenberg tat, wie ihm geheißen.

»So, und jetzt hebst du vorsichtig das Bein an und stellst es wieder auf die Erde!«

Nachdem der Kriminalbeamte widerspruchslos die Anweisung befolgt hatte, schob Dr. Rainer Schönthaler seinen alten Freund ein wenig zur Seite, fuhr mit einer vorsichtigen Bewegung mit dem Handballen über die Stelle, auf der das Bein abgelegt gewesen war und hielt anschließend Tannenberg die geöffnete Hand unter die Nase. »Was ist das, was du hier siehst?«

»Nichts seh ich! Komm, jetzt hör auf zu nerven! Setz dich hin und sag mir endlich, was du bei deinem Leichenpuzzle so alles gefunden hast!«

»Typisch für fortgeschrittene Alterungsprozesse: selektive Wahrnehmung!«

»Was? Du sprichst einfach in Rätseln!«

»Rätsel? Nein, es ist eigentlich ganz banal, Wolf: Du siehst nur, was du sehen willst! Du *willst* nämlich nicht sehen, was ich hier habe!«

»Mann, Rainer, ich seh einfach nichts!«

Triumphierend drückte der Rechtsmediziner Tannenberg die Hand noch ein wenig näher vor dessen Nase.

»Dann schau dir eben mal die Sachen genauer an! Diese netten kleinen Dinger hier sind nämlich Hautschuppen, richtig schöne weiße Hautschuppen. Und die sind von deinem Bein gerieselt.«

»Von meinem Bein gerieselt? Du spinnst doch!«

»Nein überhaupt nicht! Du willst dich nur nicht der Realität stellen!«

»Welcher Realität denn?«

»Der schmerzlichen Realität des kontinuierlichen Verfalls deines Körpers!«

»Rainer, du nervst wirklich! Was soll der Quatsch?«

»Das ist kein Quatsch! In deinem Alter fängt das nämlich an: Das Problem mit der trockenen Haut. Ich wollte einfach nur mal überprüfen, ob die biologische Uhr, die deinen körperlichen Verfall steuert, auch richtig tickt. Aber ich sehe schon: alles bestens. Ich hab da übrigens einen heißen Tipp für dich: Cremebäder – am besten täglich!«

»Cremebäder? Jetzt hör doch mal auf mit diesem Schwachsinn! Sag mir jetzt endlich, was du für mich hast!«

Der Rechtsmediziner besetzte den Stuhl auf der anderen Seite des Schreibtischs, öffnete in Zeitlupentempo seine braune Ledertasche und entnahm ihr einen Ordner mit den von Mertel am Heiligenbergtunnel aufgenommenen Fotos, die er gleich anschließend zu Tannenberg hinüberschob. »Gut, dann schau dir mal die Bilder hier an!«

»Nee, nee, lass mal. Darauf verzichte ich gern! Du sagst mir jetzt einfach, was Sache ist. Das reicht mir voll und ganz.«

»Also gut, altes Weichei: Bei dem Toten handelt es sich um einen Mann, etwa 30 Jahre alt.« Dr. Schönthaler deutete mit dem Zeigefinger seiner linken Hand auf eine der farbigen Abbildungen. »Wie du diesem Foto entnehmen könntest, wenn du nicht so eine verdammte Memme wärst. – Übrigens war der Mann beschnitten.«

»Beschnitten?« Tannenberg krauste die Stirn. Dann schob er, ohne auch nur einen Blick auf die vor ihm liegende Spurenakte zu werfen, die Hand des Rechtsmediziners zur Seite und klappte den Ordner zu. »Und was schließt du daraus?«

»Na ja, zum Beispiel weiß ich, dass so etwas in unserem Kulturkreis nur recht selten praktiziert wird. Bei Juden und Moslems dagegen sehr häufig.«

»Ist ja nicht uninteressant. Mach mal weiter!«

»Also: Der Mann war mittelgroß, ca. 175 cm. Er war ein dunkler Typ: schwarze Haare, starker Bartwuchs usw. Und er scheint einen regelrechten Pflegetick gehabt zu haben ...«

»Inwiefern?«, unterbrach Tannenberg verständnislos.

»Weil er ein vorbildlich gepflegtes Gebiss hatte: keine einzige Füllung in den Zähnen! Das gibt's in seinem Alter wirklich nicht so oft.«

Tannenbergs Interesse steigerte sich. »Dann hast du also seinen Kopf und sein Gesicht.«

»Nein, leider nicht. Das war alles nur noch Matschpampe. Und das mit den Zähnen war eine richtige Tüftelarbeit. Zuerst hab ich sie ...«

»Schade, das wär schließlich eine Möglichkeit gewesen,

mit der wir ihn vielleicht hätten identifizieren könnten«, würgte der Kriminalbeamte den Beitrag seines Freundes brutal ab. Schließlich wusste er nur allzu gut, wie sehr der Gerichtsmediziner zu weit ausschweifenden Fachvorträgen neigte.

Dr. Schönthaler akzeptierte kommentarlos Tannenbergs Intervention. »Ja, habt ihr immer noch nicht seine Identität geklärt?«

»Nein, wie denn auch? Er war ja splitterfasernackt. Nirgendwo Papiere oder wenigstens seine Kleider oder Schuhe. Nix. Nicht der geringste Anhaltspunkt. Eine Vermisstenmeldung gibt's bis jetzt auch keine. Und der Abgleich seiner Fingerabdrücke mit unseren Datenbanken, die der Mertel durchgeführt hat, brachte auch kein Ergebnis. – Sonst hast du nichts für mich? Keine anderen Besonderheiten?«

»Doch.« Der Rechtsmediziner nahm die Mappe mit den Fotos in die Hände und öffnete sie. Nachdem er gefunden hatte, was er suchte, schob er den aufgeschlagenen Ordner wieder zurück zu Tannenberg. »Nun schau halt mal hin. Es ist kein schlimmer Anblick. Das Stück Fleisch, das du sehen wirst, ist nur sein rechtes Hinterteil. Sieht nicht viel anders aus als ein roher Schweineschinken.«

Äußerst unwillig befahl der Kriminalbeamte seinen Augen einen vorsichtigen Spähangriff auf das ihnen dargebotene Bildmaterial. Dr. Schönthaler hatte Recht gehabt: Es waren zwei Fotos, auf denen jeweils aus einer anderen Perspektive in Großaufnahme eine auffällige Tätowierung abgelichtet war. Kein Blut oder sonstige unappetitlichen Dinge.

»Und was ist das, Rainer? Hast du irgendeine Idee, was das sein könnte?«

»Sieht irgendwie nach einem Wappen aus – find ich jedenfalls.«

»Vielleicht. Hast du sonst noch was?«

»Ja, kann man wohl sagen.«

»Und was?«

Wie bei einem spontanen Stoßgebet schlug der Gerichtsmediziner seine Hände mit einem leisen Knallgeräusch vor den Kopf, berührte kurz mit einigen Fingerknöcheln die Lippen, trennte anschließend die beiden Hände wieder voneinander und ließ sie langsam auf die Schreibtischplatte niedersinken. »Also: Der Tote war gar nicht tot, als er von dem Zug überrollt wurde.«

»Wieso denn das?«

»Na, weil der Stickstoffanteil …«

»Komm, verschon mich mit unnötigen Details!«

»Unnötig? … Na ja, jedenfalls wurde der Mann mit einem Medikament betäubt, das man sonst eigentlich nur in der Tiermedizin verwendet. Und zwar als Narkotikum vor der Letaldosis.«

»Bitte allgemeinverständlich, lieber Herr Doktor!«

»Also, gut: Nehmen wir einmal an, du wolltest diesen kleinen fetten Dackel, der dich zu Hause immer tyrannisiert, von einem Tierarzt einschläfern lassen …«

»Welch eine traumhafte Vorstellung«, schoss es aus Tannenberg spontan heraus.

»Dann bekäme dieses Vieh zuerst ein Narkosemittel.«

»Okay kapiert. Und so was hat der Tote vom Heiligenberg intus gehabt.«

»Ja. Und zwar eine ziemlich hohe Dosis.«

»Das erklärt auch, weshalb der Zugführer angegeben hat, dass der Körper so merkwürdig schlaff gewesen sei, so völlig ohne Spannung.«

»Genau! Denn wenn er bei Bewusstsein gewesen wäre, hätte er in einem willentlich nicht beeinflussbaren Reflex die Arme gestreckt und die Finger auseinandergespreizt. Richtig, Wolf.«

»Ein Lob aus deinem Munde. Es geschehen tatsächlich noch Wunder!«

Dr. Schönthaler ignorierte den ironischen Einwurf seines alten Freundes, zu sehr hatte er sich bereits von der Außenwelt abgekoppelt und war tief in seine Fachwissenschaft eingetaucht.

»Und dann hätte sein Schädel auch nicht diese eindeutigen Verletzungen aufgewiesen.« Der Rechtsmediziner zauberte mit einem schnellen Handgriff ein braunes Hühnerei aus seiner Tasche hervor, das er direkt vor Tannenbergs Augen in bewährter Kolumbusmanier mit dem spitzeren Ende auf die Tischplatte schlug, um es gleich anschließend in die Höhe zu halten und dem völlig verblüfften Kriminalbeamten die am unteren Ende zertrümmerte Eischale vor die Nase zu halten. »So ähnlich muss die Schädeldecke direkt nach dem Aufprall ausgesehen haben.«

Tannenberg war vor Schreck reflexartig ein Stück zurückgewichen. »Aber warum hat man ihn denn dann nicht getötet, bevor man ihn auf die Gleise geworfen hat? Warum ist der Mann nur betäubt worden?«

Dr. Schönthaler zog die Schultern nach oben, schob

die Unter- über die Oberlippe.. »Keine Ahnung. Vielleicht ist man irgendeinem Ritual gefolgt. – Ach, was weiß denn ich!«

»Vielleicht haben die ja auch gemeint, dass er bereits tot ist.«

»Ja, vielleicht. Vielleicht wollte man ihn auf diese Weise auch symbolisch für irgendetwas bestrafen. Nachdem man ihn gefoltert hatte.«

»Was? Man hat den armen Mann auch noch gefoltert?«

»Ja, ich hab an mehreren Stellen seines zerstückelten Körpers punktförmige Verbrennungen gefunden.« Er blickte kurz in Richtung der Zimmerdecke. »Könnten von Elektroschocks herrühren.«

»Oh Gott!«

»Muss ich aber erst noch genauer untersuchen. – Komm, wir gehen nun mal zum angenehmeren Teil unserer Zusammenkunft über. Ich bin nämlich auf meinem Weg hierher zufällig bei Antonio vorbeigekommen.« Der Gerichtsmediziner griff erneut in seine geräumige Arzttasche. »Zwei Flaschen Barbera d'Alba, etwas Käse und ein Chiabatta. Wie hat einmal ein weiser alter griechischer Philosoph gemeint: Wein ist die Muttermilch für alte Männer.«

»Aha, der Herr Hauptkommissar, wie immer: Intensiv in die Ermittlungsarbeit vertieft«, sagte plötzlich Dr. Hollerbach mit lauter Stimme von der Bürotür aus. »Ich war gerade im Hause und dachte, ich frag mal nach, ob es irgendwelche neuen Erkenntnisse in der Sache ›Heiligenberg‹ gibt.«

»Nein, gibt es nicht«, gab der Leiter des K1 kurz angebunden zurück. »Übrigens hab ich jetzt Dienstschluss. Schließlich war ich im Gegensatz zu Ihnen heute Nacht einige Stunden auf den Beinen.«

»Ach, der Herr Oberstaatsanwalt. Einen wunderschönen guten Abend«, säuselte Rainer Schönthaler, der sich inzwischen zu dem ungebetenen Gast umgedreht hatte. »Setzen Sie sich doch zu uns. Wollen Sie nicht ein Glas mit uns trinken? Es ist allerdings nur noch Tannenbergs Zahnputzbecher frei.«

»Nein, danke. Ich habe Theaterkarten für heute Abend. Und muss jetzt gleich weg!«, antwortete der ranghöchste Vertreter der Kaiserslauterer Staatsanwaltschaft und machte flugs auf dem Absatz kehrt.

»Schade, wirklich schade«, drückten die beiden alten Freunde im Chor ihr zutiefst empfundenes Bedauern aus.

»Was hätten wir denn eigentlich gemacht, wenn er deiner blödsinnigen Aufforderung gefolgt wäre?«, fragte Tannenberg, während er aus seinem Schreibtisch ein hölzernes Schachspiel hervorholte.

»Ganz einfach: Wir hätten ihn abgefüllt, bis er nicht mehr hätte stehen können und ihn dann am Heiligenbergtunnel vor einen Zug geworfen!«

2

Samstag, 19. April

Marieke Tannenberg hatte ein Geheimnis.

Das Geheimnis war männlichen Geschlechts, ein Meter neunundachtzig groß, 86 Kilogramm schwer, 24 Jahre alt, von athletischer Gestalt und hieß Maximilian Heidenreich.

Seit fast vier Wochen waren sie nun ein Paar.

Der Beginn dieser Lovestory hätte in jeden schnulzigen Hollywoodfilm gepasst: Max hatte an diesem bedeutungsvollen Abend lediglich seinem jüngeren Bruder, der die gleiche Jahrgangsstufe wie Tannenbergs Nichte besuchte, von den Eltern etwas ausrichten sollen. Deshalb unternahm er auf seinem Weg in die Altstadt einen kurzen Abstecher zur Oberstufenparty seiner alten Schule, in der er vor knapp fünf Jahren das Abitur erworben hatte.

Nachdem er die Eingangstür der Aula des Rittersberg-Gymnasiums aufgedrückt hatte, beschlug plötzlich seine Brille. Er zog sie ab, um sie sauber zu putzen. Wie ein blinder Maulwurf stand er inmitten des belebten Vorraums und kramte in seiner schwarzen Lederjacke nach einem Taschentuch, fand aber keins.

Marieke, die gemeinsam mit anderen Schülern Eintrittskarten verkaufte, hatte ihn sofort bemerkt, schließlich kannte sie ihn noch aus einer Zeit, in der *sie* sich mit ihren Pubertätsproblemen beschäftigte, während *er* zu einem für sie unerreichbaren Mädchenschwarm avancierte.

Nach seinem Abitur hatte sie ihn vollständig aus den Augen verloren. Von seinem Bruder wusste sie allerdings, dass Max seit der Beendigung des Zivildienstes in Freiburg Betriebswirtschaft und Philosophie studierte.

Geistesgegenwärtig zog sie aus ihrer Jacke ein Papiertaschentuch hervor und überreichte es ihm. Er bedankte sich freundlich, wischte schnell über die milchig-trüben Gläser, schob die silberne Brille auf die Nase – und gaffte. Ja, man konnte dieses markante Mienenspiel wirklich nicht anders beschreiben: Er stand vor ihr und stierte sie mit offenem Mund an, so als sei sie ein Wesen von einem anderen Stern. Sein starrer Blick bohrte sich in ihre lebhaften blauen Augen, tastete ihr bildhübsches Gesicht ab.

»Oh, Mann! Was für Augen – was für ein Lächeln! Genauso sieht meine Traumfrau aus!«

Marieke blieb gelassen.

»Spinner!«, war alles, was sie lachend zu dieser verrückten Anmache bemerkte, bevor sie sich wieder dem Kartenverkauf zuwandte.

Maximilian blieb noch einen Augenblick kopfschüttelnd in der Eingangshalle stehen. Dann erinnerte er sich an den eigentlichen Grund seines Erscheinens und machte sich auf die Suche nach seinem Bruder.

Er verschwand zwar an diesem Abend aus der Aula

genauso plötzlich, wie er aufgetaucht war, aber er verschwand nicht aus Mariekes Leben. Denn schon am nächsten Morgen in aller Frühe erreichte sie eine SMS, in der ihr Max mitteilte, dass er die ganze Nacht über nicht geschlafen habe und sie unbedingt treffen müsse. ›Schau in den Briefkasten‹, lautete der Schlusssatz.

Im Schlafanzug flitzte Marieke an die unten eingeschlitzte Haustür, wo auch tatsächlich ein blütenweißes Couvert lag. Schnell verschwand sie wieder in ihrem Zimmer und öffnete mit zittrigen Händen den Briefumschlag. Sie fand darin ein wunderschönes, romantisches Gedicht, von dem Max in einem kurzen Ergänzungssatz sogar behauptete, es selbst geschrieben zu haben.

Auch Marieke hatte in dieser Nacht nur wenig Schlaf gefunden. Ruhelos hatte sie sich in ihrem Bett herumgewälzt und immer und immer wieder mit offenen Augen von ihrem Märchenprinzen geträumt, einer imaginären Projektionsfigur für ihre spätpubertären Wünsche und Sehnsüchte, die seit gestern Abend wie durch Zauberhand plötzlich Gestalt angenommen hatte.

Zwar hatte Liebesgott Amor diese nebulöse Person anfänglich sowohl hinsichtlich des äußeren Erscheinungsbildes als auch bezüglich der Persönlichkeitsmerkmale nur recht unscharf konturiert. Aber im Laufe der beiden letzten Jahre hatten sich die zentralen Komponenten dieses männlichen Fabelwesens immer deutlicher herauskristallisiert: Mariekes Mann fürs Leben sollte groß, dunkelhaarig, sportlich, sensibel, zärtlich, romantisch, ehrlich und treu sein – mithin alles Kriterien, die Max möglicherweise in einer Person vereinigte.

Trotz aller emotionalen Befangenheit versuchte sie krampfhaft, Abstand zu bewahren. Sie wollte sich nicht verlieren, sich ihm nicht bedingungslos ausliefern. Ihr Kopf hämmerte ihr stetig ein, dass sie in Bezug auf die vermeintliche Ehrlichkeit und Treue des jungen Mannes äußerst skeptisch sein müsse, schließlich eilte dem Objekt ihrer Begierden der Ruf eines unverbesserlichen Casanovas voraus.

Aber ihr Bauch setzte sich mit Vehemenz gegen diese rationalistischen Bevormundungsversuche zur Wehr. Infolgedessen gelang es ihr trotz all der ernsthaften Distanzierungsbemühungen nicht, sich seiner magischen Anziehungskraft zu entziehen. Obwohl sie von ihrem, aus neugierigen, mitfühlenden, aber auch neidischen Freundinnen bestehenden Beraterinnenstab auf das Eindringlichste vor einer Liaison mit ihm gewarnt wurde, merkte sie, dass sie, je öfter sie ihn traf, immer mehr vom Boden abhob und hinauf in den siebten Himmel schwebte.

Aber es war eigentlich auch kein Wunder, dass Marieke auf Maximilian Heidenreich derart heftig reagierte, schließlich hob er sich extrem positiv von ihren männlichen Altersgenossen ab, die entweder affig gekünstelt oder betont cool, aufgesetzt freakig oder pseudo-souverän alle Facetten ihrer zukünftigen Männerrolle ausprobierten.

Max dagegen hatte diese schwankungsanfällige Orientierungsphase bereits weit hinter sich gelassen und war inzwischen auch äußerlich zu einem richtigen Mann gereift: Markante Gesichtszüge, starker Bartwuchs, wunderbar herbwürziger Rasierwasserduft, muskulöser, sehniger Körper – und gleichzeitig war er in allen Belangen unglaublich zärtlich und rücksichtsvoll.

Je länger die beiden miteinander liiert waren, umso häufiger malte sich Marieke ihre gemeinsame Zukunft aus. So beschäftigte sie sich zum Beispiel ausgiebig mit der Frage, ob sie mit ihrem Mann und den Kindern lieber in der Stadt oder auf dem Lande leben wollte. Ja, sie ließ sich sogar von Maximilian ein Babyphoto aushändigen, legte es neben ein eigenes und versuchte daraus das wahrscheinliche Aussehen des bereits fest eingeplanten mehrköpfigen Nachwuchses abzuleiten.

Es war wieder einmal Samstag.

Und somit *der* Tag in der Woche, an dem Wolfram Tannenbergs soziales Engagement für seine Familie, mit der er auf engstem Raum in den beiden durch den gemeinsamen Hof verbundenen Häuser im Musikerviertel der Stadt zusammenlebte, zumindest am Vormittag zentral im Vordergrund stand.

Zwar hätte er sich selbst nicht unbedingt als aufopferungsbereiten, sich durch ausgeprägtes soziales Handeln verwirklichenden Menschen bezeichnet, denn dazu war er viel zu faul und egoistisch. Aber dieser samstägliche Wochenmarktbesuch war für ihn doch so etwas wie ein symbolischer Akt, mit dessen Hilfe er sein schlechtes Gewissen besonders gegenüber den Eltern, die ihn schließlich mietfrei im Obergeschoss ihres Hauses wohnen ließen, beruhigen konnte.

Nach getaner Einkaufsarbeit schleppte er sich auch an diesem Morgen, schwer beladen wie ein andalusischer

Packesel, zu seinem Lieblingscafé, wo er sich trotz der niedrigen Außentemperaturen auf einem Plastikstuhl im Freien niederließ. Es war zwar recht kalt und auch etwas windig; aber das störte ihn nicht, schließlich hatte er fast zwei Jahrzehnte lang bei jedem Wetter und jeder Temperatur im Fritz-Walter-Stadion auf der zugigen Nordtribüne gesessen.

In dem kleinen Zeitschriftenladen an der Stiftskirche hatte er sich die *FAZ* gekauft und breitete sie nun vor sich auf dem kleinen Bistrotischchen aus. Aber als er zu lesen beginnen wollte, stellte er fest, dass er die zu dieser Mittagsstunde herrschenden Lichtverhältnisse wohl falsch eingeschätzt hatte. Denn da die winterkahlen Platanen noch keinen Schatten spenden konnten, wurde die Zeitung so stark von grellem Sonnenschein bestrahlt, dass an eine genüssliche Lektüre nicht zu denken war.

Seine blinzelnden Augen erhoben sich von der Zeitung. Er blickte in Richtung der verwitterten Sandsteinsockel des mittelalterlichen Kirchengemäuers. Er gewann den Eindruck, dass an diesem kühlen Apriltag irgendetwas anders war als sonst.

Nur was?, dachte er.

Er grübelte, ließ den Blick in Richtung des Schillerplatzes schweifen, kehrte wieder zurück. – Klar! Es war das andere Garagentor! Der Apotheker hatte das mausgraue Metallteil durch ein braunes Kunststofftor ersetzen lassen.

Das war es also! Tannenberg schmunzelte.

Plötzlich bemerkte er einen großflächigen Schatten zu seiner linken Seite, der sich wie ein schwarzer Mantel auf den Tisch und die Zeitung geworfen hatte. Sofort drehte er sich um, blickte neugierig empor.

»Hallo, Onkel Wolf!«, begrüßte ihn Marieke mit einem strahlenden Lächeln. »Darf ich dir meinen Freund vorstellen: Maximilian Heidenreich.«

Tannenberg sprang auf. Die Zeitung rutschte an der Tischplatte hinunter und blieb zwischen Stuhl und Tisch senkrecht stehen.

»Angenehm ... Tannenberg ... Ich bin Mariekes Onkel. Setzt euch doch zu mir!«, stotterte er verlegen wie ein schüchterner Pennäler, der sich an seinem ersten Schultag den Klassenkameraden vorstellen musste.

»Danke, Herr Tannenberg. Schön Sie einmal kennen zu lernen. Marieke hat mir schon viel von Ihnen erzählt.«

»Na, hoffentlich nicht allzu schreckliche Dinge.«

Max lachte. »Nein, nein. Ganz im Gegenteil!«

Tannenberg war sichtlich erleichtert und forderte die beiden erneut auf, an seinem Tisch Platz zu nehmen.

»Geht leider nicht, Herr Tannenberg«, wehrte Maximilian freundlich, aber bestimmt ab. »Wir haben noch ein wichtiges Date.«

»Schade.«

»Aber ein anderes Mal sehr gerne!«, sagte der sympathische junge Mann, während er lässig einen roten Motorradhelm neben seinem Körper baumeln ließ.

»Tschüss, Onkel Wolf!«

Marieke hakte Max unter, drückte sich zärtlich an seine schwarze Lederjacke und schob ihn von der Seite her an. Lachend verließen die beiden Turteltauben den Außenbereich des Stadtcafés.

Zurück blieb ein übertölpelter Kriminalbeamter, der immer noch nicht so recht verstand, was ihm da gerade passiert war.

Marieke hat einen Freund! Und was für einen! Kein kleiner Milchbubi, sondern ein richtig deftiger Kerl!, stellte Tannenberg amüsiert fest. Da wird sich mein liebes Bruderherz aber freuen, dieser eifersüchtige Gockel!

Schlagartig war ihm alles klar. *Das* also war die Erklärung für das seltsame Verhalten seiner Nichte, das ihren Vater in den letzten Wochen so sehr beunruhigt hatte, dass er doch allen Ernstes zu der Meinung gelangt war, seine Tochter habe garantiert ein Drogenproblem. Marieke war verliebt! Deshalb war sie so aufgedreht, hatte ihr Wesen derart stark verändert, dass Heiner vermutete, sie würde Amphetamine oder Ecstasy schlucken.

Die gute, alte Liebe!, sagte er grinsend zu sich selbst.

Erleichterung breitete sich in ihm aus, denn ganz so spurlos waren die Erklärungsversuche seines Bruders doch nicht an ihm vorübergegangen. Zwar hatte er sich nicht ernsthaft vorstellen können, dass seine Nichte tatsächlich drogengefährdet sei, aber nun zeigte er sich doch sehr erfreut darüber, dass Mariekes Verhaltensauffälligkeiten auf eine Ursache zurückzuführen war, die genauso alt war wie die Menschheit – und zudem völlig harmlos.

Aber warum sind denn ihre eigenen Eltern nicht selbst auf diese ebenso nahe liegende wie natürliche Erklärung gekommen? Verlieben ist doch bei einem siebzehnjährigen Mädchen gar nicht so ungewöhnlich, oder?, fragte er sich lächelnd.

Sein gedankenversunkener Blick schwenkte in die Gasse, in der vor ein paar Minuten die beiden Turteltauben verschwunden waren.

Nur wer von den beiden Superpädagogen sollte denn auch auf solch eine Idee kommen? Diese in Gestalt meiner Schwägerin fleischgewordene menschliche Heckenschere etwa? Die ist doch total verklemmt!, stellte er ketzerisch fest. Ist ja auch kein Wunder, schließlich hat sich außer Heiner niemals einer an sie rangewagt.

Und Heiner? Der ist doch völlig blind vor Eifersucht! Na ja, gut, auf der anderen Seite ist es heutzutage natürlich für Eltern auch nicht mehr ganz so einfach wie früher, solche Dinge mitzubekommen. In meiner Jugend liefen diese Kontakte ja mehr oder weniger öffentlich ab: Über das fest installierte Telefon im Flur oder Wohnzimmer. Und heute? Heute läuft doch fast alles nur noch schnurlos über Handys. Kein Wunder, dass Eltern viel weniger als früher erfahren, welche Freunde ihre Kinder haben.

Wolfram Tannenberg belieferte mit den auf dem Wochenmarkt erworbenen Frischwaren zuerst seine Eltern im so genannten Nordhaus, das an die Beethovenstraße angrenzte. Dann begab er sich mit den restlichen Tüten über den gemeinsam genutzten Innenhof in das an der Parkstraße gelegene Südhaus der tannenbergschen Wohnanlage, hinter deren dicken Bruchsteinmauern seine über alles geliebte Schwägerin in Matriarchatsmanier das Zepter schwang.

»So, werte Elsbeth«, begann er, nachdem er die Wohnküche betreten hatte. Dieser Raum sah immer noch genauso aus, wie man sich das leicht chaotische Lebenszentrum einer studentischen Wohngemeinschaft vorstellte. »Melde gehorsamst: Habe alle deine Wünsche erfüllt: Vollbiologisches Vollkornbrot, glückliche Eier von glücklichen Hühnern und der garantiert ungespritzte, garantiert von Schnecken angefressene, dafür aber doppelt so teure Öko-Bio-Natur-Salat.«

Grinsend hatte Tannenberg die genannten Lebensmittel auf den mit Leinöl behandelten Buchenholztisch gestellt, auf dem, wie es sich für ein vermeintlich kultur- und politikinteressiertes Lehrerehepaar schließlich auch gehörte, *DIE ZEIT* stets ihr einwöchiges, ebenso demonstratives wie häufig unberührtes Dasein fristete, bevor sie wie üblich am nächsten Donnerstag durch das aktuelle Exemplar ersetzt wurde und dann zwar durchgeblättert, nicht selten aber auch völlig unangetastet auf Nimmerwiedersehen in der Altpapierbox im Hof verschwand.

»Ach Gott, bist du wieder originell!«, entgegnete die mit einem wallenden, bordeauxfarbenen Gewand bekleidete Englischlehrerin, die deshalb darauf bestand, Betty genannt zu werden, weil ihr eigentlicher Vorname für sie ein rotes Tuch war.

»Heiner«, schrie Tannenberg plötzlich mitten in der Küche los, »komm mal runter, ich hab wichtige Informationen über eure Tochter!«

Aus den kurz danach einsetzenden lauten Poltergeräuschen aus Richtung des Treppenhauses schloss er spontan, dass sein Bruder, der sich aus mehr als nachvollziehbaren Beweggründen sehr oft in sein Arbeitszimmer im ausgebauten Dachgeschoss flüchtete, die Aufforderung vernommen hatte.

»Und: Hast du was rausgekriegt?«, fragte er direkt nachdem er in der Küche erschienen war, ohne ein Wort der Begrüßung. »Haben deine Kollegen von der Drogenfahndung irgendwas über diese verfluchten Dealer gesagt, die in der Altstadt ihr Unwesen treiben?« Heiner musste verschnaufen. »Mensch, Wolf, sag endlich, was Sache ist.«

»Ganz ruhig, setzt euch doch erst mal hin.«

»Hinsetzen? Ist es denn etwa so schlimm?«, stöhnte Betty laut auf, warf die Hände vor den Kopf, kämpfte mit den Tränen. »Meine arme Marieke! Um Himmels willen.«

»Na, ist ja auch kein Wunder, dass es mit ihr so weit gekommen ist. Wie sagt man so schön: ›Lehrers Kinder und Pfarrers Vieh, gedeihen selten oder nie‹.«

Aus Heiners Gesicht hatte sich das Blut in Richtung entfernterer Körperregionen verabschiedet. »Über so was macht man keine Scherze, Wolf! Überleg dir lieber mal, wie wir ihr helfen können, damit sie aus diesem verdammten Drogensumpf wieder heil herauskommt. Schließlich ist sie ja auch deine Nichte. Oh Gott, meine Tochter – die Christiane F. von Kaiserslautern!«

»Marieke, drogenabhängig! Was für eine Schande! Ausgerechnet meine Tochter. Wo ich mir doch bei ihrer Erziehung solche Mühe gegeben habe. Ich bin völlig fertig!«, stimmte der gelockte Rotschopf in das Klagelied ihres Ehemannes ein.

»Was seid ihr doch nur für jämmerliche Eltern! Wie um alles in der Welt kann man nur so wenig Vertrauen zu seinem Kind haben?« Tannenberg erhob sich von seinem Stuhl, stemmte die Arme auf die Hüfteknochen. »Unglaublich! Drogenabhängig? Bloß weil das Mädchen ein bisschen aufgedreht ist. Ist doch schließlich total nachvollziehbar!«

»Wieso?«, fragte Heiner, dem die Verwunderung deutlich erkennbar ins Gesicht geschrieben stand.

Tannenberg stützte seinen Oberkörper mit den Armen auf dem Tisch ab und erzeugte dadurch ein leicht knarrendes Geräusch. »Weil sie glücklich ist!«

»Glücklich?« Betty riss den direkt vor sich auf die Tischkante gesenkten Blick zu ihrem Schwager empor.

»Ja: glück-lich!« Um seinem letzten Wort ein wenig mehr Ausdruck zu verleihen, wiederholte er es und sprach es erneut extrem gedehnt aus. »Und zwar bärenmäßig glück-lich.«

»Glücklich? Warum?«, fragte Betty konsterniert nach.

»Warum?« Wolfram Tannenberg schüttelte seinen Kopf. »Dass ihr solche Gefühle nicht nachvollziehen könnt, ist mir völlig klar.«

»Welche Gefühle denn?«

»Zum Beispiel solche intensiven Gefühle, die zwei Menschen unterschiedlichen Geschlechts für einander aufzubringen in der Lage sind. Aber das ist für euch ja nicht nachvollziehbar! Um's endlich auf den Punkt zu bringen: Euer bildhübsches Töchterlein ist verliebt – und zwar total!«

»In wen?«, schoss es geradezu aus Heiner heraus.

»In einen sehr gut aussehenden, höflichen jungen Mann. Sie hat ihn mir heute Morgen in der Stadt vorgestellt. Die beiden sind übrigens ein tolles Paar!«

»Wieso stellt sie ihn *dir* vor – und nicht uns?«

»Ja, liebe Elsbeth, darüber solltet ihr beiden euch wirklich einmal ernsthafte Gedanken machen!«

Irgendwie schien dieser Samstag ein besonders konfliktträchtiger zu sein, denn nachdem Tannenberg Mariekes biologische Erzeuger verlassen und die Parterrewohnung seiner Eltern betreten hatte, stürzte neues Ungemach über ihn herein. Und zwar in Form seines zornesgeröteten Vaters, der sich nicht wie sonst um diese Uhrzeit am Küchentisch in die Zeitung vergraben hatte, sondern ihm, heftigst mit der *Bildzeitung* wedelnd, forsch entgegentrat.

»Wieso wissen *die* denn schon wieder alles? Und *ich* weiß wieder gar nichts!«, begann er wütend draufloszuschimpfen. »Ich bin immer der Depp!« Tränen der Wut drückten sich in seine Augen.

»Was ist denn eigentlich los, Vater?«

Jacob Tannenberg drehte sich, immer noch wild gestikulierend, kurz zu seiner Frau um, die Gemüse putzend an der Spüle stand.

»Das gibt's doch nicht, Margot. Mein Herr Sohn fragt doch allen Ernstes, was los ist.« Er breitete die bunte Tageszeitung auf dem Küchentisch aus. Dann hämmerte er mit seiner rechten Hand wütend auf einem Artikel herum. »Das hier ist los. Komm her und schau dir's selber an! Hier steht alles schwarz auf weiß: bestialischer Tunnelmord usw. Und ich weiß wieder einmal nichts davon. Gar nichts! Obwohl mein Herr Sohn der Leiter der zuständigen Mordkommission ist!«

»Vater, du weißt doch …«

Jacob fiel seinem jüngsten Sohn ins Wort und vollendete den Satz: »Dass ich über dienstliche Angelegenheiten nichts sagen darf. Stimmt's?«

»Ja, genau!«

»Blödsinn! Wie oft hab *ich* dir denn schon bei deinen Mordfällen geholfen?« Der Senior hatte sich direkt vor Tannenberg aufgebaut und blickte ihm tief in die Augen. »Da kannst *du* mir doch wenigstens sagen, *dass* ihr einen neuen Mord habt. Das ist doch wirklich nicht zu viel verlangt! Damit mir so was wie heute Morgen nicht mehr passiert.«

»Wieso, was ist denn passiert?«

Jacob Tannenberg drehte sich kopfschüttelnd von seinem Sohn weg und beschloss, für eine Weile zu schweigen.

Dafür begann nun dessen Frau mit ihren Erläuterungen: »Ach Wolfi, die an dem Tisch im Tchibo, wo dein Vater jeden Morgen steht, haben sich über ihn lustig gemacht. Und darüber hat er sich halt geärgert.«

Der Entschluss des Seniors hielt allerdings nicht lange vor, zu erregt war er. »Geärgert? Ich bin vor Wut fast geplatzt! Wie ein dummer Schulbub hab ich dagestanden! Warum ich denn nichts von der Sache weiß, wenn's doch schon in der *Bildzeitung* steht – obwohl der Leiter der Kaiserslauterer Mordkommission im selben Haus wohnt und zufälligerweise sogar noch mein Sohn ist!«

»Vater, es tut mir ja Leid, dass die dich so provoziert haben. Aber stell dir mal vor, ich sag dir irgendwelche internen Dinge, die du dann im Tchibo herumerzählst. Darauf wartet mein Busenfreund, der Herr Oberstaatsanwalt Dr. Hollerbach doch nur! Ich *kann* dir einfach nichts sagen, was über das hinausgeht, was in der Zeitung steht!«

»Dann mach wenigstens, dass du den Mordfall in den nächsten vier Wochen lösen kannst. Ich helf dir auch wieder dabei! Da hast du die Chance, die ganze Sache wieder gutzumachen.«

Wolfram Tannenberg muss nun doch einmal herzhaft lachen. »Wieso gibst du uns denn nur vier Wochen Zeit?«

»Weil ich mit den Kerlen im Tchibo gewettet habe«, knurrte der alte Mann.

»Wie gewettet?«

»Na ja, halt gewettet.«

Seine Ehefrau roch den Braten. »Jacob, hast du etwa um Geld gewettet?«

Die einsilbige Zustimmung des Seniors war kaum hörbar.

»Um wie viel?«, setzte Margot Tannenberg sofort nach.

»Hundert.«

Sie ließ eine ungeputzte Karotte in die Spüle gleiten, trocknete sich mit einem bunt karierten Geschirrhandtuch schnell die Hände ab, trat vor ihren Mann und starrte ihn mit weit geöffnetem Mund entsetzt an.

»Was, Vater? Du hast um hundert Euro gewettet, dass ich diesen Mordfall innerhalb von vier Wochen lösen kann. Das Geld hättest du auch gleich hier aus dem Fenster werfen können! Hundert Euro? Du bist einfach verrückt!«

»Es sind nicht hundert Euro, sondern ...« Er stockte.

»Sondern?«, fragte seine Frau fassungslos.

»Sechshundert«, murmelte Jacob leise in seinen nicht vorhandenen Bart hinein.

Auf diesen Schock hin mussten sich sowohl Tannenberg als auch seine Mutter erst einmal hinsetzen.

»Wieso denn jetzt plötzlich sechshundert Euro, Vater?«

»Ach Gott, ist das denn wirklich so schwer zu verstehen? – Weil eben sechs Leute an unserem Tisch standen. Sechs mal hundert macht nun mal nach Adam Riese sechshundert! Kannst du etwa nicht mehr rechnen?«

»Ich brauch jetzt dringend ein Bier«, sagte der Kriminalbeamte, erhob sich von seinem Stuhl, begab sich mit schlurfenden Schritten zur Abstellkammer und öffnete kopfschüttelnd die Tür.

Dabei dachte er noch nicht einmal einen Sekundenbruchteil daran, dass seine Mutter den betagten Langhaardackel, den sie vor einiger Zeit von einer alten Nachbarin übernommen hatte, gewöhnlich genau an diesem Ort einsperrte, wenn sie hörte, dass ihr Sohn im Anmarsch war.

Tannenberg konnte gar nicht so schnell reagieren,

wie das kleine, fette Monster ihm in den rechten Unterschenkel gebissen hatte – genau an der Stelle, an der die Achillessehne in den Wadenmuskel übergeht.

Sofort nach der bösartigen Attacke zog sich der Dackel wie eine heimtückische Muräne in die hintersten Winkel der Besenkammer zurück. Dieser wahrscheinlich genetisch einprogrammierte Selbsterhaltungsreflex rettete dem Tier das Leben – vorerst zumindest. Denn wäre es nicht geflüchtet, sondern hätte an der selben Stelle verharrt, hätte die von Tannenberg mit voller Leibeskraft wütend zugeworfene Sperrholztür den aufgedunsenen Tierkörper wohl zerschmettert. So aber fiel die Tür ungebremst mit einem dumpfen, lauten Knall ins Schloss.

»Verfluchtes Mistvieh«, schrie er mit schmerzverzerrtem Gesicht, während er sich auf seinem unversehrten Bein hüpfend in Richtung des Küchentischs schleppte. »Au, tut das weh. Dieser verdammte Scheiß-Köter!«

Tannenberg schob das Hosenbein nach oben und begutachtete gemeinsam mit seinen Eltern den Hundebiss, der sich allerdings bei näherer Analyse als weitaus harmloser darstellte, als zunächst zu befürchten gewesen war: Man konnte zwar auf der stark behaarten Männerhaut den Abdruck einiger Hundezähne erkennen, die rötlich unterlaufen waren und eher an eine Quetschung erinnerten als an einen Dackelbiss, aber eine offene Wunde oder eine blutende Stelle fand sich auch nach genauester Begutachtung nicht.

»Die Susi hat das bestimmt nicht mit Absicht gemacht.

Die ist halt erschrocken und hat Angst gekriegt. Außerdem sieht die doch nicht mehr so gut.«

»Bin *ich* jetzt etwa auch noch schuld an dieser verdammten Sauerei?«

»Ist ja gar nicht schlimm. Stell dich nicht so an. Du bist doch ein Mann!«, bemerkte Jacob Tannenberg mit höhnischem Gesichtsausdruck.

»Das tut aber höllisch weh!«

»Du bist vielleicht ein alter Jammerlappen. Mit dir hätten wir früher nie einen Krieg gewonnen.«

»Und mit dir *haben* wir keinen gewonnen!«, gab der Kriminalbeamte schlagfertig zurück und beschloss spontan, sich umgehend in seine eigenen vier Wände zurückzuziehen.

»Wolfi, du musst unbedingt zum Arzt!«, stoppte Margot Tannenberg die bereits eingeleiteten Fluchtbemühungen ihres jüngsten Sohnes.

»Wieso? Wegen dieser Kleinigkeit? Das tut zwar ziemlich weh, aber das ist doch keine schlimme Sache.«

»Das kann es aber werden. Wegen dem Wundstarrkrampf. Der wird durch solche Hundebisse übertragen. Ich hab gerade gestern in der Apotheken-Zeitung einen Bericht darüber gelesen. Wann bist du denn das letzte Mal gegen Tetanus geimpft worden?«

»Keine Ahnung!«

»Wolfi, dann musst du jetzt *sofort* zum Arzt.«

»Mutter, wo soll ich denn samstags um diese Uhrzeit einen Arzt auftreiben?«

»Dann muss der Herr Sohn eben ins Krankenhaus!«, giftete der Senior von der Seite her.

»Wolfi, bei dir war doch einer in der Klasse, der Arzt geworden ist«, fasste seine Frau ihren gerade aufgeleuchteten Geistesblitz in Worte.

»Stimmt! Der Kai Bohnhorst! Das ist eine gute Idee, Mutter. Den ruf ich jetzt einfach mal an. Ich hab ja seine Handynummer.«

Tannenberg hatte Glück, denn der Allgemeinmediziner hielt sich zufälligerweise gerade in seiner Praxis auf, als ihn der Anruf des Kriminalbeamten erreichte.

Die dringend erforderliche Impfaktion gestaltete sich allerdings weitaus unerfreulicher, als Tannenberg erwartet hatte. Zum einen, weil die drei Spritzen, die ihm sein alter Schulfreund genüsslich in die linke Pobacke gejagt hatte, einen sehr lästigen Dauerschmerz hinterließen.

Und zum Zweiten, weil er, als er da so schutzlos bäuchlings auf der kalten Untersuchungspritsche gelegen und ängstlich darauf gewartet hatte, bis Dr. Bohnhorst ihm die einzelnen Impfportionen verabreichte, plötzlich an den Toten vom Heiligenbergtunnel denken musste, dem man ja ebenfalls eine Injektion verpasst hatte, bevor man ihn vor den Intercity warf.

Deshalb fragte Wolfram Tannenberg während der schmerzhaften Prozedur sicherheitshalber mehrmals nach, ob sein ehemaliger Klassenkamerad auch genau wisse, was er ihm denn da in seinen Allerwertesten spritze.

Dieser sah sich anscheinend ein wenig in seiner Berufsehre verletzt und konterte mit der Bemerkung, dass man, wenn man sich nicht genügend darauf konzentrierte, sehr wohl die Ampullen verwechseln könne.

Dann sprach er auch noch eine unverhohlene Drohung aus: »Ist eigentlich wirklich gar keine schlechte Idee, Tanne, oder?«

»Was?«

»Na ja, so ein Auftragsmord. Warum eigentlich nicht? Schließlich gibt es bestimmt genügend Gründe, den Herrn Hauptkommissar ins Jenseits zu befördern, nicht wahr?«

»Über so was macht man keine Scherze!«

»Ach Gott, hab dich mal nicht so! Ich brauche eben ab und an auch mal ein wenig Verständnis. Schließlich ist die finanzielle Situation eines von diversen so genannten Gesundheitsreformen arg gebeutelten Hausarztes heutzutage auch nicht mehr so, wie sie einmal war«, dozierte Dr. Bohnhorst und ergänzte direkt: »Obwohl es leider vielen, von Sozialneid zerfressenen Außenstehenden fälschlicherweise immer noch so erscheinen mag.«

»Komm, Kai, bitte hör auf mit dem albernen Gejammer, mir kommen nämlich gleich die Tränen!«

»Wieso? – Na ja, jedenfalls wäre so ein kleines Zubrot wirklich nicht zu verachten. Zumal ich dir ja tatsächlich nur eine andere Substanz hätte spritzen müssen. – Aus Versehen natürlich!«

Der Rest des Samstags plätscherte ziemlich unspektakulär vor sich hin. Nach dem recht unerfreulichen Arztbesuch unternahm der Leiter des K1 aus purer Langeweile einen Abstecher ins Kommissariat und erkundigte sich dabei nach dem aktuellen Stand der Ermittlungen bezüglich der Vermisstendatei. Obwohl er natürlich genau wusste, dass man ihn, falls sich in der Zwischenzeit irgendwelche neuen Erkenntnisse aufgetan hätten, umgehend davon in Kenntnis gesetzt hätte.

Nachmittags fläzte er sich auf seine Wohnzimmer-Couch und schaute sich in aller Ruhe die Bundesliga-Live-Übertragungen an. Zwar ließ ein ebenso überraschender wie verdienter Kantersieg des 1. FC Kaiserslautern über den VfB Stuttgart, der diesen Verein auf einen Abstiegsplatz rutschen ließ und einen Trainerwechsel zur Folge hatte, Tannenbergs Schmerzen zeitweise gänzlich verschwinden und hellte darüber hinaus auch ein wenig seine angeschlagene Stimmungslage auf, aber im Großen und Ganzen wollte er auch gegen Ende dieses mit negativen Ereignissen so reichlich gespickten Tages einfach nicht mehr so recht in die Gänge kommen.

Nach der ersten Flasche Chianti, die er zu einer Packung Grissinis vertilgte, beschloss er angesichts der diversen physischen und psychischen Schmerzzustände, die ihn durch diesen Apriltag begleitet hatten, sich noch ein weiteres Glas Rotwein zu gönnen und sein lukullisches Abendessen mit einem großen Grappa zu beschließen.

Irgendwann vor Mitternacht nickte er dann auf seiner alten Ledercouch ein.

3

Sonntag, 20. April

Als sich das Telefon mit schrillen, aufdringlichen Tönen bemerkbar machte, waren Fernsehgerät und Deckenbeleuchtung noch immer eingeschaltet. Ein Umstand, der zwar einerseits in Bezug auf die unnötige Energieverschwendung bedenklich war, andererseits aber begünstigte, dass der Schockzustand, mit dem Tannenberg sich zu dieser nächtlichen Stunde zwangsweise herumzuplagen hatte, zumindest ein wenig abgemildert wurde. Was natürlich nicht bedeutete, dass er geistig sofort auf der Höhe war.

»Was? ... Moment, ich muss mal kurz den Hörer hinlegen. Bin gleich wieder da«, sagte er, unschlüssig darüber, ob er das, was ihm gerade mitgeteilt worden war, inhaltlich auch tatsächlich verstanden hatte.

Der bei seiner wohlverdienten Nachtruhe vorsätzlich gestörte Kriminalbeamte verschwand gähnend ins Bad, begab sich ans Waschbecken, drehte den Wasserhahn auf und schüttete sich anschließend gleich mehrere Hände voll eiskaltes Wasser ins Gesicht. Als ihm daraufhin der verlebte, ältere Mann im Spiegel nicht gerade freundlich entgegenblickte, verabschiedete er sich mit einer kurzen, wegwerfenden Handbewegung, schleppte sich mühsam zurück ins Wohnzimmer und nahm den schnurlosen Telefonhörer von der Weichholzkommode, auf der er das Mobilteil vorhin abgelegt hatte.

»Also, Michael: Hab ich das eben nur geträumt oder hast du vor einer Minute allen Ernstes behauptet, dass ihr am Heiligenbergtunnel einen weiteren Toten gefunden habt?«

Da Kommissar Schauß die recht häufigen Alkoholexzesse seines Vorgesetzten kannte, hatte er mit dieser Reaktion gerechnet. Deshalb wiederholte er langsam, was er eben schon einmal gesagt hatte: »Ja, Wolf, du hast richtig gehört: Wir haben an derselben Stelle, an der du und Fouquet vorgestern Nacht eine von einem Zug überrollte und zerstückelte männliche Leiche gefunden habt, eine neue entdeckt – besser gesagt, deren Einzelteile.«

Tannenberg konnte es einfach nicht glauben: »Aber das gibt's doch nicht! Das ist doch nicht wirklich wahr, oder?«

»Doch, leider. Du kannst aber ruhig weiterschlafen. Das schaffen wir schon alleine. Es ist sowieso genau wie bei der ersten Leiche: Wieder wurde sie oben vom Tunneleingang herunter vor einen ICE geworfen. Übrigens derselbe: Abfahrt 1 Uhr 53 vom Kaiserslauterer Hauptbahnhof. Nur der Zugführer ist diesmal ein anderer.«

»Gott sei Dank«, entgegnete Tannenberg mit leiser Stimme, während er wie in Zeitlupe zurück ins Wohnzimmer trottete und dort den Hörer zurück in die Basisstation gleiten ließ.

Verständlicherweise fand der Leiter der Kaiserslauterer Mordkommission in dieser Nacht nicht mehr zurück in den von ihm dringend benötigten Schlaf. Von fürchterlichen Albträumen geplagt, wälzte er sich stundenlang ruhelos in seinem Bett herum, bis sein innigst geliebter Radiowecker dieser quälenden Tortur schließlich ein abruptes Ende setzte.

Als er gegen 9 Uhr müde und übellaunig im Eingangsbereich der Polizeiinspektion am Pfaffplatz eintraf, stieg ihm ein unbekannter, leicht süßlicher, würziger Geruch in die Nase, den er aber nicht zuzuordnen vermochte. Zunächst dachte er, dass eigentlich nur die im Erdgeschoss ansässige Cafeteria als Ursache dafür in Frage kommen könnte.

Aber genau vor den bunt beklebten Glastüren der ehemaligen Kantine verlor sich die Duftspur plötzlich. Doch bereits nachdem er einige der zu den im ersten Obergeschoss befindlichen Diensträumen des K1 führenden Treppenstufen mit zügigen Schritten überwunden hatte, verschaffte sich dieser unbekannte Geruch erneut Zutritt zu seinem Riechzentrum.

Wie ein spurenerprobter Polizeihund schnüffelte er sich in Richtung der Duftquelle.

»Nach was riecht es denn hier?«, fragte er in die Runde seiner von ihm abgewandt am Fenster stehenden Kollegen.

Der halbkreisförmige Belagerungsring, der sich um das vermeintliche Corpus Delicti herum geschlossen hatte, öffnete sich zu Tannenberg hin und gab Petra Flockerzie frei, die geschäftig in einem auf einer elektrischen Herdplatte stehenden, übergroßen Topf herumrührte.

»Die Flocke kocht Kohlsuppe. Weil sie damit abnehmen will!«, grölte Kriminalhauptmeister Geiger seinem Vorgesetzten entgegen.

»Würde dir auch nichts schaden, alter Fettsack!«, verteilte Sabrina Schauß sogleich einen geschlechtssolidarischen Rüffel.

»Guten Morgen, Chef«, grüßte die sichtlich gestresste Sekretärin, »es tut mir wirklich Leid, eigentlich wollte ich damit schon fertig sein, bevor ihr hier alle auftaucht. Aber es hat doch länger gedauert, als ich gemeint hab.«

»Und was ist das jetzt für'n Zeug, Flocke?«, wollte Tannenberg nun endlich wissen.

»Kohlsuppe, Chef.« Petra Flockerzie war nun nicht mehr zu bremsen. »Ich hab doch am Freitag mit dieser neuen Diät angefangen. Und da wusste ich ja noch nicht, dass wir am Wochenende einen neuen Mordfall bekommen. Aber diese Super-Diät funktioniert nur, wenn man sich strikt an die Vorschriften hält. Und eine davon ist eben, dass man alle vier oder fünf Stunden einen Teller von dieser Suppe isst. Aber ich bin wirklich gleich fertig. Nur, wenn ich sie schon zu Hause gekocht hätte, wäre mir doch alles ...«

»Schon gut, Flocke«, würgte sie Tannenberg recht unsanft ab und begann plötzlich, laut hörbar zu schmatzen. »Aber warum riecht das nur so verdammt gut?«

»Wollen Sie mal kosten, Chef?« Schon hielt die Sekretärin ihm stolz einen dampfenden Löffel mit einem darin herumschwimmenden, kleineren Kohlstück hin.

»Vorsicht Chef! Es ist wirklich sehr heiß! Der Geruch kommt vielleicht von den vielen anderen Zutaten: Zwiebeln, Tomaten, Paprika, Sellerie – oder es hängt an den Gewürzen.«

Tannenberg setzte behutsam seinen Mund auf die Löffelspitze und fing an, vorsichtig die bräunliche Brühe aufzuschlürfen. »Heiß! ... Und scharf! ... Aber verdammt gut!«

»Freut mich, Chef!«

»Ich möchte auch mal probieren!«, meldete sich Kommissar Fouquet zu Wort und wurde sogleich von den anderen Anwesenden mit einem kräftigen Kopfnicken in seiner Forderung unterstützt.

»Weißt du was, Geiger?«

»Was, Chef?«

»Du gehst jetzt runter in die Kantine und besorgst«, Tannenberg nahm die Finger zur Hilfe, ließ sie nacheinander aus der Faust herausschnellen und bediente sich, nachdem er festgestellt hatte, dass eine Hand nicht ausreiche, auch noch des Daumens der anderen, »sechs Suppenteller und sechs Suppenlöffel. Flocke hat ja ihr Essgeschirr dabei. Schaffst du das?«

»Warum denn immer ich?«

»Weil du sowieso öfter in der Kantine als an deinem Arbeitsplatz bist.«

»Aber, Chef, was mach ich denn, wenn die Leute in der Kantine motzen und die Sachen nicht rausrücken wollen?«

»Oh Gott, Geiger, dann sagst du einfach, dass dich der Leiter des K1 schickt und du die Dinge unbedingt für die Rekonstruktion unseres neuen Falls brauchst.«

»Für die Rekonstruktion unseres neuen Falls? Versteh ich nicht, Chef! Aber ich mach's halt!«

»Wär ja nichts Neues«, bemerkte Michael Schauß eher beiläufig.

»Was?«

»Na, dass du nichts verstehst, du alte Pfeife!«, ergänzte die Ehefrau des jungen Kommissars.

»Los auf, wir setzen uns schon mal an den Tisch«, bedrängte Tannenberg voller Vorfreude seine Mitarbeiter, begab sich zum Besuchertisch und ließ sich auf einen der nur spärlich gepolsterten Holzstühle plumpsen. Sofort schnellte er wieder mit schmerzverzerrtem Gesicht in die Höhe. »Au, verdammt! Tut das weh! Dieser verfluchte Mistköter!«

»Um Himmels willen, Chef, was ist denn mit Ihnen passiert?«, zeigte sich Petra Flockerzie derart betroffen, dass ihr vor Schreck fast der Schöpflöffel aus der Hand gefallen wäre.

»Ach, dieser Drecksdackel von meinen Eltern hat mich gebissen. Und ich musste mich dann gegen Tetanus impfen lassen.«

»Diese Impfung ist ganz schön schmerzhaft, vor allem, wenn man so'n altes Weichei wie du bist«, warf Dr. Schönthaler von der Seite her ein.

»Aber Doc, diese drei Stiche in den Hintern tun wirklich sauweh!«, griff Kommissar Schauß seinem provozierten Vorgesetzten unter die Arme. »Ich musste mir die auch mal reinjagen lassen. Und dann hat sich an einer

Einstichstelle auch noch eine schlimme Infektion gebildet. Der ganze Hintern ist angeschwollen. Ich konnte ein paar Tage nur auf dem Bauch liegen.«

»Danke für die aufmunternden Worte, Herr ...«, wollte sich Tannenberg bedanken, kam aber nicht dazu, den Satz zu vollenden, weil Geiger, der mit einem roten Tablett vor dem Bauch gerade das Sekretariat betrat, dazwischenfunkte.

»Na ja, wenn's hinten wehtut, soll man eben auch vorne aufhören.«

»Mensch Geiger, du bist einfach ein unglaublicher Primitivling!«, schimpfte Sabrina kopfschüttelnd.

Für einen Augenblick herrschte absolute Stille im Raum.

»Das ging aber schnell!«, sagte Petra Flockerzie und nahm Geiger das Serviertablett aus der Hand. Anschließend stellte sie es neben den Elektrokocher, schöpfte nacheinander die sechs geliehenen und den eigenen Teller mit Kohlsuppe voll, brachte sie an den Besuchertisch und setzte sich zu ihren Kollegen. »Man kann ja auch ruhig mal was Vegetarisches essen, gell?«

»Klar, Flocke!«, antwortete Kriminalhauptmeister Geiger. »Ich zum Beispiel esse sehr gern vegetarisch, vor allem wenn ein gutes Stück Fleisch dabei ist!«

Niemand verspürte ein dringliches Bedürfnis, diesen humoristischen Einwurf zu kommentieren.

Dr. Schönthaler war der erste, der zwischen zwei Löffelgängen die Stimme erhob: »Sag mal, Wolf, soll ich dir denn nicht endlich mal ein hochdosiertes Pülverchen zusammenmixen, das du dann diesem lieben kleinen Tierchen mit dem treudoofen Dackelblick unter sein Premium-Futter mischst? Dann hast du doch endlich dein Hundeproblem ein für alle Mal gelöst!«

»Danke für das interessante Angebot. Da komm ich bestimmt demnächst mal darauf zurück«, entgegnete Tannenberg lachend und ließ einen kühlenden Luftstrom über den dampfenden Suppenlöffel streichen. »Aber zur Zeit haben wir ja wirklich ganz andere Probleme. – Hast du eigentlich bei dem zweiten Toten auch Spuren dieses Narkotikums gefunden? Ist es etwa wieder dasselbe, von dem du behauptet hast, dass es häufig in der Tiermedizin eingesetzt wird?«

»Hmh, was riecht denn hier so abartig gut?«, fragte plötzlich Karl Mertel, der gerade die Diensträume des K1 betrat.

»Kohlsuppe«, löste Petra Flockerzie umgehend das Rätsel auf.

»Ach, der Herr Ober-Spurenschnüffler!«, begrüßte ihn der Leiter des K1. »Geht doch nichts über eine gute Nase! Auch schon da?«

»Ja, wie man sieht. Im Gegensatz zu euch hab ich nämlich was zu tun. Und kann mich nicht einfach hinsetzen und Suppe essen.«

»Doch du kannst! Komm, setz dich mal zu uns!«, entgegnete Tannenberg, erhob sich von seinem Platz, ging mit seinem restlos geleerten Teller zum Handwaschbecken, spülte ihn und den von ihm benutzten Löffel mit heißem Wasser ab, schlenderte zu Mertel, der inzwischen auf Tannenbergs Stuhl Platz genommen hatte, schöpfte ihm in den unabgetrockneten Teller eine gehörige Portion

Kohlsuppe und stellte sie direkt vor ihn auf den braunen Resopaltisch.

»Guten Appetit, Herr Kollege!«, sagte er freundlich, bevor er sich wieder an die Runde seiner versammelten Mitarbeiter wandte: »Wo waren wir stehen geblieben?«

»Du hattest mich gerade gefragt, ob es sich bei dem Medikament, mit dem man den zweiten Toten betäubt hat, um dasselbe Zeug gehandelt hat, wie bei dem Ersten. Und hier kommt die Antwort: Ja, es ist genau dasselbe Narkotikum verwendet worden.«

»Dann war der ja wieder nur betäubt, als man ihn vor den Zug geworfen hat! Das gibt's ja gar nicht!«

»Das gibt's wirklich nicht, Fouquet!«, stimmte Kriminalhauptmeister Geiger zu. »Der war ja dann gar nicht tot, als man ihn ermordet hat.«

Diesen Satz mussten die Anwesenden erst einmal verdauen.

Nach einer angemessenen Karenzzeit nahm der Leiter der Kaiserslauterer Mordkommission höchstpersönlich Stellung zu dieser bilderbuchmäßigen Paradoxie: »Ist doch wohl auch logisch, Geiger, oder?«

»Was, Chef?«

»Na ja, wenn er bereits tot gewesen wäre, hätte man ihn ja wohl auch nicht mehr ermorden können.«

Geiger krauste die Stirn.

»Komm, vergiss es!«, meinte Tannenberg und winkte ab.

»Aber das ist doch schrecklich!«, warf Sabrina Schauß mit glaubhafter Betroffenheit ein. »Die beiden Männer haben dann ja vielleicht alles mitgekriegt. Doktor, können die etwa auch Schmerzen gespürt haben? Oder Angst?«

Dr. Schönthaler brummte, wiegte dabei den Kopf mehrmals zur Seite. »Schmerzen? Wohl eher nicht, dafür ging alles ja viel zu schnell.«

»Und Angst?«, wiederholte die junge Kriminalbeamtin, der diese Frage sehr am Herzen zu liegen schien.

»Angst? ... Vielleicht. So genau weiß das keiner. Es ist wie bei einem Patienten während einer Operation – oder wenn einer im Koma liegt. Da streitet sich die Wissenschaft. Ich persönlich denke allerdings, dass ein Mensch in solchen außergewöhnlichen Situationen durchaus zu bestimmten Wahrnehmungen fähig ist ... Allerdings nur, wenn bei ihm keine gravierenden Gehirnschädigungen vorliegen, wie das zum Beispiel bei einem schweren Schädel-Hirn-Trauma der Fall ist.«

Der Rechtsmediziner brach ab, blickte grübelnd an die Decke. »Nur wie intensiv die sind? Das weiß wirklich keiner.«

»Aber Doc, es gibt doch solche Leute, die von Nahtodeserlebnissen berichten.«

»Gut informiert, Fouquet. Aber bei solchen Medienberichten sollte man stets bedenken, dass diese Menschen sich ja immer nur im Nachhinein äußern konnten. Realtime, wie man heute so schön sagt, hat sie bisher schließlich noch keiner befragen können.«

»Ist ja wohl auch ein anderes Thema, das ...«, bemerkte Tannenberg.

»Aber ein sehr interessantes, Wolf! – Vor allem ethisch und philosophisch!«

»Gut, Rainer, von mir aus. Aber leider müssen wir uns hier mit den ganz profanen Dingen des Lebens, beziehungsweise Todes, beschäftigen. Also, weiter im Text: Michael, hast du die Vermisstenmeldungen noch mal durchgecheckt?«

»Klar. Zum letzten Mal vor 'ner guten halben Stunde. Außerdem hat die Zentrale die Anweisung, uns sofort zu verständigen, wenn eine neue reinkommt. Ich hab auch 'ne Anfrage beim BKA gemacht. Die faxen uns so schnell wie möglich die Daten aller in Deutschland seit einer Woche vermissten Personen.«

»Gut!« Mit Rücksicht auf sein lädiertes Gesäß ließ sich Tannenberg ausnahmsweise einmal nicht auf Petra Flockerzies Schreibtisch niedersinken, sondern lehnte sich nur vorsichtig mit seinen Oberschenkeln an. »Zwei tote Männer. Und keiner sucht sie. Das ist doch einfach verrückt!«

»Warum?«, fragte Mertel, der inzwischen seine ungeplante Zwischenmahlzeit beendet hatte, emotionslos. »Was ist, wenn es sich bei den beiden Männern um Illegale oder Penner gehandelt hat? Die vermisst doch so schnell keiner. Und *wenn* sie einer vermisst, wird von denen sehr wahrscheinlich keiner freiwillig zur Polizei rennen und eine Anzeige aufgeben.«

»Du hast Recht, Karl!« Tannenberg kreuzte die Arme vor der Brust. Sein Blick schien den Fußboden abzutasten. Dann atmete er tief ein, während er gleichzeitig die Arme wieder auseinander faltete und sich vom Schreibtisch wegdrückte. »Aber *warum* haben die das überhaupt gemacht? Und dann auch noch zwei Mal an derselben

Stelle. Und vor allem: *Wo* ist das Motiv für solche Wahnsinnstaten? – Diese Kerle sind doch total verrückt, völlig durchgeknallt!«

»Wieso eigentlich? Schließlich gibt es keine andere Stelle in der ganzen Umgebung, wo man weniger mit einem zweiten Mord gerechnet hätte.«

»Das stimmt zwar, Michael«, pflichtete Sabrina sogleich ihrem Ehemann bei, »aber wir haben immer noch kein Motiv.«

»Na, vielleicht wollte man damit einfach nur ein abschreckendes Exempel statuieren«, sagte Adalbert Fouquet, legte eine kurze Denkpause ein und fuhr dann fort: »Zum Beispiel im Drogenmilieu. Es kann doch sein, dass zwei Drogenkuriere oder Dealer etwas für sich abgezweigt haben, oder vielleicht sogar die ganze Lieferung auf eigene Rechnung verkauft haben.«

»Oder es handelt sich um einen Bandenkrieg oder um Menschenhandel oder um eine Abrechnung im Zuhältermilieu. – Leute, so kommen wir nicht weiter! Das sind alles nur wilde Spekulationen. Wir müssen uns an die Fakten halten.«

»Aber wir haben doch fast keine!«, wandte Kommissar Schauß kritisch ein.

»Doch: Wir wissen, dass der erste Mann beschnitten war.« Tannenberg sprach direkt den Rechtsmediziner an: »Was ist denn eigentlich mit dem Zweiten: War der auch beschnitten?«

Dr. Schönthaler zuckte mit den Schultern. »Also, ich kann dazu nichts sagen.« Dann drehte er sich zu dem anwesenden Kriminaltechniker um: »Mertel, du hast mir ja nichts dergleichen in die Alukiste reingelegt, oder sollte ich da in der Eile etwas übersehen haben?«

»Quatsch! So was könnte dir doch nie passieren! Nein. Wir haben ja auch nichts gefunden! Das war ja alles noch viel verstreuter als bei dem Ersten. Der muss von dem Zug regelrecht zerhackt worden sein.«

»Da ist sicherlich schon einiges in den Mägen der Waldtiere auf Nimmerwiedersehen verschwunden. Erinnerst du dich noch an diese Leiche – da war der Weilacher noch Leiter des K1 – die wochenlang im Wald rumgelegen hatte, wo auch das Wild dran war. Das …«

»Bitte hört auf mit diesem schrecklichen Zeug«, flehte Sabrina und blickte hilfesuchend zu Tannenberg, dem die Ausführungen der beiden auch nicht sonderlich zu behagen schien.

»Schluss damit! Habt ihr noch was anderes für uns?«

»Ach, Wolf, du weißt doch selbst, wie schwer eine entstellte Leiche zu identifizieren ist«, antwortete Karl Mertel. »Und hier haben wir ja noch ganz andere Probleme: Wir haben ja nur Leichenteile, die der Doc zusammenpuzzeln muss.«

»Ja, das weiß ich doch«, entgegnete Tannenberg gedehnt.

»Wir haben ja auch keine persönlichen Gegenstände gefunden, weder bei dem einen noch bei dem anderen. Beim Zahnstatus wird's natürlich auch nicht ganz einfach. Und da kommt noch erschwerend hinzu, dass wir ja gar kein Vergleichsmaterial haben. Das hätten wir ja nur, wenn die beiden Toten hier aus der Gegend wären.

Dann könnten wir, wenn es dem Doc überhaupt gelingt, die Kiefer zusammenbauen, bei den Zahnärzten nachfragen. Bei der DNA-Analyse ist es genauso.«

»Was?«, fragte Geiger.

»Na ja, dass wir sehr wahrscheinlich kein Vergleichsmaterial haben, mit dessen Hilfe wir die Toten identifizieren könnten.«

»Ist schon klar, Karl, das ist ja unser altes Problem: Was nützen uns denn diese teuren Genanalysen, wenn wir keine Daten haben, mit denen wir sie abgleichen können?«, stimmte Tannenberg dem altgedienten Spurenexperten zu.

»Aber ich hab schon noch etwas gefunden für euch«, sagte der Gerichtsmediziner.

»Und was?«

»Der zweite Mann muss ein starker Raucher gewesen sein, Wolf. Ich hab bei der Obduktion ...«

»Rainer, fang jetzt bloß nicht schon wieder mit diesen ekligen Details an!«, herrschte Tannenberg seinen alten Freund an und wandte sich an den Kriminaltechniker: »Du, Karl, mir fällt gerade was ein: Wie haben die beiden Männer eigentlich ihre Opfer oben auf den Tunneleingang gebracht? Da muss es doch jede Menge Spuren geben. Zigarettenkippen zum Beispiel. Wenn der eine doch starker Raucher war ...«

»Das eine Opfer war starker Raucher nicht einer der Täter!«

»Ach so, klar. Deshalb ...«

»Übrigens, Wolf, das mit den Spuren kannst du getrost vergessen!«, unterbrach Karl Mertel. »Natürlich gibt es jede Menge Spuren: Sehr deutliche Schuhprofile, die von dem Waldweg oben auf den Tunnel führen. Die stammen sehr wahrscheinlich von handelsüblichen Gummistiefeln. Aber wir haben nicht eine einzige Kippe gefunden, auch keine Reifenspuren. Na ja, ist eigentlich ja auch kein Wunder, auf so einem geschotterten Waldweg. Und andere Spuren? Müll, sonst nix!«

»Schade! Und was ist mit Schleifspuren?«

Der Spurenexperte schüttelte energisch den Kopf. »Nee, nichts. Absolut nichts.«

»Komisch! Und wie haben die dann die Männer dort hochtransportiert?«, fragte Kommissar Schauß in die Runde.

»Gute Frage, Herr Kollege«, entgegnete Mertel. »Ich vermute mal, dass sie ihre Opfer entweder getragen oder eine Pritsche oder so was benutzt haben. Eine andere Möglichkeit, zwei erwachsene Männer dort hochzuschaffen, gibt's ja wohl nicht.«

»Doch, es gibt noch eine andere!«, warf Kriminalhauptmeister Geiger ein und erzeugte damit erwartungsvolles Staunen.

»Welche?«, fragte Fouquet.

»Na, die hätten sie auch mit einem Hubschrauber dorthin fliegen lassen können. Und dann haben sie die dort einfach abgeseilt.«

»Mann, Geiger, du hast wirklich tolle Ideen!« Tannenberg seufzte laut auf, rollte dabei die Augen und zog abschätzig die Brauen nach oben. »Rainer, mir fällt gerade was ein: Hast du bei dem neuen Toten auch wieder diese Folterspuren gefunden?«

»Also, wie der Mertel schon angedeutet hat, sah der

Mann aus, wie wenn er durch den Fleischwolf gedreht worden wäre. Nein, also für möglicherweise an ihm durchgeführte Folterungen konnte ich keinerlei Anhaltspunkte finden. Ich hab auch einfach zu wenig Material!«

Tannenberg nickte wortlos.

»Es grenzt sowieso an ein Wunder, dass die Tätowierung an ihren Hinterteilen die ganze Sache unbeschadet überstanden haben.«

»Was, Rainer? Der war auch tätowiert?«

»Ach, das weißt du noch gar nicht?«

»Nee, woher denn auch?«

»Ja, der zweite Tote hat die gleiche Tätowierung wie der erste. Und sie befindet sich ebenfalls auf seinem Hintern. Aber wo genau dort, kann ich leider nicht sagen. Aber ich vermute mal, dass sie an derselben Stelle wie bei dem anderen Toten war.«

»Aber warum denn alles in der Welt lässt man sich so etwas ausgerechnet auf seinen Hintern tätowieren?«, sagte Tannenberg mehr zu sich selbst.

»Ganz einfach, Chef: Weil einem etwas am Arsch vorbeigeht!«, warf Geiger derb dazwischen.

»Will uns der Herr Kriminalhauptmeister mit seiner bekannt rustikalen Ausdrucksweise etwa darauf hinweisen, dass die Motivation der beiden Männer, die Tätowierung genau an diesem ungewöhnlichen Ort anbringen zu lassen, auf eine möglicherweise stark ausgeprägte Aversion gegenüber einer bestimmten Sache zurückzuführen sein könnte?«, fragte Dr. Schönthaler.

»Mensch Rainer, geht's auch ein bisschen weniger geschwollen? Es kann doch durchaus sein, dass der Geiger mit seiner Vermutung Recht hat. Was ist denn eigentlich mit dem Alter des neuen Toten?«

»Der war etwa genauso alt wie der andere, schätze ich mal.«

»Habt ihr sein Gesicht?«, nuschelte Tannenberg so leise, dass der Pathologe nachfragen musste.

»Nein. Also, vom Standpunkt der vorsätzlichen Verunkenntlichungsmachung hat der zweite Zug noch bessere Arbeit geleistet als der erste.«

»Verunkenntlichungsmachung? Mensch, Rainer, was für ein Wort! Das ist ja reif für den neuen Duden. – Was ist mit der Gen-Analyse? Hast du die schon fertig?«

»Ja, der Abgleich mit der BKA-Datenbank läuft gerade. Aber wie Mertel vorhin schon gesagt hat, bringt das wahrscheinlich gar nichts. Ich denke, dass die DNA des zweiten Opfers genauso wenig registriert ist, wie die des ersten.«

»Karl, Fingerabdrücke von den beiden Mördern habt ihr garantiert auch keine gefunden, oder?«

»Nein!«, antwortete der Kriminaltechniker. »Ich hab dir übrigens einen schönen Plan gemacht, aus dem du ganz genau ersehen kannst, wo alles gelegen war.«

»Darauf kann ich sehr gerne verzichten. – Michael, du hast doch den Zugführer befragt, oder?«

»Ja.«

»Und der hat genau dasselbe beobachtet wie der erste?«

»Ja, genau dasselbe. Es war anscheinend genau wieder so, wie es der Albert in seinen Bericht geschrieben hat.«

»Vielleicht stecken ja auch ausländische Geheimdienste hinter den beiden Morden«, sagte plötzlich Petra Flockerzie, die sonst nur sehr selten einen Kommentar zu den kriminalpolizeilichen Ermittlungen abgab; aber nicht etwa, weil sie dazu nichts zu sagen gehabt hätte, sondern weil Tannenberg es ihr untersagt hatte. »Entschuldigung, Chef, dass ich mich einmische, aber wenn mindestens einer von ihnen beschnitten war und beide dieselbe Tätowierung hatten, dann waren sie vielleicht Mitglieder von einem Geheimbund, oder so was.«

»Gar keine schlechte Idee, Flocke!«, zollte Kommissar Schauß der Sekretärin unverhohlen Anerkennung.

»Aber für so was hab ich überhaupt keine Lust. Sagt bloß nichts in dieser Hinsicht zu Hollerbach. Der bringt es fertig und quartiert uns hier gleichzeitig das BKA, den BND, den MAD und den Verfassungsschutz ein. Kein Wort zu ihm über diese Spekulationen! Leute, ist das klar?«

Allseitiges Kopfnicken.

»So ganz abwegig ist der Gedanke allerdings wirklich nicht«, nahm der Pathologe den Faden wieder auf. »Es ist ja schließlich zur Genüge bekannt, dass Deutschland bei internationalen Terrorismusexperten den Ruf eines idealen Rückzugsraums besitzt: Ein ruhiger Ort, an dem man sich, recht ungestört von den Ermittlungsbehörden, von den terroristischen Aktivitäten in anderen Ländern ausruhen kann. Wo man unbehelligt so genannte Schläfer platzieren kann, die man bei Bedarf aktiviert, um einen Auftrag auszuführen, und die dann wieder unerkannt in ihre Alltagsrolle zurückschlüpfen.

Vielleicht war der Mossad ja einigen islamischen Terroristen auf der Spur.«

»Der israelische Geheimdienst ermordet mitten in der Pfalz zwei Terroristen? Na ja, ich weiß nicht, Rainer. Ich glaub, du liest zu viele Spionageromane. Wir sollten uns doch lieber an die Fakten halten! Wir haben zwei konkrete Spuren: Zum einen die Tätowierungen und zum anderen dieses Tiernarkotikum. Karl, gib mir mal die Fotos mit den Tätowierungen. Das ist doch wenigstens etwas Konkretes.«

Der Spurenexperte kramte aus seiner Aktentasche eine Mappe mit den von Tannenberg erbetenen Abbildungen und überreichte sie ihm. Dieser warf einen kurzen Blick darauf und brachte sie sogleich bei seinen Kollegen in Umlauf.

»Was meint ihr? Was könnte das wohl sein?«

»Also, das auf dem rechteckigen blauen Hintergrund ist garantiert ein Raubtier, wahrscheinlich ein Löwe: Von der Seite, mit ausgestreckten Krallen und einer goldenen Krone auf dem Kopf«, erklärte Michael Schauß.

»Da stimme ich dir zu«, bestätigte Kommissar Fouquet. »Und das hier ist eindeutig ein goldfarbener Anker.«

»Ja, Kollegen, da sind wir uns sicher schnell einig. Aber das hier.« Tannenberg deutete mit einem Zeigefinger auf eine Inschrift, die aus den jeweils mit einem Punkt voneinander abgetrennten Kleinbuchstaben ›n.s.s.v.d.‹ bestand, wobei die ersten drei direkt über den beiden anderen angeordnet waren. »Was könnte das wohl sein?«

»Eine Abkürzung, Chef!«, fasste Geiger eine spontane göttliche Eingebung in Worte. »Aber für was?«

»Genau, das ist die entscheidende Frage!«

»Vielleicht irgendwas Rechtsradikales, Wolf – ›n.s.s.‹? Aber ›v.d.‹?«

»Nicht auszuschließen, Sabrina, nicht auszuschließen. Aber das sind alles nur Spekulationen. Leute, wir müssen unbedingt systematisch an diesen Fall herangehen. Deshalb verteilen wir jetzt die Aufgabenbereiche. Fangen wir mit dir an, Sabrina: Du gehst mal rauf zum K3 und fragst die lieben Kollegen, die sich ja freundlicherweise mit der Organisierten Kriminalität beschäftigen, ob sie irgendeinen Anhaltspunkt für uns haben.«

»Okay, Wolf, erledige ich sofort«, antwortete die junge Polizeibeamtin und machte sich direkt auf den Weg.

Aber Tannenberg fiel noch etwas ein. Deshalb rief er ihr nach: »Sabrina, warte mal: Check bei denen auch ab, ob die schon einmal von solch einer bizarren Mordausführung gehört haben. Vielleicht gibt's da ja irgendeinen Maffia-Clan, der sich auf diese oder ähnliche Weise gewöhnlich seine Probleme vom Hals schafft.«

»Alles klar!«

»Nun hätten wir noch diese Sache mit der Tätowierung! Damit müssen wir unbedingt so schnell wie möglich in die Zeitung.«

»Sonntags?«, brabbelte es aus Geiger heraus.

»Na und? Die machen doch sonntags die Montagsausgabe. Oder hast du etwa gemeint, die machen sie am Montagmorgen während der normalen Dienstzeit?«, gab Tannenberg genervt zurück. »Aber vielleicht haben die schon alle Inhalte für die morgige Ausgabe festgelegt und können nichts mehr reinnehmen.«

»Ich denke, das ist kein Problem«, bemerkte Adalbert Fouquet ruhig. »Ich ruf mal meinen Vater an, der kennt den Chefredakteur der *Rheinpfalz* vom Golfspielen her.«

»Gut! So ...« Tannenberg brach ab, streichelte nachdenklich sein Kinn. »Wir können den Täterkreis zumindest ein wenig einengen, und zwar auf die Personen, die auf irgendeine Art und Weise Zugang zu dem verwendeten Narkotikum hatten. Geiger, deshalb gehst du mal gleich runter in die Apotheke an der Ecke und schaust nach, welche Apotheke heute Dienst hat. Und dann fährst du dorthin und erzählst, dass du unbedingt sofort deinen Dackel betäuben musst. Ich bin echt gespannt, ob du das Zeug bekommst. Denn wenn nicht, könnten wir eine Menge Personen ausschließen.«

»Aber warum soll ich denn meinen Dackel betäuben müssen?«

»Oh Gott, was weiß denn ich. Weil du ihm die Krallen schneiden willst. Oder die Ohren ausputzen. Oder einen Einlauf machen. Mann, Geiger lass dir doch einfach mal selbst was einfallen!«

»Und wie heißt das Medikament, Chef?«

»Rainer, schreib's ihm mal auf.«

»Und was macht der Herr Hauptkommissar an diesem schönen Sonntag, wenn man mal so beiläufig fragen darf?«, frotzelte Dr. Schönthaler.

»Der Herr Hauptkommissar macht *heute* überhaupt nichts mehr. Aber der Herr Hauptkommissar begibt sich gleich morgen früh in ein Tätowierstudio und lässt sich auch so'n komisches farbiges Ding in den Hintern ritzen. Die Vorlage dazu hab ich ja.«

4

Montag, 21. April

Das Tattoo- und Piercing-Studio lag mehr oder weniger bei Tannenberg direkt um die Ecke. Auf dem Fußweg zu seiner am Pfaffplatz gelegenen Dienststelle passierte er diesen eher unscheinbaren Laden auf der gegenüberliegenden Seite der Dr.-Rudolf-Breitscheid-Straße sogar fast täglich. Allerdings hatte er ihm in der Vergangenheit eigentlich nie sonderliche Beachtung geschenkt.

Vielleicht war seine Ignoranz auch darauf zurückzuführen, dass er sich bislang für diese Art von Körperschmuck nicht einmal im Geringsten hatte erwärmen können. Ja, man konnte sogar behaupten, dass er tätowierten Zeitgenossen stets mit einer gehörigen Portion Misstrauen begegnete. Seine gegenüber dieser extravaganten Personengruppe ziemlich ausgeprägte Skepsis war das Ergebnis langer Berufsjahre, während denen er bereits zahlreiche Exemplare dieser zwar farbenfroh dekorierten, aber trotzdem sehr finsteren Gestalten als Verdächtige vor sich sitzen gehabt hatte.

Als er gegen 10 Uhr vor der gläsernen Eingangstür stand, musste er erstaunt feststellen, dass das Tattoo-Studio noch geschlossen hatte, laut Aushang seine

Pforte erst in einer halben Stunde öffnete. Nach einem kurzen Blick in das Innere des unbeleuchteten Raumes, das ihn an eine Mischung aus Bar und Frisiersalon erinnerte, betrachtete er sich noch ausgiebig die Unzahl der im Schaufenster ausgestellten Fotos, die dem Betrachter einen Überblick über alle möglichen Tattoo-Motive und die diversen Körperstellen, an denen man sich diese Tätowierungen anbringen lassen konnte, verschaffte. Aber er entdeckte auf keinem der Bilder auch nur eine annähernde Ähnlichkeit mit dem Motiv, das man auf den Körperresten der beiden Toten gefunden hatte.

Dann beschloss er spontan, die Zeit bis zur Öffnung des Studios für einen kurzen Abstecher in ›Die Bohne‹, den kleinen, aber feinen Laden seines Espresso-Lieferanten in der Humboldtstraße zu nutzen. Sein Vorrat an den gerösteten Rohstoffen, die er für die Zubereitung seines absoluten Lieblingsgetränks benötigte – jedenfalls was die in einem höheren Temperaturbereich verkonsumierten flüssigen menschlichen Grundnahrungsmittel betraf –, ging nämlich gerade zur Neige und bedurfte dringenden Nachschubs.

Aber wie schon so oft in seinem Leben nahm Tannenberg auch an diesem Morgen nicht den direkten Weg zum Ziel, sondern entschied sich für einen kleinen Umweg. Sein Spaziergang führte ihn in den südlichen Bereich der Kaiserslauterer Fußgängerzone, die allerdings wieder einmal nicht gerade den Eindruck einer großstädtischen Einkaufs- und Flaniermeile bot, sondern eher einer Dauer-Großbaustelle ähnelte.

Tannenberg hatte plötzlich Lust auf eine seiner Solitär-Spielereien.

Deshalb blieb er abrupt stehen, drehte sich um neunzig Grad, so dass seine waagrechte Körperachse genau parallel zur Häuserfront stand, warf den Kopf ins Genick, betrachtete sich die Fassaden ab Oberkante zweites Stockwerk – und musste wieder einmal resigniert feststellen, dass er gerade das Spiel verloren hatte.

Warum? Weil er sich ehrlicherweise eingestehen musste, dass er, wenn man ihm ein Foto dessen, was er gerade sah, vorgelegt hätte, nicht in der Lage gewesen wäre, den oberen Teil dieses Hauses, an dem er im Laufe seines Lebens bestimmt schon tausendmal vorbeigegangen war, seinem aus alteingesessenen Geschäften bestehenden Unterteil richtig zuzuordnen. Er hatte sich schon des Öfteren überlegt, ob er nicht einmal der *Rheinpfalz* einen Wettbewerb vorschlagen sollte, der den Bürgern verdeutlichen würde, wie ausgesprochen blind sie sich durch ihre Heimatstadt bewegten.

Sein Blick verharrte in luftiger Höhe über der Dachrinnengrenze und erfreute sich an putzigen Dachgauben, die von einer Heerschar gurrender Tauben besetzt waren; an winzigen, bunten Klappläden, die von einem schiefergedeckten Zwiebeldach gekrönt wurden; an prächtig verzierten Sandsteinfassaden- und Fenstersimsen – aber auch an den manchmal zu besichtigenden, verwitterten Gemäuern, die auf ihn stets einen besonderen, eigentümlichen Reiz ausübten.

Richtig schmucke architektonische Kleinode! Die Leute wissen überhaupt nicht, was ihnen da für tolle optische Eindrücke entgehen! Weil diese tumben Herdentiere immer achtlos daran vorbeilaufen, sagte er zu sich selbst, während er kopfschüttelnd sein Augenpaar nach unten in die irdischen Gefilde zurückdirigierte.

Plötzlich tippte ihm jemand von hinten auf die Schulter.

Irritiert wandte er sich um.

»Der Herr Hauptkommissar als Hans-Guck-in-die-Luft. Sind Sie etwa zur Denkmalschutzbehörde strafversetzt worden?«, fragte Ellen Herdecke mit einem spitzbübischen Lächeln.

»Was? ... Nein«, stammelte Tannenberg.

»Gehen Sie mit mir einen Kaffee trinken?«

»Was? ... Kaffeetrinken? ... Jetzt? ... Geht nicht ... Ich hab einen wichtigen Termin.«

»Schade! Na dann, vielleicht ein andermal!«

Die aparte Frau war genauso überraschend im Meer der vorbeiströmenden Passanten verschwunden, wie sie daraus aufgetaucht war.

Was war denn das eben gewesen: Ein Traum – oder Wirklichkeit?, fragte er sich benommen.

Wirklichkeit, du Vollidiot!, meldete sich umgehend seine innere Stimme, wie immer ungefragt, zu Wort. Du verdammter Hornochse! – Trottel! – Tölpel! – Versager! Genau das, was eben passiert ist, hast du dir in deinen kühnsten Träumen doch immer gewünscht. Und dann passiert's, und du laberst hier dumm rum! Anstatt diese einmalige Chance am Schopfe zu packen! Blödmann!

Aus purem Zorn über sich selbst trat Tannenberg nach einer Taube, die sich gerade zielstrebig auf ihn zubewegte. Er traf sie jedoch nicht. Dafür erzeugte er allerdings bei einigen, nur ein paar Meter von ihm entfernt ein Schwätzchen haltenden, älteren Damen wütende Protestbekundungen.

Den Kopf nach unten gesenkt, betrat er wütend vor sich hin brabbelnd das Kommissariat, stapfte grußlos an seinen Mitarbeitern vorbei in sein Büro und knallte die Tür zu. Den beabsichtigten Besuch des Tattoo-Studios hatte er als Folge dieses Schockerlebnisses inzwischen ebenso völlig vergessen wie seine geplante Exkursion zur ›Bohne‹.

Kurze Zeit später getraute sich Sabrina als erste in Tannenbergs Dienstzimmer.

»Wolf, was ist denn mit dir los? Was ist dir denn heute Morgen für eine Laus über die Leber gelaufen?«

»Ach, lass mich in Ruhe! Lasst mich doch alle in Ruhe! So ein verfluchter Misttag!«, schimpfte er fauchend vor sich hin.

Sabrina zog den Kopf zwischen die Schultern und wollte sich gerade aus dem Staube machen, als der Leiter des K1 eine merkwürdige Verhaltensänderung an den Tag legte.

»Entschuldige, Sabrina! Komm setz dich bitte mal zu mir. Tut mir Leid. Du kannst ja wirklich nichts dafür! Ich bin ja auch einfach zu blöd, zu blöd!« Zur Untermauerung dessen, was er gerade von sich gegeben hatte, schlug er sich mehrmals mit der flachen Hand an die Stirn.

Nachdem er gestenreich erzählt hatte, was ihm vor einigen Minuten widerfahren war, ging die junge Polizeibeamtin zu ihrem väterlichen Freund, der ja auch ihr Trauzeuge gewesen war, setzte sich ihm gegenüber und streichelte ihm sanft die Hände.

»Mein armer, einsamer Wolf. Aber so schlimm ist das alles doch gar nicht! Das ist sogar eher ein sehr gutes Zeichen!«

»Wieso?« In Tannenbergs müden Blick kehrte das Leben wieder ein wenig zurück.

»Weil es zumindest zeigt, dass die Frau ein gewisses privates Interesse an dir hat. Sonst hätte sie wohl kaum mit dir einen Kaffee trinken gehen wollen.«

»Meinst du?«

»Klar! Du bist ihr sicherlich sympathisch. Sonst hätte sie dich garantiert nicht angesprochen. Schließlich ging die Initiative ja wohl eindeutig von ihr aus.«

Tannenberg brummte zustimmend.

»Aber wie weit ihr Interesse an dir reicht, weiß ich natürlich nicht. Von unserem letzten großen Fall, wo du sie ja ziemlich angeschmachtet hattest ...«

»Fandest du?«

»Kann man wohl sagen. Jedenfalls hab ich noch in Erinnerung, dass sie verheiratet ist und Kinder hat.«

Tannenberg seufzte laut auf. »Genau das ist ja das Problem! Was soll ich denn jetzt nur machen? Ich denke die ganze Zeit schon darüber nach, ob ich sie nicht gleich mal anrufen sollte ...«

»Na, ich weiß nicht so recht ...« Sabrina zögerte. »Vielleicht solltest du besser ein paar Tage abwarten und dich dann mal bei ihr melden. Am besten bei ihr in der Firma! Genau! Ruf sie doch einfach an und lade sie, zum

Beispiel in ihrer Mittagspause, zu einem Kaffee ein. Das ist ja völlig unverbindlich. Du kannst ja behaupten, dass du nur mal wissen wolltest, wie es nach dieser schrecklichen Sache in ihrer Firma weitergegangen ist.«

»Gute Idee, Sabrina.« Er klatschte die Hände vor seinem Gesicht zusammen. »Genauso mach ich's! Danke, Sabrina, du bist mir in solchen Angelegenheiten wirklich immer eine große Hilfe. – So, und nun mal wieder zu den leidigen beruflichen Angelegenheiten: Hast du von den Kollegen im K3 etwas erfahren, das uns ein wenig bei den Ermittlungen weiterhelfen könnte?«

»Leider nein, Wolf, im Bereich der Organisierten Kriminalität gibt's zwar oft solche brutalen Abrechnungen, aber da werden die Rivalen erschossen, erstochen, mit Sprengstoffanschlägen in die Luft gejagt. Aber von so was wie bei uns haben die Kollegen noch nie gehört. Sie tippen auf einen Ritualmord, vielleicht von Okkultisten oder einem Geheimbund.«

»Okkultisten? Ich hab überhaupt keine Lust für solche komplizierten Sachen. Mit mysteriösen Tätowierungen und so 'nem Kram. Ach, du dickes Ei, das hab ich ja ganz vergessen. Weißt du was, das soll der Geiger machen. Der ist doch da, oder?«

»Ja, vor fünf Minuten war er noch in seinem Zimmer.«

Aber diese Hypothese traf nicht zu, denn Kriminalhauptmeister Geiger stand in Seelenruhe bei Petra Flockerzie und schlürfte an einem Espresso.

»Aha, vielbeschäftigt wie immer, der Herr Kollege!«, giftete Tannenberg los. »Was hast du in der Apotheke rausgekriegt?«

»Nicht viel. Nur dass man dieses Zeug noch nicht mal gegen Rezept, sondern, wenn überhaupt, dann nur direkt über den Tierarzt bekommen kann.«

»Na, das ist doch schon mal was Erfreuliches. Das engt ja den potentiellen Täterkreis schon ziemlich ein. Gut gemacht, Geiger!«

»Danke, Chef!« Der Kriminalbeamte führte sichtlich zufrieden die kleine, dickwandige Espressotasse zum Mund und nippte vorsichtig an der heißen Flüssigkeit.

»So, und zur Belohnung gehst du jetzt gleich in das Tätowierungs-Studio in der Breitscheidstraße und zeigst den Leuten dort mal unser Motiv. Vielleicht fällt denen ja was dazu ein.«

Bereits nach einer knappen Viertelstunde war Kriminalhauptmeister Armin Geiger von seinem Dienstgang zurückgekehrt und berichtete von den Ergebnissen seiner Expertenbefragung: »Die zwei Besitzer haben gemeint, dass man sich solche primitiven Tätowierungen in fast jedem Hinterhof machen lassen kann. Das ist hundertprozentig keine Profiarbeit, meinen sie. Und mit diesen komischen Abkürzungen, also diesen Buchstaben, können sie auch nichts anfangen. Das kann alles Mögliche heißen, sagen sie.«

»Na ja, so weit sind wir ja wohl auch schon. Aber, was soll's. Einen Versuch war's allemal wert!«

»Aber Chef, wissen Sie was?«

»Was?«

»Der eine hat mich doch tatsächlich am Schluss gefragt, ob ich mir nicht auch so'n Tattoo machen lassen will. Und hat mir auch eins vorgeschlagen: Ein mit zwei dicken Linien durchkreuzter Bullenkopf. Da bin ich aber echt sauer geworden, Chef, wirklich.«

5

Sonntag, 27. April

Wie von einer geheimnisvollen Kraft magisch angezogen, schwebte er auf ein großes schwarzes Tor zu, das sich, kurz bevor er es berührte, lautlos öffnete und ihn in einen hell erleuchteten grünen Tunnel mit wabenförmigem Querschnitt entließ.

Die merkwürdige Röhre erinnerte ihn spontan an einen botanischen, vorwiegend aus einheimischen Laubgehölzen bestehenden, Lehrgarten.

Der Konstrukteur dieses magischen Waldlehrpfads hatte die einzelnen Bäume und Sträucher anscheinend so programmiert, dass sie, kurz bevor er sie erreichte, im Zeitraffertempo nacheinander alle Gewänder anlegten, die sie im Laufe einer Vegetationsperiode zu tragen gewohnt sind.

Er fühlte sich wie in einem riesigen Expeditions-Endoskop, mit dem er ruhig und emotionslos ein ihm bislang völlig unbekanntes Terrain erkundete.

Natürlich hatte auch er stets die Veränderungen registriert, denen das Erscheinungsbild der Bäume im Wechsel der Jahreszeiten unterworfen war. Aber die beeindruckende Dynamik und Ästhetik des ewigen biologischen Kreislaufs war ihm in dieser Form noch nie begegnet: An einem sich noch im Winterkleid befindlichen Laubbaum, den er sofort als Birke identifizierte, vergrößerten sich urplötzlich die von den dünnen Enden der Ästchen herabhängenden kleinen Kätzchen, fächerten sich auf und setzte ohne jegliche Vorwarnung den von einem Pollenallergiker wie ihm so extrem gefürchteten Blütenstaub frei.

Spätestens diese völlig emotionsfrei wahrgenommene und folgenlos für ihn gebliebene Konfrontation mit den hochallergenen Substanzen verdeutlichte ihm, dass sich eine radikale Veränderung bezüglich seines Status ereignet haben musste: Er war nicht mehr aktiver Teilnehmer, sondern nur noch passiver Beobachter eines anscheinend von ihm nicht willentlich zu beeinflussenden Geschehens.

Federleicht schwebend, ohne den geringsten Luftwiderstand zu verspüren, bewegte er sich ruhig und gelassen vorbei an prächtigen Hainbuchen, Robinien, Eichen, Kastanien und Ebereschen auf ein strahlend helles, aber nicht blendendes Licht am Ende des grünen Tunnels zu, das, je mehr er sich ihm annäherte, umso heller und leuchtender wurde.

Er war losgelöst von jedwedem Zeitbegriff, trieb auf dem ihn sanft wiegenden Meer der Unbekümmertheit, verspürte weder Furcht noch Trauer, noch irgendeine Spur von Verzweiflung, fühlte sich wunderbar sicher und frei und genoss in vollen Zügen die friedliche, feierliche Stimmung, das schwerelose Treiben in einer absoluten Stille.

Geistig hellwach und völlig konzentriert auf das sich seinen Augen darbietende eindrucksvolle Naturschauspiel, befand er sich in einem Zustand der allumfassenden Zustimmung und aktiven Ergebenheit bezüglich der mit ihm geschehenden Dinge.

Dieses Gefühl des grenzenlosen Wohlbehagens steigerte sich zu einem überwältigenden Glückserlebnis, zu einem wahrhaften Freudenrausch, der in dem Augenblick, als er in das große gleißende Licht am Ende des Tunnels eintauchte, eine geradezu ekstatische Dimension erreichte: Ihn durchfluteten Euphoriewellen, wie er sie bisher noch nie erlebt hatte.

Das Licht, welches ihn nun vollständig umschloss, war sehr energiereich und warm und von unaussprechlicher Schönheit. Obwohl extrem hell, heller als ein Blitz, war es doch zugleich sanft und mild. Es verbreitete eine gigantische Güte und Allwissenheit, durchströmte seinen Geist und erweiterte sein Bewusstsein.

In diesem Moment war er der festen Überzeugung, alle Rätsel der Welt aufgelöst vor seinen Augen liegen zu sehen, alle Geheimnisse aller Zeiten entschlüsselt zu haben. Er war ganz und gar von diesem Licht ausgefüllt, mit ihm zu einer organischen Einheit verschmolzen.

Dieser Zustand währte allerdings nicht lange, denn schon bald musste er diese wundersame Welt des Lichts mit seiner übernatürlichen Schönheit wieder verlassen und flog nun in einem rasanten Sturzflug durch einen wolkenlosen blauen Himmel auf eine weiße Leinwand zu, auf der anscheinend gerade ein Film über sein Leben vorgeführt wurde.

Das Kaleidoskop aus wirren, lebendigen Bildern war allerdings zeitlich und thematisch nicht geordnet, sondern gestaltete sich als völlig chaotisches Durcheinander von Personen und Gegenständen, die so schnell wechselten, dass er nur wenige von ihnen eindeutig zu identifizieren vermochte.

Dieser bruchstückehafte Lebensrückblick endete genauso unvermittelt, wie er begonnen hatte, denn inzwischen hatte er die Leinwand durchstoßen und befand sich unversehens in einem wunderschönen Garten.

Euphorisch wie ein nach langer, trister Gefangenschaft endlich wieder in die Freiheit entlassener Vogel, der nach einem ungestümen, kräftezehrenden Schwingenspiel allmählich erschöpft zur Ruhe kommt, schwebte er mit langsamer Geschwindigkeit über einen farbenprächtigen, aus wilden Blumen geknüpften Blütenteppich.

Während seines gemächlichen Erkundungsfluges betrachtete er intensiv einzelne ausgewählte Exponate dieses gewaltigen Blütenmeers, wobei er sich allerdings des Eindrucks nicht erwehren konnte, dass seine von ihm nicht steuerbaren Augen aus diesem farbenfrohen Naturgarten immer nur ganz bestimmte Pflanzen auswählten: Blumen, die er sicherlich schon einmal gesehen hatte, deren Namen ihm aber partout nicht einfallen wollten.

Inzwischen war anscheinend ein leichter Wind aufgekommen – eine Veränderung, die er zwar nicht spürte, die er aber trotzdem aufgrund des sich sanft wiegenden Blütenteppichs und der Vielzahl kleiner durch die klare Luft stiebenden Fallschirme des blühenden Löwenzahns wahrnehmen konnte.

Plötzlich entdeckte er inmitten der Blumenwiese eine Engelsgestalt, auf die er sich in Zeitlupentempo zubewegte. Als er sie erreicht hatte, bemerkte er zu ihren Füßen eine kleine Pfütze, auf die sie ihre ausgestreckten Arme so gerichtet hielt, als wolle sie ihn auf etwas Wichtiges hinweisen.

Die vermeintliche Wasserlache stellte sich bei eingehenderer Betrachtung aber eher als tiefer, beleuchteter Brunnenschacht dar, auf dessen weit entferntem Grund er zunächst nur ein verschwommenes Bild wahrnehmen konnte. Erst als sich dieses in seine Richtung bewegte und damit größer wurde, konnte er das Bild klarer erkennen: Eine Person lag ausgestreckt auf einem Krankenhausbett, das von mehreren technischen Geräten und Menschen umgeben war.

Als diese Szene noch deutlicher sichtbar wurde, sah er plötzlich, dass *er* es war, der da lag.

Bin ich tot?, fragte er sich mit stoischer Gelassenheit.

Dieser Blick von einem weit entfernten Punkt auf seinen leblosen eigenen Körper war weder von Angstzuständen begleitet, noch empfand er irgendwelche Beklemmungsgefühle. Es war, als ob die dicken emotionalen Taue, die ihn bislang an die Welt gefesselt hatten, vollständig gekappt worden wären.

Er konnte jetzt ganz genau sehen, wie die Ärzte und das Pflegepersonal äußerst geschäftig um ihn herumliefen und alle möglichen Dinge mit ihm anstellten.

Aber dies war völlig bedeutungslos für ihn.

Er fühlte sich als passiver, unbeteiligter Zuschauer eines unwirklichen Kammerspiels und betrachtete gelassen, wie auf einem Rolltisch eine merkwürdige Apparatur an sein Bett herangeschoben wurde, die ihn wegen der beiden emporstehenden Griffe unwillkürlich an zwei Bügeleisen erinnerte. Ein hektischer Arzt hob die medizinischen Gerätschaften sogleich in die Höhe und legte sie ihm anschließend auf seine nackte Brust.

Genau in diesem Augenblick forderte ihn die immer noch vor ihm stehende wunderschöne Engelsgestalt auf, ihr umgehend kundzutun, ob er ins Leben zurückkehren oder lieber sterben wolle. Mit völlig klaren Gedanken prüfte er in Windeseile die beiden alternativen Möglichkeiten, die sich ihm an der Schwelle von Leben und Tod darboten – und vermochte sich einfach nicht zu entscheiden, ob er lieber weiterleben wollte oder in die andere Erkenntnisdimension noch tiefer als bisher eintauchen sollte.

Er erbat sich Bedenkzeit, doch das geheimnisvolle Wesen aus einer anderen Welt bestand hartnäckig auf einer sofortigen Wahl einer der beiden Alternativen.

Da tauchte plötzlich wieder diese blütenweiße Leinwand auf, die er doch vorhin schon durchstoßen hatte, präsentierte ihm diesmal aber nicht einen chaotischen Film über sein bisheriges Leben, sondern zur Abwechslung mal ein ruhiges Standbild: Das Foto eines bildhübschen jungen Mädchens.

Tief drinnen in seinem Innersten breitete sich ein wehmütiges Gefühl der Betroffenheit aus, das darin mündete, dass er augenblicklich das Bedürfnis verspürte, umgehend den Wunsch nach einer Fortsetzung seiner irdischen Existenz zu bekunden.

Dass diesem Begehren an höchster Stelle anscheinend stattgegeben worden war, schloss er wenig später daraus, dass er an diversen Stellen seines Körpers plötzlich leichte Schmerzen registrierte.

»Jawohl! Wir haben ihn wieder! Er ist ins Leben zurückgekehrt!«, rief begeistert eine kräftige Männerstimme. »Kreislauf stabil. Puls und Blutdruck O.K. – Reanimation geglückt!«

»Diese allergischen Reaktionen können leicht dramatische Ausmaße annehmen! Der lebensbedrohliche Herzstillstand dieses jungen Herrn hier ist garantiert auf einen anaphylaktischen Schock zurückzuführen. Wahrscheinlich hat sein Immunsystem auf irgendein Medikament allergisch reagiert – oder vielleicht auch auf das Kontrastmittel, vorhin beim Röntgen«, dozierte eine andere Stimme mit kellerdunklem Timbre.

Die beiden Männer verließen den Raum.

Er war allein.

Herzstillstand? Was ist los? Wo bin ich?, fragte er sich, während er von Panikattacken heimgesucht wurde. *Im Krankenhaus? Wahrscheinlich! Aber warum? Was ist passiert?*

Er versuchte sich zu erinnern.

Da war ein großer dunkler Wagen, der mir auf meiner Sraßenseite entgegengekommen ist und dem ich ausweichen wollte. Und dann?

Seine Kopfschmerzen wurden stärker.

Los, Mann, konzentrier dich!, feuerte er sich selbst an. Weitere Erinnerungen wollten sich jedoch nicht einstellen.

Warum kann ich nichts sehen?

Krampfhaft versuchte er, die Augen zu öffnen. Aber der Befehl wurde nicht ausgeführt.

Verdammt! Bin ich etwa blind?

Er versuchte, seine rechte Hand zu heben, den Kopf zu drehen, die Zehen nach oben zu ziehen. – Nicht die geringste Reaktion.

Bewegen kann ich mich also auch nicht! Aber wieso kann ich dann hören? Wieso konnte ich vorhin hören, was die Männer miteinander gesprochen haben? – Und wieso kann ich denken? Vielleicht kann ich ja auch sprechen!

Spontan keimte Hoffnung in ihm auf. Er gab sofort die entsprechenden Befehle. Aber Lippen und Zunge verharrten regungslos.

Kann ich irgendetwas riechen?

Er konzentrierte sich auf sein Geruchsorgan.

Ich atme ja gar nicht durch die Nase! Die ist ja verschlossen! Ist die etwa zugeklebt? Was ist mit meiner Atmung?

Er wollte die Luft anhalten. Aber nichts geschah. Der Blasebalg arbeitete weiter und blähte in monotonem Rhythmus seine Lungen auf.

Verdammt! Ich werde künstlich beatmet! – Was ist mit Schmecken? Kann ich etwas schmecken?

Er konzentrierte sich auf diesen Bereich seiner Wahrnehmungssensorik.

Ja! Leicht bitter und scharf! – Desinfektionsmittel?

Er fühlte sich für einen kurzen Augenblick ein wenig erleichtert.

Vielleicht ist das alles ja auch nur ein Traum!, dachte er plötzlich.

Dann verlor er das Bewusstsein.

6

»Oh nein, nicht schon wieder! Nicht schon wieder die Schleicherin!«, begann Tannenberg sofort leise vor sich hinzuschimpfen, als er in die Beethovenstraße einbog und bereits von weitem *die* Frau erkannt hatte, die ihm ähnlich lästig war, wie ein Bataillon aufdringlicher Schmeißfliegen.

Die Schleicherin verdankte ihren Namen der ihr ureigenen, speziellen Art der Fortbewegung, die sich aus schlurfenden, langsam aneinander gereihten Schrittfolgen zusammensetzte und die stark an Schlittschuhfahren erinnerte.

Unter diesem Spitznamen war sie im gesamten Musikerviertel berühmt – und berüchtigt. Kaum jemand kannte ihren wirklichen Namen, außer vielleicht ihre direkten Nachbarn in der Mozartstraße. Sie war so bekannt wie der berühmte bunte Hund. Sogar jedes Kind wusste, wer die Schleicherin war.

Ihr gesamtes Wesen schien nur aus einer einzigen, zentralen Eigenschaft zu bestehen: aus Neugierde. Sie strich um die Häuser und Ecken wie ein herrenloser Straßenköter, der mit eingezogenem Schwanz die Gegend nach vergammelten Speiseresten durchstöbert. Aber sie suchte natürlich nicht nach alten Knochen oder sonstigen essbaren Dingen, nein, ihr einziges Streben bestand darin, die Personen in ihrer unmittelbaren Umgebung intensiv und dauerhaft auszuspähen und zu belauschen.

Deshalb verbrachte sie auch gut und gerne den halben Tag damit, scheinbar ziellos durch die Gassen des Musikerviertels zu schlendern – immer darauf lauernd, dass irgendjemand ein zur Straße gelegenes Fenster öffnete, den Wagen parkte oder vom Einkaufen zurückkehrte.

Neben diesen Zufallskontakten hielt sie kontinuierlich Verbindung zu ihrer Stammkundschaft, die sie in regelmäßigem Turnus an bestimmten Orten traf und bei denen es sich meist ebenfalls um Hundebesitzer handelte, die sich dann gemeinsam mit ihr in den nahe gelegenen Stadtpark aufmachten.

Die etwa siebzigjährige, beleibte Frau war stets in Begleitung eines aufgedunsenen, an verschiedenen Körperstellen kahlrasierten weißen Pudels, dessen rosige, nackte Haut Tannenberg merkwürdigerweise immer an gerade aus dem Nest gefallene Vogeljunge erinnerte.

Die Schleicherin schien nur aus Sinnesorganen zu bestehen: Zwei großen Augen für Besucherkontrollen, zwei großen Ohren für Lauschangriffe – und einem großen Mund, um die gierig eingesogenen Informationen bei konspirativen Zusammenkünften mit ihren Kolleginnen aus der Tratschweiber-Szene auch mühelos austauschen zu können.

Die ganzen Jahre über war die tannenbergsche Wohnanlage von dieser leibhaftigen Verkörperung einer penetranten Belästigung weitgehend verschont geblieben. Aber seit dem Zeitpunkt, an dem sich seine gutmütige

Mutter von einer Nachbarin deren überfütterten Langhaardackel hatte aufschwatzen lassen, kreuzte sie jeden Tag gleich mehrere Male vor dem Haus in der Beethovenstraße auf.

Und nun stand sie mal wieder vor dem geöffneten Küchenfenster der elterlichen Wohnung und unterhielt sich angeregt mit seiner Mutter. Geistesgegenwärtig schlug er einen Haken, kehrte zurück in die Richard-Wagner-Straße und schwenkte dann in die genau in diesem Augenblick garantiert ›Schleicherinnen-freie-Zone‹ Parkstraße ein.

Wolfram Tannenberg ertrug das bigotte Gehabe dieser heimtückischen Spionin, die immer ein nettes Wort oder einen freundlichen Handgruß für ihre potentiellen Opfer bereithielt, einfach nicht, ebenso wenig wie die albernen Gespräche, mit denen die alte Frau die Verdauungsprobleme und Schlafstörungen ihres Hundes kommentierte.

Wenn er zu Hause in seiner Wohnung war, verschloss er deshalb, sobald er registrierte, dass seine Busenfreundin wieder einmal in der Nähe war, in einer inzwischen automatisierten Zwangshandlung umgehend die zur Beethovenstraße hin gelegenen Fenster.

Er hasste solche hinterlistigen Schandmäuler, die nichts anderes im Sinn hatten, als ihre Mitmenschen auszuhorchen und sich an deren Problemen und Streitereien zu ergötzen. Niemals hätte er freiwillig Kontakt zu einem dieser farblosen, unterwürfigen Gestalten aufgenommen, genauso wenig wie er sich dazu bereit erklärt hätte, Mineralwasser seinem geliebten italienischen Wein vorzuziehen.

Tannenberg verabscheute zutiefst diese scheinheiligen Duckmäuser und Hasenfüße, die nie offen ihre Waffen zeigten, wenn sie sich in die Kampfarena des Lebens begaben, sondern immer einen im Strumpf versteckten Dolch mit sich führten, den sie einem dann bei passender Gelegenheit skrupellos und genüsslich von hinten in den Rücken jagen konnten.

Er dagegen präferierte kernige, kantige Charaktere, Menschen mit Pepp und Power, die den Mut aufbrachten, Stellung zu beziehen und den Personen in ihrem Umfeld ungeschminkt zu signalisieren, was sie von ihnen und ihren Taten hielten. Typen, deren Verhalten man nicht so leicht vorhersehen konnte; Typen, die immer für eine Überraschung gut waren und die vor allem ihm gegenüber offen und ehrlich waren. Mit einem Wort: Unikate – so wie sein alter Freund Rainer Schönthaler eines war.

Dann besorg dir doch endlich mal von ihm dieses Pulver, mit dem du den Dackel einschläfern kannst!, meldete sich plötzlich Tannenbergs innere Stimme zu Wort. Dann bist du dieses Mistvieh doch ein für alle Mal los. Vielleicht bleibt ja auch noch ein bisschen von dem Zeug übrig für das liebe kleine Pudelchen der Schleicherin, mit seinem süßen, flauschigen Lockenköpfchen, das es immer so putzig zur Seite neigt, wenn man freundlich mit ihm spricht oder ihm ein Leckerli schenkt.

Inzwischen hatte der Kriminalbeamte das Haus seines Bruders in der Parkstraße erreicht, zu dem er glücklicherweise einen Haustürschlüssel besaß. Entgegen seiner Befürchtung traf er dort nicht auf seine geliebte Schwägerin, sondern nur auf Marieke, die im Innenhof ihren Scooter putzte.

Bereits einige Meter vor der Treppe des so genannten Südhauses, vernahmen seine Ohren aus dem geklappten Wohnzimmerfenster seiner Eltern heraus dumpfe, unregelmäßige Knallgeräusche, die sich wie elektronisch verfremdete Gewehrschüsse anhörten.

Auf der Suche nach der Ursache dieses für alte Menschen doch recht ungewöhnlichen Lärmszenarios betrat Tannenberg neugierig das Haus und entdeckte auch sogleich den Senior der Großfamilie, der gebannt auf den Computermonitor starrte und seinen Enkel dabei beobachtete, wie dieser virtuelle Mohrhühner abschoss.

»Wolfram, komm mal her und schau dir mal an, wie schnell der Tobias diese Viecher abschießt.« Er nahm eine imaginäre Schrotflinte zur Hand und unterstützte seinen Enkel bei der Vogeljagd. »Bumm – bumm – bumm! Ruck zuck sind die weg! Das Spiel hat mir der Tobias vom Internet runtergeholt.«

»Aus dem Internet runtergeladen, heißt das Opa«, korrigierte Tannenbergs Neffe, ohne auch nur einen Sekundenbruchteil seine Augen vom Bildschirm zu entfernen.

»Ist doch egal, wie das heißt, Junge. Die Hauptsache, es macht Spaß! Das Spiel ist doch wirklich toll, Wolfram, oder?«

»Na ja …«

»Komm, setz dich hin und probier's auch mal. Weißt du was? Wir machen ein Wettschießen! Um 20 Euro. Ich bin nämlich auch schon ganz gut!«

»Nein, keine Lust, Vater. Ich bin froh, wenn ich meine Ruhe hab. Für so was bin ich viel zu müde. Ich geh hoch und leg mich ein bisschen auf's Ohr. Tobi, sei so gut und dreh mal die Lautstärke ein klein wenig runter.«

»Gebongt, Onkel Wolf.«

Fasziniert beobachtete Tannenberg, mit welch beeindruckender Koordinationsfähigkeit sein Neffe mit der rechten Hand die Computermaus bewegte und gleichzeitig mit der linken an einem Drehknopf der Lautsprecherbox herumhantierte. Als sein wohlwollender Blick ihn etwas intensiver taxierte, entdeckte er auf der ihm zugewandten Seite, direkt über dem Halsausschnitt seines Sweatshirts, einen blauschwarzen Knutschfleck.

Unwillkürlich musste der alleinstehende, kinderlose Kriminalbeamte mit klammheimlicher Schadenfreude an seinen Bruder Heiner und dessen allzeit erziehungsgestresste Ehefrau denken, die es nun wohl augenscheinlich mit zwei jugendlichen Herzensbrechern und all den damit einhergehenden emotionalen Achterbahnfahrten zu tun hatten.

Süffisant grinsend wandte er sich von seinen beiden computerbegeisterten Familienmitgliedern ab und wollte sich gerade auf den Weg nach oben in seine Wohnung machen, als der Senior sich zu ihm umdrehte und fragte: »Herr Hauptkommissar, wie sieht's denn eigentlich mit meiner Tchibo-Wette aus?«

»Wieso?«

»Na ja, weil schon eine ganze Woche vergangen ist. Und du hast immer noch nichts rausgekriegt!«

»Mensch, Vater, was soll denn dieser Quatsch? Ich

lass mich doch von dir und diesem Blödsinn nicht unter Druck setzen. Was machst du denn auch immer so'n dummes Zeug?«

»Was heißt denn hier ›dummes Zeug‹? Wenn du dich mit deinen Ermittlungen beeilst, kann ich 'ne Stange Geld verdienen. Und du bekommst dann ja auch die Hälfte davon ab. Versprochen!«

Tannenberg seufzte und schüttelte wortlos den Kopf.

»Ich helf dir ja auch wieder dabei! Ich hab auch schon was Interessantes für dich gefunden.«

»Und was, Vater?«, fragte der Kriminalbeamte gelangweilt.

»Das ist ja wirklich eine Wissenschaft für sich, diese He-ral-dik, oder wie das heißt.«

»Die was?«

»Die He-ral-dik. Das ist die Wissenschaft von der Wappenkunde. Das haste wohl nicht gewusst!«

»Nein.«

»Ihr sucht doch nach einem Wappen, oder vielleicht nicht?«

»Wappen?«

»Ich hab übrigens ein Familienwappen von uns entdeckt. Deine Vorfahren waren Rittersleute!«

»Ja, wahrscheinlich Raubritter!«

Der Senior machte eine wegwerfende Handbewegung. »Du interessierst dich ja für überhaupt nichts.«

»Vater, im Gegensatz zu dir suchen wir nicht aus purer Langeweile im Internet nach einem Familienwappen, sondern wir gehen professionell an die ganze Sache ran.

Schließlich ist diese merkwürdige Tätowierung eine ganz wichtige Spur. Vor allem dieses Motiv.«

»Ja, ja, ich weiß, das war ja in der Zeitung«, entgegnete Jacob Tannenberg. »So eins mit einem Löwen und einem Anker.«

»Genau.«

»Das könnte aber doch auch ein Wappen sein.«

»Könnte sein. Bist du denn auf irgendwas gestoßen, das so ähnlich aussieht?«

»Nein, bis jetzt noch nicht.«

»Komm, Vater, dann lass es jetzt mal gut sein. Ich bin wirklich hundemüde. Verschon mich bitte mit diesem beruflichen Kram. Schließlich hab auch ich mal Feierabend!«

Aber der Senior ließ sich von dieser flehentlich vorgetragenen Bitte seines jüngsten Sohnes nicht im Geringsten beeindrucken. »Also, ich hab im Internet auch über Tätowierungen nachgeforscht.« Er richtete sich auf, ging einen Schritt auf Tannenberg zu, bildete mit seinen von welker Haut überzogenen Händen einen Trichter und ergänzte mit leiser Stimme: »Wo die sich das überall hinmachen lassen. Wolfram, was ich da so alles gesehen hab!«

»Ich weiß, Vater«, antwortete Tannenberg, formte aus seinen Händen ebenfalls eine Art Flüstertüte und fügte betont laut hinzu: »Das ist aber gar nichts, gegenüber dem, was sich die Jugendlichen heute sonst so alles an Schweinereien im Internet anschauen – gell, Tobi?«

»Weiß nicht, was du meinst, Onkel Wolf«, kam prompt die Antwort zurück.

Jacob Tannenberg schien dieses Thema als nicht unbedingt vertiefungswürdig zu erachten, deshalb unternahm er sogleich den Versuch, das Gespräch wieder in andere, weniger delikate Bahnen zu lenken: »Das mit dem Anker deutet bestimmt darauf hin, dass die beiden Toten vom Heiligenbergtunnel irgendwas mit dem Meer zu tun hatten. Vielleicht waren sie Matrosen oder Fischer ...«

»Du wirst es nicht glauben, aber auf die Idee ist sogar schon die Kriminalpolizei gekommen.«

»Ach so, das wisst ihr schon? ... Aber denk dran, mein Junge: Die Uhr tickt. Und wenn ich die Wette verliere, bringt mich deine Mutter um. Dann darfst du höchstpersönlich den Mord an deinem armen alten Vater aufklären!«

»Das wär kein Mord. In deinem Fall würde bestimmt sogar selbst der Herr Oberstaatsanwalt von sich aus auf Notwehr plädieren!«, bemerkte der Leiter des K1 trocken und wollte sich umgehend ins Treppenhaus flüchten, als aus Richtung des Innenhofs ein markdurchdringender, gellender Schrei die gerade eben kurzzeitig eingekehrte Stille abrupt zerstörte.

Aber es war kein normaler Schrei.

Es war einer von dieser unvergleichlichen, animalischen Sorte; einer von denen, die nur Menschen in psychischen Extremsituationen auszustoßen in der Lage sind.

Einer, der sich wie ein plötzlich ausbrechender Vulkan mit unbändiger Naturgewalt einen direkten Weg aus den abgelegensten Regionen des Unterbewusstseins nach draußen bahnt: Emotion pur – tief aus dem Innersten, ungeschminkt, ohne jegliche Rücksicht auf kulturelle Fesseln.

Sofort stürmten die drei Männer ans Fenster. Tannenberg zerrte den engmaschigen Vorhang zur Seite, riss das Holzfenster auf. Ein Blumentopf stürzte zu Boden, zerbrach in mehrere Teile. Der Fensterflügel schlug mit lautem Knall an den Computermonitor.

Dann sahen sie Marieke.

Wie gerade zur Salzsäule erstarrt, stand sie in der linken Ecke des gepflasterten Innenhofs direkt neben ihrem feuerroten Scooter, in Ohrhöhe das Handy in der geschlossenen Faust, den Kopf in den Nacken geworfen.

Tobias kletterte aus dem Fenster der Parterrewohnung. Tannenberg stieß seinen seitlich hinter ihm stehenden Vater ziemlich unsanft zur Seite und rannte mit fliegenden Beinen nach draußen.

Als er seine Nichte erreichte, hatte sie Tobias bereits mit drängenden Fragen bombardiert.

»Ist was mit Mama und Papa?«, schrie er laut seiner Schwester ins schmerzverzerrte Gesicht.

Marieke blieb stumm, senkte in Zeitlupentempo ihren Kopf zu Boden.

»Los, sag schon! Ist ihnen was passiert? Die sind doch nach Speyer gefahren zu so 'nem abgefuckten Wochenend-Seminar. Hatten sie einen Unfall?«

Obwohl er augenblicklich von panischer Angst um seinen Bruder Heiner übermannt wurde, mahnte sich Tannenberg zur Selbstbeherrschung. Er legte seine Arme um Marieke, versuchte sie zu sich zu ziehen. Aber sie war immer noch völlig verkrampft.

»Was ist denn passiert, Kind?«

Ihr leerer, apathischer Blick schien sich in die grauen

Pflastersteine hineinbohren zu wollen, eine Träne nach der anderen rollte die blassen Wangen hinunter.

Verzweifelt packte Tobias seine Schwester an der Schulter und schüttelte sie. »Was ist los? Ist Mama und Papa was passiert?«, schluchzte er laut auf, zog die Nase hoch.

»Nein.« Immer dickere Tränen quollen aus ihren geröteten Augen und rannen über das aschfahle Mädchengesicht. »Max ... Max«, stammelte sie mit leiser, gebrochener Stimme.

»Was ist denn mit deinem Max?«, fragte der Kriminalbeamte ruhig und gedehnt. Durch die Erfahrung vieler Berufsjahre hatte er gelernt, mit solchen emotional sehr aufgeladenen Gesprächssituationen professionell umzugehen.

»Unfall ...« Sie warf ihre Arme um Tannenberg, drückte ihn ganz fest an sich. »Schwerer Motorradunfall ... Seine Mutter hat gesagt, dass er im Koma liegt.«

»Oh Gott, der arme Kerl!« Er streichelte liebevoll ihren Kopf, wiegte sie ein wenig, so wie er sie früher als Baby manchmal zart auf seinem Bauch hin und hergeschoben hatte, wenn er und Lea sich Marieke als Trainingsobjekt für den projektierten eigenen Nachwuchs ausgeliehen hatten.

»Onkel Wolf, fährst du mich zu ihm? Ich kann jetzt keinen Scooter fahren. Aber ich *muss* jetzt unbedingt zu ihm.«

»Natürlich«, sagte Tannenberg leise und führte Marieke in die Garage zu seinem alten BMW-Cabrio, während Tobias von innen das graue Schwebetor öffnete.

Die Autofahrt in die im Trippstadter Schloss untergebrachte Privatklinik war verständlicherweise geprägt von einer extrem deprimierten Stimmung. Marieke gab sich sehr wortkarg. Tannenberg erfuhr lediglich, dass Maximilian Heidenreich eigentlich schon heute Mittag aus Freiburg, seinem Studienort, hatte zurückkehren wollen.

Auf seine Nachfrage hin erklärte Marieke in wenigen, stockend vorgetragenen Sätzen, dass sie sich zwar darüber gewundert habe, dass er sich noch nicht bei ihr gemeldet hatte. Aber sie hätte sich nichts Besonderes dabei gedacht, schließlich wollten sie sich sowieso um 20 Uhr in der Stadt treffen.

Als seine Nichte am Ortsschild von Trippstadt erneut bitterlich zu weinen begann, hätte er am liebsten mitgeheult, denn er musste unwillkürlich an Lea denken, die zwei Tage, bevor sie der Atem des Lebens verlassen hatte, ins Koma gefallen war.

Mit aller Macht verscheuchte er diesen grausamen Gedanken, legte wortlos seinen Arm um Mariekes Schulter, zog sie zu sich herüber und versuchte ihr dadurch ein wenig Hoffnung einzuhauchen, indem er die großen Fortschritte der modernen Medizin pries.

Obwohl sich das Schalten mit der linken Hand weitaus schwieriger gestaltete, als er zunächst angenommen hatte, erschien es ihm in der gegenwärtigen Situation bedeutend wichtiger, seine arme Nichte zu trösten, als eine perfekte Autofahrt durchzuführen, zumal sie lediglich noch ein paar hundert Meter bis zum Schloss zurückzulegen hatten.

Natürlich wusste Tannenberg, dass das alte Barockschloss seit vielen Jahren eine Privatklinik beherbergte, die sich aufgrund ihrer räumlichen Nähe zur B 48, einer über die Landesgrenzen hinaus bekannten Motorradrennstrecke, auf die Behandlung von schweren Kopfverletzungen spezialisiert hatte. Schließlich war er schon oft genug daran vorbeigefahren, hatte das Schloss oder die weitläufigen Parkanlagen allerdings bislang noch nie betreten.

Er steuerte seinen roten BMW auf den außerhalb des Klinikgeländes angelegten Besucherparkplatz, auf dem nur wenige Autos standen. Der mit grauem Splitt bestreute Fußweg führte die beiden an einer frisch abgestrahlten, von blühenden, weit überhängenden Fliederbüschen etwas verdeckten Buntsandsteinmauer vorbei zu einem hölzernen, zweiflügeligen Schwingtor, das links und rechts in mächtigen, quergekerbten und von Kugelköpfen gekrönten Bruchsandsteinpfosten verankert war.

Aber weder Marieke noch ihr väterlicher Begleiter vermochten sich an den stark duftenden Sträuchern zu erfreuen oder an der beeindruckenden Architektur des prachtvollen Barockschlosses zu ergötzen, zu sehr waren ihre Gedanken mit anderen Dingen beschäftigt. Lediglich als Tannenberg das über dem Eingangsportal thronende große bunte Wappen des Freiherrn von Hacke erblickte, das von bunten Federbüschen und zwei Schilden dominiert war, dachte er für einen Moment an das Foto mit den Tätowierungen der beiden Toten, die allerdings völlig anders gestaltet waren.

»Onkel Wolf, du gehst doch mit mir rein?«, fragte Marieke mit einem herzerweichenden Gesichtsausdruck, der Tannenberg nicht die geringste Chance ließ.

Ihre eiskalte Hand suchte zitternd nach seiner.

Er griff nach ihr, drückte sie fest. »Natürlich«

Der Kriminalbeamte war sehr verwundert darüber, dass es in der Eingangshalle so ganz und gar nicht nach einer modernen Spezialklinik aussah, sondern genauso, wie man sich eben ein altes Schloss gemeinhin vorstellte: glänzender Marmorboden; eine von zwei Seiten nach oben führende schwarze Granittreppe mit einem prächtigen schmiedeeisernen Holzgeländer; mehrere, großformatige Ölgemälde.

Die ihnen mit einem freundlichen Lächeln entgegentretende, nobel gekleidete Empfangsdame schien seine Gedanken erraten zu haben.

»Einen schönen guten Abend, die Herrschaften! Sie sind sicherlich etwas irritiert über dieses mittelalterlich anmutende Ambiente. Und können nicht glauben, dass Sie sich hier in einer hochmodernen Privatklinik befinden. Aber ich kann Sie trösten: Der medizinische Bereich befindet sich in dem neuerbauten Flügel des Schlosses, den Sie direkt über diesen Flur dort vorne erreichen.« Wie ein Verkehrspolizist wies sie mit einem ausgestreckten Arm den Weg. »In diesem Gebäudeteil hier befindet sich nur die Verwaltung, Tagungsräume etc.«

»Wo ist die Intensivstation?«, fragte Marieke ohne Umschweife.

»Ebenfalls im Neubau, junges Fräulein. Sie können die Intensivmedizinische Abteilung unseres Hauses gar nicht verfehlen. Sie ist ja schließlich das Filetstück unserer Klinik.«

Nachdem die beiden Besucher der Wegbeschreibung gefolgt waren, erreichten sie tatsächlich einen Neubaukomplex, den man so geschickt direkt hinter der zur Hauptstraße gelegenen Schlossfassade platziert hatte, dass er von der Straßenfront her nicht zu erkennen gewesen war.

Sie wurden bereits erwartet. Vor einer undurchsichtigen Glastür mit der in leuchtendem Rot gehaltenen Aufschrift ›Intensivstation – Zutritt strengstens verboten!‹ stand eine sehr angespannt wirkende Frau mittleren Alters, die sich einen lindgrünen Besucherkittel übergestreift hatte.

»Gut, dass du gleich gekommen bist«, sagte sie und umarmte Marieke mit einer schnell ausgeführten Begrüßungsgeste. »Wir gehen sofort zu Max.« Sie läutete an der Tür. »Die Ärzte meinen, dass sie noch nicht wissen, ob Max durchkommt.«

»Aber was ist denn passiert? Was hat er denn?«, jammerte Marieke mit tränenerstickter Stimme.

»Ein schweres Schädel-Hirn-Trauma. Und vor allem eine starke Schwellung im Kopf, die auf sein Gehirn drückt. Oh Gott, ist das alles so furchtbar!«

Eine mit zartgrünem Mundschutz und Haube ausgestattete Krankenschwester öffnete die Glastür, wies Marieke mit ruhigen Worten an, einen von ihr bereitgehaltenen Besucherkittel überzuziehen und sich ebenfalls mit Kopf- und Mundschutz auszustatten. Dann schloss sie die Tür.

Tannenberg blieb alleine zurück. Er schaute sich nach allen Seiten um. Dann entdeckte er einen Zugang zur Terrasse.

Frische Luft! Das ist genau das, was ich jetzt dringend brauche!, stellte er erleichtert fest, denn das Innere von Krankenhäusern hatte auf ihn immer eine extrem beklemmende Wirkung.

Wie von einer zentnerschweren Last endlich befreit, atmete er auf dem mit mehreren Tischen und Stühlen bestückten Freisitz erst einmal kräftig durch. Sein Blick schweifte über den streng geometrisch im Versailler Stil angelegten Schlosspark, streifte ohne etwas Konkretes zu fixieren die großen, frisch gemähten Rasenflächen und den alten, efeuberankten Baumbestand.

Aber er vermochte sich an der beeindruckenden Ästhetik nicht sonderlich zu erfreuen, zu sehr bedrückten ihn die dramatischen Ereignisse, mit denen seine geliebte Nichte zu kämpfen hatte. Erst an der genau in der Mitte des Parks zentral platzierten, kreisrunden Brunnenanlage blieben seine Augen haften.

Plötzlich brandete aus Richtung des Gebäudedachs ein schockartiger, ohrenbetäubender Lärm auf. Reflexartig zog Tannenberg den Kopf ein, duckte sich, sondierte mit weit aufgerissenen Augen blitzschnell die nähere Umgebung nach einer Fluchtmöglichkeit.

Als er den rotweißen Helikopter sah, der gerade auf den direkt vor ihm gelegenen, aber bisher nicht von ihm bemerkten Landeplatz zuschwebte, reduzierte sich schlagartig sein emporgeschnellter Herzschlag. Verärgert über seine hysterische Reaktion schüttelte er den Kopf.

Altes Weichei!, legte auch schon sein undisziplinierbarer innerer Quälgeist los. Und so einer ist bei der Polizei! Macht sich aus lauter Angst fast in die Hosen – vor einem Hubschrauber!

Er hatte dieses eindeutig zuordenbare Geräusch im Hintergrund zwar gehört, aber einfach nicht damit gerechnet, dass der Helikopter hier im Schlossgarten direkt vor seinen Augen landen würde.

›Eurotransplant‹ stand in greller Leuchtfarbe auf der ihm zugewandten Seite.

Tannenberg wunderte sich darüber, dass der Pilot den Hubschrauber nicht verließ. Nur der neben ihm sitzende Mann sprang flugs aus der Kabine, zog eine Schiebetür hinter dem Pilotensitz auf, entnahm einen silbernen Koffer und rannte damit, obwohl die dumpf ihre Geschwindigkeit verringernden Rotorblätter noch nicht zum Stillstand gekommen waren, gebeugt unter ihnen hindurch zum Untergeschoss des Schlossgebäudes.

Schon kurze Zeit später war der im Keller verschwundene Mann zurückgekehrt, führte nun allerdings zwei Koffer mit sich, die er eilig im hinteren Teil des Helikopters verstaute und sich schleunigst wieder auf den Co-Pilotensitz begab.

Der ganze Spuk hatte nach Tannenbergs Schätzung nicht mehr als fünf Minuten gedauert. Während seine Augen interessiert den Start des Hubschraubers verfolgten, marterte er sein Gehirn mit der Frage, woran ihn dieses markante Geräusch, das so einzigartig war, dass jeder, der es einmal gehört und seinem Verursacher zugeordnet hatte, nie mehr vergessen sollte. – Jetzt wusste er es: Es war der Hubschrauber von Pink Floyd, der bei der Rockoper ›The Wall‹ einen spektakulären musikalischen Auftritt hatte.

»Onkel Wolf, da bist du ja! Ich hab dich überall gesucht!«, rief plötzlich Marieke vom Innern des Schlosses her.

Mit flinken Schritten kam sie auf ihn zugestürmt und drückte ihm einen dicken Kuss auf die Wange.

»Du, wahrscheinlich ist es gar nicht so schlimm, wie's zuerst ausgesehen hat! Max hatte zwar wegen einem allergischen Schock auf irgendein Medikament einen Herzstillstand. Aber sie haben ihn wiederbeleben können«, plapperte sie, emotional wie ausgewechselt, auf ihren staunenden Onkel ein. »Und der Arzt hat gesagt, dass Max gute Chancen hat, dass dieses blöde Ding in seinem Kopf wieder abschwillt und alles ohne bleibende Schäden ausheilt. – Ja, das hat er echt so gesagt!«

»Das ist aber wirklich eine tolle Nachricht!«, entgegnete Tannenberg erleichtert und erfreute sich an Mariekes strahlendem Lächeln.

»Dann wird er bestimmt wieder ganz gesund.«

»Bestimmt!«

»Max sieht sowieso aus, als ob er nur schlafen würde. Jedenfalls von der Glaswand aus, von der ich ihn gesehen habe.«

»Ach, du durftest gar nicht zu ihm rein?«

»Nein, nur seine Mutter darf rein. Die ist auch ganz happy!«

»Das glaub ich! Die Frau vorhin war also seine Mutter.

Irgendwo ...« Tannenberg brach ab, sein Blick schwenkte über die Parkanlage, verharrte an einer riesigen Douglasie. »Irgendwoher kenne ich die Frau. Ich weiß nur nicht, woher.«

7

Montag, 28. April

»Guten Morgen, mein einsamer Wolf«, begrüßte Sabrina Schauß ihren Chef in dessen Arbeitszimmer. »Na, wie geht's dir denn so heute früh?«

»Wie soll's wohl einem notorischen Morgenmuffel am Montagmorgen gehen?«, brummte Tannenberg mürrisch hinter seinem mit Aktenbergen übersäten Schreibtisch hervor.

»Vielleicht hab ich ja etwas für dich, das deine Stimmung schlagartig verbessern könnte.«

»Und was?«, gab er gähnend zurück, ohne dabei die stützende Hand unter seinem Kinn zu entfernen. »Hast du etwa am Wochenende die Mordfälle gelöst?«

»Nein, nichts Dienstliches.«

Der Leiter der Kaiserslauterer Mordkommission warf die Stirn in Falten. »Nichts Dienstliches?«

»Nein, etwas Privates.«

Tannenberg gähnte erneut, sagte aber weiter nichts, sondern betrachtete seine attraktive, junge Kollegin mit einem verschlafenen Blick.

»Interessiert dich das denn gar nicht?«

Er versuchte, sich einen Ruck zu geben, legte seinen

linken Arm auf den Tisch. »Also gut: Was gibt es denn Neues im Hause Schauß? Bist du etwa schwanger?«

»Schwanger? Ich?« Sabrina war sichtlich irritiert, fing sich aber gleich wieder. »Nein, nein, Wolf!« Sie lachte. »Es geht auch nicht um uns oder um mich, sondern um dich!«

»Versteh überhaupt nichts mehr!« Die Hand wanderte wieder hoch zum Kinn, um den bleischweren, müden Kopf daran zu hindern, auf die Schreibtischplatte niederzusinken.

»Ich hab mir mal übers Wochenende die Akten von unserem letzten Fall mit nach Hause genommen und …«

»Warum denn das? Hast du am Wochenende denn nichts Besseres zu tun, als alte, verstaubte Akten zu wälzen?«

»Vielleicht war's ja gar nicht so unnötig. Vielleicht hab ich ja was ganz Interessantes gefunden.«

»Komm, Sabrina, lass jetzt endlich die Katze aus dem Sack! Wir haben wirklich keine Zeit für solche alten Kamellen!«

»Alte Kamellen?« Wieder lachte die junge Kriminalbeamtin, die erst vor kurzem ihren Kommissarlehrgang erfolgreich abgeschlossen hatte. »Bin mal gespannt, ob du das, was ich dir jetzt gleich sagen werde, wirklich als ›alte Kamellen‹ bezeichnest.« Sie legte eine kurze Pause ein, blickte dabei Tannenberg forsch ins Gesicht. »Der Mann von deiner Ellen arbeitet doch im Krankenhaus. Und wenn ich's noch richtig weiß, als Narkosearzt.«

Als Tannenberg aus Sabrinas Mund den Namen seiner Angebeteten vernahm, war er plötzlich wach, hellwach sogar. Dafür hatte schon der gewaltige Adrenalinstoß gesorgt, der sich zuerst in seiner Magengegend bemerkbar gemacht hatte, sich nun aber in Windeseile über den gesamten erschlafften Körper ausbreitete und ihn dadurch abrupt aus seiner Lethargie riss.

»Ja, und? Los, sag schon!«, drängte er.

»Na, ich hab da eine alte Freundin, die ist Krankenschwester im Westpfalz-Klinikum ...« Genüsslich legte sie erneut eine kurze Pause ein. Dann fuhr sie fort: »Und die hat mir erzählt, dass dieser Dr. Herdecke ein Verhältnis mit einer jungen Kollegin habe ... Und seine Frau ihn deshalb vor zwei Monaten vor die Tür gesetzt hätte. – Dazu kann ich nur sagen: richtig so, Schwester!«

»Was, ehrlich?«

»Ja, der ist anscheinend wirklich sofort ausgezogen und wohnt nun bei der anderen. Männer sind eben einfach das Letzte, Wolf, findest du nicht auch?«

Tannenberg hörte zwar den letzten Satz, aber er nahm ihn überhaupt nicht bewusst wahr. In seinem Gehirn regierte das absolute Chaos. Wildgewordene Gedankenblitze veranstalteten unter seiner Schädeldecke ein gigantisches Freudenfeuerwerk. Er sprang auf, schnappte sich Sabrina, donnerte ihr einen kräftigen Schmatz auf die Wange und legte mit ihr einen, von ihm laut summend intonierten, Walzer aufs nicht vorhandene Parkett.

»Ich wusste ja gar nicht, dass du tanzen kannst. Bei unserer Hochzeit hattest du dich ja strikt geweigert! Und dann auch noch richtig gut! Sogar die Linksdrehung!«, anerkannte Sabrina staunend. »Du bist vielleicht ein verrückter Kerl!«

Nach einer Weile kam das Tanzpaar zum Stillstand. Tannenberg war ziemlich außer Atem.

»So, meine Liebe, weißt du, was ich jetzt gleich machen werde?«, fragte er.

»Ellen Herdecke anrufen?« Sabrina stand der Schreck ins Gesicht geschrieben. »Wolf, ich würde jetzt aber an deiner Stelle nichts über ...«

»Ellen Herdecke?«, rief er schnaubend dazwischen. »Quatsch! Ich geh jetzt in die Stadt und kauf *dir* einen schönen Blumenstrauß.« Dann schnappte er sich seine Jacke, riss voller Tatendrang die Tür seines Dienstzimmers auf – und wäre fast mit seiner Sekretärin zusammengeprallt, die sich gerade mit dem letzten Rest einer grauen Knäckebrotscheibe in der Hand direkt vor dem Eingangsbereich zu seinem Zimmer aufhielt.

»Chef, ich wollte gerade zu Ihnen«, sagte sie schmatzend. »Eben hat nämlich ein Mann angerufen. Wahrscheinlich ein Ausländer. Ich hab nur verstanden, dass er uns etwas über die Tätowierungen sagen will. Und da hab ich ihn aufgefordert, gleich hierher zu uns zu kommen. Er ist in 'ner halben Stunde hier.«

»Gut, Flocke, vielleicht bringt uns das ja endlich einen Schritt weiter! Halbe Stunde?« Er drehte den linken Arm nach innen, blickte auf seine Uhr. »Da bin ich wieder da. Übrigens, Flocke: »Ich hab auch gerade mit 'ner super Diät angefangen.«

Petra Flockerzie verschluckte sich fast an ihrer kalorienarmen, ballaststoffreichen, dafür aber staubtrockenen Zwischenmahlzeit. »Wirklich Chef, welche denn?«

»Die Sellerie-Diät.«

»Die Sellerie-Diät? Die kenn ich ja noch gar nicht. Klingt aber interessant.« Sie trat einen Schritt zurück, taxierte den Leiter des K1 mit einem prüfenden Blick und ergänzte: »Ich hab ja schon oft für mich gedacht: Dem Chef würd 'ne Diät auch mal ganz gut tun.«

»Wieso?« Tannenbergs Miene verfinsterte sich schlagartig.

»Ach, nur so, Chef.« Die Sekretärin hatte ziemlich schnell gemerkt, dass ihr Einwurf möglicherweise etwas zu vorlaut gewesen war. Deshalb flüchtete sie sich geschwind hinter ihren Schreibtisch, der ihr aufgrund des großen Computermonitors eine gewisse Sicherheit bot.

Tannenberg ließ sich von diesem blasphemischen Kommentar aber nur kurz irritieren. Schließlich war seine Grundstimmung durch Sabrinas höchst erfreuliche Mitteilung so positiv und stabil geworden, dass er diesen Tiefschlag ohne Blessuren wegsteckte und sich sogar leicht schmunzelnd zu seinem geplanten Abstecher in die Innenstadt aufmachte.

Direkt nachdem er das Kommissariat verlassen hatte, wollte Petra Flockerzie umgehend wissen, was es denn mit dieser ihr völlig unbekannten Diät nun auf sich hatte: »Sabrina, weißt du was über diese neue Sellerie-Diät?«

»Klar. Kennst du die etwa wirklich nicht?«

»Nein! Wie geht die denn?«, fragte die Sekretärin, die sich selbst ja gerne als Diät-Expertin bezeichnete, voller Neugierde.

»Ganz einfach: Du darfst alles essen, außer Sellerie. Ist doch ein alter Witz. Den gibt's schon ewig. Nur immer mit anderen Sachen: Mal Lakritze, mal Mohrenköpfe, mal Schnecken – alles was du willst!«

»Aber dann will der Chef ja gar nicht abnehmen?«

»Du hast es erfasst, Flocke. Ich glaube, du bist eben mitten hinein in ein richtig großes Fettnäpfchen getreten.«

Als Tannenberg mit einem prachtvollen Strauß roter Rosen in die Polizeiinspektion am Pfaffplatz zurückkehrte, musste er zunächst fast ein Dutzend weitgehend überflüssiger Kommentare über sich ergehen lassen. Er fragte sich ernsthaft, ob es nicht besser gewesen wäre, sich bei Sabrina mit einem Fleurop-Gutschein für die sehr erfreulichen Informationen zu bedanken, als mit diesem auffälligen Blumenstrauß – der ohne Zweifel Tür und Tor für alle möglichen Spekulationen öffnete – an seinen grinsenden und spottenden Kollegen vorbei durch die Dienststelle zu marschieren.

Natürlich ließen auch im K1 die entsprechenden Kommentare nicht lange auf sich warten.

Petra Flockerzie war die Erste, die sich zu den Rosen äußerte: »Ach, was für ein schöner Blumenstrauß. Hat Ihre Mutter Geburtstag? Die wird sich aber freuen, Chef.«

»Meine Mutter? Geburtstag? ... Nein, die hat im November«, stammelte er verblüfft. Denn damit hatte er nun wirklich nicht gerechnet.

Blumen für meine Mutter?, dröhnte es in seinem Kopf. Ist es wirklich schon so weit mit mir gekommen? Dass die anderen meinen, Mutter sei die einzige Frau in meinem

Leben, der ich rote Rosen schenken könnte? Aufschäumende Wut erfasste ihn.

»Eigentlich waren sie ja für dich gedacht, Flocke. Aber ich hab mir's auf dem Weg hierher noch mal anders überlegt: Jetzt kriegt sie die Sabrina!«, sagte er mit einer Boshaftigkeit, die ihn selbst ein wenig überraschte.

Im Gegensatz zu seinem inneren Quälgeist, den dieser neuerliche Ausrutscher ganz und gar nicht zu verwundern schien. Schließlich kannte Tannenbergs ungeliebte körpereigene Korrektur- und Entlarvungsinstanz ihn ja weitaus besser als dieser sich selbst.

Und wie immer, wenn sich eine Möglichkeit dazu bot, ihm eins auszuwischen, packte sie auch diesmal die sich bietende Gelegenheit freudig am Schopfe und begann sofort damit, ihn mit wüsten Beschimpfungen zu malträtieren.

Während Sabrina vielsagend die Augen verdrehte, kämpfte Petra Flockerzie tapfer mit den Tränen.

Zum Glück kam just in diesem Moment Adalbert Fouquet mit einem Mann mittleren Alters durch die Tür ins Sekretariat hereingestapft.

»Wolf, das ist der Herr van der Hougenband.« Der junge Kommissar sprach den Namen mit derselben merkwürdigen, teilweise krächzenden Silbenbetonung aus, wie ihn ein Holländer aussprechen würde, jedenfalls nach Tannenbergs Vorstellung. »Der Herr glaubt, die Tätowierung zu erkennen.«

»Guten Tag, mein Herr.« Tannenberg vermied absichtlich die ihm unmöglich erscheinende Wiederholung des Namens. »Kommen Sie doch bitte mit in mein Büro. Darf ich Ihnen einen Espresso anbieten?«

Der Mann antwortete mit einem stummen Kopfnicken und folgte Kommissar Fouquet in Tannenbergs Dienstzimmer.

»Flocke mach mal ein paar Espresso! Sabrina, kommst du auch mit rein?«

»Nein, ich möchte lieber noch was anderes abchecken.«

»Okay.«

»Außerdem teile ich jetzt die Rosen mit der Flocke.«

Ohne auf die Spitze zu antworten, nur ›Weiber‹ vor sich hinnuschelnd, schloss Tannenberg von innen die Tür und begrüßte mit einem kräftigen Handschlag den Holländer, der sich nun auch persönlich vorstellte.

»Ruud van der Hougenband«, sagte der etwa fünfzig Jahre alte, großgewachsene Mann, der verwaschene Jeans und einen weinroten Sweater trug.

Sein recht bleiches Gesicht wurde von einer von der Natur etwas überdimensionierten, leicht gebogenen Nase dominiert, die zudem einen markanten Höcker auf dem Nasenrücken aufwies und von kleinen Sommersprossen übersät war. Die leicht rötlichen, kurzgeschorenen Haare sprießten erst mit gebührendem Abstand von der Stirn und waren an den Schläfen schon recht stark angegraut.

Was an dieser Stelle seines Kopfes fehlte, war an anderer Stelle dagegen umso reichlicher vorhanden, und zwar in Form eines großflächigen Drei-Tage-Bartes, dessen Stoppeln bis hinunter zu dem blauen T-Shirt reichten, das unter dem geöffneten Reißverschluss des Sweaters selbstbewusst hervorlugte.

Eigentlich sah dieser Holländer ziemlich genauso aus, wie Tannenberg sich die Insassen dieser meist untermotorisierten Zugfahrzeuge mit leuchtendgelbem Nummernschild, die ihre Wohnwagenlast nur mühevoll über die pfälzischen Landstraßen schleppten, immer vorgestellt hatte.

Bislang hatte aber noch nie ein Exemplar dieser Spezies leibhaftig vor ihm gestanden. Er hatte sich ihnen in der Vergangenheit höchstens auf ein paar Meter genähert, zum Beispiel dann, wenn er irgendwo im Pfälzer Wald mit einer Vollbremsung einen Unfall mit diesen breit dahinkriechenden und chronisch kurvenschneidenden, rollenden Straßenblockaden vermieden hatte.

»Sie meinen also, diese Tätowierung zu erkennen?«, eröffnete er die Befragung, korrigierte sich aber sogleich. »Ich meine natürlich: Das Motiv. Kennen Sie das Motiv?«

»Motiv?«, fragte der Mann verständnislos.

»Der Herr Hauptkommissar möchte wissen, ob Sie das, was ich Ihnen jetzt gleich auf einem Foto zeigen werde, schon einmal irgendwo gesehen haben«, übersetzte Fouquet, zog die Akte von Tannenbergs Schreibtisch, schlug sie auf, entnahm ihr das Blatt mit den abgebildeten Tätowierungen und legte sie direkt vor Herrn van der Hougenband.

Dann sagte er an seinen Chef gerichtet: »Der Herr spricht zwar ganz gut Deutsch, aber eben nicht perfekt.«

»Natürlich! Entschuldigen Sie. Sollen wir einen Dolmetscher kommen lassen?«

»Brauchen wir glaub ich nicht. Ich hab ein paar Jahre im Ruhrgebiet gejobbt.«

»Gut. Dann sagen Sie uns doch jetzt bitte, ob Sie wissen, was das auf dem Foto sein könnte.«

»Das ist Venlo, Herr Kommissar. Das ... Wie sagt man auf Deutsch?« Hilfesuchend blickte er zu Kommissar Fouquet.

»Stadtwappen?«

»Ja: Stadtwappen. Das ist das Stadtwappen von Venlo.«

»Dann liegt Venlo also am Meer?«, rutschte es dem Leiter des K1 etwas vorschnell heraus.

»Warum, Herr Kommissar?«

»Na, wegen dem Anker.«

»Nee.« Der Mann lachte auf. »Venlo liegt nicht am Meer, sondern an der Maas, genau gegenüber von Krefeld. Direkt an der deutschen Grenze. Der Herr Kommissar war nicht so gut in der Schule in – wie heißt das auf Deutsch?«

»Geographie«, antwortete Fouquet schadenfroh grinsend.

»Ja, danke, Geographie.«

Tannenberg ließ diese provokative Bemerkung kommentarlos über sich ergehen, schließlich wollte er es sich mit diesem äußerst wichtigen Informanten nicht verscherzen.

»Das ist also das Stadtwappen von Venlo«, bilanzierte er mehr für sich selbst. Dann wandte er sich der erhofften Klärung einer ihn noch brennender interessierenden Frage zu: »Was bedeuten diese Initialen?«

»Initialen?«

Diesmal übersetzte Wolfram Tannenberg selbst: »Diese Buchstaben hier mit den Punkten dahinter: n.s.s.v.d.« Er deutete zur Erläuterung mit einem Zeigefinger auf die Tätowierung.

»Weiß ich nicht. Hab ich noch nie vorher gesehen«, antwortete der Mann mit dem unaussprechbaren holländischen Namen kopfschüttelnd.

Der altgediente Kriminalbeamte räusperte sich. »Da kann man wohl nichts machen. Schade! Warum kommen Sie denn eigentlich erst jetzt? Das Foto war doch schon vor mehr als einer Woche in der Zeitung.«

»Ich lese keine deutschen Zeitungen. Aber auf dem Gemüsemarkt hat man den Salat mit Zeitungspapier eingepackt. Und da hab ich das Bild gesehen.«

Plötzlich wurde die Tür geöffnet. Jacob Tannenberg kam hereingestürmt. Er war völlig außer Atem. Sein Sohn schoss regelrecht von seinem Stuhl hoch und hechtete in Erwartung einer schlimmen Nachricht auf seinen Vater zu, schließlich hatte dieser noch nie freiwillig einen Fuß in die Dienststelle gesetzt.

Noch bevor Tannenberg etwas fragen konnte, legte der Senior los: »Ich hab's!«

»Was hast du?«

»Ich hab den Durchbruch geschafft! ... Die Tätowierung auf den Hintern ... der Toten ist das ... Wappen von Venlo«, rief er hechelnd.

»Venlo: Holländische Stadt, liegt an der Maas, direkt

an der deutschen Grenze, ziemlich genau gegenüber von Krefeld. Das wissen wir doch alles schon längst«, erklärte der Leiter der Mordkommission dem völlig verblüfften alten Mann, während er seinem holländischen Informanten verstohlen ein Petzauge zuwarf. »Dafür hättest du dich wirklich nicht extra hierher bemühen müssen.«

»Werd ich auch nie mehr machen. Da kannst du Gift drauf nehmen!«, knurrte Jacob Tannenberg zurück, machte auf dem Absatz kehrt und verließ wütend vor sich hinbrabbelnd das Kommissariat.

Ausnahmsweise musste der Leiter des K1 nicht eigens die nun erforderlichen Arbeitsaufträge erteilen, denn Fouquet hatte bereits von sich aus angeboten, umgehend Kontakt zu den holländischen Kollegen aufzunehmen, während Sabrina mit Hilfe ihres Computers alle möglichen Informationen über Venlo zusammentragen wollte.

Tannenberg saß nun alleine in seinem Büro am Schreibtisch. Er zog eine selbstkritische Bilanz, bei der er nüchtern feststellen musste, dass er und sein Ermittlungsteam ohne den eben erfolgten äußerst segensreichen Abstecher, den der berühmte Kommissar Zufall gerade nach Kaiserslautern ins K1 gemacht hatte, nichts, aber auch gar nichts Greifbares in ihren Händen halten würden.

Aber jetzt haben wir endlich eine heiße Spur!, stellte er befriedigt fest. Es wird doch wohl nicht so schwer sein, in Venlo herauszubekommen, was es mit diesen Tätowierungen auf sich hat – vor allem mit diesen komischen Initialen! Da steckt bestimmt irgendein bescheuerter Geheimbund dahinter!

Gedankenversunken spielte er mit der Schublade herum, zog sie ein wenig heraus. Ohne Vorwarnung blickte ihn Ellen Herdecke an – direkt ins Gesicht. Schlagartig erhöhte sich sein Pulsschlag, er atmete mehrmals tief durch. Dann nahm er den kleinen Stapel mit den Beerdigungsfotos, die er hier in seinem abschließbaren Schreibtischfach wie eine kostbare Reliquie aufbewahrte und suchte jedes der Bilder nach dem Objekt seiner Begierde ab.

Mit einer schnellen Bewegung griff er zum Telefonhörer und wählte Sabrinas Dienstnummer, obwohl sie ja nur etwa fünf Meter Luftlinie von ihm entfernt im Gemeinschaftsbüro seiner Mitarbeiter an ihrem Computer saß.

Bereits kurze Zeit später erschien sie in seinem Zimmer und rief schon von der Tür aus: »Was ist denn los, Wolf?«

»Mach mal erst die Tür zu!«, sagte er mit barschem Ton, wartete einen Augenblick, bis Sabrina seiner Aufforderung nachgekommen war und ergänzte dann: »Was ist, wenn sie einen neuen Lover hat?«

»Wer?«

»Wer wohl? Ellen Herdecke!«

»Ach so, ich verstehe! Du hast Angst, dass sie sich gleich einen Neuen angelacht hat, nachdem sie ihren untreuen Alten rausgeworfen hatte.«

»Kann doch sein. Da hab ich eben zum ersten Mal dran gedacht!«

»Also, das weiß ich wirklich nicht. Da kann ich dir leider auch nicht helfen. Wirst du wohl selbst rauskriegen müssen!«

Tannenberg seufzte. »Da hast du wohl leider Recht!«

»Aber, mein lieber Wolf, soll ich dir mal *meine* Meinung als Frau zu *deinem* Problem sagen?« Sie wartete eine mögliche Antwort erst gar nicht ab, sondern redete gleich weiter: »Ich glaube, dass deine Ellen, nachdem sie diesen Mistkerl erst vor kurzem rausgeworfen hat, sich nicht gleich wieder einen von euch unverbesserlichen Wüstlingen in ihr warmes Bettchen geholt hat. Die hat von solchen Typen bestimmt die Nase gestrichen voll. Die will garantiert erst mal ihre Ruhe vor euch Mistkerlen haben!«

Ein zarter Keim der Hoffnung lugte schüchtern aus fruchtbarer Erde hervor. Er konnte sich allerdings nicht lange an den wärmenden Sonnenstrahlen erfreuen, denn bereits einen Augenblick später wurde er von der bitteren Realität brutal zertreten.

Zu aufdringlich war eine unabwendbare logische Schlussfolgerung: »Aber das bedeutet ja für mich, dass sie dann ja wohl ... wahrscheinlich auch von mir nichts wissen will!«, resümierte Tannenberg zerknirscht.

»Kann sein, kann aber auch nicht sein. Dann musst du dich eben mal anständig ins Zeug legen und deinen unwiderstehlichen Charme spielen lassen!«

»Glaubst du denn, dass ich so was überhaupt noch habe?«, fragte er mit einem leidvollen Gesichtsausdruck.

»Ansatzweise schon!«, entgegnete Sabrina Schauß lachend, ging zu ihrem Vorgesetzten und drückte ihm einen liebevollen Kuss auf die Stirn.

Nachdem seine junge Liebes- und Lebensberaterin ihn verlassen hatte, zündete eine Idee in Tannenbergs Hirn. Er wählte die Nummer des Gerichtsmediziners.

»Guten Tag, lieber Rainer. Ich hätte da eine Frage, die ich dir gerne stellen möchte.«

»Warum redest du denn so geschwollen? Los, sag schon, was du willst! Ich bin nämlich gerade ziemlich beschäftigt.«

»Gut. Kennst du eigentlich diesen Dr. Herdecke? Der arbeitet doch bei euch im Krankenhaus.«

»Ach, daher weht der Wind! Der Herr Hauptkommissar ist ja auf Freiersfüßen. Hatte ich kurzzeitig vergessen, entschuldige.«

»Sag schon: Was ist das für'n Typ? Kennst du ihn?«

»Klar kenn ich ihn. Ist ein echt netter Kerl! Ich hab bisher jedenfalls nie irgendwelche Probleme mit ihm gehabt.«

Tannenberg zögerte mit seiner Antwort, ein Umstand, den Dr. Schönthaler natürlich postwendend zu kommentieren wusste: »Aha, verstehe: Dir wäre wohl lieber gewesen, wenn ich dir erzählt hätte, was für ein ausgesprochener Widerling der Kollege Herdecke ist. Nicht wahr, alter Junge?«

»Quatsch! – Sag mal, stimmt das eigentlich, dass er Anästhesist, also Narkosearzt ist? Sabrina hat das nämlich behauptet.«

»Nachtigall, ick hör dir trapsen! Ich verstehe: Dem Herrn Hauptkommissar käme wohl sehr zupass, wenn der Kollege Dr. Herdecke ein gemeiner Schurke, mithin ein brutaler, perverser, psychopathischer Doppelmörder wäre, der sich am Wochenende mit narkotisierten nackten Männern auf Tunneleingänge stellt und ...«

Es klopfte an der Tür. Kommissar Fouquet, der wie alle anderen Mitarbeiter des K1 dieses ritualisierte Verhalten ebenfalls nur aus formaler Höflichkeit durchführte und nicht, um andächtig zu warten, bis Tannenberg zum Eintritt aufforderte, betrat den Raum, wollte aber gleich wieder kehrtmachen, als er seinen Vorgesetzten telefonieren sah.

»Albert, bleib da! Ich bin sowieso fertig mit diesem komischen Herrn am anderen Ende der Leitung. Der erzählt nämlich immer nur dummes Zeug!«, sagte er gezielt ins Telefon, verabschiedete sich mit einer kurzen Erinnerung an einen geplanten Skatabend und wandte sich anschließend seinem jungen Kollegen zu.

»Was gibt's denn?«, fragte er, während er Fouquet gleichzeitig mit einer eindeutigen Geste aufforderte, ihm gegenüber Platz zu nehmen.

»Wolf, ich hab die Kollegen in Venlo mit einem Fax über unsere beiden Mordfälle informiert und ihnen auch ein Foto mit der Tätowierung geschickt. Und hab sie um schnellstmögliche Rückmeldung gebeten. Die ist auch ziemlich direkt erfolgt.«

»Und, was ist? Können die etwas damit anfangen?«, wollte Tannenberg ungeduldig wissen.

»Du wirst es nicht glauben: Aber die schicken einen zu uns!«

»Was machen die?«

»Die haben uns doch allen Ernstes für heute Nachmittag einen von der Venloer Mordkommission avisiert. Ich hab natürlich gleich mal dort angerufen und sie gebeten, uns vorab schon mal zu sagen, ob sie mit den Informationen, die ich ihnen gefaxt habe, was anfangen können.«

»Und?«

»Nein, der Kerl am Telefon wollte einfach nichts rauslassen. Der hat nur gesagt, dass sein Kollege schon im Auto sitzt.«

»Was? Der ist schon unterwegs hierher? Und wann kommt der dann bei uns an? Wie weit ist das denn eigentlich?«

»Keine Ahnung. Aber der in Venlo hat gemeint, dass der Kollege nicht länger als 4 bis 5 Stunden zu uns hoch brauchen wird. – Wieso hat der eigentlich ›hoch zu euch‹ und nicht ›runter zu euch‹ gesagt?«

»Was weiß denn ich! Vielleicht ist bei denen alles, was höher liegt als der Meeresspiegel, schon Hochgebirge. Also gut, dann warten wir mal gespannt auf den Herrn. Ich geh jetzt mal nach Hause. Und bin in 4 Stunden wieder da. Wenn was ist, rufst du mich halt an!«

»Klar, Wolf, mach ich!«

Aber Tannenberg ging nicht nach Hause, denn er erinnerte sich plötzlich daran, dass er, weil es heute Morgen stark geregnet hatte, mit seinem Auto zur Dienststelle gefahren war. Und als er sein rotes BMW-Cabrio unten auf dem Parkplatz so einladend und inspirierend stehen sah, betrachtete er seine spontane Eingebung als göttlichen Fingerzeig.

Also packte er die Gelegenheit beim Schopfe, setzte sich auf den schwarzen Ledersitz, startete den Motor und fuhr in den PRE-Park zum Gebäude der Softwarefirma

FIT.net, wo in dem Komplex der Geschäftsleitung seine Herzdame residierte.

Manchmal unternahm Wolfram Tannenberg Dinge direkt aus dem Bauch heraus, ohne sie durch rationale Prüfinstanzen zu jagen und ohne sich auch nur einen Deut um die möglicherweise problematischen Folgen seines Tuns zu kümmern. Wie auch an diesem trüben Apriltag, an dem er mal wieder von diesem heimtückischen Teufel des spontanen Aktionismus geritten wurde.

Objektiv betrachtet war es schließlich schon mehr als verwegen, in dieser sensiblen Kennenlernphase einfach so auf gut Glück *der* Frau einen unangekündigten Besuch abzustatten, die so sehr von ihm Besitz ergriffen hatte, dass er sogar nachts von ihr träumte.

Subjektiv betrachtet konnte er sich diesem unaufschiebbaren Bedürfnis allerdings einfach nicht entziehen, war quasi willenloser Spielball höherer Mächte. Hatte also gar keine Chance, sich gegen die Kräfte des Schicksals erfolgreich zur Wehr zu setzen.

Da sich die Sekretärin noch an seine Person und den von ihm ausgeübten Beruf erinnerte, erschien ihr der unangemeldete Besucher anscheinend genügend vertrauenswürdig, um ihm Zutritt zum verwaisten Büro ihrer Chefin zu gewähren.

Dort sah es immer noch genauso aus, wie damals, als er Ellen Herdecke mehrere Male im Zuge seiner Ermittlungen dienstlich aufgesucht hatte.

Und nun stand er wie ein kleiner Junge hier herum

und wartete, bis das Objekt seiner Sehnsüchte Zeit für ihn hatte.

Je länger er wartete, umso argwöhnischer und selbstkritischer bewertete er seine überfallsartige Handlungsweise. Er wurde immer nervöser, kam sich immer alberner vor. Er trippelte ungeduldig auf der Stelle, seine Hände gruben sich in seine Hosentaschen, wühlten unruhig darin herum.

Gerade nachdem er sich dazu entschlossen hatte, diesen unerträglichen Zustand durch eine spontane Flucht zu beenden, kam Ellen Herdecke mit fliegendem Schritt in ihr Büro hereingestürmt.

»Ach, wie schön Sie zu sehen, lieber Herr Tannenberg«, empfing sie ihn mit einem strahlenden Lächeln, das ihn sofort für alles entschädigte, was er in den letzten Minuten an Höllenqualen hatte erleiden müssen.

»Hallo, Frau Herdecke, ich war gerade in der Nähe. Und da hab ich mir gedacht, ich schau mal nach Ihnen. Vielleicht können wir ja irgendwo zusammen einen Kaffee trinken gehen.«

Wie kann man nur in solch einer Situation solch einen ausgemachten Schwachsinn von sich geben!, trat wieder einmal Tannenbergs innere Stimme ungebeten auf den Plan.

»Ist jetzt leider sehr schlecht. Ich hab gleich noch einen äußerst wichtigen Geschäftstermin außer Haus wahrzunehmen. Aber wir könnten doch mal gemeinsam ins Konzert gehen. Mögen Sie klassische Musik?«

»Ja ... schon.«

»Aber nicht so richtig, wie?« Ellen lachte.

»Doch ...«

»Wir sind richtige Klassik-Fans. Jedes meiner Kinder spielt ein Instrument. Und ich hab lange Jahre Klavierunterricht gehabt.«

»Doch, ich gehe gerne mit Ihnen in ein Konzert.«

»Gut! Dann besorg ich zwei Karten und meld mich bei Ihnen, ja?«, sagte sie und verabschiedete sich.

Mann, war das ein Flop! So eine Blamage! Was wird die Frau jetzt wohl von dir denken?, fragte sich Tannenberg, als er tief eingetaucht in seine Gedanken, langsam die Treppe hinunterging.

Klassische Musik? Hab *ich* etwas mit klassischer Musik am Hut? Na ja, eigentlich schon; aber nur, wenn ich in Stimmung dazu bin. Das passiert aber eigentlich nur sehr selten. Und dann auch nur Wagner und den guten alten Ludwig van, und da eigentlich auch nur die Schicksalssymphonie. Klassische Musik? Klavierkonzerte? Na klar: Keith Jarrett's ›White Album‹! Und das legendäre Deep-Purple-Konzert mit dem Londoner Royal Philharmonic Orchestra. Rock meets Classic! Das war'n noch Zeiten! Oder: April, dieses gigantisch-gute Stück! Das war noch Musik!

Ohne seine Umgebung wahrzunehmen, intonierte er:

> ›*April is a cruel time*
> *Even thougt the sun may shine*
> *And world looks in the shade*
> *As it slowly comes away*
> *Still falls the April rain*
> *And the valley's filled with pain ...*‹

Wie recht die alten Rocker doch hatten!, murmelte er kopfschüttelnd vor sich hin, während er das Gebäude der Firma *FIT.net* durch das gläserne Eingangsportal verließ.

8

Als er wieder zu Bewusstsein kam, war er zunächst völlig orientierungslos, wusste weder, wo er sich befand, noch was mit ihm passiert war. Er fühlte sich wie morgens, wenn sein Wecker ihn gerade abrupt aus einem intensiven Traum herausgerissen hatte.

Sein Kopf gab den eindeutigen Befehl zum Aufwachen, aber sein Körper reagierte nicht.

Er wurde von Panik erfasst.

In kurzen Abständen durchliefen ihn Schockwellen paralysierender Angst.

Er war psychisch vollkommen gelähmt, konnte keinen klaren Gedanken fassen.

Sein Gehirn befand sich festverankert im Mittelpunkt einer sich schnelldrehenden Zentrifuge, die ihm wie ein Vampir die Gedanken aussaugte und sie ungeordnet an die nach innen gewölbte Wand klatschte.

Erst nach einer längeren Zeit chaotischen mentalen Gebrodels war sein arg malträtiertes Hirn wieder in der Lage, eine verbindende Struktur in die abgerissenen Gedankenfetzen zu weben.

Ist das alles vielleicht gar kein Traum?, hämmerte es hinter seiner Schädeldecke. *Was ist passiert? Wo bin ich?*

Da waren sie abermals: Die letzten Erinnerungsfetzen, die er reaktivieren konnte.

Ein Unfall! Ja, ich weiß, dass ich versucht habe, diesem verdammten Auto auszuweichen.

Aber genau an dieser Stelle prallte er wieder an eine undurchdringliche Mauer der Erinnerungslosigkeit, die er einfach nicht überwinden konnte.

Obwohl sein Geist immer noch von milchigen Dunstschleiern umnebelt war, fühlte er sich doch bedeutend wacher und frischer als direkt nach seiner Reanimation. Umgehend startete er zu einer Entdeckungsreise über seinen Körper, wobei er gleichzeitig die Leistungsfähigkeit der einzelnen Sinnesorgane einer detaillierten Funktionsprüfung unterzog.

Was spüre ich jetzt, genau in diesem Augenblick? – Leichte Kopfschmerzen! Und die linke Seite tut mir weh!

Nach dieser Grobanalyse versuchte er eine differenziertere Bestandsaufnahme.

Als erstes wurde er auf ein von ihm als enorm störend empfundenes, dickes Plastikrohr aufmerksam, das anscheinend an einen Blasebalg angeschlossen war, der ihn in einem monotonen Rhythmus aufpumpte und jedes Mal einen leichten Dehnungsschmerz in seinen Bronchien und Lungen hervorrief.

Außerdem spürte er in der unmittelbaren Nähe seines Adamsapfels einen Wundschmerz, der ebenfalls im rhythmischen Takt des Beatmungsgerätes seine Intensität veränderte.

Aber als noch weitaus unangenehmer bewertete er

einen konstanten Schmerzreiz, den ein dünner Schlauch verursachte, den man ihm in die Nase gesteckt hatte. Es handelte sich bei dieser Variante um einen ziehenden Wundschmerz, so wie man ihn manchmal bei extrem ausgetrockneten Nasenschleimhäuten empfindet.

Direkt an seinem, bis auf das kleine Röhrchen der Magensonde zugepflasterten Geruchsorgan bemerkte er des Weiteren ein dumpfes Spannungsgefühl, das nicht sonderlich wehtat, das aber trotzdem ziemlich unangenehm war. Auf seinem Kopf und seiner Brust registrierte er kleine Stellen, an denen man anscheinend Pflaster angebracht hatte.

Nach einer kurzen Pause setzte er die Entdeckungsreise zur Erkundung seines regungslosen Körpers fort.

An der rechten Vorderseite seines Halses machte sich ein starkes Fremdkörpergefühl bemerkbar, verbunden mit einem leichten, ziehenden Schmerz, dessen Intensität ebenfalls vom Takt der Beatmungsmaschine abhängig war.

Oberhalb seines rechten Handgelenks nahm er zudem einen Gegenstand wahr, der sich dort normalerweise nicht befand.

Was kann das sein?, fragte er sich. *Eine Infusionskanüle?*

Am gleichen Arm, allerdings weiter oben, hatte man ihm eine Blutdruckmanschette übergestreift. Diese wurde in regelmäßigen Abständen aufgepumpt und erzeugte dabei ein seltsam makaberes, nahezu unerträgliches Engegefühl, das ihm jedes Mal Angstzustände verursachte, da er fürchtete, der Druckanstieg könne einmal nicht mehr rechtzeitig gestoppt und ihm dadurch der Arm abgequetscht werden.

Der sensorische Orientierungslauf über seinen Körper erinnerte ihn an Übungen, die er während seiner Zivildienstzeit bei einem Lehrgang über Autogenes Training erlernt hatte: Die linke Hand wird schwer und warm, der linke Unterarm wird schwer und warm, der ganze linke Arm wird schwer und warm usw.

Wie mit einem empfindlichen Geigerzähler untersuchte er jeden Quadratzentimeter seines stillgelegten Körpers – eines bewegungsunfähigen menschlichen Organismus, der allerdings zu erstaunlich sensiblen Wahrnehmungen fähig war: Unter seinem Rücken spürte er plötzlich eine angenehm kühle, aber nicht zu kalte, leicht vibrierende Unterlage, die so weich war, dass er nirgendwo auch nur den Ansatz einer Druckstelle registrierte.

Da ist aber auch noch etwas anderes: Irgendwer muss mir irgendwas in meinen Hintern geschoben haben!, stellte er plötzlich fest.

Dieses Etwas verursachte das gleiche Gefühl, wie damals, als er noch ein kleiner Junge war und seine Mutter ihm ein fiebersenkendes Zäpfchen in den Po geschoben hatte.

Darüber hinaus spürte er aber auch noch einen unangenehmeren, brennenden Schmerz. Dieser kam aus der Harnröhre und stammte von einem Blasenkatheter.

Damit hatte er die unerfreuliche Erkundungsreise zu den über seinen Körper verteilten diversen Schmerzpunkte abgeschlossen und wandte sich nun einem weiteren Bereich der menschlichen Sinneswahrnehmung zu; einem, der ihm anscheinend uneingeschränkt zur Verfügung stand: dem Hören.

Also: Ich liege in einem Krankenhaus. Wahrscheinlich auf der Intensivstation. Aber in welchem? In Kaiserslautern? In Landau? In Pirmasens? Ist ja auch egal! – Was kann ich hören?

Er konzentrierte sich.

Direkt hinter und über mir piepst es im Rhythmus meines Herzschlages. Links neben mir, etwa auf der Höhe meines Ellbogens, höre ich ein relativ lautes Blasebalggeräusch. Gut!

Er schickte sein Gehör auf die andere Seite seines Körpers.

Etwa auf gleicher Höhe, allerdings auf der anderen Seite, vernahm er ein leises, sirrendes Brummen, das er zwar spontan keinem medizinischen Gerät zuordnen konnte, das ihn aber stark an kleine Elektromotoren erinnerte, wie sie u.a. für batteriebetriebenes Badewannenspielzeug verwendet werden.

Ein wenig weiter unten, etwa in der Nähe seines Kniegelenks, konnte er ein ähnliches Geräusch orten. Es unterschied sich nur unmerklich von dem anderen, allenfalls durch eine etwas tiefere Frequenz, und erzeugte bei ihm die Assoziation von summenden Insekten.

Nachdem er bei seinen akustischen Wahrnehmungsversuchen die direkte Umgebung seines Körpers untersucht hatte, nahm er plötzlich die gleichen von ihm eben schon einmal gehörten Geräusche wahr, allerdings weitaus moderater – und von ungleichmäßigem Stöhnen und Röcheln unterbrochen.

Dann bin ich ja gar nicht der einzige Patient auf dieser Intensivstation!, schlussfolgerte er mit einem kurzen Anflug von Erleichterung.

Doch bereits wenige Sekunden später verflüchtigte sich dieser voreilige Euphorieausbruch wieder, denn zu deprimierend waren die animalischen, monotonen Geräusche, die ihm aus Richtung seines Leidensgenossen ans Ohr drangen.

Verflucht! Warum kann ich mich denn nicht bewegen und nicht sprechen, wenn ich doch sonst alles kann?, fragte er sich verzweifelt. Unvermittelt wurde er von einer spontanen Eingebung heimgesucht: *Das ist es: Die haben mich ins künstliche Koma versetzt! Genau! – Aber warum? Weil mein Körper sich in Ruhe erholen soll! – Aber von was?*

Er dachte unwillkürlich an einen Zeitungsartikel über einen Schauspieler, den man wegen seiner schweren Brandverletzungen einige Zeit ins künstliche Koma versetzt hatte.

Oh Gott! Hab ich etwa schwere Verbrennungen? Oh nein, alles – alles, nur nicht das!, schrie er flehend, ohne dass ihn allerdings irgendjemand hätte hören können.

Plötzlich öffnete sich mit einem satten Hydraulikgeräusch die elektrische Schiebetür des Krankenzimmers. Obwohl er die Person nicht sehen konnte, schloss er aus den schnellen Trippelschritten, dass es sich sehr wahrscheinlich um eine Frau handelte.

Seine Anspannung steigerte sich.

Aber die Person kam nicht zu ihm ans Bett, sondern

begab sich ans Fenster, dessen rechten Flügel sie mit einer flinken Bewegung öffnete.

»Eigentlich sollte ich das ja nicht tun, denn wir befinden uns schließlich auf einer Intensivstation, nicht wahr, Herr Heidenreich?«, sagte eine barsche, weibliche Stimme. »Aber wir sollten doch mal kurz lüften und diesen schrecklichen Mief hier rauslassen – finden Sie nicht auch? Schließlich sind Sie ja so ein kerngesunder, kraftstrotzender Naturbursch.«

Kerngesunder Naturbursch?

»Und während Ihres Erholungsschlafs ist frische Luft ja besonders wichtig.«

Erholungsschlaf – also doch! Gott sei Dank!

»Oh nein!«, stöhnte Oberschwester Rebekka plötzlich und schloss umgehend das Fenster. »Der Bauer düngt mal wieder die Felder mit Gülle. Pfui Teufel!«

Bauer? Gülle? Krankenhaus?, drängten sich bohrende Fragen in sein pulsierendes Gehirn. *Wo bin ich denn eigentlich?*

Er konnte sich diesen Gedanken aber nicht näher zuwenden, zu dominant war die laute, raue Stimme, die er gerade aus Richtung der Tür vernahm:

»Wohl dem, der seine Hoffnung setzt auf den Herrn. Ich sehe, mein Sohn, dass du betest. Recht so, denn der Herr, unser Gott und Erlöser wird auch dein Flehen erhören. Denn der Herr ist freundlich dem, der auf ihn harrt, und dem, der nach ihm fragt.«

Dass ich bete? Wie kommen Sie denn darauf? – Ach so, weil man mir die Hände wie beim Beten auf den Bauch gelegt hat!

»Guten Morgen, Herr Pfarrer!«

»Einen gesegneten Guten Morgen, Oberschwester Rebekka.«

Die Frau verließ den Raum.

»Mein Sohn, höre die Losung des Tages: Jeremia 31,17: ›Es gibt noch Hoffnung für deine Zukunft, spricht der Herr.‹ Amen.«

Der Pfarrer lauschte kurz dem Nachklang seiner wohlgeformten Worte, dann griff er in seine Jacke, zog einen silbernen Flachmann heraus und belohnte sich für seinen dramaturgisch gelungenen Auftritt mit einem kräftigen Schluck.

»Der Herr schuf den gebrannten Wein, um des Pfarrers Freund zu sein«, sagte er und entließ anschließend einen kleinen Rülpser in die Freiheit. »Mein Sohn, kennst du eigentlich die Geschichte von Jona und dem Wal? Nein? – Wohlan, höre die Stimme des Herrn, der nun durch die Heilige Schrift zu dir spricht.«

An dieser Stelle legte der Pfarrer eine erneute, diesmal aber etwas ausgedehntere Trinkpause ein.

Und wieder bahnten sich alkoholgeschwängerte, säuerliche Magengase ihren Weg nach draußen.

Dann fuhr er fort: »Jona hatte schweres Unrecht getan. Deshalb warf der Herr ihn ins Meer. Aber in seiner unendlichen Gnade ließ er einen großen Fisch kommen, Jona zu verschlingen. Und Jona war im Leibe des Fisches drei Tage und drei Nächte. Jona betete zu dem Herrn, seinem Gott, im Leibe des Fisches und sprach: Ich rief zu dem Herrn in meiner Angst, und er antwortete mir. Ich schrie aus dem Rachen des Todes, und du hörtest meine Stimme. Du warfst mich in die Tiefe, mitten ins Meer, dass die Fluten mich umgaben. Wasser umschlossen mich und gingen mir ans Leben, die Tiefe umringte mich, Schilf bedeckte mein Haupt. Ich sank hinunter zu der Berge Gründen, der Erde Riegel schlossen sich hinter mir ewiglich. Hilf, oh Herr, mein Gott! Errette mich! – Und der Herr sprach zu dem Fisch, und der spie Jona aus ans Land.«

Mit einem wahren Sturztrunk befeuchtete der trostspendende Besucher seine ausgedörrte Kehle.

»So, mein Sohn, ich denke, das reicht für heute. Ich muss jetzt auch los.« Er senkte seine Stimme und flüsterte: »Ich muss mir nämlich noch meine Belohnung abholen. Denn selbst hier auf der Intensivstation, sorgt man sich um des Pfarrers Wohl; als kleiner Dank, als kleiner Lohn, beschenkt man ihn mit Alkohol.« Dann wurde er wieder lauter: »Bedenke, die tröstenden Worte unseres Herrn und Erlösers:

> ›Wird es Nacht vor meinem Schritt,
> dass ich keinen Ausgang wüsste
> und mit ungewissem Tritt
> ohne Licht verzagen müsste,
> Christus ist mein Stab und Licht;
> das ist meine Zuversicht.‹

Maximilian Heidenreich war wieder allein.

Bleierne Müdigkeit übermannte ihn. Kurz vor dem Wegdämmern hörte er plötzlich ein wohlbekanntes Geräusch – ein Geräusch das ihn schon oft an den Rand des Wahnsinns getrieben hatte: Ein zwar relativ leises, monotones, aber trotzdem extrem nervendes Brummen. Hervorgerufen von einem Exemplar dieser völlig überflüssigen Kreaturen, deren einziger Lebenszweck darin zu bestehen schien, friedliebende, nach Ruhe lechzende Menschen vorsätzlich zu drangsalieren; diese Miniaturvampire, denen nichts heilig war, weder Beichtstühle, noch Totenlager, noch Intensivstationen.

Bisher war er dieser allgegenwärtigen Gefahr stets mutig und entschlossen mit allen ihm zur Verfügung stehenden Mitteln entgegengetreten, hatte den Feind so lange ausgespäht, bis es ihm schließlich möglich war, diesen gnadenlos zu vernichten.

Nachdem die Schmeißfliege ihr nervenzerfetzendes Gebrumme kurzzeitig unterbrochen hatte, wahrscheinlich um ihre Flugakkus an irgendeiner Wand, Lampe oder an der Decke dadurch wieder aufzuladen, dass sie mit ihrem langen Rüssel zwecks Nahrungssuche auf allen möglichen Dingen herumschlabberte, erschien plötzlich auf seiner inneren Kinoleinwand das angsteinflößende Bild einer riesengroßen bunten Mücke, deren widerliche Einzelteile ihm in grellen Farben entgegenleuchtete.

Er musste unwillkürlich an das Kunststoffmodell der Drosophila denken, das garantiert immer noch in der Biologiesammlung des Rittersberg-Gymnasiums herumstand, und das bei ihm schon damals in seiner Schulzeit, als er und seine Klassenkameraden sich im Unterricht zwangsweise mit dieser unästhetischen Missgeburt beschäftigen mussten, keine anderen Reaktionen hervorgerufen hatte, als Ekel und tiefe Abscheu.

Nun erinnerte er sich auch noch daran, dass er irgendwann in der Oberstufe mit der Lyrik Gottfried Benns konfrontiert worden war. Es hatte sich dabei um eines dieser abscheulichen Gedichte gehandelt, in denen detailliert die Eiablage einer Schmeißfliege in den halbverwesten, aufgeschlitzten Körper eines toten Soldaten beschrieben wurde.

Während dieses unappetitlichen Erinnerungsschubs kreiste die Mücke scheinbar ziellos weiter über ihm. Dann gönnte sie sich eine kleine Verschnaufpause, um sich hernach wie ein winziger Stuka-Kampfbomber mehrmals auf ihn herabzustürzen. Kurz vor seinem Körper drehte sie aber immer wieder ab.

Nach einigen weiteren Erkundungsflügen allerdings landete die Mücke schließlich doch noch auf ihm – und zwar direkt auf seiner Stirn. Zunächst krabbelte sie nur unkoordiniert umher, doch bereits kurze Zeit später fing sie auf einmal an, mit ihrem Rüssel auf seinem Gesicht herumzuschlecken.

Nie hätte er geglaubt, dass ein Mensch in der Lage sein könnte, den Saugrüssel einer Schmeißfliege auf seinem Körper wahrzunehmen. Und nicht nur das: Die Nervenzellen in seiner Gesichtshaut waren inzwischen so sensibel geworden, dass es ihm sogar möglich war, die Reizungen, welche von den kleinen Beinchen hervorgerufen wurden, genau von denen, die der Rüssel verursachte, zu unterscheiden.

Augenscheinlich hatte es die Mücke auf die kleinen Schweißperlen auf seiner Haut abgesehen. Zielstrebig bewegte sich nämlich das nervige sechsbeinige Insekt auf seine Nase zu, *die* Stelle seines Gesichts, an der sich erfahrungsgemäß die dicksten perlenartigen Schweißabsonderungen bildeten.

Er wurde fast wahnsinnig.

Dieser unerträgliche Zustand des völlig hilflosen Ausgeliefertseins an ein Tier, dem er Zeit seines Lebens immer nur mit Abscheu und Aggressivität begegnet war, raubte ihm nahezu den Verstand. Aber außer diesem abgrundtiefen Ekel, der sich seiner angesichts dessen, was da frohgelaunt auf ihm herumkrabbelte, bemächtigt hatte, gab es noch etwas anderes, das ihn fast an den Rand des psychischen Kollapses brachte: dieses Kitzeln, dieses unerträgliche leichte Kitzeln auf seiner Gesichtshaut.

Plötzlich betrat ein Krankenpfleger leise vor sich hinfluchend den Raum. Sein unvermitteltes Auftauchen musste die genüsslich auf ihm herumschlabbernde Mücke sehr irritiert haben, denn sofort schaltete sie ihren Flugturbo ein und begann nun aufgeregt in seinem Krankenzimmer herumzurasen. Die Mücke erzeugte dadurch ein sehr markantes Geräusch, auf das der Mann sehr schnell aufmerksam wurde.

»Verfluchtes kleines Mistviech!«, schrie er unvermittelt los, bewaffnete sich mit einem seiner Slipper und nahm umgehend die Jagd nach dem geflügelten Quälgeist auf.

Allerdings gestalteten sich die engagierten Bemühungen des Krankenpflegers nicht sonderlich erfolgreich, denn obwohl er wirklich alles versuchte und sich sogar einmal während der Verfolgungsjagd wie ein Tiger auf Maximilians Bett stürzte, konnte er dieser überflüssigen Kreatur nicht habhaft werden. Erst als ihm die Oberschwester den Tipp mit dem Giftspray gab, wurde sein Vorhaben umgehend von Erfolg gekrönt. Es war ganz einfach gewesen: ausspähen – anpirschen – sprühen – Mücke tot!

Als Zeichen seines grandiosen Jagdtriumphes trug der Pfleger die erlegte Schmeißfliege wie eine Trophäe stolz vor sich her. – Eine Schlussfolgerung, die sich Max, obwohl er ja nicht sehen konnte, deshalb aufdrängte, weil die Oberschwester ihren Kollegen mehrfach dazu aufforderte, das erlegte Tier endlich in den Mülleimer zu werfen.

Dann war er wieder allein.

Erleichterung breitete sich in ihm aus.

Er entspannte sich.

Wohliger Schlaf warf sein betäubendes Netz über ihn.

Plötzlich hörte er ein hochfrequentes Geräusch. Es war ein Sirren, das sich ihm langsam näherte – und nur von einer Schnake stammen konnte.

9

Tannenberg wollte nach dem Frusterlebnis bei Ellen Herdecke einfach nur seine Ruhe haben. Als leidenschaftlicher Kulturmuffel hatten ihn seine erfolglosen Bemühungen, die ihm zum Fraß vorgeworfenen unverdaulichen Brocken weichzukauen und sie anschließend hinunterzuschlucken, ziemlich ermüdet und zermürbt.

Besonders die Vorstellung, dass er sich in Schale werfen, sich in einen mit affektierten Menschen vollgestopften Musentempel begeben und sich dort auch noch anständig benehmen sollte, deprimierte ihn zutiefst.

Und dann sitz ich da in so 'nem todlangweiligen Konzert rum. Oder sogar in 'ner Oper – oder schlimmer noch: in so 'ner schrecklichen Operette!, dachte er resigniert, während er gemächlich die Donnersbergstraße hinunterfuhr. Oh, nein, wie soll ich das nur aushalten?

Er seufzte.

Aber, was soll ich denn nur machen? Schließlich will ich mir's ja mit Ellen auch nicht verscherzen. Irgendwie werd ich das schon hinkriegen!, sprach er sich selbst Mut zu. Lea hat mich ja am Anfang auch zu Vernissagen, Lesungen und so 'nem Kulturkram geschleppt. Aber später haben wir uns ja zum Glück arrangiert: Sie musste nicht mit auf den Fußballplatz und ich nicht mit zu diesem Kulturkack.

Auf der Höhe des Kaiserslauterer Hauptfriedhofs erreichten seine kulturkritischen Gedankengänge geradezu philosophische Dimensionen: Ist das, was die uns heute als Kultur verkaufen wollen, überhaupt Kultur? … Das, was die in der Antike oder auch in der Renaissance geschaffen haben, das waren kulturelle Höchstleistungen! Aber heute? Die kupfern doch nur alles ab. Heute gibt's doch gar nichts Neues mehr! Bin mal gespannt, was uns in dieser Hinsicht noch so alles in der Zukunft erwartet … Na ja, mal sehen, was die Zukunft so bringen wird … Ja, ja, die Zukunft! – Egal, jetzt will ich nur eins: Mich nach einem hoffentlich richtig guten Mittagessen zu einem Verdauungs-Nickerchen auf meiner Couch ablegen.

Zu Tannenbergs großem Leidwesen kam es aber an diesem ereignisreichen Montag weder zu dem einen, noch zu dem anderen. Denn gleich nach seiner Ankunft in der elterlichen Wohnküche bestürmte ihn Marieke mit dem dringlichen Wunsch, sie so schnell wie möglich zu Max in die Schlossklinik nach Trippstadt zu fahren. Sie flehte ihn dabei so herzerweichend an, dass er es einfach nicht fertigbrachte, ihr Begehren brüsk zurückzuweisen.

Also ließ er die schon servierten, in ein heißes Sauerkrautnest gebetteten und mit braunen Knusperzwiebeln gekrönten Leberknödel trotz seines knurrenden Magens unberührt stehen und erfüllte seiner Nichte ihren Herzenswunsch.

Kurz nachdem Marieke sich auf dem Klinikparkplatz von ihrem Onkel verabschiedet hatte, quälte sich dieser mühevoll aus seinem roten BMW und wollte sich gerade auf die Suche nach einer Gaststätte begeben, als er auf der Hauptstraße einen Konvoi von drei langsam hintereinander herkriechenden Wohnwagen mit gelben Nummernschildern an der Schlosseinfahrt vorbeischleichen sah.

Oh je, die fahren ja noch schlechter Auto als die Saarländer!, war alles, was ihm kopfschüttelnd zu dieser beeindruckenden Wagenkolonne einfiel.

Er vertiefte dieses leidige Thema allerdings nicht weiter, sondern fasste spontan den Entschluss, in der Zeit, während Marieke ihren Freund besuchte, einen Abstecher zu dem im Neuhöfertal gelegenen Campingplatz zu machen, auf dem Ruud van der Hougenband seinen Urlaub verbrachte. Seine überraschende Entscheidung wurde nicht unwesentlich durch den Umstand begünstigt, dass sich am Eingang des Campingplatzes eine für ihre deftige Hausmannskost weithin gerühmte Gastwirtschaft befand.

Und weil es schon vor einiger Zeit aufgehört hatte zu regnen und die grauschwarze Wolkendecke inzwischen sogar beträchtliche hellblaue Risse aufwies, verspürte er ein unstillbares Bedürfnis nach einem ausgedehnten Spaziergang. Bevor er losmarschierte, schrieb er noch schnell eine an Marieke gerichtete kurze Nachricht auf einen Zettel und klemmte diesen unter einen der Scheibenwischer.

Ein breiter Schotterweg führte ihn zunächst an weiten, dampfenden Feldern und Wiesen vorbei, bis er schließlich den spalierartigen Saum des Hochwaldes erreichte. Die einzelnen Baumarten empfingen ihn mit den verschiedenen Farbtönen ihrer Frühlingsgewänder, die vom zarten Grün saftiger Buchenblätter über das dunklere, kräftigere der frischen Lärchennadeln bis hin zu den eher bräunlichen Jungtrieben der Eichen reichte.

Der Wald wurde immer dichter, die Wege schmäler und bewachsener, die Geräusche aus Richtung des Dorfes merklich gedämpfter.

Plötzlich zerschnitt ein anschwellender, hochtönender Lärm die friedliche Stille. Tannenberg wusste sofort, wer dieses aufdringliche Geräusch nur verursacht haben konnte: Ein Motorradfahrer, der auf der nahegelegenen Bundesstraße mit seiner getunten Rennmaschine unterwegs war.

Wie oft hab ich wohl schon auf der B 48 durch mein rücksichtsvolles Fahrverhalten einen schweren Unfall verhindert? Zwanzig, fünfzig Mal?, fragte er sich kopfschüttelnd.

Er dachte an die vielen unbelehrbaren jugendlichen Raser, die ihm im Laufe der Jahre auf der Strecke nach Johanniskreuz bzw. im Wellbachtal in Kamikaze-Manier entgegengekommen waren oder ihn überholt hatten.

Wie oft haben die mich und andere Verkehrsteilnehmer mit ihrem rücksichtslosen, aggressiven Fahrverhalten bis aufs Blut gereizt!, schimpfte er leise vor sich hin.

In diesen unfallträchtigen Situationen hatte er sich häufig des Eindrucks nicht erwehren können, dass diese jungen Leute im Physikunterricht wohl nicht genügend aufgepasst hatten. Dies war nach seiner Meinung eine schlüssige Erklärung dafür, dass ihm die Motorradfahrer in Kurven derart riskant entgegenkamen: In im wahrsten Sinne des Wortes geradezu halsbrecherischer Art und Weise mit Körper und Maschine über der Mittellinie liegend. Wobei diese leichtsinnigen Hasardeure nicht die geringste Chance hatten, im Bedarfsfalle ihre Rennmaschinen aufzurichten und so einem anderen Fahrzeug auszuweichen.

Unumstößliche physikalische Gesetzmäßigkeiten eben!, stellte er nüchtern fest.

Wie heißt noch mal das Stück von BAP, das mit dem toten Biker?, fragte er sich einen Gedanken später. Irgendwas mit einer Leitplanke. – Genau: Ahn 'ner Leitplank!

Tannenberg versuchte die Melodie zu summen. Als alter BAP-Fan konnte er sich daran noch recht gut erinnern. Nur der dazugehörige Text wollte ihm zunächst partout nicht mehr einfallen. Aber mit der Zeit schoben sich immer mehr einzelne Bruchstücke in sein Bewusstsein. Nach einigen Versuchen hatte er sein kleines Puzzle zusammengefügt:

> ›… Ne Knall, ne Schrei
> Schluss – Aus – un alles vorbei!
> Hühr die Sirene, et rüsch verbrannt.
> Sinn Bloot vun einem, dä ich nit kannt.
> Ne Krankenwaare, Polizei …
> … En Ölfleck nur
> hinger 'ner koote Bremsspur.
> Met Sand kaschiert,
> als wöhr he janix passiert …‹

An weitere Textpassagen konnte er sich nicht mehr erinnern.

Der schmale, von Heidelbeersträuchern und Heidekrautbüschen besäumte Pfad mündete nun in einen breiteren Wanderweg. Gedankenversunken folgte der Leiter der Kaiserslauterer Mordkommission der Beschilderung in Richtung des Campingplatzes.

Plötzlich hörte er hinter sich Geräusche.

Er blieb stehen.

Erschrocken wandte er sich um. – Und staunte.

Etwas Derartiges hatte er noch nie gesehen: Eine Walkerinnen-Kolonne, die aus fünf Frauen mittleren Alters bestand, bewegte sich im Sturmschritt direkt auf ihn zu. Die Arme angewinkelt und rhythmisch die Fäuste in Richtung der Baumkronen rammend, marschierten sie mit hochroten Köpfen wie ferngesteuerte Roboter im Gleichtakt.

Reflexartig machte er einen Schritt zur Seite und ließ die laut schnaubende Meute passieren. Bis auf die recht sportlich wirkende Anführerin waren die mit verkrampften und speckig glänzenden Gesichtern daherschreitenden Damen recht beleibt, was sie allerdings nicht daran gehindert hatte, sich ein topmodisches Outfit zu verleihen. Ein Styling, das jede Profiläuferin vor Neid hätte erblassen lassen: Hautenger, atmungsaktiver Sportdress, extrem leichte und supergedämpfte Spezialschuhe, buntes Stirnband, Designer-Sonnenbrille usw.

Dass dieses körperbetonte Outfit hinsichtlich ästhetischer Gesichtspunkte augenscheinlich mit der nicht unwesentlichen Leibesfülle der Damen kollidierte, schien die übergewichtigen Frauen nicht zu interessieren. Für Tannenberg jedoch war der Anblick der wie Würste abgeschnürten Oberarme und der an Hüften und Oberschenkeln aus der engen Sportbekleidung hervorquellenden Speckwülste eine nur äußerst schwer ertragbare optische Folterung.

Aber als noch widerlicher empfand er den intensiven Gestank, der die Walkerinnen-Armada wie eine mitgeführte Dunstglocke umgab. Es handelte sich bei diesen menschlichen Ausdünstungen um eine atmungslähmende Mischung aus übelriechenden Schweißabsonderungen und schwefelig-faulen Stoffwechselabfällen. Abgerundet wurde dieses eindrucksvolle Geruchserlebnis dadurch, dass man die eindeutigen Hinweise auf mangelhafte Körperhygiene und ungesunde Ernährung mit überreichlichen Parfümgaben zu kaschieren versucht hatte.

Vielleicht hing es damit zusammen, dass die Kampf-Wandererinnen ihn nicht gegrüßt hatten, vielleicht war es eine Reaktion auf dieses nahezu unerträgliche Riechzellenbombardement, vielleicht handelte es sich aber auch nur um einen unwillkürlichen Automatismus, der Tannenberg dazu nötigte, eine imaginäre Tuba auszupacken und auf ihr Marschmusik zu spielen: Brut dadada, brut dadada, brut, brut, brut ... Dabei bewegte er seine Arme wie ein flügger Jungvogel, der gerade die ersten Flug-Trockenübungen durchführte.

Während er dieser, sicherlich etwas rustikalen Art der Unmutsbekundung frönte, schickte er einen letzten Blick hinüber zu den prallen Hinterteilen, die sich schwabbelnd von ihm wegbewegten.

Wie alte Brauereigäule!, stellte er belustigt fest, korrigierte sich aber sogleich: Wie die Elefantenparade im Dschungelbuch. Genau, das war's!

Er beendete das von ihm inszenierte musikalische Intermezzo, indem er die nicht vorhandene Tuba in die Ginsterbüsche warf, und setzte anschließend die unterbrochene Wanderung fort.

Seine Gedanken schweiften ab in die Zeit der eigenen sportlichen Aktivitäten. Als leidenschaftlicher Ballsportler hatte er für diese Art der körperlichen Betätigung, wie er sie eben gesehen hatte, nichts als Abscheu und Verachtung übrig. Er dachte daran, dass er früher, um seine Kondition zu steigern, in einem grauen, ausgebeulten Jogginganzug und mit billigen Leinen-Turnschuhen an den Füßen anstrengende Waldläufe unternommen hatte.

Und heute gehen sie mit Designerklamotten im Gleichschritt walken!, polterte er ungehalten los. So ein Schwachsinn! Die sind doch alle psychisch krank! Reif für die Klapsmühle!

Plötzlich sah er Eva Glück-Mankowski vor seinem geistigen Auge wie aus dem Nichts auftauchen. Er erinnerte sich daran, dass er vor geraumer Zeit nachts mit ihr hierher ins Neuhöfertal gefahren war. Damals war er ihr sehr dankbar gewesen, dass sie mit ihm gemeinsam diesen gefährlichen Weg gegangen war. Er wusste noch ziemlich genau, wie extrem kritisch er sie und ihren Berufsstand am Anfang beurteilt hatte.

Und dann? Hier unten im Tal? Da ist mir auf einmal klar geworden, dass diese Kriminalpsychologen gar nicht so überflüssig sind, wie ich immer gedacht hatte, gestand er sich im Nachhinein ein. Was war das eigentlich mit Eva? Das zwischen ihr und mir? Vielleicht sollte ich sie einfach mal wieder anrufen. Aber ich hasse diese Smalltalks! – Ach Gott, was soll's, es hat einfach der Funke gefehlt, der von mir zu ihr übergesprungen ist. Ganz anders als bei Ellen!

Er atmete tief durch, blieb einen Moment stehen. An dieser Stelle kreuzte eine Überlandleitung den geschotterten Fahrweg. Die mächtigen Strommasten ragten aus der breiten, baumlosen Schneise wie kleine Eifeltürme heraus.

Er drehte sich in Richtung des Kahlschlages. Sein Blick flog über eine Vielzahl von der Sonne bestrahlten, mit taubesprühten Spinnennetzen behängten Farnen hinunter ins Tal und verharrte auf dem Sägemühler Weiher, in dem sich die Silhouetten der mächtigen dunklen Fichten des gegenüberliegenden Bergrückens spiegelten.

Das unvermittelt einsetzende Sirenengeheul eines Notarztwagens zerstörte Tannenbergs Naturbetrachtung. Dieses markante Geräusch, das er aufgrund vielfältiger Erfahrungen mit allen möglichen Einsatzfahrzeugen eindeutig zuzuordnen vermochte, wurde schnell lauter und deutlicher, drückte sich brutal in die friedliche Stille des Neuhöfertals. Aber dann entfernte es sich wieder, wurde immer moderater, bis es sich schließlich ganz verflüchtigte.

Als Tannenberg den Eingangsbereich des Campingplatzes von der Straße her erspähte, fragte er sich, ob er in der Lage war, die holländische Nationalflagge aus den diversen, in leichten Windböen flatternden Fahnen herauszufinden. Ehrlicherweise musste er sich allerdings eingestehen, dass er zwar von den Fußballtrikots und der Kleidung der Fans der holländischen Nationalmannschaft wusste, dass die Farbe Orange in diesem europäischen Land eine gewichtige Rolle zu spielen schien. Aber aus welchen Farben die Landesflagge zusammengesetzt war? Da musste er wohl oder übel passen.

Eigentlich könnte ich ja den Mann an der Rezeption fragen. Der weiß das bestimmt!, dachte er, getraute sich dann aber doch nicht, auf diesem Wege den von ihm als peinlich empfundenen Zustand der Unwissenheit zu beenden.

Der Campingplatzbedienstete saß mit dem Rücken zur verglasten Empfangstheke vor einem Computermonitor. Tannenberg klopfte mit den Fingerknöcheln seiner geöffneten linken Hand an die Scheibe. Dabei fiel sein Blick auf die Armbanduhr, die er wie gewöhnlich mit dem Ziffernblatt nach innen trug.

Verflucht! Es ist ja schon nach 14 Uhr! Der Holländer kommt ja bald! Und ich muss auch noch zurück zur Klinik und Marieke abholen!, stellte er erschocken fest.

Ein recht verlebt aussehender jüngerer Mann erhob sich von seinem Bürostuhl und begab sich mit trägen Bewegungen zu Tannenberg. Der unter enormem Zeitdruck stehende Kriminalbeamte zückte kurz seinen Dienstausweis und fragte mit hektisch vorgetragenen Worten, ob auf dem Campingplatz in den letzten Monaten zwei Holländer gewohnt hätten, die möglicherweise von jemandem vermisst worden seien.

In den phlegmatischen, hageren Mann kam auf einmal

Leben. Neugierig wollte er wissen, ob es sich dabei um die beiden unbekannten Toten vom Heiligenberg handelte. Als Tannenberg dies bejahte, schüttelte er den Kopf und verneinte die ihm gestellte Frage, sagte dem Kriminalbeamten aber zu, dass er zur Sicherheit nochmals die betreffenden Unterlagen sichten werde.

»Wäre ja auch zu schön gewesen«, nuschelte Tannenberg vor sich hin und machte sich eilig auf den Rückweg.

Etwa eine halbe Stunde später traf er wieder in Trippstadt ein. Als er durch die Einfahrt zum Parkplatz ging, bemerkte er auf der rechten Seite eine geöffnete Garage, in der ein Notarztwagen stand. Zwei wie Sanitäter gekleidete Männer verrichteten in und an dem Mercedes-Transporter sorgfältig irgendwelche Reinigungs- oder Wartungsarbeiten.

»Wo warst du denn so lange, Onkel Wolf? Ich hab richtig Angst gekriegt«, empfing ihn Marieke vorwurfsvoll.

»Ich war unten im Tal auf dem Campingplatz. Wegen 'ner Recherche in unserem aktuellen Fall«, erklärte er. »Aber ich hab dir doch einen Zettel geschrieben und ihn am Auto unter den Scheibenwischer geklemmt. Hast du den etwa nicht gesehen?«

Kurz nachdem Tannenberg dies gesagt hatte, begab er sich zu seinem feuerroten BMW-Cabrio und suchte den Papierfetzen zuerst an der Windschutzscheibe, und als er dort nicht fündig wurde, auch noch im Umkreis der Kühlerhaube.

»Welchen Zettel? Ich hab keinen Zettel gesehen.«

»Er ist auch nicht mehr da, Marieke ... Seltsam.«

Beide nahmen im Auto Platz. Tannenberg startete den Motor. Der BMW fuhr mit gemächlichem Tempo in Richtung der Straße und kam an der Bordsteinkante zum Stillstand. Er blickte nach beiden Seiten, sah nur abgestellte Autos, keinen fließenden Verkehr.

Gerade in dem Augenblick, als er losfahren wollte, setzte sich einer der scheinbar parkenden Wagen mit quietschenden Reifen und ohne den Blinker zu setzen los und breschte hupend an dem schockgefrosteten Leiter der Kaiserslauterer Mordkommission und dessen Nichte vorbei.

Tannenberg benötigte mehr als die normalerweise üblichen Schrecksekunden, bis er sich wieder erholt hatte.

»Solche Drecksäcke! Marieke hast du das eben gesehen? Das war'n doch drei Männer, oder?«

»Ich glaub ja. Aber das ging ja alles so schnell.«

»Hast du dir wenigstens die Autonummer merken können?«

»Nein, Onkel Wolf. Aber das war auch kein normales Nummernschild.«

»Stimmt! Das war so ein ausländisches Kennzeichen. So eins mit viel mehr Zahlen als bei uns. Aber ich hab keine Ahnung, was das für eins war. Na ja, was soll's. Zum Glück ist uns ja nichts passiert! – Wie geht's denn eigentlich deinem Max?«

»Ich weiß nicht.« Marieke begann zu schniefen. »Er liegt immer noch im Koma. Und der Arzt hat nur gesagt, dass sie im Moment nichts machen können. Nur warten. Und ich soll für ihn beten – beten soll ich ...«

Tannenbergs nasse, quietschende Schuhe zogen im Kommissariat alle Blicke auf sich. Jeder seiner anwesenden Mitarbeiter sah sich zu einer spöttischen Bemerkung genötigt.

»Leute, was soll das? Wir sind hier doch nicht im Kindergarten. Habt ihr denn noch nie bei diesem Wetter einen Spaziergang gemacht?«

»Doch schon, Wolf. Aber ich hab danach meine Schuhe und Strümpfe gewechselt«, entgegnete Michael Schauß lachend.

»Ja, Gott, dafür hab ich eben heute leider keine Zeit. Ich hab ja noch nicht mal Marieke nach Hause gefahren. Alles nur wegen diesem Holländer! Bin mal gespannt, ob der wirklich so schnell da ist, wie die behauptet haben. Wahrscheinlich sitze ich jetzt hier stundenlang rum und warte auf den Kerl, während der irgendwo im Stau steht.«

»Ich bin auch gespannt, wie lange dieser Käskopp für die Strecke braucht«, stimmte Kriminalhauptmeister Geiger seinem Chef von Petra Flockerzies Schreibtisch aus zu. »Was wollen Sie denn hier?«, ergänzte er mit barscher Stimme. »Die Ausländerbehörde ist im Rathaus unten in der Stadt.«

Da Geigers Kollegen sich in Tannenbergs Dienstzimmer aufhielten, wussten sie zunächst nichts mit seinem unvermittelten Ausruf anzufangen. Neugierig strömten sie nacheinander in das Büro der Sekretärin.

Vor ihnen stand ein breit grinsender, dunkelhäutiger jüngerer Mann, dem eine Vielzahl hellbraun gefärbter Rastazöpfchen auf die muskulösen Schultern herabhingen. Er war mit beigen Jeans und einem bunten T-Shirt bekleidet. Er stand nur da, sagte nichts – zeigte nur weiterhin seine strahlendweißen Zähne.

»Mann, was soll das? Was wollen Sie hier?«, setzte Geiger scharf nach.

Der Angesprochene antwortete nicht.

Seelenruhig zog er das T-Shirt über seinen Waschbrettbauch zur Brust hoch, drehte sich um, schob auf seinem Rücken ebenfalls den Stoff von unten über die Lenden hinweg in Richtung seiner Schulterblätter und klemmte diesen unter seinen Achseln fest.

Auch die beiden anwesenden Frauen hatten staunend dieser eindrucksvollen Vorführung beigewohnt. Als der durchtrainierte Farbige nun auch noch dazu ansetzte, den Gürtel seiner Hose zu öffnen, konnte Petra Flockerzie ihre aufschäumenden Emotionen nicht länger unter Verschluss halten. Geradezu verzückt kam ihr ein mehrfaches ›Huch‹ über die rosigen Lippen ihres weit geöffneten Mundes. Obwohl Sabrina sich besser unter Kontrolle zu haben schien, taxierte sie mit funkelnden Augen ebenfalls sehr genau die ihr dargebotenen optischen Leckereien; ein Umstand, der ihrem anwesenden Ehegatten natürlich nicht verborgen blieb.

Nun nestelte der Besucher auch noch an dem Reißverschluss seiner Hose herum.

»Was soll das werden: ein Männerstrip?«, hatte Tannenberg gerade gesagt, als er etwas sah, das ihm und seinen Mitarbeitern für einen Moment die Sprache raubte.

»Ach du dicke Arschbacke! Das gibt's doch nicht!«, versuchte Kommissar Schauß seine Verwunderung in Worte zu fassen. »Das kann doch gar nicht sein! – Ja, träum ich denn?«

Völlig verblüfft starrten alle Mitarbeiter des K1 auf den oberen Teil des schokoladenbraunen rechten Pobackens, auf dem für jeden deutlich erkennbar eine auffällige Tätowierung angebracht war: Es war genau die gleiche wie bei den beiden Toten vom Heiligenbergtunnel.

Der dunkelhäutige Mann nutzte die allseitige Verwirrung, um seine Kleidung mit wenigen Handgriffen wieder in Ordnung zu bringen. Dann zog er aus der linken Gesäßtasche seinen Dienstausweis und hielt ihn seinen völlig verwirrten deutschen Kollegen entgegen.

»Inspektor Benny de Vries von der Kriminalpolizei in Venlo«, stellte er sich vor.

»Dann waren die Mordopfer also zwei Polizisten«, versuchte Geiger einen logischen Schnellschuss, der allerdings, wie schon so oft, nach hinten losging.

»Wieso?«, fragte Fouquet.

»Na ja, wenn der holländische Kollege diese Tätowierung …«

Weiter kam er nicht, denn Tannenberg würgte ihn brutal ab, schließlich hatte er als Kommissariatsleiter auch eine Fürsorgepflicht gegenüber seinem Untergebenen wahrzunehmen, musste verhindern, dass er sich im Beisein eines Fremden weiter blamierte. »Quatsch! Das kann theoretisch sein, ist aber wohl nicht zwingend.«

»Warum?«, fragte Geiger, der sich nicht so einfach geschlagen geben wollte.

Aber Tannenberg ignorierte den Einwurf und wandte sich an de Vries. »Herr Kollege, klären Sie uns doch bitte mal, weshalb auch Sie diese Tätowierung haben. – Entschuldigen Sie: Wir haben uns ja noch gar nicht vorgestellt. Mein Name ist Wolfram Tannenberg. Ich bin der Leiter der Mordkommission.« Dann begrüßten auch die anderen unter Nennung ihres Namens und des jeweiligen Dienstgrades per Handschlag den jungen Kollegen aus Venlo.

»Deshalb bin ich auch gleich zu Ihnen gefahren«, begann der Holländer mit einem ähnlichen Akzent wie van der Hougenband. »Für die Sache mit den Tätowierungen gibt es eine ganz einfache Erklärung: In Venlo gibt es eine Schule ..., eine ziemlich strenge Schule. Und da ist es üblich, dass sich einige der Abgänger diese Tätowierung auf den Hintern machen ...«

»Und was ist das mit diesen Buchstaben?«, fiel ihm Sabrina ins Wort.

»Sie meinen das n.s.s.v.d.? Meinen Sie ...«, fragte Benny und blickte ihr dabei tief in die Augen.

»Na, los Kollege, sag schon!«, warf Michael Schauß sofort dazwischen.

»Das ist die Abkürzung für einen Spruch, der über dem Eingang der Schule hängt: Non scolae, sed vitae, discimus!«

»Nicht für die Schule, für das Leben lernen wir«, übersetzte Tannenberg und ergänzte mehr für sich selbst: »Das bedeutet aber, dass die Suche nach den Leuten, die sich diese Tätowierung haben anbringen lassen, ganz schön schwierig wird.«

»Das ist richtig, Herr Kollege«, stimmte Benny de Vries zu. »Vor allem, weil wir nicht genau wissen, wie viele sich das haben machen lassen.« Er warf für einen kurzen Augenblick die Stirn in Falten. »Ich weiß zwar von meinem Jahrgang ungefähr, wer das war. Aber genau nicht.« Dann ereilte ihn ein Geistesblitz. »Aber vielleicht hat ja der Hausmeister, der uns die Tätowierungen gemacht hat, ein Buch, wo er reingeschrieben hat, wie seine Kunden heißen. – Darf ich mal schnell in Venlo anrufen? Ich will meinen Kollegen sagen, dass sie den Mann an der Schule besuchen sollen.«

»Klar können Sie anrufen. Das ist 'ne sehr gute Idee. Vielleicht bringt uns das ja endlich auf eine heiße Spur!«, freute sich Tannenberg, während Benny sich zu Petra Flockerzies Schreibtisch ans Telefon begab.

Plötzlich blieb er stehen. »Oh verflixt!«

»Was ist denn?«

»Ich habe gerade daran gedacht, dass unser alter Hausmeister wahrscheinlich gar nicht mehr dort arbeitet. Der ist bestimmt schon in Rente.«

»Na, aber Ihre Kollegen werden die Adresse des Mannes schon irgendwie rauskriegen.«

»Ja, die schaffen das schon«, antwortete Benny de Vries mit einem unglaublich breiten, verschmitzten Lächeln auf den Lippen, das erst aus seinem Gesicht verschwand, als sich sein holländischer Kollege am anderen Ende der Leitung meldete.

Was nun an fremdländischer Lautproduktion folgte,

war für die Beamten der Kaiserslauterer Mordkommission ein derart unverständliches Kauderwelsch, dass der holländische Polizist sich dazu veranlasst sah, die im Raum deutlich spürbare Aversion gegenüber seiner Muttersprache mit einem adäquaten Kommentar zu versehen: »Für uns klingt das Deutsche genauso merkwürdig, wie für Sie das Niederländische. Aber wir lernen wenigstens die Sprache unserer Nachbarn. Würde den Deutschen auch nichts schaden!«

Der Rüffel verfehlte seine Wirkung nicht.

»Sie haben Recht! Wieso sprechen Sie denn eigentlich so gut Deutsch, Herr de Vries?«, wollte Tannenberg wissen.

»Weil ich es an dieser Schule lernen musste. Und man mich nachher, eben weil ich die Sprache gelernt hatte, bei der holländischen Polizei für Kontakte zu den deutschen Kollegen eingesetzt hat. Außerdem bin ich mit einer Deutschen verheiratet. Wir haben drei Kinder, die beide Sprachen fließend sprechen. Vereintes Europa eben – in der Praxis.«

Spürbare Erleichterung machte sich bei Michael Schauß breit, dem der holländische Kollege mit einem Male weitaus sympathischer war.

»Gab's denn an Ihrer Schule viele Ausländer?«, fragte Tannenberg.

»Ja, das ist eine internationale Schule. Aber warum interessiert Sie das?«

»Weil einer der Toten beschnitten war.«

De Vries lachte. »Ach so, Sie meinen, das würde auf jemanden hindeuten, in dessen Kultur oder Religion so etwas verbreitet sei. Na, ich weiß nicht ... Übrigens haben mir meine Kollegen gerade gesagt, dass sie im ganzen Land die Vermisstenmeldungen überprüft hätten. Aber bisher sind sie nicht fündig geworden – so kann man doch sagen, oder?«

»Ja, klar«, entgegnete Wolfram Tannenberg und informierte danach seinen holländischen Kollegen detailliert über den aktuellen Ermittlungsstand der Kaiserslauterer Mordkommission.

»Ihr habt doch bestimmt alle Hotels hier in der Stadt überprüft, oder?«

»Ja, haben wir«, antwortete Kommissar Fouquet. »Aber keine Hinweise auf vermisste Personen entdeckt.«

»Und was ist mit den Campingplätzen und den Jugendherbergen?«

»Stimmt, die haben wir noch nicht abgeklappert! Nur Pensionen und Hotels«, stellte Tannenberg selbstkritisch fest. Ein Blick auf seine kopfschüttelnden Mitarbeiter überzeugte ihn von der Richtigkeit seiner Aussage. »Außer dem Campingplatz im Neuhöfertal, den hab nämlich ich vorhin abgecheckt.«

»Und?«, fragte Kommissar Schauß.

»War nichts! Da wohnen zwar jede Menge Holländer, aber diese beiden Männer sind dort anscheinend nicht gewesen. – Herr de Vries, ich muss Sie mal was fragen.«

»Nur zu!«

»Warum verbringen denn eigentlich so viele Ihrer Landsleute ihren Urlaub in der Pfalz?«

»Weil die Angst haben, dass sie demnächst vom Meer

wegspült werden. Und dann sind sie froh, wenn sie ein Ausweichquartier haben.«

»Wirklich?«, fragte Kriminalhauptmeister Geiger.

Erneut bemühte sich Tannenberg, den Beitrag seines Kollegen zu überspielen: »Herr Kollege, gehen wir einmal davon aus, dass diese beiden tätowierten Männer sich nicht wegen ihres Urlaubs hier aufgehalten haben.«

Benny de Vries nickte zustimmend.

»Hätten Sie dann irgendeine Idee, was zwei Holländer in der Pfalz wollen, wenn sie nicht den Urlaub hier verbringen? Denn das mit dem Urlaub können wir doch völlig ausschließen, oder?«

»Ja, das denke ich auch. Warum auch um alles in der Welt sollte denn irgendjemand zwei harmlose Urlauber mit Tiernarkotika vollpumpen und dann vor einen Zug werfen?«

»Vielleicht waren die beiden ja gar nicht so harmlos«, bemerkte Sabrina Schauß mit nachdenklicher Miene.

»Na ja, irgendwas werden sie sicherlich getan haben. Irgendetwas, das irgendjemanden so sehr geärgert hat, dass er sie schließlich aus dem Weg geräumt hat«, entgegnete der Leiter des K1.

»Oder hat räumen lassen, Wolf«, ergänzte Adalbert Fouquet.

»Aber das werden wir mit Unterstützung unserer holländischen Kollegen schon noch rauskriegen. Nicht wahr, Herr Kollege?«

»Ich hoffe es!«

»Was halten Sie davon, wenn wir jetzt Ihrem Landsmann, einem gewissen Ruud van der Hougenband, einen

Besuch abstatten? Das ist der, der uns den Tipp mit Venlo gegeben hat. Vielleicht hat ja er oder irgendeiner von den anderen holländischen Urlaubern auf dem Campingplatz eine wichtige Beobachtung gemacht.«

»Wolf, das verstehe ich jetzt nicht!«

»Was verstehst du nicht, lieber Albert?«

»Du hast doch vorhin gesagt, dass du diesen Campingplatz schon abgecheckt hast. Wieso willst du denn ausgerechnet dort noch mal hin?«

»Albert, ich hab doch nur an der Rezeption gefragt. Und der Mann dort konnte sich nicht an solche Gäste erinnern. Aber das bedeutet ja nicht, dass nicht irgendeinem der holländischen Urlauber ihre Landsmänner irgendwo aufgefallen sein könnten.«

»Zum Beispiel beim Gouda-Kauf im Supermarkt oder beim Holzschuhe-Schnitzen im Wald«, sagte Benny de Vries mit einem breiten Grinsen.

Die Schleicherin verschluckte sich fast an ihrer eigenen Spucke, als sie von der gegenüberliegenden Straßenseite aus den dunkelhäutigen, rastabezopften Venloer Kriminalbeamten Tannenbergs feuerrotem Cabrio entsteigen sah. Sofort setzte sie sich mit ihrem vierbeinigen Anhang in Bewegung. Doch noch bevor sie die Mitte der Straße erreicht hatte, waren die beiden Männer bereits grußlos in das Innere des Hauses entschwunden.

Tannenberg musste sich später selbstkritisch eingestehen, dass er die Situation, die ihn und seinen farbigen Kollegen bei ihm zu Hause erwartete, völlig falsch eingeschätzt hatte. Oder um es vielleicht noch etwas zutreffender auszudrücken: Er hatte sich eigentlich *überhaupt* keine Gedanken darüber gemacht, wie seine Familie wohl auf seinen exotischen Begleiter reagieren könnte.

Umso größer gestaltete sich allerdings sein Schock in Anbetracht dessen, dass es keinem der gerade anwesenden Erwachsenen anscheinend möglich war, mit seinem Gast einigermaßen normal und unbefangen umzugehen: Als Vater Tannenberg Benny de Vries sah, sagte er nur kurz ›Tach‹, erhob sich von seinem Stammplatz am Küchentisch und verzog sich ohne ein weiteres Wort zu verlieren, in den Keller. Seine Mutter registrierte zwar sehr wohl das unhöfliche, geradezu peinliche Gebaren ihres Mannes, aber sie war ebenfalls nicht in der Lage, sich unverkrampft gegenüber dem Berufskollegen ihres jüngsten Sohnes zu verhalten.

Den Vogel aber schoss Schwägerin Betty ab, die sich so extrem aufdringlich und affektiert dem farbigen Holländer gegenüber gebärdete, dass ihr Verhalten geradezu groteske Züge annahm. Man konnte den Eindruck gewinnen, dass Amnesty International, Ausländerbeirat, Anti-Rassismus-Gruppen und Integrationsvereine einen gleichzeitigen gemeinsamen Auftritt hatten – und das in der zwar recht geräumigen, aber nicht gerade überdimensionierten Küche der alten Tannenbergs.

Als Betty dann auch noch bis ins Detail wissen wollte, in welchen Situationen Benny unter seiner Hautfarbe im Alltagsleben bisher am meisten gelitten habe, nahm Tannenberg seinen Kollegen am Arm, zog ihn sanft nach draußen und klärte ihn auf der Fahrt ins Neuhöfertal über die Abgründe seines alltäglich zu ertragenden Großfamilienstresses auf.

Der gemeinsame Besuch der holländischen Urlauberkolonie auf dem Campingplatz am Sägemühler Weiher war zwar wenig informativ, aber trotzdem sehr interessant, denn der bei seinem Auftritt im Kommissariat etwas unterkühlte Ruud van der Hougenband entpuppte sich nicht nur als leidenschaftlicher Fan italienischer Rotweine, sondern entwickelte sich im Laufe der gemeinsamen Verköstigung einer Flasche Grappa zu einer wahren Stimmungskanone.
Seit dieser kühlen Aprilnacht kursieren unter den Eingeborenen im Neuhöfertal immer mal wieder hartnäckige Gerüchte dahingehend, dass sich unter den drei stark angetrunkenen Männern, die mehrere Stunden in einem gelben Schlauchboot in der Mitte des Sees herumgepaddelt und unentwegt die Internationale gesungen hätten, auch ein ranghoher Beamter der Kaiserslauterer Kriminalpolizei befunden habe.

10

Mittwoch, 30. April

»Entschuldigung, warum hat mein Sohn denn so viele Insektenstiche? Ich dachte immer, dass es für Intensivstationen besonders strenge Hygienevorschriften gibt«, sagte Karin Heidenreich vorwurfsvoll in Richtung eines kräftigen, jüngeren Mannes, der neben der Eingangstür des Krankenzimmers an einem Desinfektionsgerät herumhantierte.

Vielleicht hängt es an diesem Mundschutz, dachte Maximilians Mutter, als der Krankenpfleger nicht reagierte. Deshalb wiederholte sie die Sätze, diesmal allerdings etwas lauter.

»Die hat er schon bei seiner Einlieferung gehabt«, gab der von unten bis oben weißgekleidete Mann kurz angebunden zurück. Dann verließ er den Raum.

Zärtlich streichelte Karin Heidenreich die leicht erhabenen, rötlichen Beulen auf dem leblosen Arm ihres ältesten Sohnes.

»Es ist schon verrückt.« Tränen schossen ihr in die Augen, ihre Stimme überschlug sich. »Jetzt hab ich dich endlich aus dem Gröbsten draußen und nun das!« Schluchzend kramte sie unter dem übergestreiften lindgrünen Kittel in ihrer Hosentasche herum und tupfte sich anschließend mit dem bereits benutzten Papiertaschentuch über Wangen und Nasenrücken. »Oh Gott, Maxi, hoffentlich wirst du bald wieder wach!«

Sie faltete die Hände zusammen, schloss die Lider und betete.

Daraus schien sie Kraft geschöpft zu haben, denn nach einer Weile begann sie wieder mit festerer Stimme zu sprechen: »Maxi, weißt du eigentlich, welche riesigen Sorgen sich Eltern gerade an solch einem Tag wie heute machen? Heute ist nämlich Walpurgisnacht. Und ich erinnere mich noch ganz genau, wie froh wir immer waren, wenn du und dein Bruder wieder wohlbehalten von euren Hexennacht-Streifzügen zurückgekehrt seid. Da passiert ja immer so viel ...«

Karin Heidenreich zuckte plötzlich zusammen. Sie war derart intensiv in ihre Erinnerungen eingetaucht, dass sie die junge Frau nicht bemerkt hatte, die sich zu ihr begeben und von hinten eine Hand auf ihre Schulter gelegt hatte. »Sie müssen jetzt gehen. Ihr Sohn braucht viel Ruhe. Sie können ja schon morgen wiederkommen. Vielleicht geht's ihm dann ja schon viel, viel besser.«

»Aber ... Aber Sie rufen mich doch sofort an, wenn er wach wird.«

»Natürlich machen wir das! Das verspreche ich Ihnen persönlich.«

»Danke, Schwester Maria, vielen Dank«, murmelte Maximilians Mutter leise vor sich hin, erhob sich von dem von ihr benutzten Besucherhocker und verließ mit hängendem Kopf die Intensivstation der Schlossklinik.

Etwa eine halbe Stunde später betrat der Klinikchef in Begleitung der für diesen Bereich zuständigen Oberschwester den Raum.

»Rebekka, haben Sie unserem Freund hier eine anständige Dosis MP 18 verabreicht?«

»Ja, schon vor 'ner guten Stunde – 2 Einheiten.«

»Gut, das reicht ja dann für einige Zeit. Es wäre schließlich als überaus unpassend zu bezeichnen, wenn der junge Mann gerade nachher, wenn diese Besuchergruppe da ist, aus seinem Dornröschenschlaf erwachen würde«, sagte der ältere, graumelierte Herr, während er über seine, fast an der Nasenspitze festgesteckten Lesebrille hinweg einen begutachtenden Blick auf Maximilian Heidenreich warf.

»Da haben Sie Recht, Herr Professor!« Rebekka lachte. »Nein, er schläft tief und fest – wie das berühmte Murmeltier.«

»Sehr gut, Rebekka, sehr gut.«

»Danke, Chef.«

Professor Le Fuet wandte sich von dem Krankenlager ab und begab sich in ein angrenzendes, geräumiges Arztzimmer, in dem einige Bistrotische und die dazugehörigen Stühle aufgestellt waren. Im Flur davor hatte man Champagner und Kaviarschnittchen für die erwarteten Besucher auf einem kleinen Büfett vorbereitet.

»Wie ich sehe, haben Sie schon alles perfekt arrangiert. Zuverlässig wie immer! Wenn ich Sie nicht hätte, liebe Rebekka.«

»Vielen Dank für die Blumen, Herr Professor!«

Vom Gebäudeinnern her hörte man ein, mehrmals von

Gelächter unterbrochenes, diffuses Stimmengewirr, das sich dem intensivmedizinischen Bereich näherte. Bis die Besuchergruppe allerdings in Maximilians Krankenzimmer erschien, verging jedoch noch einige Zeit, schließlich mussten die Gäste noch mit Mundschutz, Haube, Kittel und Plastik-Überschuhen ausstaffiert werden.

»Meine Dame, meine Herren, darf ich vorstellen: Professor Dr. Claude Le Fuet, der Leiter der Schlossklinik«, sagte Dr. Wessinghage theatralisch, nachdem er einen Augenblick gewartet hatte, bis sich alle Mitglieder der Besuchergruppe in Maximilians Krankenzimmer eingefunden hatten.

»Sehr erfreut, Sie hier in unserem Hause begrüßen zu dürfen«, fing der wie ein Popstar präsentierte Professor den ihm von seinem Mitarbeiter zugeworfenen Ball auf, warf ihn daraufhin aber gleich zurück – indem er schwieg.

Wie verabredet war nun der Oberarzt wieder an der Reihe, die ihm in dieser perfekt einstudierten Inszenierung zugedachte Rolle weiterzuspielen: »*Er* ist der leibhaftige Herr über Leben und Tod. Seien Sie ja froh, wenn Sie diese Station nie in ihrem Leben als Patient aufsuchen müssen.«

Verständlicherweise waren die Besucher von dieser Aussage ziemlich irritiert. Ihr eindeutiges Mienenspiel sprach Bände.

Die allseitige Verwirrung währte allerdings nicht lange, denn Dr. Wessinghage ließ den Gästen keine Zeit zum Nachdenken: »Aber, Scherz beiseite, meine Dame, meine Herren: Die moderne Intensivmedizin hat in den letzten Jahren und Jahrzehnten so bedeutende Fortschritte gemacht, dass Sie, selbst wenn Sie nach einem schweren Unfall hier eingeliefert würden, im Vergleich zu früher weitaus größere Überlebenschancen hätten.«

»Schön zu hören!«, bemerkte die jüngere Frau lachend.

»Allerdings hat die segensreiche Weiterentwicklung der Intensivmedizin auch zu neuen Problemen geführt, mit denen man sich früher nicht beschäftigen musste. – Aber ich will hier keine langen Vorträge halten.«

Dann wandte er sich an seinen Chef: »Herr Professor, ich habe Sie ja schon vor einigen Tagen vom Besuch dieser Herrschaften unterrichtet.«

Er begab sich direkt neben den Leiter der Privatklinik und stellte nun jedes Mitglied der Besuchergruppe einzeln vor: »Landtagsabgeordneter Dr. Bündner, Vorsitzender der Ethikkommission des rheinland-pfälzischen Landtags, Kardinal Dr. Engels, Professor Gelbert vom Universitätsklinikum, den Sie ja sicherlich kennen, und Frau Zimmer von der *Süddeutschen Zeitung*.«

Nach diesem förmlichen Begrüßungsritual hielt Professor Le Fuet einen längeren Vortrag über die Fortschritte der Intensivmedizin, der so mit fachchinesischen Fremdwörtern gespickt war, dass außer Professor Gelbert kaum jemand etwas davon verstehen konnte.

Während die anderen Besucher mit offenen Mündern recht erfolglos dem Fachvortrag zu folgen versuchten, schien die junge Journalistin ganz und gar nicht bereit, dieses Kauderwelsch zu akzeptieren.

Mutig unterbrach sie den Redner und beschwerte sich über die Unverständlichkeit des trockenen medizinischen Vortrags: »Entschuldigen Sie, Herr Professor, dass ich Ihnen ins Wort falle, aber ich denke, es hat wenig Sinn, uns hier eine anspruchsvolle medizinische Vorlesung zu servieren, der ein Laie kaum folgen kann.«

»Na, wo ich mir doch solche Mühe gebe, werte Dame.«

»Aber das reicht leider nicht, Herr Professor! Außerdem sollten wir doch endlich zum Thema kommen, meine Zeit ist schließlich sehr begrenzt. Informieren Sie uns doch bitte aus der Sicht ihres Fachbereichs einmal etwas ausführlicher über die Transplantationsproblematik.«

»Da fragen Sie doch am besten gleich den Experten auf diesem Gebiet, den Kollegen Professor Gelbert vom Universitätsklinikum. Wir Intensivmediziner sind ja eigentlich nur die Zulieferer«, gab Professor Le Fuet etwas verschnupft zurück.

»Nicht so bescheiden, Herr Kollege! Ohne Ihre Zunft könnten wir unsere grandiosen Erfolge ja gar nicht feiern. Nun gut, Frau ... Wie war doch gleich Ihr Name?«

»Zimmer. Gabi Zimmer.«

»Also, Frau Zimmer, dann versuchen wir mal nahezu Unmögliches und erklären den Nicht-Medizinern in diesem Raum medizinische Zusammenhänge. Zunächst muss ich aber einige Anmerkungen zu dem machen, was Sie, Herr Kardinal, vor kurzem in einem Artikel in der *FAZ* kundgetan haben, nämlich die Weigerung, den Hirntod als Tod des Menschen anzuerkennen.«

Dr. Engels deutete auf Max und schüttelte dabei den

Kopf. »Wollen Sie etwa hier an diesem Ort des Leidens und der andächtigen Stille, an dem viele Menschen zum ersten Mal in ihrem Leben Gott sehr nahe kommen, eine Diskussion mit mir anzetteln?«

»Genau hier, Herr Kardinal, genau hier! Es gibt keinen besseren Ort dafür«, antwortete der Transplantationsmediziner mit sich erhebender Stimme und stellte sich direkt neben Maximilians Krankenliege.

»Da bin ich nicht Ihrer Meinung. Der Patient braucht seine Ruhe, um sich zu erholen. Da sollten wir uns doch wohl ein wenig rücksichtsvoller verhalten.«

»Seien Sie ganz unbesorgt, Herr Kardinal«, entgegnete der Leiter der Schlossklinik, »der Patient befindet sich im völligen Tiefschlaf. Den könnten Sie jetzt in einen Düsenjäger setzen. Der würde überhaupt nichts mitbekommen.«

»Dr. Engels«, fuhr Professor Gelbert fort, »ich will ja nichts anderes, als dieses Thema einmal nüchtern aus naturwissenschaftlicher Sicht beleuchten. Völlig abgehoben von der Krankenhausrealität haben Sie schließlich in Ihrem Zeitungsartikel behauptet, dass eine Organspende nur möglich sei, wenn der Patient vorher getötet werde.«

»Genauso verhält es sich doch auch!«, gab der Angesprochene mit Schärfe zurück.

»Damit richten Sie aber doch enormes Unheil an, denn Sie erzählen den Leuten, dass ein Mensch nach seinem Hirntod aus christlicher Perspektive noch ein Lebender sei, der erst durch die Organentnahme getötet werde.«

»Ich kann mich inhaltlich nur wiederholen: Genauso

ist es! Und deshalb hat die katholische Kirche die Pflicht, darauf aufmerksam zu machen.«

»Aber durch diese haltlose Kritik gefährden Sie doch in höchst fahrlässiger und verantwortungsloser Weise die gesamte Transplantationsmedizin!«

Dr. Engels hatte sich wieder etwas beruhigt und antwortete mit sonorer Stimme: »Warum verkürzen Sie den Standpunkt der Kirche eigentlich so ungemein?«

»Verkürzen? – Herr Kardinal, ich denke, Sie sollten einmal einige medizinische Fakten zur Kenntnis nehmen, die hoffentlich verhüten mögen, dass Sie in Zukunft weiter solchen Unfug von sich geben.«

»Und ich denke, Ihnen stünde etwas mehr Bescheidenheit und Toleranz nicht schlecht zu Gesicht«, gab der hohe kirchliche Würdenträger kritisch zu bedenken.

»Toleranz? Wo ist denn Ihre Toleranz?«

»Aber meine Herren, Beschimpfungen bringen uns bei diesem Thema doch nicht weiter!«, bemerkte der Landtagsabgeordnete Dr. Bündner.

»Ja, Sie haben Recht! Lassen Sie mich deshalb nun in der gebotenen Kürze, aber auch in der erforderlichen Deutlichkeit, die medizinischen Fakten ausführen.«

»Wir bitten darum. Aber bitte allgemeinverständlich!«, warf Gabi Zimmer fordernd ein. »Darf ich mein Diktiergerät mitlaufen lassen?«

Allseitiges, stummes Kopfnicken beantwortete die Frage.

»Also«, begann Professor Gelbert: »Brechen bei einem nicht beatmeten Menschen die Kreislauffunktionen zusammen, kommt es im Gehirn zunächst zu einem reversiblen, also rückgängig zu machenden, nach einigen Minuten aber irreversiblen, also nicht mehr rückgängig zu machenden, Funktionsausfall der auf einen Sauerstoffmangel hochsensibel reagierenden Gehirnzellen und ihrer Verbindungsstellen. War das verständlich genug?«

»Ja, Herr Professor«, antwortete die Zeitungsreporterin gedehnt..

»Gut. Dann weiter: Die darüber hinaus mit dem bloßen Auge erkennbaren Zerfallsprozesse des menschlichen Körpers beginnen spätestens nach einigen Tagen.«

Der Transplantationsmediziner, der nach wie vor direkt neben Maximilians Bett stand, benutzte den Komapatienten für seine nun folgenden Ausführungen als konkretes Demonstrationsobjekt.

»Nehmen wir einmal den jungen Herrn hier: Nachdem sein Kreislauf zusammengebrochen ist, verflüssigt sich sein Gehirn relativ rasch. Besonders in einer warmen Umgebung wie hier in diesem Zimmer.«

Die Zeitungsreporterin entledigte sich stumm ihrer Jeansjacke.

»Weniger differenzierte Organe sind dagegen in der Lage, den Sauerstoffmangel über längere Zeitspannen hinweg zu ertragen. Die Haut zum Beispiel bis zu zwei Stunden, selbst wenn sie schon die typische, den Kreislaufstillstand signalisierende fahl-bläuliche Verfärbung angenommen hat. Beim Beatmen hingegen mit stabiler Herz-Kreislauf-Tätigkeit bleibt die Haut, wie Sie hier an diesem Patienten sehr schön sehen können, normal durchblutet und rosig. Bei entsprechend langer Beatmungszeit finden also unaufhaltsam die natürlichen Abbauvorgänge des Hirngewebes nicht unter der Erde, sondern unter Krankenhausbedingungen statt. – Das ist die unumstößliche medizinische Realität, Herr Kardinal!«

Totenstille herrschte in dem überheizten Raum.

»Das ist doch gar nicht die Frage! Vielmehr …«, erwiderte Dr. Engels, wurde aber von Professor Gelbert sogleich unterbrochen.

»Herr Kardinal, wollen Sie ernsthaft behaupten, dass die Seele im menschlichen Körper verbleibt, obwohl das Gehirn sich aufgelöst hat? – Das ist doch eine geradezu gespenstige Argumentation!«

»Das ist es mitnichten! Es geht noch um etwas ganz anderes: Gerade durch diese intensivmedizinischen Maßnahmen werden die verantwortlichen Ärzte zum Herrn über Leben und Tod. Und dadurch erlangen sie eine Machtstellung, die nur Gott zusteht.«

»Machtstellung? Was für ein Quatsch!«

»Natürlich! Es darf aber einfach nicht sein, dass nicht Gott, sondern die Ärzte entscheiden, *wann* sie einen Menschen sterben lassen! Damit erheben sie sich wissentlich über unseren Schöpfer, der diese Freveltat sicherlich nicht ungestraft geschehen lassen wird – dessen bin ich mir sicher!«

»Ach hören Sie doch auf mit Ihren theologischen Drohgebärden, mich können Sie damit nicht beeindrucken, denn schließlich handele *ich* im Gegensatz zu Ihnen, moralisch vollkommen integer.«

»Jetzt wird's endlich richtig spannend!«, bemerkte die Journalistin mit aufflackerndem Blick.

»Ja, werte Dame, dann passen Sie mal auf«, entgegnete Professor Gelbert, der zur Höchstform aufzulaufen schien: »Denn erstens *sind* die Patienten bereits tot, wenn wir sie ›sterben lassen‹, wie der Herr Kardinal in seinem Artikel so provokativ behauptet hat, und zweitens rette *ich* mit den Organen dieser Toten viele Menschenleben.«

»Das ist doch ein steinaltes Argument, Herr Professor«, meinte Dr. Engels gelassen.

»Aber ein zentrales! Denn *Sie,* Herr Kardinal verhindern mit Ihrer Panikmache, dass wir den Todkranken auch weiterhin effektiv helfen können. Deshalb ist *Ihr* Verhalten absolut verantwortungslos und unmoralisch, nicht das von uns Ärzten!«, ereiferte sich der Transplantationsmediziner. »Und ich sage Ihnen noch eins: Wenn der junge Mann hier hören und sprechen könnte, würde er mir sicherlich zustimmen.«

»Zumal er ja zu seinen Lebzeiten sich in unserem Sinne mit dieser Problematik auseinandergesetzt hat, meine Dame, meine Herren«, pflichtete der Leiter der Schlossklinik seinem Professorenkollegen bei.

»Inwiefern?«, fragte der Kardinal verwundert.

»Ganz einfach: Weil wir in seinen persönlichen Unterlagen einen Organspendeausweis gefunden haben. Wie übrigens bei vielen der jungen Motorradfahrer, die hier in unserer unmittelbaren Nähe auf dieser gefährlichen Bundesstraße leider jedes Jahr verunglücken. Die jungen Leute heutzutage stehen dieser Frage sehr aufgeschlossen gegenüber. Also, ich finde das soziale Engagement sehr beeindruckend«, sagte Professor Le Fuet und tätschelte dabei Maximilians linke Wade.

»Ach, Sie beide können argumentieren, wie Sie wollen«, entgegnete Dr. Engels bedeutend schärfer. »Es bleibt trotzdem dabei: Ihrer Aussage, dass der Hirntod ein sicheres Todeszeichen sei, muss weiterhin aus christlicher Sicht energisch widersprochen werden, denn nach christlichem Verständnis ist das Leben und damit der Leib ein Geschenk des Schöpfers, über das der Mensch nicht nach Belieben verfügen darf. Basta!«

»Sie wiederholen sich, Herr Kardinal! Dadurch werden Ihre hanebüchenen Argumente auch nicht besser«, höhnte Professor Gelbert.

»Ich weiß, dass Ihnen und Ihresgleichen am allerliebsten wäre, wenn die kritischen Stimmen aus den Kirchen gänzlich verstummen würden.«

»Wäre nicht schlecht!«

»Aber Herr Professor, Sie können anstellen, was Sie wollen, Sie können sich über unseren Standpunkt lustig machen, so viel Sie wollen. Sie können aber nicht vor der Wahrheit flüchten.«

»Ach, der Wahrheit. Sie sind also im Besitz der Wahrheit?«

»Was soll diese alberne Polemik, Professor Gelbert? Der Mensch ist und bleibt eine leib-seelische Einheit. Und der Tod eines Menschen ist der endgültige Zusammenbruch dieser Einheit.«

»Wollen Sie wirklich ernsthaft behaupten, dass ein künstlich am völligen Absterben gehindertes Restleben eines Hirntoten noch echtes menschliches Leben sei?«, entgegnete Professor Gelbert verständnislos.

Kardinal Dr. Engels stellte die akademische Diskussion vom Kopf auf die Füße: »Lassen Sie uns doch mal konkret werden: Herr Professor Le Fuet, handelt es sich bei diesem armen Menschen hier um einen so genannten Hirntoten?«

»Nein, zur Zeit hat er noch minimale zerebrale Aktivitäten«, antwortete der Klinikchef.

»Aber er stirbt doch bald, oder?«, setzte der geistliche Würdenträger nach.

»Ja, sein Gehirn wurde durch einen schweren Motorradunfall irreversibel geschädigt; er liegt im tiefen Koma, und wir werden ihn bald für hirntot erklären müssen.«

»Dann erläutern Sie uns doch bitte einmal, wie Sie bei solch einem bedauernswerten Geschöpf Gottes wie diesem hier, meinen, definitiv dessen Tod feststellen zu können.«

»Das tue ich sehr gerne«, entgegnete der Leiter der Schlossklinik freundlich: »Also: Nachdem zwei Intensivmediziner die EEG- und die CT-Befunde diagnostisch *eindeutig* abgeklärt haben, wird der Neurologe verständigt, der dann zwischen Beatmungstubus und Magensonde einen Holzspachtel tief in den Rachen schiebt. Damit wird der Hustenreflex getestet. Wenn, wie gewöhnlich, nichts passiert, also keine auch noch so geringe Reaktion des Patienten erfolgt, wird der Atemstillstandstest durchgeführt. Dazu wird der Kohlendioxidgehalt des Blutes auf mindestens 60 mmHG gebracht, ein Wert, der das Atemzentrum im Gehirn maximal reizt. Danach wird die Tiefe der Bewusstlosigkeit des Patienten geprüft, und zwar indem man versucht, eine Schmerzreaktion hervorzurufen.«

»Eine Schmerzreaktion?«, warf Gabi Zimmer ein, nachdem sie sich eine Zeit lang diskret zurückgehalten hatte.

»Ja, das gehört zu diesem Test dazu. Man erzeugt eine solche Schmerzreaktion zum Beispiel dadurch, dass man den Griff eines metallenen Reflexhammers rechts und links auf die Nagelbetten drückt, oder indem man so stark wie möglich an beiden Seiten in die Haut unter den Achseln und unterhalb der Ohren kneift. Zusätzlich sticht man mit einer Kanüle rechts und links in die Nasenscheidewand, was einen sehr starken Schmerzreiz im Bereich des Trigeminusnervs darstellt. Bei einem Hirntoten sickert dann Blut aus der Nase, aber Pulsschlag und Blutdruck, deren Werte in digitalen Ziffern auf den Monitoren erscheinen, bleiben unverändert.«

»Das ist aber eklig«, bemerkte die Journalistin und zog dabei angewidert die Oberlippe in Richtung ihrer Nase.

Professor Le Fuet zeigte sich von diesem Einwurf unbeeindruckt: »Das ist alles genau vorgeschrieben. Nach diesen Tests zieht man die Lider des Patienten auf und leuchtet in die Pupillen, die nicht mehr auf das Licht reagieren. Anschließend nimmt man den Kopf und kippt ihn nach vorne. Normalerweise steuern die Augen bei diesem so genannten ›Puppenkopfphänomen‹ der Schädelbewegung entgegen.«

»Puppenkopfphänomen?«, fragte der Landtagsabgeordnete nach.

»Ja, so heißt das eben. – Aber es werden noch weitere Tests durchgeführt: Als nächstes wird dem Hirntoten mit einem Papiertuch in die Augen getupft, die dann bei einem gesunden Menschen sofort blinzeln würden. Und schließlich wird die künstliche Beatmung abgehängt und gleichzeitig mit einem dünnen Schlauch reiner Sauerstoff in die Bronchien geblasen. Dann wird der Hirntote erneut an das Beatmungsgerät angeschlossen und die gleichen Tests nach zwölf Stunden nochmals wiederholt. Sie sehen: Wir geben uns sehr große Mühe mit der Diagnose des Hirntodes. Aber eins ist klar: Ein Hirntoter ist weder blass noch kalt, noch steif – und trotzdem ein Leichnam.«

»Genau das ist es ja«, sagte der Kardinal. »Der junge Mann hier zum Beispiel sieht doch überhaupt nicht tot aus. Diese rosige Haut ..., der Körper warm ... Und dieser Mann soll tot sein?«

»Da können sie sicher sein: Niemand ist toter als ein Organspender!«

»Ja, und was ist mit den anderen Reflexen? Da hat man doch schon so einiges gehört«, erbat die Journalistin weitere Informationen.

Oberarzt Dr. Wessinghage mischte sich ein: »Sie meinen diese verrückten Phänomene, diese irritierenden Erscheinungen, die besonders bei Kindern auftauchen, zum Beispiel, wenn man den kleinen Körper an der Seite streichelt, und plötzlich geht der Arm hoch?«

»Ja.«

»Das sind wirklich sehr belastende Erlebnisse. Das kann ich Ihnen versichern. Aber es handelt sich dabei nur um vom Rückenmark ausgehende Reflexe, die man immer wieder auslösen kann. Solche Bewegungen sind allerdings keine Lebenszeichen, sondern sie treten gerade dann erst auf, wenn das Großhirn irreversibel geschädigt ist.«

»Und Sie sind sicher, dass diese Kinder nichts mehr spüren?«

»Ja, dessen bin ich mir absolut sicher.«

»Und warum ruft man dann einen Anästhesisten bei einer Organentnahme?«, gab die Journalistin schlagfertig zurück.

»Na, eben um diese störenden Reflexe auszuschalten.«

»Nein, diese Annahme der totalen Gefühllosigkeit ist meines Erachtens eine sehr kühne Behauptung«, konterte Gabi Zimmer trotzig.

»Also mir erscheint diese Argumentation irgendwie nicht schlüssig«, meldete sich der Landtagsabgeordnete zu Wort. »Auf der einen Seite betäubt man eine Leiche, um ungestört deren Organe ausschlachten zu können, andererseits verzichtet man aber bei diesen sicherlich sehr schmerzhaften Untersuchungen zur Feststellung des Hirntodes auf jegliche Narkosemaßnahmen. Das verstehe, wer will – ich jedenfalls nicht!«

»Aber der Hirntote verspürt doch keine Schmerzen mehr, mein Herr«, erwiderte der Klinikleiter. »Von einem Hirntod spricht man nur dann, wenn alle Gehirnfunktionen komplett ausgefallen sind. – Um es einmal volkstümlich auszudrücken: Der Mensch kann den Tod seines Herzens überleben, nicht aber den Tod seines Gehirns.«

»Das leuchtet mir schon ein«, stimmte der Politiker zu. »Dann lässt sich aber doch die Frage ›*Wann* ist der

Mensch tot?‹ *eindeutig* beantworten: eben dann, wenn sein Gehirn nachweisbar funktionsunfähig ist. Und wenn ein Mensch definitiv tot ist, kann er ja wohl auch nicht mehr umgebracht werden, wie Sie, Herr Kardinal, behaupten. Dann kann man den Leichnam doch wohl auch noch so lange konservieren, dass die von anderen Menschen dringend benötigten Organe keinen Schaden nehmen.«

»Aber Hirnversagen ist nicht der Ganzheitstod!«, entgegnete der Kardinal beharrlich. »Hirntote können erst wie Leichen behandelt werden, wenn sämtliche Apparate abgeschaltet worden sind. Sehen Sie nicht, dass die Position, die Sie hier vertreten, einer fremdnützigen Euthanasie Tür und Tor öffnet? Der im Sterbeprozess befindliche Mensch hat ein Recht auf einen *natürlichen* Sterbevorgang. Er darf nicht wegen irgendwelcher Verwertungsinteressen künstlich am Leben erhalten – und dann, wenn ein günstiger Zeitpunkt gekommen ist, gezielt getötet werden! Genau das verbietet die christliche Ethik!«

»Aber das ist doch keine vorsätzliche Tötung!«, wandte der Transplantationsmediziner Professor Gelbert energisch ein. »Bei den intensivmedizinischen Maßnahmen nach Eintritt des Hirntodes handelt es sich doch um Aktivitäten mit hohem moralischem Stellenwert. Es geht doch schließlich um nichts Geringeres als um die Rettung von Menschen*leben* mit Hilfe der Organe von *Toten*.«

»Aber dafür darf man doch um Himmels willen die göttlichen Gebote nicht vorsätzlich verletzen, die ja schließlich zentrale ethische Grundsätze unserer abendländischen Kultur sind.«

»Oh je, die Ethik«, stöhnte Professor Gelbert auf. »Wessen Ethik denn? Wo bleibt die Ethik der vielen armen Patienten, die dringend ein Spenderorgan brauchen?«

»Ich bin im Übrigen durchaus nicht so unwissend und weltfremd, wie Sie vielleicht glauben, meine Herren Ärzte. Ich habe mich nämlich recht ausführlich informiert: Beim Eingriff zur Organentnahme bei einem Hirntoten mit künstlich aufrechterhaltener Atmungs- und Kreislauffunktion handelt es sich nicht um eine bloße Beendigung intensivtechnischer Maßnahmen, sondern um eine *gezielte Tötung*.«

»Ach so, jetzt sind wir auch noch Mörder!«, empörte sich der Transplantationsmediziner.

»Das zu beurteilen, ist nicht meine Aufgabe. Aber was ich jetzt sage, sind Fakten – und zwar medizinische: Bei der Entnahme von Herzen wird dieses Organ *direkt* angehalten, bei der Entnahme anderer Organe wird Blut aus dem Körper des Betroffenen herausgelassen, eine Perfusionsflüssigkeit eingefüllt und das Beatmungsgerät abgestellt, worauf es erst zum Herzstillstand und Kreislaufzusammenbruch und damit zum absichtlich herbeigeführten Ende des jeweiligen menschlichen Lebens kommt. Sie wissen doch genauso gut wie ich, dass diese so genannten ›Leichen‹ gar keine richtigen Toten sind; schließlich können sie schwitzen, Fieber bekommen, ja sogar künstliche Nahrung verdauen.«

»Außerdem produzieren sie weiterhin fortpflanzungsfähige Spermien und Eizellen. Und nicht nur das: Männer können im Koma Erektionen bekommen, Frauen menstruieren trotz Hirntod weiter. – Man muss einfach nüchtern feststellen, dass zwar jede Leiche tot ist, aber nicht jeder Tote eine Leiche«, ergänzte die Zeitungsreporterin.

»Das ist zwar durchaus etwas makaber, aber inhaltlich vollkommen richtig, Frau Zimmer«, erfuhr sie Unterstützung vonseiten des Kardinals.

»Und, Herr Professor, wenn man sich zudem einmal die objektiven Fakten anschaut, dann ist es doch nicht verwunderlich, dass viele Menschen davor Angst haben, als potentielle Organspender schneller für hirntot erklärt zu werden als Nicht-Organspender …«, gab die Journalistin zu bedenken.

Sie konnte ihren Einwand allerdings nicht weiter ausformulieren, denn der Leiter der Trippstadter Schlossklinik fiel ihr lachend ins Wort: »Wissen Sie, was Woody Allen einmal gesagt hat? – Es gibt nur drei Dinge im Leben, die sicher sind: Der Tod, die Steuern – und die Angst vor beiden!«

»Ich weiß nicht, ob das hier der richtige Ort für Scherze ist, Herr Professor«, rüffelte Gabi Zimmer. »Auch ich hab mich informiert. Hier sind die unumstößlichen Fakten: Weltweit verpflanzten die Transplanteure bislang mehr als 300000 Nieren, 25000 Herzen, 25000 Lebern, 5000 Bauchspeicheldrüsen und 3000 Lungen.«

»Respekt, Sie sind wirklich gut informiert!«, lobte Professor Gelbert.

»Gehört zu meinem Job. Nun weiter: Mit dem steigenden Bedarf kann die Zahl der Spenderorgane aber bei weitem nicht Schritt halten. Diese oft tödliche Kluft hat sich in Deutschland in den vergangenen Jahren weiter vertieft. Sie alle hier in diesem Raum wissen doch genauso gut wie ich, dass viele Organe im Ausland von regelrechten Organjägern beschafft werden, die dann hier bei uns in Privatkliniken reichen Patienten implantiert werden. – Und da wundern Sie sich allen Ernstes, dass bei uns immer mehr Menschen Angst davor haben, wegen ihrer Organe entführt und ausgeschlachtet zu werden.«

»Ach hören Sie doch auf mit diesem Gruselkabinett aus unbeweisbaren Behauptungen, Unterstellungen und Lügen! Der Kollege hat Ihnen vorhin doch wohl anschaulich genug das ausgefeilte gesetzlich vorgeschriebene Prozedere zur Hirntoddiagnose dargestellt«, erwiderte Professor Gelbert.

»Warum bekam denn dann ein bekannter Münchner Adliger vor einem halben Jahr innerhalb kürzester Zeit ein Spenderherz eingeplant und, nachdem es bei ihm nicht funktionierte, gleich noch eins, obwohl die Wartezeit für diese Organe laut Eurotransplant doch angeblich eineinhalb Jahre beträgt? Das sind doch keine Märchen, das sind belegbare Fakten, Herr Professor!«

»Diesen Fall kann ich leider nicht kommentieren, da ich bei diesen möglicherweise tatsächlich stattgefundenen Transplantationen nicht beteiligt war und diese Geschichte nur aus der Presse erfahren habe. Und bei solchen effekthascherischen Meldungen bin ich doch mehr als skeptisch.«

»Dann erinnern Sie sich doch bitte einmal an diesen schrecklichen Vorgang, der vor einiger Zeit in Erlangen passiert ist – und das war sicher keine Zeitungsente!«, sagte der Kardinal mit lauter Stimme.

»Sie meinen das so genannte ›Erlanger Baby‹, diese widerliche Geschichte, wo eine hirntote Schwangere von profilneurotischen Ärzten als beatmeter menschlicher Brutkasten missbraucht wurde?«, fragte die Journalistin.

»Genau. Die Ärzte wollten eine im dritten Monat schwangere neunzehnjährige Frau ein halbes Jahr lang künstlich am Leben erhalten. Zum Glück ist es ja nach ein paar Wochen zu einer Fehlgeburt gekommen. Aber dieser Fall ist ein ausgesprochen gutes Beispiel für ein medizinisches Fehlverhalten, das extrem der christlichen Lehre widerspricht. Kann man es denn wirklich zulassen, dass eine Leiche, deren Gehirn, wie Sie, Herr Professor, uns vorhin so anschaulich erläutert haben, sich in der Zwischenzeit vollständig aufgelöst hat, ein Kind gebärt?«, fragte der Kardinal vorwurfsvoll.

»Oder, Herr Professor Gelbert, was ist mit den etwa 600 Säuglingen, die jährlich in Deutschland ohne Großhirn geboren werden, die so genannten ›Anenzephalen‹? Diese hätten, legt man Ihre Definition zugrunde, nie gelebt und könnten sofort nach der Geburt als lebende Organbanken, als gehirnlose Organkonserven benutzt werden, die man dann – und das wäre heutzutage nur noch ein kleiner weiterer Schritt – auch züchten könnte«, meinte die Zeitungsjournalistin mit bebender Stimme.

»Oh, mein Gott, hören Sie doch bitte auf, ich kann nicht mehr. Ich muss andauernd an die verflüssigten Gehirne dieser armen toten Menschen denken. Ich muss schnell hier raus, mir ist schon ganz übel«, sagte plötzlich der Politiker und verließ schnellen Schrittes den Raum.

»Ich denke, es ist nun an der Zeit, die Herrschaften zu einem kleinen Imbiss zu bitten, den wir für Sie im Büro von Dr. Wessinghage vorbereitet haben«, schlug der Klinikleiter vor, während er seinen Oberarzt mit einem versteckt zugeworfenen Augenzwinkern bedachte.

11

»Rebekka, seien Sie ja froh, dass Sie vorhin nicht dabei waren! Die öden Smalltalks mit diesen kleinkarierten Sprücheklopfern sind einfach schrecklich und wirklich kaum zu ertragen. Die haben absolut keine Ahnung von der Materie, aber immer ein gewichtiges Statement auf den Lippen!«, sagte der Leiter der Schlossklinik, als ihm die Oberschwester mit einem fahrbaren Krankenbett auf dem Flur entgegenkam.

»Das stimmt, Herr Professor. So sind sie eben, diese Theoretiker«, pflichtete sie ihrem Chef bei, während dieser die von ihr angesteuerte Tür aufdrückte.

Professor Le Fuet folgte seiner Mitarbeiterin in ein tristes, dämmriges Zimmer.

»Da sprechen solche Leute von Ethik und begreifen überhaupt nicht, wie viele Meilen sie mit ihrer spießbürgerlichen, weltfremden Jammer-Moral an den *wirklich* gravierenden Fehlentwicklungen, die in unserer viel zu liberalen Gesellschaft immer weiter um sich greifen, vorbeisegeln. Als ob es denn tatsächlich um eine so belanglose Frage ginge, wie die nach dem *Zeitpunkt* des Todes – das ist doch reine Definitionssache!«

»Das stimmt, Herr Professor!«, wiederholte Rebekka noch einmal dieselben Worte wie Sekunden zuvor.

»Es geht doch um ein ganz anderes Problem: Wir können es uns einfach nicht mehr erlauben, wertvolle Organe an Leute zu verschwenden, deren Intelligenzquotient oft nicht höher ist als die Summe unserer beiden Schuhgrößen, während uns die geistige Elite unseres Volkes gleichzeitig unter den Skalpellen wegstirbt. Ich kann dieses unverantwortliche Gleichheitsgeseire solcher realitätsfernen Tagträumer einfach nicht mehr hören!«

»Nicht so laut, Chef!«, mahnte die Oberschwester.

»Sie haben Recht, Rebekka«, stimmte Professor Le Fuet mit merklich leiserer Stimme zu und schloss die Tür. »Aber dieses Affentheater vorhin hat mich doch arg mitgenommen. So ein Quatsch – gerechte Verteilung der Spenderorgane! Dass ich nicht lache!«

Er streckte beide Arme und deutete damit auf den gerade von der Intensivstation in ein normales Zimmer verlegten Maximilian Heidenreich. »Schauen Sie sich doch diesen jungen Kerl hier an. Was hat der denn schon geleistet in seinem Leben, außer seinen armen Eltern auf der Tasche zu liegen? Sollen wir so einem Taugenichts etwa eine neue Leber implantieren? Ihn dem Vorstandsvorsitzenden eines großen Unternehmens vorziehen? Nur weil er auf irgendeiner Liste zufällig weiter vorne steht?«

»Nein, Chef, das wäre wirklich unverantwortlich.«

»Genau, Rebekka. Und deswegen gibt's ja auch unsere segensreiche Organisation. Damit solche himmelschreienden Ungerechtigkeiten in aller Stille mit der gebotenen Diskretion korrigiert werden.«

Rebekka nickte zustimmend.

»So, jetzt lassen Sie mich noch mal einen Blick auf die detaillierten Befunde werfen.«

»Ja, Chef, sofort.« Die Oberschwester verließ für kurze Zeit den Raum und erschien wenig später mit einem Dossier, das sie sogleich an den Leiter der Privatklinik weiterreichte.

Professor Le Fuet blätterte eine Weile in den Unterlagen. »Gut. Also, die Laborbefunde und die Ergebnisse der Computertomographie sind wirklich beeindruckend. Ich werde das Gefühl nicht los, dass wir hier einen ausgesprochen kerngesunden, mit anderen Worten: wunderbar verwertbaren, menschlichen Körper vor uns liegen haben, dessen Organe schließlich andernorts dringend benötigt werden. – Professor von Gleichenstein hat vorhin angerufen; sie brauchen dringend eine Leber und zwei Nieren für irgendeinen Großindustriellen. Er will den Hubschrauber noch heute Nacht losschicken. Rebekka, haben Sie eigentlich schon mal meinen Schweizer Kollegen persönlich kennen gelernt?«

»Nein, Chef, leider nicht. Ich hab nur ein oder zwei Mal kurz mit ihm telefoniert.«

»Schade.« Professor Le Fuet blickte gedankenversunken auf Maximilian. »Ein ausgesprochen kompetenter und sympathischer Zeitgenosse, unglaublich gebildet und mit vorzüglichen Manieren. Solch eine in allen Belangen herausragende Persönlichkeit findet man heutzutage selbst unter uns Ärzten nur noch selten. – Nun gut, Rebekka, wir wollen hier nicht lange herumschwafeln. Schließlich haben wir noch einige wichtige Vorbereitungen zu treffen.«

Maximilian Heidenreich hatte weder von den Inhalten dieses Gesprächs noch von der an seinem Krankenbett durchgeführten medizin-ethischen Debatte auch nur das Geringste mitbekommen. Das ihm verabreichte, absichtlich höher dosierte Narkotikum hatte ganze Arbeit geleistet und sein Bewusstsein vollständig ausgeschaltet.

Als sich der tiefschlafähnliche Zustand wieder langsam in Richtung des Wachkomas veränderte, empfand er für einen kurzen Augenblick dumpfe Kopfschmerzen und eine extreme Mundtrockenheit, die mit einem leichten Wundschmerz einherging. Einen Moment lang schlummerte er wieder ein. Dann zerriss plötzlich der tiefgraue Schleier, der sich wie eine riesige, dunkle Krake über sein Bewusstsein gelegt hatte und lichtete ein wenig seinen nebelverhüllten Geist.

Trotzdem hatte er immer noch das Gefühl, dass sein Kopf in einer engen Taucherglocke steckte. Er hörte weit entfernte Stimmen, die kurzzeitig mit einem Halleffekt verbunden waren. Gedankenfetzen tauchten auf, verschwanden aber gleich wieder, verflüchtigten sich in der unendlichen Weite eines Ozeans, in dem er wie eine tote Feuerqualle orientierungslos herumtrieb.

»Eh, Mary-Baby, willst du nicht auch'n Gläschen Schampus und ein paar Kaviarschnittchen?«, rief plötzlich der Krankenpfleger schmatzend vom Flur aus. »Die haben uns noch genug übrig gelassen.«

»Nein, Egon«, war alles, was Schwester Maria antwortete.

»Dann rammelt sich nämlich besser!«

»Du bist einfach ein Schwein! – Komm, hilf mir lieber, den Patienten auf natürliche Atmung umzustellen.«

»Ach was, das kannst du doch alleine. Wenn du mir nicht bei meinem Triebstau hilfst, helf ich dir auch nicht.«

»Notgeiler Blödmann«, gab die junge Krankenschwester genervt zurück.

Maria begann an dem hellbraunen Pflaster herumzuhantieren, das die ganze Zeit über Maximilians Nasenatmung erfolgreich verhindert hatte. Mit wenigen geschickten Handgriffen hatte sie das Heftpflaster entfernt. Dann zog sie vorsichtig den Tubus aus seinem weit geöffneten Rachen. Anschließend stellte sie mit einer schnellen Bewegung das Beatmungsgerät ab.

Das Blasebalg-Geräusch verstummte.

Maximilian wurde von körpereigenem Adrenalin durchflutet. Obwohl immer noch im Koma, hatte dieser Schock die Tür zu einer bewussteren Wahrnehmungsebene aufgestoßen.

Als erstes bemerkte er einen ziehenden Schmerz, der anscheinend von seiner ausgetrockneten Nasenschleimhaut hervorgerufen wurde. Dann spürte er, dass sein Brustkorb nicht mehr von einer Maschine in monotonem Rhythmus aufgepumpt wurde, sondern sein Thorax sich ohne jegliche fremde Hilfe langsam und auch nur noch moderat aufblähte.

Wunderbar! Ich hab es geschafft!, stellte er euphorisch fest. *Jetzt, wo ich wieder selbst atmen kann, werde ich bestimmt auch bald wieder aufwachen.*

Mitten hinein in seinen Freudentaumel platzte eine

Erkenntnis, die sein Wohlbefinden weiter steigerte. Denn beglückt registrierte er, dass ihm durch die Freilegung seiner Nase eine bislang verschüttete Dimension der Wahrnehmungsfähigkeit wieder uneingeschränkt zur Verfügung stand.

Ich kann wieder riechen!

Der erste Sinneseindruck, der sich erfolgreich zum Riechzentrum seines Gehirns durchkämpfte, war eine merkwürdige Mehrkomponentenmischung aus typischem Leukoplast-Geruch und scharfem Desinfektionsmittel. Obwohl alles andere als wohlriechend, sog er begierig dieses Geruchsgemisch immer wieder tief ein und ließ sie dabei genüsslich über seine lechzenden Riechzellen strömen.

Irgendwann hatte er sich aber daran sattgerochen. Er versuchte sich von dieser dominanten Sinneswahrnehmung zu lösen und startete zu einer Expeditionsreise in seine nähere Umgebung. Allerdings mit wenig Erfolg, denn sein Schnüffel-Exkurs gestaltete sich weitaus weniger ereignisreich, als er erhofft hatte. Trotz seiner intensiven Bemühungen, sich von diesem aufdringlichen Geruch aus der direkten Umgebung seiner Nase zu lösen, gelang es ihm nicht.

Er hörte kurze Schritte, die sich seinem Bett näherten.

»So, Herr Heidenreich, jetzt werden wir mal die Pflasterreste von Ihrer Nase befreien. Dann fühlen wir uns gleich wieder viel besser, nicht wahr?«

Kaum hatte die Krankenschwester diesen Satz ausgesprochen, begann sie auch schon vorsichtig an seinem wohlgeformten und nicht überdimensionierten Geruchsorgan herumzuzupfen und die immer noch gut haftenden Heftpflasterpartikel zu entfernen. Danach wischte sie ihm, quasi als pflegerische Zugabe, noch mit einem nach milder Seife riechenden Lappen das Gesicht ab.

Genau in dem Augenblick, als Maria damit begann, ihm die Stirn abzutupfen, und dabei ihren Arm streckte, schwappte aus dem erotischen Duftschloss ihrer Achselhöhle eine betörende Geruchswelle über sein Riechzentrum und umhüllte es mit einem lasziven süßlichen Duft, den eben nur eine junge Frau zu verbreiten in der Lage ist.

Unweigerlich musste er an Patrick Süskinds ›Parfum‹ denken, den er erst vor kurzem gelesen hatte; diesen grandiosen Roman, dessen literarische Zentralfigur Grenouille von der Welt der Düfte so besessen ist, dass er sich auf die Suche nach dem perfekten Parfüm begibt – und dabei mehr als 20 junge Frauen ermordet.

Wenn die mich jetzt wieder selbst atmen lassen, hat sich mein körperlicher Zustand garantiert so verbessert, dass sie mich bestimmt bald aus diesem künstlichen Koma rausholen, dachte er zufrieden und ließ es widerstandslos geschehen, dass ihm die Mächte des Schicksals wieder die schwere, dickwandige Taucherglocke überstülpten und ihn zurück in die rabenschwarze Dunkelheit eines gezeitenlosen Meeres warfen.

Kurz vor dem völligen Versinken hörte er plötzlich über sich ein Geräusch, das in Windeseile lauter wurde und überall spürbare Vibrationen verursachte. Es war sehr schwer zu beschreiben. Am ehesten erinnerte es vielleicht an das akustische Szenario, das ein Rührgerät beim Sahneschlagen verursacht. Aber es war so typisch und einzigartig, dass jeder Mensch, der es auch nur ein einziges Mal in seinem Leben bewusst gehört hat, nie mehr vergisst und es immer wieder eindeutig zuordnen kann: Das eigenartige Geräusch, das ein tieffliegender Hubschrauber verursacht.

Auch Max wusste sofort, um was es sich handelte.

Nachdem der Helikopter das Schlossgebäude überflogen hatte, reduzierte sich die Rotationsfrequenz, die produzierten Töne wurden tiefer und satter, bis das markante Geräusch schließlich gänzlich verstummte.

Bestimmt so ein armer Kerl, dem's richtig dreckig geht, dachte Max.

12

Während Maximilian Heidenreich in der Trippstadter Schlossklinik das albtraumhafte Dasein einer lebenden Mumie fristete und sich gerade Gedanken über ein bemitleidenswertes Unfallopfer machte, bekam etwa 15 Kilometer Luftlinie weiter südlich der Leiter der Kaiserslauterer Mordkommission gerade von einem Kurierdienst zwei große Pakete zugestellt.

Natürlich hatte sich die Schleicherin, die nur ein paar Häuser weiter mit ihrem Pudel flanierte, gleich in Bewegung gesetzt. Schließlich musste man ja wissen, was da den Tannenbergs zu dieser späten Abendstunde noch Wichtiges angeliefert wurde.

Der Kriminalbeamte hatte weder Lust auf ein Gespräch mit ihr, noch verspürte er ein unstillbares Bedürfnis, sie zu grüßen. Deshalb beeilte er sich. Als die Schleicherin noch circa 5 Meter von ihm entfernt war, hatte er die schweren Pappkartons bereits ins Haus geschleppt. Zur Demonstration seines überwältigenden Sieges knallte er ihr quasi direkt vor der Nase triumphierend die Haustür zu. Dann musste er zuerst einmal verschnaufen. Geradezu liebevoll strich er mit seinen Händen erwartungsfroh über die roten Aufschriften ›Fragile‹ und ›Vino Guerrini‹.

Da Tannenbergs Bruder, der gerade seinen Eltern in der Parterrewohnung des Nordhauses einen Besuch abstattete, sich in der Zwischenzeit neugierig ins Treppenhaus begeben hatte, wurde er von dem Kriminalbeamten umgehend als Packesel eingesetzt. Aber Heiner half gerne, wusste er doch aus der Vergangenheit nur allzu gut, dass bei diesen köstlichen Lieferungen auch stets etwas für ihn abfiel.

»Bruderherz, was hältst du denn von einem spontan einberufenen Skatabend? Hättest du nachher Zeit?«, fragte Tannenberg einladend, allerdings ohne ernstliche Gegenwehr zu erwarten.

»Klar, das wär richtig gut. Betty ist schon vor 'ner halben Stunde weg zur obligatorischen Walpurgisnacht-Veranstaltung ihrer Frauengruppe ...«

»Oh je, da schwingen diese Kampfweiber wieder ihre Reisigbesen und schwören, uns elenden Macho-Kreaturen nun endgültig den Garaus zu machen«, unterbrach Wolfram Tannenberg lachend. »Ich ruf den Rainer an und sag dir dann Bescheid. Hoffentlich hat der Zeit.«

»Wenn er nicht kann, frag ich den Theo. Du weißt doch, dass er auch mal gerne mitspielen würde.«

»Was ich ja bislang zum Glück erfolgreich verhindern konnte. *Ein* unverbesserlicher Alt-68er in meinem direkten persönlichen Umfeld reicht mir nämlich völlig. Ach, was sag ich *Ein*? Quatsch! Es sind ja derer zwei! – Entschuldige, Bruderherz, fast hätte ich deine geliebte Gattin Elsbeth vergessen.«

»Alter Frozzeler!«

»Was ist denn mit den Kindern, sind die heute Abend auch aus dem Haus?«

»Ja, Marieke ist wegen der Sache mit ihrem angeblichen Freund bei 'ner Klassenkameradin – zum Heulen denk ich.«

»Mensch, Heiner, was bist du doch für ein gefühlskalter Eisklotz! Hast du denn überhaupt kein Mitleid mit deiner armen Tochter?«

»Warum denn? Der Kerl hat doch gar nichts. Die haben ihn doch bloß ein paar Tage zur Erholung in ein künstliches Koma gelegt.«

»Na, Gott sei Dank! – Was ist denn mit Tobi? Du weißt ja, wie peinlich es ist, wenn wir drei alten Knacker guter Stimmung sind und ungehalten vom Leder ziehen. Da ist es schon nicht schlecht, wenn wir unsere Ruhe haben und wir nicht gerade von einem unverdorbenen Jugendlichen belauscht werden.«

Heiner lachte laut auf. »Unverdorbener Jugendlicher? Na, wenn ich mir diese Jungs heute so anschaue, was die so alles treiben ... Da waren wir dagegen doch wohl verklemmte Waisenknaben früher ...«

»Du vielleicht!«, warf Tannenberg keck dazwischen. »Ich nicht!«

Sein Bruder überging die Bemerkung. »Hoffentlich stellt der Tobi mit seinen Kumpels in der Hexennacht nichts an. Das wär nämlich gar nicht so gut ... Wo sein Onkel doch so ein hohes Tier bei der Polizei ist.«

Heiner grinste über alle Backen.

»Das wär wirklich nicht so gut. Aber weißt du, was in so einem Fall noch weitaus peinlicher wäre?«

»Nee.«

»Wenn seine Eltern Lehrer wären! Dann müsste man

nämlich annehmen, dass sie in der Erziehung versagt hätten.«

»Warum musst du nur immerfort provozieren, Wolf?«

»Provoco – ergo sum!«

»Was?«, fragte Heiner verständnislos.

»Ich provoziere – also bin ich! In Abwandlung des berühmten Zitats von René Descartes: Cogito – ergo sum. Als Übersetzung für dich: Ich denke, also bin ich.« Tannenberg stellte sich direkt vor seinen Bruder, fasste ihn mit beiden Händen an der Schulter und rüttelte ihn leicht. »Hättest dich eben doch ein wenig mehr mit Philosophie als mit deiner Revoluzzer-Politik beschäftigen sollen.«

Kommentarlos und kopfschüttelnd verließ Heiner daraufhin die Wohnung.

Diese nach Tannenbergs Bewertung hervorragend gelungene Doppel-Attacke gegen die nicht leiblich anwesende Schwägerin und den nach seiner Meinung lern- und veränderungsresistenten Bruder beflügelte Tannenberg. Eine weitere Steigerung erfuhr sein Wohlbefinden durch die Zusage Dr. Schönthalers, mit dem er in der Vergangenheit schon manche Schlacht mehr oder weniger erfolgreich geschlagen hatte.

Er beschloss die Vorfreude auf den Männerabend mit geeigneter Musik zu untermalen. Prüfend durchstöberte er seine umfangreiche CD-Sammlung, bis seine Augen bei Pink Floyd hängen blieben.

Genau! Das muss es jetzt sein!, stellte er unmissverständlich fest: ›The Wall‹. Und zwar die Stelle mit dem Hubschrauber.

Plötzlich wurde ihm auch der Grund für seine spontane Entscheidung bewusst: Sie war ausgelöst worden durch die Erinnerung an das Geräusch, welches der Eurotransplant-Helikopter auf dem Gelände der Schlossklinik erzeugt und mit einer rotglühenden Nadel in sein Gedächtnis eingebrannt hatte.

Er legte die silberne Scheibe in seine alte Stereoanlage, drückte aber noch nicht auf den Startknopf.

Mit leichtem, federndem Schritt eilte er zu seinem Kühlschrank, entnahm ihr eine angebrochene Flasche Chardonnay, zog den Edelstahlpfropfen aus dem grünlichen Flaschenhals, schenkte sich ein Weißweinglas voll und begab sich damit zurück ins Wohnzimmer. Auf dem Weg dorthin warf er einen kurzen Blick aus dem Fenster, wo er zu seinem großen Entsetzen die Schleicherin auf der dem Nordhaus gegenüberliegenden Straßenseite erblickte.

Er wusste nicht mehr genau, in welchem Stück der CD die Stelle mit dem landenden Hubschrauber versteckt war. Aber er hatte eine Ahnung, die er auch kurz darauf bestätigt fand: Sie war Bestandteil von ›Another brick in the wall‹.

Nachdem er leise im Schnelldurchlauf über das Stück gehört hatte, zippte er mit seinem Finger auf einen kreisrunden schwarzen Knopf mit der Ziffer 4. Dann ging er an das zur Straße hin gelegene, doppelflüglige Holzfenster und öffnete es sperrangelweit. Anschließend drückte er die Starttaste und drehte die Anlage auf.

In der unter seinen Füßen befindlichen elterlichen Wohnung begann sofort sein spezieller Freund, der kleine, fette Langhaardackel mit einem asthmatischen Protestgekläffe. Von der Straße her erfuhr er nahezu zeitgleich lautstarke Unterstützung vonseiten des teilweise kahlrasierten Pudels der Schleicherin.

Tannenberg beeindruckte dies nicht im Geringsten. Trotzig wie ein kleines Kind, drehte er den Regler noch ein wenig mehr nach rechts. Den Text hatte er noch gut in Erinnerung. Eine Stelle hatte es ihm besonders angetan, deshalb gab er weitere Lautstärke zu. In den dröhnenden, hämmernden Bass hinein sang er aus vollem Halse mit: »We don't need no education – we don't need no thougth-control!«

Plötzlich sah er seine Mutter, die mit zornesrotem Kopf in sein Wohnzimmer hereingestürmt kam.

»Wolfi! Bist du verrückt geworden? Was denken denn die Nachbarn?«, schrie sie, wild mit den Armen um sich schlagend, hilflos gegen die laute Musik an.

»Schon gut, Mutter.« Beschwichtigend hob Tannenberg die Hände. »Ist ja auch schon vorbei. Muss halt manchmal sein!« Wie gewünscht reduzierte er die Lautstärke, schloss das Fenster.

»Aber doch nicht *so* laut!«, entgegnete sie vorwurfsvoll und machte seufzend auf dem Absatz kehrt.

»Ich mag Musik nur, wenn sie laut ist …, wenn sie mir in den Magen fährt … Ich mag Musik nur, wenn sie laut ist … und der Boden mir unter den Füßen bebt … – Wohwohwoohwoo«, intonierte Tannenberg den von ihm eigenmächtig modifizierten Kultsong Herbert Grönemeyers.

Noch bis vor einigen Minuten hatte er vorgehabt, seinen beiden Gästen aus dem gerade eingetroffenen reichhaltigen Fundus von Guerrini-Leckereien etwas Gutes zu kochen. Aber irgendwie hatte er auf einmal keine Lust mehr dazu. Ein Blick auf seine Armbanduhr überzeugte ihn zudem davon, dass die Zeit dafür gar nicht mehr ausreichen würde. Also bereitete er aus den in einem der Pakete verstauten Antipasti einen original italienischen Vorspeisenteller und schob drei tiefgefrorene Chiabattas in den Backofen.

Tannenberg staunte nicht schlecht, als ihm etwa eine viertel Stunde später Dr. Rainer Schönthaler mit den Worten »Für unseren spendablen Gastgeber eine kleine Aufmerksamkeit« ein mit geblümtem Geschenkpapier umhülltes kleineres Päckchen überreichte.

»Sag, mal, was ist denn ich dich gefahren. Hast du etwa an der Volkshochschule einen Benimm- und Höflichkeitskurs belegt?«

»Weit gefehlt, alter Freund! Pack's erst mal aus!«

Wolfram Tannenberg tat wie befohlen, während Heiner sich neugierig von seinem Küchenstuhl erhob, flugs dem Gerichtsmediziner die Hand zur Begrüßung reichte und danach gebannt die Blicke auf die Hände seines Bruders richtete, der etwas unbeholfen an dem Päckchen herumnestelte, ohne jedoch die Anfänge der durchsichtigen, und deshalb kaum erkennbaren, Klebestreifen zu entdecken.

Dr. Schönthaler nahm ihm das Geschenk aus der Hand und riss, ohne sich auch nur einen Deut um das normalerweise übliche Auspack-Prozedere zu kümmern, nicht nur das Papier auseinander, sondern zerrte gleich auch noch den Deckel des Pappkästchens nach oben, entnahm ihm eine schmale Broschüre und begann daraus vorzulesen:

»Herzlichen Glückwunsch zu Ihrer wohlüberlegten Entscheidung. Sie haben einen sehr guten Kauf getätigt. Mit diesem formschönen, robusten Akku-Kombitrimmer für Schnurrbart, Ohren- und Nasenhaare haben Sie eine ausgezeichnete Wahl getroffen. Beachten Sie bitte besonders die mitgelieferten Zusatzteile: Zwei 4-stufig verstellbare Abstandshalter, Hygieneclipperaufsatz, Frisierkamm und den Aufbewahrungsstand.«

Der Pathologe legte, während er diese Sätze vorlas, die betreffenden Gegenstände auf den Küchentisch des Hauptkommissars, ergriff die leblos seitlich an Tannenbergs apathischem Körper herabhängende Hand und drückte sie fest.

»Herzlichen Glückwunsch zu dieser segensreichen Anschaffung – einer Anschaffung, die ja eigentlich gar nicht diesen Namen verdient, weil *du* dir dieses, vor allem in *deinem* fortgeschrittenen Alter so eminent wichtige Ding wohl nie angeschafft hättest.«

»Wa ... Warum auch?«, stammelte Tannenberg. »Was soll ich denn mit so was? Ich hab doch überhaupt keinen Schnurrbart.«

»Schnurrbart? Pappalapapp! Darum geht's doch auch gar nicht!«

»Ja, um was denn dann?«

»Na darum zum Beispiel, dass du dich, wie man allerorten vernehmen kann, todesmutig auf Freiersfüße begeben hast. Und darüber freuen sich natürlich deine dir nahestehenden Mitmenschen.« Er ging einen Schritt auf Heiner zu. »Oder etwa nicht?«

»Klar! Aber davon weiß ich ja noch gar nichts. – Wer ist denn das bedauernswerte Geschöpf?«

»Bedauernswertes Geschöpf! Das ist gut, Heiner! Wirklich gut! Man merkt, dass du den Herrn hier auch schon einige Zeit kennst.« Er wandte sich wieder zu Tannenberg. »Ach so, ich verstehe, unser Herr Hauptkommissar macht mal wieder ein Geheimnis daraus, dass er brünstig ist.«

Tannenberg hatte sich wieder ein wenig gefangen und ging nun zur Gegenoffensive über. »Brünstig? Was faselst du denn da bloß wieder für einen ausgemachten Blödsinn zusammen? Wenn es in dieser Hinsicht etwas Konkretes zu erzählen gäbe, würdet ihr doch wohl die Ersten sein, die es von mir höchstpersönlich erfahren würden.«

Man sah der skeptischen Mimik seiner beiden Skatbrüder an, dass sie nicht unbedingt bereit waren, dieser Aussage Glauben schenken zu wollen.

»Rainer, sag mir jetzt lieber mal, was ich mit diesem komischen Ding hier eigentlich anfangen soll!«

»Ganz einfach: Dir diese ekligen, dicken schwarzen Haare entfernen, die im fortgeschrittenen Männeralter an allen möglichen – oder sagen wir besser: unmöglichen – Stellen unaufgefordert zu sprießen beginnen.« Dr. Schönthaler rümpfte angewidert die Nase, »unter anderem aus und auf deinem Riechkolben, deinen Ohren usw.« Er schüttelte sich wie ein nasser Eisbär. »Und das mögen die von uns auch noch in höherem Lebensalter doch ab und an noch angeschmachteten Vertreterinnen des anderen Geschlechts nun ganz und gar nicht.« Er hob wie Lehrer Lämpel den Zeigefinger. »Geradezu mit Abscheu begegnen sie diesem Fluch der Natur. Mit anderen Worten: Es kotzt sie geradezu an, sich von solch einem ungepflegten, affenähnlichen Barbaren angrapschen oder gar küssen zu lassen!«

Bewegungs- und kommentarlos beobachteten die Tannenberg-Brüder die bühnenreife Vorstellung des Gerichtsmediziners, der immer noch keine Ruhe gab.

»Wolf, stell dir doch mal ernsthaft vor, du wärst so ein zartes, wohlriechendes Geschöpf. Du hättest dich gerade in einem wohltemperierten Jasminblüten-Cremebad geräkelt, dich in einen weichen, molligwarmen Bademantel gehüllt ... – Vermagst du mir inhaltlich zu folgen?«

Der Angesprochene brummte nur kurz, blies die Backen auf, zuckte mit den Schultern.

»Und dann kommt so ein haariges Monster und will dich küssen und begrapschen.« Wieder schüttelte er sich. »Das ist doch eklig, oder?«

»Na ja«, sagte Tannenberg.

»Jungs, ich denke, wir sollten jetzt endlich damit anfangen, eine gepflegte Skatrunde hinzulegen«, sagte Heiner, den diese humoristischen Einlagen allmählich zu langweilen schienen. Anschließend setzte er sich an den Tisch und begann damit, die Karten zu mischen und auszugeben.

Der Gastgeber räumte kopfschüttelnd und schmunzelnd die Geschenkutensilien auf die Anrichte, entkorkte zwei Faschen Barbera d'Alba, schenkte seinen Skatbrüdern ein und servierte unter lautstarken Beifallsbekundungen den Antipasti-Teller und die ofenwarmen Chiabattas.

Als Tannenberg bei einem verlorenen Null-Ouvert als letzte Karte den Herz-Buben ablegte und sein Bruder triumphierend die Karte emporhob und sie ihm vor die Nase hielt, musste er unwillkürlich an Max denken.

»Rainer, hast du eigentlich schon mitgekriegt, dass Mariekes Freund nach einem Motorradunfall im Koma liegt?«

»Marieke hat einen Freund?«

»Na ja, in ihrem Alter ist das ja wohl eher ein kurzzeitiger Lebensabschnittsbegleiter«, bemerkte Heiner abschätzig – und wurde daraufhin sofort von seinem Bruder energisch gerüffelt.

»Mensch, jetzt find dich doch endlich mal damit ab, dass deine liebe kleine Tochter inzwischen eine attraktive, fast erwachsene Frau ist und es für sie noch andere Männer gibt, als ihren alten Vater!«, schimpfte Tannenberg ungehalten drauflos. »Zumal dieser Max ein ausgesprochen netter junger Mann ist. Außerdem liegt der arme Kerl gerade im Krankenhaus. Aber zum Glück nur im künstlichen Koma, wie deine Tochter mir erzählt hat.«

»Wo liegt er denn?«, warf Dr. Schönthaler ein.

»In der Schlossklinik in Trippstadt.«

»Ach, beim Professor Frischfleisch«, sagte der Rechtsmediziner, ohne seinen Worten anscheinend eine besondere Bedeutung beizumessen.

Ganz im Gegensatz zu Wolfram Tannenberg. »Professor Frischfleisch? Wieso denn das? Los erzähl!«

»Das ist halt nun mal sein Spitzname.«

»Und warum?«, bohrte der Kriminalbeamte nach.

»Deshalb, weil er eben ein guter und zuverlässiger Lieferant für Eurotransplant ist. Besonders jetzt im Frühjahr und Sommer, wenn diese Verrückten mit ihren Motorrädern wieder auf der B 48 herumrasen. Nach diesen Organen leckt sich ja sozusagen jeder Transplantationsmediziner geradezu die Finger: blutjunge, gesunde Körper mit optimal verwertbaren Organen. Und da diese Unfallopfer fast immer lediglich schwerste Kopfverletzungen aufweisen, ist der Rest meist völlig unverletzt. Wie gesagt: optimal. Und der liebe Herr Professor Dr. Claude Le Fuet spielt ja quasi wie der berühmte Knabe direkt an der Quelle – um es einmal poetisch auszudrücken.«

»*Wie* heißt der?«, wollte Tannenberg wissen.

»Der heißt halt so, wie er heißt: Claude Le Fuet. Mir hat mal ein Kollege erzählt, der ihm einmal auf einem Kongress über den Weg gelaufen ist, dass der liebe Herr Professor aus Lothringen kommt und dass sein Name auf Deutsch ›Der Edle‹ bedeuten würde. Angeblich stammt er aus einem alten Adelsgeschlecht.«

»Wieso hast du gesagt, dass er an der Quelle spielen würde?«, fragte Heiner, scheinbar ohne den jüngsten Einlassungen des Pathologen gedanklich gefolgt zu sein.

»Na ja, ich vermute mal, dass aufgrund der zentralen Lage der Notarztwagen der Schlossklinik eben fast immer als erster an der Unglücksstelle eintrifft. Außerdem hat sich die Klink gerade auf diese Art von Verletzungen inzwischen so stark spezialisiert, dass die Kollegen dort auch Patienten aus anderen Gegenden mit dem Hubschrauber eingeflogen bekommen. – Und wenn nichts mehr zu machen ist und die Leute hirntot sind, wird eben Eurotransplant verständigt. Die schicken dann sofort ihren Hubschrauber los und fliegen von dort aus die benötigten Spenderorgane direkt in die jeweilige Transplantationsklinik.«

Heiner krauste die Stirn. »Sag mal, Rainer, ging da nicht vor kurzem ein Bericht durch die Presse ... Über illegalen Organhandel in Osteuropa und in ... Wo war das nur noch mal?«

»Davon, Bruderherz, hab sogar ich gehört«, bemerkte Tannenberg. »Da ging's auch um Indien und besonders um die Tatsache, dass in China sogar die Regierung sehr lukrative Geschäfte mit den Organen von Hingerichteten machet.«

»So eine Riesensauerei!«, schimpfte Heiner.

»Ihr seid mir vielleicht scheinheilige Moralisten«, ging Dr. Schönthaler die beiden Brüder verbal an. »Holen wir diese Sache doch einfach mal vom ethischen Olymp, also von der abstrakten, theoretischen Ebene herunter zu einem konkreten Beispiel: Heiner, stell dir mal vor, deinem Sohn Tobias würde ein Arzt diagnostizieren, dass seine Nieren nicht mehr einwandfrei arbeiten und damit zu rechnen ist, dass sie irgendwann demnächst wahrscheinlich ganz versagen werden.«

Heiner wollte direkt zu einer Gegenrede ansetzen, aber der Gerichtsmediziner machte eine abweisende Handbewegung. »Bevor du protestierst, hör dir erst mal an, wie's weitergeht. Also: Tobi kommt bei Eurotransplant auf die Liste – und zwar ganz nach hinten! Und nun beginnt diese schrecklich zermürbende Warterei darauf, dass sich endlich die Zentrale meldet und euch mitteilt, dass zwei geeignete Spendernieren gefunden wurden und sie sofort implantiert werden können. Das ist die positive, aber leider ziemlich unrealistische Variante. Die andere sieht so aus: Stell dir bitte mal vor, ihr kommt *nicht* an die Reihe. Tobias Zustand verschlechtert sich weiter und du musst damit rechnen, dass du tatenlos mitansehen musst, wie er dir wegstirbt.«

Der Pathologe befeuchtete seine trockene Kehle mit einem großen Schluck Barbera. Dann fuhr er fort: »Und nun nehmen wir mal an, du erfährst davon, dass du für 20000 Euro zwei Nieren von einem in China hingerichteten Mann erhalten kannst, der genau die richtigen Organwerte hat, wie sie Tobias braucht. Willst du mir jetzt etwa allen Ernstes erzählen, dass du diese Chance nicht wahrnehmen würdest?«

Heiner Tannenberg schwieg. Angestrengt dachte er nach. »Aber das wäre ja die totale Zwei-Klassen-Medizin: Überleben nur für Reiche!«

»Jetzt kletterst du schon wieder hoch auf den moralischen Elfenbeinturm!«

Aber Heiner ließ sich von dieser Bemerkung nicht stoppen. »Dann könnte man ja gleich die Organe, die über Eurotransplant verteilt werden, meistbietend versteigern. Dann würden die Armen sterben und die Wohlhabenden könnten weiterleben. So etwas dürfen wir doch noch nicht einmal denken.«

»Mann, Heiner, bist du naiv! Du glaubst ja gar nicht, was wir Mediziner auf unseren Kongressen zu vorgerückter Stunde so alles an radikalen Thesen von uns geben. Dagegen ist die gerne als extremistisch diffamierte Stammtischmeinung ein regelrechtes Priesterseminar. – Aber bleib doch mal wenigstens für eine Minute bei unserem konkreten Beispiel und beantworte mir endlich mal meine Frage.«

Heiner verweigerte sich, wollte sich nicht weiter von seinem Skatbruder aufs Glatteis führen lassen. Um sich aus dieser dunklen Sackgasse herauszumanövrieren, versuchte er das Thema zu wechseln: »Wisst ihr eigentlich, wie das Anagramm von ›Koma‹ lautet?«

»Das was, Heiner?«

»Das Anagramm, Bruderherz. Diesen Begriff wohl noch nie gehört, oder?«

Tannenberg zog es vor zu schweigen.

Dafür meldete sich Dr. Schönthaler zu Wort: »Das ist doch irgendwas mit Rückwärtslesen, wenn ich mich richtig erinnere.«

»Sehr gut, Herr Doktor.« Heiner legte die Spielkarten beiseite. »Der Begriff ›Anagramm‹ kommt natürlich aus dem Griechischen und bezeichnet die Umstellung der Buchstaben eines Wortes oder einer Wortgruppe zu einer neuen, sinnvollen Lautfolge.«

»Oh je, jetzt hält der Herr Oberstudienrat gleich wieder einen Vortrag vor seinem Deutsch-Leistungskurs«, schwante Tannenberg Fürchterliches.

»Ein bisschen Bildung schadet dir auch nichts«, konterte Heiner schlagfertig. »Als Erfinder dieser linguistischen Spielerei wird meist der alte Grieche Lykophron von Chalkis angegeben. Eigentliche Heimat des Anagramms ist allerdings der antike Orient, wo es besonders in den religiösen Geheimschriften der jüdischen Kabbalisten weite Verbreitung fand.«

»Interessant!«, bemerkte der Rechtsmediziner kauend.

Heiner freute sich über das Lob und fuhr fort: »Auch im Mittelalter begab man sich auf die intensive Suche nach symbolischen Bezügen zwischen bestimmten Wörtern, z.B. ›Ave – Eva‹. Besondere Beliebtheit erfuhren die Anagramme im 16. und 17. Jahrhundert u. a. für Buchtitel oder als Anspielungen in Briefen. Darüber hinaus verwendeten Galilei u. a. Anagramme auch zur Verschlüsselung und Geheimhaltung wissenschaftlicher Entdeckungen. Am weitaus häufigsten wurde es für Pseudonyme benutzt, so z. B. von Rabelais, Grimmelshausen, Voltaire oder Verlaine. Die strengste Form stellt das rückläufige Anagramm dar, also das einfache Rückwärtslesen eines Wortes oder Satzes, ohne dabei die Buchstaben zu vertauschen – *mein* großes Faible. Einfache Anagramme sind zum Beispiel: ›ein-nie‹, ›Eis-sie‹, ›Tor-rot‹, ›Eber-Rebe‹, ›Leben-Nebel‹, ›Regal-Lager‹, ›Emma-Amme‹, ›Amora-Aroma‹ – und wie sie alle heißen. Das schönste aber ist: ›Oh Cello voll Echo‹.«

»Schön vorgetragen, Herr Lehrer. Setzen eins. – Sag mal, kennst du eigentlich die Geschichte von dem Sportlehrer, der sieht, wie ein Biologie-Kollege im Lehrerzimmer mit einem großen silbernen Koffer auftaucht?«

»Nee. Aber auf was soll das schon anderes rauslaufen, als auf einen deiner blöden Lehrer-Witze.«

»Los, erzähl schon, Wolf«, forderte Dr. Schönthaler.

»Also: Dieser stets zu einem derben Scherz aufgelegte, trinkfeste Sportlehrer schmettert ihm sofort lauthals entgegen: ›Wie kann man nur mit so einem albernen Ding durch die Gegend laufen? – Haben Sie in diesem komischen Organkoffer wenigstens eine gesunde Leber drin? Ich könnte nämlich eine neue sehr gut gebrauchen.‹ Und wisst ihr, was der Biolehrer wie aus der Pistole geschossen, ganz trocken geantwortet hat?«

»Nee«, wiederholte sich Heiner.

»Der Biologielehrer hat gesagt: ›Nein, werter Herr Kollege, damit kann ich Ihnen leider nicht dienen. Ich habe nur ein Gehirn dabei. Aber das gehörte vor der Explantation einem intelligenten Menschen und würde von Ihrem Organismus todsicher umgehend als inadäquater Fremdkörper abgestoßen werden.‹ – Ist das nicht klasse?«

Tannenberg und sein Freund brusteten los, konnten sich kaum mehr beruhigen, Tränen schossen ihnen in die Augen.

Heiner dagegen blieb ganz ruhig. Er hasste bösartige Attacken gegenüber seinem Berufsstand. »Wolf, ich bin wirklich total begeistert. Wenn ihr euch endlich abgeregt habt, könnten wir ja vielleicht weiterspielen.«

Der Gerichtsmediziner beruhigte sich als Erster, schöpfte noch einmal tief Luft, bevor er sagte: »Gut. Ich will jetzt auch mal wieder Skat spielen.«

»Okay!«, entgegnete Heiner, »aber erst müsst ihr mir noch eine Frage beantworten: Wie heißt das Anagramm von Koma?«

Dr. Schönthaler entdeckte als Erster die Lösung: »Amok!«

»Sehr gut!«, lobte der Deutschlehrer.

»Amok?«, wiederholte Tannenberg ungläubig. Ein kurzes Lächeln flog ihm über die Lippen. »Das ist ja wirklich komisch: Da bezeichnet ein und dasselbe Wort, nur verkehrt herum gelesen, das völlige Gegenteil des anderen.«

»Stimmt!«, pflichtete Rainer Schönthaler bei. »Es gibt wohl kaum ein markanteres Gegensatzpaar. Das eine ist der Inbegriff der apathischen Bewegungsunfähigkeit und Hilflosigkeit, eine wahre Allegorie für das schutzlose Ausgeliefertsein *an andere*. Und sein Pedant ist *das* Synonym für blindwütigen Aktionismus und Aggressivität, das Symbol für das völlige Ausgeliefertsein *der anderen*.«

»Zwar wie meist etwas zu geschwollen ausgedrückt. – Aber wirklich wahr! Das ist verrückt«, sagte Tannenberg und dachte sofort an Amokläufer, von deren vernichtenden Umtrieben er schon öfter aus den Medien erfahren hatte.

Dabei erinnerte er sich an einen Wahnsinnigen, der irgendwo in Schottland oder Irland in einer Schule mehrere Dutzend Kinder massakriert hatte – und an einen Verrückten in den USA, der sich mit allen möglichen Waffen aufgerüstet in die Innenstadt begeben und dort eine blutige Spur der Verwüstung hinterlassen hatte.

»Aber kommt, lasst uns jetzt endlich wieder Skat spielen«, bettelte der Rechtsmediziner.

»Ich will nur noch mal kurz zu den Anagrammen zurück.«

»Heiner«, entgegnete Tannenberg augenrollend mit

einem derart qualvollen Gesichtsausdruck, dass sein alter Freund ihm resolut zur Seite sprang.

»Es reicht jetzt wirklich! – Bitte erbarme dich unser!«, flehte Dr. Schönthaler.

Aber der Sprachfetischist ließ sich davon nicht beeindrucken: »Wisst ihr eigentlich, was Le Fuet rückwärts gelesen ergibt?«

»Nein, Heiner, es interessiert mich auch nicht!«, stöhnte Tannenberg.

»Teufel!«

»Was Teufel?«

»Le Fuet ist das Anagramm von Teufel!«

Dr. Schönthaler schnappte sich den Kugelschreiber, der auf dem Schreibblock vor Tannenberg auf dem Tisch lag, zog den Block zu sich herüber und schrieb die beiden Worte auf. Er verglich sie miteinander. »Stimmt tatsächlich! Was es so alles gibt!«

»Teufel, so hieß doch auch dieser Revoluzzer aus der Zeit der Studentenrevolte«, sagte Tannenberg.

»Genau, das war doch der aus der berühmt-berüchtigten Kommune I.«

»Richtig, Rainer!« Tannenberg grinste übers ganze Gesicht. »Das war der, der diese Uschi Obermeier damals abgeschleppt hatte. Mann, oh Mann, das war vielleicht ein scharfer Zahn. – Erinnert ihr euch an sie?«

Die beiden Männer nickten vielsagend.

»Aber dich, Bruderherz, haben ja andere Frauen nie interessiert. Du hattest ja damals schon diesen fürchterlichen roten Feuermelder!«

13

Donnerstag, 1. Mai

Max hörte Schritte, von einem Menschen verursachte, typische Gehbewegungen, die er eindeutig Oberschwester Rebekka zuzuordnen vermochte.

Die Frau stellte sich neben sein Bett und verharrte dort einige Sekunden regungslos.

Liest sie die Monitore der Überwachungsgeräte ab?, fragte er sich.

Ohne auch nur ein einziges Wort von sich zu geben, entfernte sich Rebekka wenige Augenblicke später wieder von Maximilians Krankenlager, begab sich zum Fenster und öffnete es mit einem leicht quietschenden Geräusch. Bereits wenige Augenblicke später spürte er, wie eine frische Prise kühler, würziger Frühlingsluft über seinen halbnackten Körper strich.

Er versuchte den einströmenden Luftschwall näher zu differenzieren.

Zuerst erschnüffelte er eine schwere, süßliche Komponente.

Was ist das? Er konzentrierte sich. Er wusste ganz genau, dass er diesen eigentümlichen Geruch schon öfter in der Nase gehabt hatte. Er brauchte nicht lange, dann hatte er das Rätsel gelöst: *Flieder! Ja, das ist eindeutig Flieder!*

Er gab sich vollständig diesem betörenden Duft hin, tauchte tief in ihn ein.

Aber da ist noch etwas anderes!

Es war eine dünne, flüchtige Duftspur, die kaum nachdem sie einige seiner Riechzellen in helle Aufregung versetzt hatte, schon wieder verschwunden war. Er versuchte, sein Riechzentrum umzudirigieren, die neue Witterung stärker aufzunehmen. Leider genügte dieser punktuelle Sinnesreiz nicht, um eine Identifikation dieses anderen Aromas zu ermöglichen. Er versuchte es erneut. Dass es sich bei diesem Odeur um einen Duft und nicht etwa um eine schlecht riechende Geruchsvariante handelte, stand für ihn völlig außer Zweifel.

Nur was ist es?

Ein neuer, etwas kräftigerer Luftzug beendete abrupt seine Unfähigkeit, das, was er eben in Form winziger Moleküle wahrgenommen hatte, definitiv einordnen zu können. Jetzt hatte er die Duftspur gefunden, die immer intensiver wurde.

Ich fasse es nicht: Frische Brötchen!

Obwohl er durch eine Magensonde mit sättigender Flüssignahrung verköstigt wurde und deshalb keinen Hunger verspürte, hatte er doch Appetit. Aber es war nicht nur Appetit, es war ein gigantischer Heißhunger, eine unermesslich intensive Gier nach diesen ofenfrischen Backwaren, die ja eigentlich viel besser riechen als sie schmecken.

Genau wie Waffeln!, dachte er, korrigierte sich aber

sogleich wieder. *Nein, bei Waffeln ist es ist noch viel, viel schlimmer, jedenfalls bei mir.*

Diesem magischen Geruch war er in der Vergangenheit stets willenlos ausgeliefert gewesen. Egal, was er vorher gegessen hatte, ob ein Matjes-Brötchen oder einen Hamburger; sobald er frischgebackenen Waffelteig roch, konnte er einfach nicht widerstehen.

Es war eine Obsession, eine regelrechte Sucht, ein Abhängigkeitsverhältnis verbunden mit einem direkten Befriedigungsbedürfnis. Seine ausgeprägte Gier nach diesen köstlichen Backwaren hatte eindeutig den Charakter einer Zwangsneurose, die manchmal sogar wahrhaft groteske Züge annahm. So hatte er zum Beispiel einmal einen wichtigen Anschlusszug verpasst, bloß weil er diesem verführerischen, höchstaromatischen Wohlgeruch nicht widerstehen konnte, der ihn vom Bahnhof weg auf das Gelände einer benachbarten Grundschule führte.

Die Oberschwester schien für mentale Exkurse in die Welt der Sinnesfreuden kein Verständnis zu haben, denn mit einer abrupten Bewegung verschloss sie das Fenster und kappte damit Maximilians einzige direkte Verbindung zur Außenwelt.

»Maria, kommen Sie mal her und machen Sie unseren jungen Freund hier mal ein bisschen sauber!«, rief Rebekka mit barschem Ton in Richtung des Nebenraums.

Schwester Maria befolgte umgehend die Anweisung. Zuerst entledigte sie Max seines dünnen Hemdchens und wollte gerade damit anfangen, ihn zu waschen, als ihre ältere Vorgesetzte plötzlich laut ausrief:

»Ach Gott, hat der Mann einen kleinen Schniegel. Haben Sie schon jemals so ein mickriges Ding gesehen?«

»Äh, nein, äh, Oberschwester«, stammelte die Angesprochene verlegen.

Blöde alte Ziege, sei froh, dass du ihn nur in diesem Aggregatzustand kennst; du würdest angesichts seiner Dimensionen spontan in Ohnmacht fallen!, grollte Maximilian lautlos in sich hinein.

Maria war diese Situation anscheinend ziemlich peinlich, denn sie legte ihm sofort ein Tuch über seine entblößten Genitalien.

»So, Herr Heidenreich, jetzt kommt das Angenehmste am ganzen Tag. Wir machen nämlich jetzt mal etwas für Ihre Schönheit und machen Sie ein bisschen frisch. Dann werden wir uns gleich wieder viel wohler fühlen. Sie sehen heute auch schon viel besser aus als gestern, richtig gesund.«

Aber der Gegenstand, mit dem sie ihm nun zu Leibe rückte, war lange nicht so weich und wohlriechend wie der von ihr beim letzten Mal benutzte. Diesmal war es kein zarter Lappen, sondern ein rauher, leicht nach Kunststoff riechender Waschhandschuh. Wie bei einer guten Massage verspürte er dort, wo sich Maria schrubbend und bürstend gerade abmühte, zunächst einen leichten brennenden Schmerz auf dem bearbeiteten Hautsegment, der aber schnell in ein wohliges Wärmegefühl überging.

Gleich nach dieser Rubbelaktion cremte die Krankenschwester die aufgerauhten Körperstellen mit einer kühlenden, milchigen Lotion ein. Dann entfernte sie das schützende Laken. Gerade in dem von ihm erwartungsvoll entgegengefieberten Augenblick, als sie sich anschickte, seine sensibelste Körperregion zu reinigen, kam der Pfleger in sein Zimmer, so als ob er diesen Zeitpunkt eigens abgewartet hätte.

»Eh, Mary-Baby, jetzt brauchst du nur noch ein bisschen an ihm rumzufummeln, und dann kannst du dich auf ihn setzen. – Geile Vorstellung, was? Aber Baby, das kannst du doch auch von mir bekommen«, grölte er Maria von hinten in den Rücken, die angesichts seines unerwarteten Auftritts erschrocken zusammenzuckte.

»Lass mich doch endlich mal in Ruhe mit diesen primitiven Schweinereien.«

»Eh, Mary-Baby, komm lass uns diesen coolen Typ hier mal auf die andere Seite legen, sonst wird der noch wund, und dann haben wir uns später bloß wieder um diese elende Sauerei zu kümmern«, sagte der Krankenpfleger mit rauchiger Stimme, ging an Maximilians Bett, schraubte seine grobe, schwielige Pranke unter dessen Oberkörper und drehte ihn mit einem geübten Griff blitzschnell auf den Bauch.

»Mensch, Egon, pass doch besser auf, sonst ist der Professor wieder böse auf dich, so wie vorgestern, als du dem anderen Komapatienten beim Umbetten fast die Rippen gebrochen hast.«

»Quatsch, der Professor hat doch gar nicht richtig geschimpft, sondern nur ›Normaler Betriebsunfall‹ gesagt. Der Professor ist nämlich mein Freund!«

»Dein Freund? Dass ich nicht lache!«

»Aber sicher! – Mary-Baby, komm, jetzt stell dich

doch nicht so an und setz dich mal ein bisschen auf meinen Schoß.«

»Schwein!«, war alles, was Schwester Maria zu den Obszönitäten ihres Kollegen einfiel.

Sie begann damit, Maximilians nackten Rücken mit Hilfe des Bürsten-Handschuhs fest abzureiben. Anschließend cremte sie ihn zärtlich ein und forderte danach den grobschlächtigen Pfleger dazu auf, den Patienten wieder umzudrehen.

Was man körperlich so alles mit ihm anstellte, bekam Max nur am Rande mit, denn sein Gehirn war hauptsächlich mit dem Versuch beschäftigt, sein aufgrund des unerträglichen Gestanks dieses vulgären Menschen vollkommen kollabiertes Riechzentrum zu reparieren.

Der Körpergeruch dieser wandelnden Kloake war bereits so widerlich, dass er allein schon ausgereicht hätte, Maximilians Magen zu einem starken Würgereiz zu nötigen. Aber dazu auch noch dieser strenge Nikotingestank an den Fingern und der modrig-faulige Mundgeruch, der sich bei jedem Ausatmen wie ein altes vermodertes Handtuch über seine arg malträtierten Riechzellen legte.

Zum Glück verließ der grobklotzige Krankenpfleger nach Vollendung seiner Knochenbrecherarbeit das Zimmer.

»So, jetzt haben wir endlich unsere Ruhe. Und jetzt machen wir noch ein bisschen Mundhygiene. Damit wir auch schön kussfrisch sind, wenn die Freundin später kommt. – So, jetzt schmeckt es gleich ein bisschen nach Zitrone. Aber es ist wirklich sehr erfrischend, Sie werden es gleich merken.«

Dann öffnete sie mit ihren nach Gummi schmeckenden Fingern Maximilians Mund und tupfte mit Wattestäbchen so lange darin herum, bis er das Gefühl hatte, in einen Limonensafttank gefallen zu sein. Anschließend putzte sie ihm sogar noch die Zähne – ohne Zahnpasta versteht sich.

»So, das reicht für heute, Herr Heidenreich. Ich muss mich ja schließlich auch noch um die anderen Patienten kümmern, nicht wahr.«

Maximilian hatte nicht den geringsten Anlass, nun deprimiert in Trauer zu verfallen, denn eine weitere Bereicherung seines tristen Mumienlebens nahte bereits, und zwar in Form des ehrenamtlichen Krankenhauspfarrers Martin Huber, der nur allzu gerne den armen, geknechteten Seelen der Schlossklinik seinen christlichen Trost spendete.

»Bedenke, mein Sohn: Wir sind in Gottes Hand, wenn wir leiden. Wenn er uns züchtigen will, so können wir seiner Rute nicht entfliehen. Er kann auch die Unempfindlichsten erschüttern und die Widerspenstigen auf die Knie bringen. Er kann nicht nur dem Leib wehtun, sondern das Schwert auch in die Seele dringen lassen. Nach dem Willen des Herrn neigen sich die Dinge, die unser Glück ausmachen, wie das Schilf, wenn ein Sturm darüber geht«, murmelte der beleibte ältere Mann litaneienartig vor sich hin, während er die von ihm geöffnete Tür langsam ins Schloss drückte und sich anschließend mit gemächlichen Schritten dem Krankenbett näherte.

Plötzlich wurde Max von wellenartigen Panikattacken heimgesucht. Es war nicht die Furcht vor diesem ihm bis vor kurzem völlig unbekannten Menschen, sondern es war die diffuse Angst vor den Gerüchen, die seinen Auftritt sehr wahrscheinlich begleiteten – und denen er auf Gedeih und Verderb schutzlos ausgeliefert sein würde.

Der ehemalige Trippstadter Gemeindepfarrer hatte inzwischen Maximilians Bett erreicht. Er verschob den Besucherstuhl ein wenig und setzte sich direkt neben seinen Kopf. Die Riechzellen schickten sofort einen Notruf an das Gehirn mit der Bitte, umgehend die zur sensiblen Reizaufnahme vorgesehenen Schleimhautepithel einfahren zu dürfen – allerdings ohne Erfolg.

Oh Gott, was soll ich nur machen? Wie soll ich das nur ertragen?

Blitzschnell beamte sein Gehirn die als Beruhigung gedachte Botschaft in sein Bewusstsein, dass selbst in einem extrem stinkenden Kuhstall sich die wehleidigen Riechzellen schnell an den dort vorhandenen Gestank gewöhnten, es sich also bei der von Martin Huber ausgehenden Reizüberflutung nur um einen kurzzeitigen Schock handeln könne.

Bei diesem mentalen Tröstungsversuch hatte Maximilians Denkmaschine allerdings etwas Entscheidendes übersehen: Im Gegensatz zu einem widerlichen Kuhstallgeruch, der eben nur aus *einer* Gestanksorte besteht, an die man sich sicherlich mit der Zeit gewöhnen kann, produzierte dieser alte Schnapsheilige ein wahres Gruselkabinett menschlicher Ausdünstungen.

Die Palette reichte von einem süßlich-schalen, von jedem seiner Kleidungsstücke und von jedem seiner Hautsegmente ausströmenden Basisodeur über einen von einer

Alkoholfahne überzogenen eitrig-fauligen Mundgeruch bis hin zu einem Extremgestank, der alles bisher von Max wahrgenommene in den Schatten stellte: Eine exquisite Mischung aus strengem Alkoholgeruch und säuerlichem Mageninhalt, der sich mit Hilfe eines geräuschvollen Rülpsers seinen Weg aus den Tiefen eines verrottenden Körpers ans Tageslicht bahnte. – Und das alles unterlegt mit einem leicht salmiakartigen Uringeruch.

Aber Pfarrer Huber war ja nicht erschienen, um den hilflos ihm ausgelieferten Komapatienten mit seinem grandiosen Arsenal menschlicher Ausdünstungen zu beeindrucken, sondern er hatte sich auch in anderer Hinsicht einiges vorgenommen:

»Guten Morgen, mein Sohn. Der Herr sei mit dir! Und bedenke: Die Wege des Herrn, unseres Erlösers, sind unergründlich. Oft handelt er so, dass wir meinen, es nicht verstehen zu können. Aber sei gewiss: Der Herr tut nichts ohne Grund! Deshalb, mein Sohn, lass ab von Zweifel und Schwermut. Auch dir harrt die Gnade Gottes.«

Nach diesem seiner Meinung nach sehr wohlgeratenen, ersten Begrüßungsspruch nahm er den stets am Körper mitgeführten Flachmann zur Hand, öffnete den Verschluss und gönnte sich einen großen Schluck. Dann kramte er ein kleines Büchlein aus seinem verschlissenen braunen Leinensakko, blätterte kurz darin herum und sprach:

»Höre die Losung des Tages: ›Der Herr errettet den Armen, der da schreit, und den Elenden, der keinen Helfer hat (Psalm 72,12)‹.«

Dann brach er plötzlich ab und klappte das Büchlein

zu. Irgendetwas schien ihn zu irritieren. Mühevoll erhob er sich von seinem Stuhl und schickte sich an, sein Opfer von dessen Martyrium zu erlösen, allerdings nicht ohne einen freundlichen Abschiedsgruß in seine Richtung zu murmeln: »Carpe diem, mein Sohn.«

»*Carpe diem! Das hat unser Lateinlehrer auch immer gesagt. – Nutze den Tag! Es gibt wohl zurzeit kaum einen passenderen Spruch!*«, stellte Maximilian Heidenreich fest und hätte dabei ebenso gerne geschmunzelt, wie den Kopf geschüttelt. Aber beides war ihm ja leider nicht möglich.

»So, mein liebes Bürschchen, der alte Suffkopp kriegt vom Oberschwester-Drachen seine Schnapsration und ich werd mir jetzt auch mal was richtig Gutes tun«, sagte der Krankenpfleger, ging etwas in die Hocke, ballte die Fäuste – und begann zu furzen.

Es war wirklich kaum zu glauben, aber ohne die geringste Rücksicht auf die Örtlichkeit, an der er sich befand, entledigte sich dieses menschliche Schwein geräuschvoll seines nach außen drängenden gasförmigen Darminhaltes.

»Verdammter Bohnenfraß!«, schimpfte er mehrmals vor sich hin, obwohl ein neutraler Beobachter sich garantiert nicht des Eindrucks hätte erwehren können, dass diesem primitiven Kerl das, was er gerade tat, ein großes Vergnügen bereitete.

Nein, er hatte wirklich seine wahre Freude an der Befriedigung dieses menschlichen Grundbedürfnisses. Um die Lautstärke seines Trompetensolos zu erhöhen, presste er voller Inbrunst die in seinem verborgendsten

Körperinnern angestauten Darmgase durch den allzu dehnungswilligen Schließmuskel.

Es war wirklich nicht dieses leise, manchmal sogar fast geräuschlose Zischen, mit dem sich viele aufgeblähte Erdenbürger ihrer angesammelten Darmgase entledigen, auch nicht dieses unvermittelte, laute Knall-Knattern, das man von Kinderpupsen her kennt. Nein, dieses Geräusch war viel brachialer: Erst ein aus mehreren aneinandergereihten dumpfen Donnerschlägen zusammengesetztes lautes Krachen, das dann stakkatoartig langsam leiser wurde und dem schließlich ein mit Stöhnen unterlegtes, angestrengtes rhythmisches Herauspressen der letzten verfügbaren gasförmigen Verdauungsprodukte folgte.

Wenn wirklich ein Bohneneintopf oder ähnliches als Ursache für diese fürchterliche Flatulenz-Orgie in Betracht kam, musste Max wohl in naher Zukunft mit wahrhaft schrecklichen Folgeerscheinungen rechnen, denn er wusste aus leidvoller eigener Erfahrung nur zu gut, dass gerade die in den Gedärmen rumorenden Hülsenfrüchte in der Lage waren, die penetrantesten Gerüche zu verursachen.

Ohne die geringste Chance, sich gegen das schier Unabwendbare zur Wehr zu setzen, lag er auf der schmalen Krankenhauspritsche und war seinem Schicksal hilflos ausgeliefert. Es war ihm weder möglich, sich die Nase zu verstopfen, noch die Atmung völlig zu unterbrechen, wusste er doch nicht, wie lange das sich demnächst einstellende Gestanksszenario wohl andauern würde. Zudem hatte er große Bedenken im Hinblick auf die nicht unwesentliche Frage, ob er sich in seiner angeschlagenen körperlichen Verfassung solche riskanten Experimente überhaupt zumuten konnte.

Bereits einige Sekunden später erreichte ihn eine schwere, süßlich-faulige Kloakenwolke.

»Ach Gott, stinkt es hier. Egon, lüften Sie sofort mal durch,«rief plötzlich Dr. Wessinghage, der gemeinsam mit einem uniformierten Polizisten Maximilians Zimmer betrat.

»Herr Oberarzt, ich kann doch nichts dafür«, antwortete der scheinheilige Lügner, ging ans Fenster und öffnete es. »Sie wissen doch selbst, dass bei Komapatienten immer alles unkontrolliert abgeht.«

Ich – der Verursacher dieses Gestanks? Das ist ja wohl die Höhe! Warte nur mal ab, du umherwandelnder Misthaufen, bis ich wieder wach bin. Dich knöpf ich mir vor, darauf kannst du schon mal einen lassen!

»Ja ja, diese komatöse Flatulenz, das stimmt schon. Aber nun zu Ihnen, Herr …? Wie war doch noch mal Ihr werter Name?«

»Schmekel. Hauptwachtmeister Schmekel, Herr Doktor.«

»Gut.«

»Also, Herr Doktor«, begann der schon stark angegraute Polizeibeamte mit tiefer, ruhiger Stimme und kramte aus der Innentasche seiner Uniform ein schwarzes Notizbuch hervor, das er aufklappte, den innen festgeklemmten Bleistift herauszog und zum Schreiben ansetzte, »ist es richtig, dass es sich bei diesem jungen Mann hier vor uns im Bett um den Studenten Maximilian Heidenreich handelt?«

»Ja, Herr Hauptwachtmeister, das ist der Name des Patienten. Aber ob er Student ist, weiß ich leider nicht. Vielleicht steht das ja in der Krankenakte. Da müssten Sie später bitte in der Verwaltung nachfragen.«

»Ist ja auch nicht so wichtig, Herr Doktor. Ich hätte aber noch ein paar andere Fragen.«

»Gerne, fragen Sie! Schließlich möchten wir doch wohl alle, dass die Polizei schnell und effektiv arbeitet«, entgegnete Oberarzt Dr. Wessinghage freundlich.

Der Beamte hatte sich augenscheinlich schon vorab einige Fragen in seinem Notizbuch notiert, denn er las seine erste Frage vom Blatt ab: »Also: Ist Herr Heidenreich ansprechbar?«

»Nein, leider nicht. Er hat infolge eines Motorradunfalls ein ausgeprägtes Schädel-Hirn-Trauma – mit anderen Worten: schwerste Kopfverletzungen – erlitten und befindet sich im Zustand tiefer Bewusstlosigkeit.«

»Die ganze Zeit über schon?«

»Ja.«

»Das heißt, er hat bisher keinen Ton von sich geben können.«

»Ja. – Vielmehr nein. Lieber Herr Schmekel, Sie bringen mich ja ganz durcheinander.« Dr. Wessinghage lachte.

»Entschuldigung, Herr Doktor. Das war nicht meine Absicht.«

»Macht ja nichts. Also, noch mal und zwar im Klartext: Der Patient hat bislang nicht gesprochen.«

Der Polizist kritzelte in seinem Notizbuch herum.

»Gut, Herr Doktor, das hab ich mir notiert. – Und wie ist Ihre Prognose?«

»Das ist schnell gesagt, denn die Prognose ist leider genauso einfach, wie ernüchternd: Der junge Mann hier hat keinerlei Chancen auf Genesung und wird in absehbarer Zukunft von uns für hirntot erklärt werden müssen.«

»Ja gut, Herr Doktor, da kann man wohl nix mehr machen. Na ja, da hab ich wenigstens die Zeugenbefragung gespart und kann früher nach Hause. Ich bin nämlich heute Nacht zum ersten Mal Großvater geworden, und ich kann es nun kaum mehr erwarten, endlich meinen ersten Enkel zu sehen.«

»Na, dann aber meinen allerherzlichsten Glückwunsch, lieber Herr Schmekel«, sagte der Oberarzt und streckte dem Beamten die Hand zur Gratulation entgegen, die dieser auch strahlend ergriff. »So ist nun mal der Lauf der Welt: Die einen kommen, die anderen müssen dafür gehen. Aber wo kämen wir denn auch hin, wenn kein Mensch mehr sterben müsste, nicht wahr? Da wäre unsere schöne Mutter Erde ja noch schlimmer dran und würde irgendwann an dieser unsäglichen Überbevölkerung ersticken.«

»Da haben Sie wirklich Recht, Herr Doktor!«, antwortete der frischgebackene Großvater.

»Ja ja, des einen Freud, des andern Leid«, bemerkte plötzlich Oberschwester Rebekka, die gerade den Raum betreten hatte und fragte, nachdem sie dem Polizeibeamten ebenfalls gratuliert hatte: »Herr Wachtmeister, wie ist denn dieser schreckliche Unfall überhaupt passiert?«

»Also, Genaueres wissen wir ja auch noch nicht, denn

es gibt leider keine Unfallzeugen. Und dieser arme Mann hier wird uns darüber wohl auch keine Auskunft mehr geben können. Das einzige, was wir anhand der Hinweise am Unfallort rekonstruieren konnten, ist, dass Herr Heidenreich wohl zu schnell mit seinem Motorrad unterwegs war.«

»Wie so oft, Herr Wachtmeister, wie so oft – leider«, bemerkte Dr. Wessinghage nickend.

»Ja, leider, Herr Doktor. Wahrscheinlich ist er wegen nicht angepasster Geschwindigkeit in einer Kurve von der Straße abgekommen und anschließend an einen Baum geprallt. Die Ursache dafür konnten wir allerdings noch nicht endgültig klären. Es gab keinerlei Bremsspuren – vielleicht ist er einem Tier ausgewichen, oder er wollte Selbstmord verüben. Das passiert ja heutzutage leider weitaus häufiger, als viele Menschen glauben«, antwortete Hauptwachtmeister Schmekel mit zusammengepressten Lippen und verließ daraufhin das Krankenzimmer.

»Da können Sie mal wieder sehen, Herr Oberarzt, wie wunderbar unauffällig unsere Organisation arbeitet«, flüsterte die Oberschwester.

Dr. Wessinghage reagierte mit einem stillen Kopfnicken, während er das mit undurchsichtigem Milchglas gefüllte Fenster verschloss.

Diesmal hatte Maximilian Heidenreich den Inhalt der Gespräche in Gänze mitbekommen. Zunächst war er der felsenfesten Überzeugung gewesen, dass es sich nur um eine Verwechslung handeln konnte, schließlich war er ja nach wie vor in der Lage, rational denken zu können. Und dies kollidierte ja nun logischerweise mit der Aussage des Oberarztes, dass er schwerste Gehirnverletzungen aufweise und man ihn demnächst für hirntot erklären müsse.

Ziemlich schnell wurde diese trotzige Hoffnung aber von blanker Panik verdrängt.

Schockwellen paralysierender Angst durchströmten ihn.

Er verspürte eine extreme Mundtrockenheit.

Sein Magen krampfte.

Er meinte Schüttelfrost zu haben.

Er hatte das Gefühl, dass sein Kopf gleich bersten würde.

Sein Herz begann zu rasen.

Die Atmung wurde kurz und stoßartig.

»Chef, er hyperventiliert! 32er Puls«, schrie die Oberschwester plötzlich.

»Los, los, wir intubieren wieder! Ich hab Le Fuet doch schon so oft davor gewarnt, die Atmung umzustellen. Los, Rebekka, Beeilung. Bringen Sie mir auch den Defibrillator! Los, schnell, Beeilung! Er darf nicht sterben – jetzt noch nicht!«

Da war plötzlich wieder dieselbe Erscheinung, die ihm vor kurzem schon einmal während seines ersten Nahtodeserlebnisses begegnet war. Wie bei seinem Herzstillstand versuchte die traumhafte Engelsgestalt abermals, Maximilian dazu zu überreden, ihr zu folgen. Erneut wusste er nicht so recht, was er tun sollte, erbat sich Bedenkzeit – die ihm jedoch wieder nicht gewährt wurde.

Er sah das Bild seiner Mutter, dann ein Bild von Marieke, dann ein weiteres, auf dem beide Frauen zusammen abgebildet waren: Sie klammerten sich an ihn, wollten verhindern, dass er wegrannte. Sie schrien mit aufgerissenen, fratzenhaften Mündern irgendetwas, das er allerdings nicht verstand.

»Gott sei Dank! Wir haben ihn wieder. Das war ganz schön knapp. Na ja, wahrscheinlich muss der Knabe ja gar nicht mehr so lange durchhalten. Vielleicht wird er schon sehr bald von seinen Leiden erlöst. Wenn ich den Chef vorhin richtig verstanden habe, schickt von Gleichenstein demnächst den Hubschrauber in der Schweiz los. Die haben anscheinend gewaltige Probleme mit irgendeinem versoffenen Großindustriellen, der dringend eine neue Leber braucht. – Rebekka, haben Sie eigentlich inzwischen den Organspendeausweis für den jungen Herrn hier fertiggemacht?«

»Natürlich! Das war wie immer eine meiner ersten Amtshandlungen, nachdem er eingeliefert wurde. Als ich seine Papiere hatte, hab ich sofort damit angefangen.«

Organspendeausweis? Nie im Leben hab ich einen Organspendeausweis besessen!, hätte er liebend gerne lauthals losgeschrien, wäre aufgesprungen und fortgerannt; aber erneut regte sich nichts, was ihn dazu befähigt hätte.

Der menschliche Körper verfügt ja bekanntermaßen über beeindruckende Schutzmechanismen, die ihn in Extremsituationen vor dem völligen Zusammenbruch bewahren. Dieses Phänomen tritt besonders in Situationen auf, in denen Schmerzzustände sich derart steigern, dass sie unerträglich werden. Der Leib bedient sich der

Bewusstlosigkeit, um wenigstens die physischen Grundfunktionen aufrechtzuerhalten und damit das Überleben eines hochkomplexen biologischen Organismus zu gewährleisten.

Aber auch die Seele verfügt über ein wirkungsvolles Instrumentarium, um psychische Extremsituationen zu bewältigen: Das Gehirn kappt einfach die Verbindungsdrähte zur Aufnahme von Sinnesreizen aus der Außenwelt.

Als Maximilian Heidenreichs Denk- und Wahrnehmungsvermögen aus einem kurzen Tiefschlaf erwachte, hatte sich in der Zwischenzeit eine merkwürdige Veränderung in seinem Innersten ereignet. Der Schock, der seinen psychischen Kollaps ausgelöst hatte, war zwar noch nicht gänzlich überwunden, hatte sich aber auf ein erträgliches Maß reduziert.

Mit einem Schlag war ihm klar, was mit ihm los war:

Ich liege narkotisiert auf der Schlachtbank! Die wollen mich auseinanderschneiden und dann meine Organe meistbietend verschachern! – An irgendeinen versoffenen Großindustriellen!

Dieser letzte Satz hatte sich tief in sein Gedächtnis eingebrannt. Mehrmals wiederholte er ihn.

Die wollen mich überhaupt nicht erwachen lassen! Von wegen künstliches Koma, um meinem Körper Erholung zu gönnen, damit ich schneller wieder gesund werde. Das interessiert die doch gar nicht! Die wollen mich nur so lange in einem unversehrten Zustand konservieren, bis der Zeitpunkt gekommen ist, um mich in aller Ruhe genüsslich auszuweiden und meine gesunden inneren Organe

›irgendeinem versoffenen Großindustriellen‹ implantieren zu können. Dieser schockierende Satz klang ihm immer noch im Ohr und ließ ihn erneut innerlich erschaudern. *Ich bin eine narkotisierte Organkonserve, ein lebendig Begrabener. – Was kann ich denn dagegen machen? Was kann ich tun?*

Plötzlich dachte er an ein Interview, das er irgendwann einmal gelesen hatte. Es war ein Gespräch mit dem Atomphysiker und Philosophen Carl Friedrich von Weizsäcker. Er konnte sich weder an das Thema noch an konkrete Einzelheiten erinnern. Bis auf die Passage, die nun unvermittelt gut lesbar auf seiner inneren Kinoleinwand auftauchte.

Die Reporterin hatte ihrem Gast vorgeworfen, er sei ein Pessimist, worauf dieser das Gleichnis der drei Frösche, die in drei verschiedene, zur Hälfte mit Milch gefüllte Eimer gefallen waren, zum Besten gegeben hatte.

»Wie reagiert wohl der optimistische Frosch?«, hatte von Weizsäcker gefragt und gleich anschließend selbst die Antwort gegeben: »Er sagt sich, dass von alleine bestimmt alles gut werde, er deshalb nichts zu tun brauche – und stirbt.«

»Und was macht der pessimistische Frosch?«, hatte der Philosoph anschließend gefragt. »Ganz einfach: Der unternimmt auch nichts, weil er sich sagt: ›Ich kann sowieso nichts tun‹ – und stirbt ebenfalls.«

»Und was macht der Realist? Er fragt sich kurz, was er denn überhaupt tun könne, und kommt dann sehr schnell zu der Erkenntnis, dass er nur das machen könne, wozu ihn die Natur bestimmt habe. Und das sei nun mal das Schwimmen. Also schwimmt er und schwimmt und schwimmt – bis sich schließlich aus der Milch Butter gebildet hat und er aufgrund des nun festen Untergrundes mit Hilfe eines beherzten Sprungs den Eimer verlassen kann.«

Und was kann ich tun?, fragte sich Maximilian Heidenreich. *Ich kann nur denken, nichts als denken!*

Nach einem grellen Blitz tauchte plötzlich das Foto einer typischen Unterrichtssituation, wie man sie aus der eigenen Schulzeit noch bestens in Erinnerung hat, vor seinem geistigen Auge auf: Der Deutschlehrer steht an seinem Pult und hält ein geschlossenes, schmales Büchlein vor sich in die Höhe. Max sah sofort, dass es sich dabei um die ›Schachnovelle‹ von Stefan Zweig handelte.

Er dachte noch nicht einmal einen winzigen Augenblick über die Frage nach, *warum* ihm sein Gehirn gerade jetzt diese Szene einspielte. – Ja, es spielte mit ihm, denn es versuchte ihm auf diesem undurchsichtigen Wege die Einsicht in die Notwendigkeit zu vermitteln, sich trotz seiner im ursprünglichsten Wortsinne aussichtslosen Lage nicht ohne Gegenwehr seinem vermeintlichen Schicksal zu ergeben, sondern den Windmühlenkampf gegen das schier Übermächtige aufzunehmen.

Maximilian wusste nicht, dass die mit einem unbändigen Überlebenswillen ausgestatteten körpereigenen Selbsterhaltungskräfte ihn zu dieser Widerstandsstrategie zwangen, aber er merkte sehr wohl, dass die lähmenden Angstzustände, die sich wie ein bleierner Vorhang über ihn gelegt hatten, allmählich immer stärker von einer aufschäumenden Aggressivität verdrängt wurden.

Ich war Zeit meines Lebens ein Kämpfer, und ich werde auch jetzt kämpfen! Ich kann zwar nur denken. Aber solange ich denken kann, hab ich noch eine Chance, auch wenn sie noch so gering ist! – Dieser Dr. B. in der Schachnovelle hatte schließlich auch fast keine Chance gehabt!, schmetterte er trotzig seinen Widersachern entgegen.

Auf seiner inneren Kinoleinwand wurden Ausschnitte aus der Verfilmung der Schachnovelle gezeigt. Curd Jürgens spielte den Dr. B., die Hauptrolle. Dieser schwarzweiße Streifen war, obwohl – oder vielleicht gerade deshalb – er völlig ohne die heute üblichen bombastischen Actionspektakel auskam, unglaublich spannend.

Plötzlich schoss Maximilian eine der Fragen ins Bewusstsein, die er bei einer Kursarbeit in der Oberstufe hatte beantworten müssen: ›Erläutern Sie, mit welchen kognitiven Strategien Dr. B. seine scheinbar aussichtslose Situation meistert!‹

Er fragte sich, ob er sich nicht in einer ähnlichen Situation befand, wie dieser Dr. B., der als Vermögensverwalter österreichischer Klöster von der Gestapo verhaftet und in einem hermetisch abgeriegelten Hotelzimmer eingesperrt worden war. Bis auf die Verhöre völlig von der Außenwelt isoliert und ohne jegliche intellektuelle Anregung, also ohne Zeitungen, Bücher und dergleichen, schien es nur eine Frage der Zeit zu sein, bis diese Haftbedingungen ihn unweigerlich psychisch zerbrechen würden.

Obwohl er sich diesem vollständigen geistigen Vakuum zunächst mit allen Mitteln entgegenzustemmen versuchte, verlieh ihm erst ein Schachbuch, das er während eines Verhörs einem Wachmann gestohlen hatte, jene beeindruckende psychische Widerstandskraft, die ihn letztendlich rettete.

Aus Brotresten formte er sich Schachfiguren, mit denen er dann auf seiner karierten Bettdecke die im Buch abgedruckten Partien nachspielte und sich mit der Zeit so enorm verbesserte, dass es ihm auf einer späteren Schiffsreise sogar gelang, den amtierenden Weltmeister zu schlagen.

Aber es gibt doch einen entscheidenden Unterschied zwischen Dr. B. und mir: Er war zumindest in der Lage, sich zu bewegen, ein Buch zu stehlen – er konnte also wirklich aktiv etwas tun, und zwar kämpfen! Und was kann ich? Außer denken, kann ich gar nichts: nicht gehen, nicht reden, nicht sehen. – Ich hab doch keine Chance! Ich will eigentlich nur noch schlafen …

Schlafes Bruder ist der Tod!, hörte er plötzlich einen brachialen Urschrei aus den unergründlichen Tiefen seiner geknechteten Seele ertönen.

14

Tannenberg wurde an diesem Donnerstagmorgen gegen 8 Uhr von hysterischem Hundegebell geweckt. Übellaunig tastete er nach dem zweiten Kopfkissen, schob es über sein freiliegendes rechtes Ohr und versuchte mit diesem großformatigen Ohropax-Ersatz die ungebetene frühmorgendliche Reizüberflutung zumindest ein wenig abzumildern.

Doch wie durch ein Wunder verstummte auf einmal das aufdringliche Geräusch. Sofort versuchten die mächtigen Geister des Schlafes ihn zurück in ihr wundersames Reich zu ziehen.

Aber urplötzlich riss er das Kissen von seinem Kopf, blickte erschrocken auf die Leuchtziffern seines elektronischen Weckers. Aber bereits nach einer kurzen Schocksekunde war er in der Lage, nachvollziehen zu können, weshalb sich sein Radiowecker nicht wie sonst um 7 Uhr lautstark bemerkbar gemacht hatte: Nicht, weil dieser zum Beispiel wegen eines nächtlichen Stromausfalls seinen Dienst versagt hätte, sondern weil er von seinem Besitzer gestern Abend vorsätzlich seiner Weckfunktion beraubt worden war.

Heute ist ja der 1. Mai – also Feiertag!, stellte der Leiter der Kaiserslauterer Mordkommission erleichtert fest und drehte sich auf die andere Seite.

Drei Stunden später kläffte der nun schon seit über einem Jahr in seinem Elternhaus fröhlich das Gnadenbrot verzehrende Dackel erneut, diesmal noch heiserer und hochtöniger als zuvor. Eigentlich sollte man annehmen können, dass Tannenberg nun in ausreichendem Maße geschlafen hatte. Dem war aber mitnichten so. Er fühlte sich noch genauso erschlagen wie ein paar Stunden zuvor.

Zu dieser lähmenden Antriebslosigkeit hatten sich nun auch noch stechende Kopfschmerzen gesellt, die sich wie ein großes, pieksendes Nadelkissen über seine rechte Gesichtshälfte gelegt hatten und Ohr, Auge und selbst die Zähne mit pulsierenden Schmerzreizen überfluteten, die kaum zu ertragen waren.

Für sein ziemlich angeschlagenes Allgemeinbefinden kam diesmal aber weder ungezügelter Alkoholkonsum noch eine unzureichende Schlafdauer als Ursache in Betracht, schließlich hatte die Anzahl seiner Schlummerstunden inzwischen eine recht ansehnliche Summe erreicht. Nein, es lag vielmehr an seiner ausgeprägten Feiertags-Neurose, die ihn auch an diesem für die Jahreszeit ungewöhnlich schwülen Maitag empfing.

Tag der Arbeit! Dass ich nicht lache!, schimpfte er brabbelnd vor sich hin, während er sich mühsam von seinem durchwühlten Nachtlager erhob. Ich hab doch zurzeit überhaupt keine Arbeit! Die Ermittlungen treten total auf der Stelle. Wir haben nicht das Geringste zu tun. Die Kollegen in Holland machen *unseren* Job. Und das kann dauern … Und wir alle sind zur Untätigkeit verdammt! Feiertag! Dass ich nicht lache! *Was* soll ich denn feiern? Ich hab absolut keinen Grund zu feiern!

Die Ermittlungen kommen nicht voran. Weit und breit keine neuen Erkenntnisse – einfach nur tote Hose! Und Ellen Herdecke hat sich auch noch nicht gemeldet! Soll ich sie vielleicht mal anrufen? … Nein, dann fühlt sie sich bestimmt unter Druck gesetzt! Ich warte noch ein paar Tage, dann kann ich's ja noch mal versuchen. Und was soll ich *heute* machen? Wie krieg ich bloß diesen blöden Feiertag rum?

Na, du fauler Sack könntest zum Beispiel ins Kommissariat gehen und endlich mal deine Berichte fertigmachen oder die Aktenberge abarbeiten, die bei dir auf dem Schreibtisch liegen!, warf seine innere Stimme unvermittelt ein.

Verfluchter Schreibkram!, gab Tannenberg wütend zurück, schlenderte zu seiner Stereoanlage und legte Deep Purple auf – ein in der Vergangenheit schon oft mit beträchtlichem Erfolg angewandtes Mittel, um dem widerborstigen, aggressiven Kommentator im eigenen Körper erfolgreich den Ton abzudrehen.

Und es war tatsächlich wie immer: Kaum hatte er die Musik aufgedreht, schon verstummte der Quälgeist.

Die ganze Sache hatte nur einen entscheidenden Haken: Er traf mit seiner Begeisterung für die Rockmusik der 70er Jahre nicht unbedingt auf die Gegenliebe seiner Eltern, die ja direkt unter ihm wohnten. Schon kurz nachdem das Schlagzeug bei ›Smoke on the Water‹ eingesetzt hatte, stand bereits seine Mutter an der Tür und klopfte – merkwürdiger Weise genau im Takt der Musik – auf die Glasscheibe.

»Wolfi, mach sofort den Krach leiser! Es ist schließlich

Feiertag!«, schrie sie durch die verschlossene Wohnungstür, schob dann aber, nachdem ihr Sohn umgehend der Aufforderung gefolgt war, schon wieder merklich versöhnlicher nach: »Komm dann runter, das Mittagessen ist bald fertig!«

»Krach? – Verdammter Feiertag!«, fluchte Tannenberg vor sich hin. Er hasste Feiertage, besonders diese schier endlosen an Weihnachten, Ostern und Pfingsten.

Mit einem Gesichtsausdruck, der in jeder Geisterbahn für Angst und Schrecken gesorgt hätte, drückte er den dicken, silbernen Klinkenstecker in die Anlage, schob den Kopfhörer über die Ohren, drehte die Lautstärke wieder hoch und schloss die Augen. Nachdem er sich auch noch die nächsten beiden Stücke der Deep-Purple-CD angehört hatte, fühlte er sich schon wieder ein wenig besser.

Die hämmernden Kopfschmerzen waren anscheinend durch die laute Hardrock-Musik so sehr geschockt worden, dass sie ihn für eine Weile mit ihren Foltermaßnahmen in Ruhe gelassen hatten. Aber als Tannenberg die Kopfhörer abzog, waren sie plötzlich wieder da. Also begab er sich schlurfenden Schrittes ins Bad an den Medikamentenschrank und warf sich zwei Aspirin ein.

Danach fühlte er sich allerdings immer noch nicht sonderlich gut. Zwar etwas besser, aber eben noch nicht gut. Was ja schließlich auch kein Wunder war, wenn man ihn ein wenig näher kannte. Und er kannte sich nun mal recht gut, meinte er jedenfalls.

Aber obwohl er sich sehr gut zu kennen glaubte, schaffte er es einfach nicht, ein probates Gegenmittel zu entwickeln, um den privaten und beruflichen Frust daran zu hindern, immer und immer wieder tiefe Rillen in seine dünnhäutige Persönlichkeit einzufräsen. Er wurde den Eindruck nicht los, dass, je mehr er dagegen ankämpfte, umso länger in das dunkle Kellerverlies der Depression eingesperrt wurde.

Er versuchte die aufkeimenden Gedanken zu vertreiben, weil er aus Erfahrung genau wusste, dass es ihm nur sehr schwer gelingen würde, diese ungebetenen Geister der Antriebslosigkeit wieder zu verscheuchen, wenn sie erst einmal von ihm Besitz ergriffen hatten. Manchmal gelang es ihm. Oft jedoch hatte er es in der Vergangenheit nicht geschafft, sondern sich den finsteren Mächten des Schicksals kampflos ergeben, sich auf seine Couch gelümmelt, mit Alkohol zugeschüttet und mit glasigen, leeren Augen stundenlang apathisch auf den Flimmerkasten gestarrt.

Erst der Wecker am nächsten Morgen hatte mit einem brutalen Axthieb dieses engmaschige Netz der Lethargie zerschlagen, in dem er bis dahin hilflos gefangen gewesen war.

Als Lea noch lebte, war alles anders gewesen, ganz anders. Sie hatte ihn mit ihrem dynamischen, lebensfrohen Wesen erst gar nicht in das Schattenreich der Depression abgleiten lassen, sondern ihn mitgerissen in ihre fröhliche, zukunftsoptimistische Welt.

Ich schaffe es immer nur, wenn es mir wieder gut geht, mir vorzunehmen, dass ich mich beim nächsten Mal nicht hängen lasse. Aber diese guten Vorsätze sind Ruckzuck weg, wenn es mir wieder schlechter geht, gestand er sich ebenso ehrlich wie hilflos ein. Dann kann ich eben die

Freizeit nicht genießen und ein Buch lesen oder mich zu einer kleinen Reise in eine andere Stadt aufraffen. Dann hänge ich nur wieder apathisch in den Seilen – verdammt! Warum bin ich nur so, wie ich bin?

»Wolfi, komm jetzt endlich! Das Essen steht schon auf dem Tisch!«, rief Margot Tannenberg vom Treppenhaus aus.

»Hast du das kleine Mistvieh weggesperrt?«, schrie er zurück.

»Ja, natürlich!«

In der elterlichen Wohnküche fiel sein Vater ohne Vorwarnung gleich über ihn her: »Was ist mit meiner Wette? Hast du den Fall endlich gelöst? Du hast ja nicht mehr unendlich lang Zeit!«

»Lass mich in Ruhe mit diesem Blödsinn!«

»Hört sofort auf zu streiten! Heute ist Feiertag und da wird nicht gestritten!«, stellte die alte Dame unmissverständlich klar.

»Gerade heute wird gestritten!«, gab Jacob scharf zurück. »Heute ist nämlich der Tag der Arbeit! Und da geht man als alter IG-Metaller zur Mai-Kundgebung. Und da kriegen die Reichen und die Politiker von uns mal wieder einen auf den Deckel. Diese elenden Ausbeuter von uns kleinen Leuten! Aber mein Herr Sohn hat ja für so was kein Verständnis, der ist ja was Besseres: Beamter.«

Tannenberg zog es vor, die ihm wohlbekannten Schmähungen und Klassenkampfparolen seines Vaters unkommentiert im Raum verklingen zu lassen. Er konzentrierte sich lieber auf das Mittagessen, denn inzwischen machte sich ein ausgeprägtes Hungergefühl in seiner Magengegend bemerkbar.

Margot Tannenberg stellte den mit einem Deckel verschlossenen Topf auf die bunte Bast-Unterlage, nahm einen Schöpflöffel aus der Schublade und hob mit einer schnellen Bewegung den Metalldeckel an.

»Wurstsuppe! Pfui Teufel!«, stöhnte Tannenberg sofort auf, als er die großen, glasigen Fettaugen oben auf der Suppe herumschwimmen sah und wandte sich angewidert ab. »Mutter, du weißt doch genau, wie sehr ich dieses Zeug hasse!«

»Andere Menschen in diesem Haus essen so was Gutes sehr gerne! Das ist doch das Beste bei einem Schlachtfest«, bemerkte der Senior mit einem schadenfrohen Gesichtsausdruck und schöpfte sich demonstrativ zwei große Suppenlöffel voll dampfender, bräunlicher Brühe in seinen Teller.

»Hast du denn nichts anderes für mich? Wellfleisch zum Beispiel?«, fragte Wolfram Tannenberg mit vorwurfsvollem Unterton in Richtung seiner Mutter, denn urplötzlich war der schon verflüchtigte Appetit wieder zurückgekehrt.

»Wolfi, das tut mir wirklich sehr Leid für dich, aber du wolltest ja gestern Abend nicht mit uns essen. – Über das Wellfleisch hat sich dein Vater schon hergemacht.«

»Hat richtig gut geschmeckt!«

»Jacob, jetzt hör doch auf, den armen Wolfi auch noch zu ärgern! Komm, Wolfi, dann iss halt 'ne Bratwurst!«

»Bratwurst? Von mir aus! Aber mit viel Sauerkraut!«

»Und mit selbstgemachtem Kartoffelbrei.«

Plötzlich klopfte es draußen an der Wohnungstür. Es war ein kaum hörbares, leises Geräusch, das Tannenberg nur deshalb gehört hatte, weil für einen Moment absolute Ruhe in die Küche eingekehrt war.

Die alte Frau begab sich zur Tür. Wenig später kehrte sie mit Tannenbergs völlig apathischer Nichte im Schlepptau zurück.

»Ach Gott, Kind, was ist denn passiert? Komm, setz dich mal hin. Hast du schon lange an der Tür gestanden?«, fragte sie, während sie ihre Enkelin wie eine gebrechliche Greisin an den Esstisch geleitete.

Marieke antwortete nicht. Leise vor sich hin wimmernd, sank sie auf dem Küchenstuhl in sich zusammen. Tannenberg setzte sich neben sie, nahm sie in den Arm.

»Was ist denn passiert?«, wiederholte er die Worte seiner Mutter.

»Max«, war das einzige Wort, das ihre bebenden Lippen verließ.

»Was ist mit Max?«, setzte Tannenberg mit ruhiger Stimme nach.

Marieke schlug die Hände vors Gesicht, schluchzte jämmerlich.

»Seine Mutter ... hat angerufen ... Er ist ... hirntot ...., meinen die Ärzte.«

»Oh Gott, Kind!«, sagte Margot Tannenberg ergriffen und streichelte zärtlich über den Kopf ihrer Enkelin.

Dann herrschte für eine Weile nahezu völlige Stille in der schlicht eingerichteten, aber gemütlichen Wohnküche. Das einzige Geräusch, welches man vernehmen konnte, war das herzzerreißende Gewimmer des 17-jährigen, leidgeprüften Mädchens, dem alle anwesenden Familienmitglieder liebend gerne bei der Bewältigung seines Kummers geholfen hätten.

»Ich kann … ihn besuchen …, wenn ich will«, stammelte Marieke. »Von ihm … Abschied nehmen …«

Sie stöhnte laut auf.

Tannenberg standen Tränen in den Augen. Er hätte am liebsten mitgeheult.

»Du musst das nicht tun, Marieke, wenn du nicht willst«, versuchte er irgendetwas Tröstendes zu sagen.

»Aber … ich muss … Ich will ihn … noch mal sehen. – Fährst du mich hin …, Onkel Wolf?«

Er dachte keine Sekunde darüber nach, sondern erfüllte ihr selbstverständlich sofort den Wunsch. In dieser schrecklichen Situation hätte er ihr jeden Wunsch erfüllt. Er fragte auch nicht nach, warum *er* sie begleiten sollte und nicht einer ihrer Eltern.

»Natürlich, mach ich das, wenn du das möchtest«, sagte er, während er seine beiden Hände auf ihre Knie legte und ihr dabei ins Gesicht schaute.

Sie hob ihren Kopf. Nasse, gerötete Augen trafen Tannenbergs Blick. »Du gehst doch … mit rein …? … Bitte!«

Wieder überlegte er nicht lange, sondern bekundete sogleich mit mehrmaligem Kopfnicken stumm seine Bereitschaft.

»Aber, wieso ist er denn so schlimm verletzt?«, fragte Marieke mit tränenerstickter Stimme Professor Le Fuet, der die Besucher empfangen und an Maximilians Krankenbett begleitet hatte. »Er sieht doch bis auf die blauen Flecken und den kleinen Kopfverband ganz normal aus ... Das kann doch einfach nicht sein ..., dass er nie mehr gesund werden wird ... Sie müssen sich irren!«, schluchzte sie.

»Es tut mir ja wirklich Leid, junges Fräulein, dass ich Ihnen nichts anderes sagen kann, aber Ihr Freund hat bei diesem Verkehrsunfall ein schweres Schädel-Hirn-Trauma erlitten.«

Obwohl der Inhalt dieses Satzes durchaus Hinweise auf ein möglicherweise vorhandenes Mitgefühl vonseiten des Arztes enthielt, drängte sich Tannenberg nicht unbedingt der Eindruck auf, dass eine solche Gefühlsregung auch tatsächlich bei dem ganz in Weiß gekleideten Herrn vorhanden war.

Dafür ist er viel zu emotionslos, völlig unterkühlt, stellte der altgediente Kriminalbeamte mit der Erfahrung vieler Berufs- und Lebensjahre im Rücken fest. Ist ja auch kein Wunder. Das ist bestimmt die Folge seines täglichen Umgangs mit dem Tod. Das ist diese Berufsroutine, diese Abgestumpftheit, die man den Ärzten immer vorwirft, die aber sicherlich notwendig ist, um das alles hier überhaupt ertragen zu können.

Unterdessen fuhr der Leiter der Schlossklinik mit seinem kleinen medizinischen Fachvortrag fort: »Sein Gehirn wurde längere Zeit nicht mit Sauerstoff versorgt und ist deshalb irreversibel geschädigt. Sie können es hier selbst sehen.« Er machte einen Schritt auf die Monitore hinter Maximilians Bett zu und zeigte auf einen der

Bildschirme: »Hier an diesem Gerät, das seine Gehirnströme aufzeichnet. Es zeigt sehr anschaulich, dass bei Herrn Heidenreich nur noch sehr eingeschränkte – oder besser gesagt: nur minimale – neuronale Aktivitäten vorhanden sind.«

»Kann er mich denn wenigstens hören?«

»Nein, er ist leider nicht mehr bei Bewusstsein. Sehr wahrscheinlich war er es auch seit seinem Unfall nicht mehr«, antwortete der Professor über seine Lesebrille hinweg und ergänzte nach einer kurzen Pause: »Er wird auch nie mehr zu Bewusstsein kommen. Er ist definitiv hirntot.«

»Wer definiert denn das? Wer überprüft das?«, warf Tannenberg skeptisch dazwischen.

»Ein unabhängiges Expertengremium, mein Herr. Da können Sie völlig unbesorgt sein. Nachdem wir die gesetzlich vorgeschriebenen Untersuchungen durchgeführt haben, werden wir nachher unten in der Pathologie den Hirntod endgültig diagnostizieren. Aber Sie können wirklich sicher sein, dass der Patient von dem, was nach seiner schweren Hirnschädigung passiert ist, nichts mehr mitbekommen hat.«

Er ging zu Marieke, legte ihr väterlich seinen Arm auf die Schulter und fuhr fort: »Vielleicht kann diese Gewissheit Sie in Ihrem Schmerz ja ein wenig trösten. Ich verlasse Sie nun, damit Sie in aller Ruhe Abschied von ihm nehmen können.«

Gleich nachdem der Arzt den schmucklosen Raum, in dem als einziges belebendes Element ein stark duftender Fliederstrauß ein einsames Dasein fristete, verlassen hatte, schmiegte sich Marieke eng an ihren Onkel.

Die nächsten Minuten waren geprägt von andächtiger Ruhe, die nur ab und an vom lauten Gezänk streitlustiger Elstern, die anscheinend direkt vor dem Fenster wilde Verfolgungsjagden durchführten, unterbrochen wurde.

Es hatte nicht lange gedauert, bis Tannenbergs Gehirn die traurige Situation, in der er sich gerade befand, dazu nutzte, ihn mit schmerzlichen Bildern aus der eigenen Vergangenheit zu bombardieren.

Den starren Blick auf Maximilians Thorax gerichtet, der sich immerfort in stetem, montonem Rhythmus hob und senkte, tauchte er vollständig ein in seine Gedankenwelt, die sich nur noch mit einem einzigen Thema beschäftigen wollte: Den Ereignissen des 24. Septembers 1996, dem Tag, an dem Lea starb.

Tannenbergs Zeitreise war kein kurzzeitiger Spaziergang auf einer leichten, flüchtigen Erinnerungsspur oder gar ein punktuelles Déjà-vu-Erlebnis, wie es sich manchmal mit aller Macht in die Gegenwart drängt und das unvorbereitete Bewusstsein anfallsartig überfällt, um sich schon wenige Zeit später wieder in höhere Sphären zurückzuziehen. Nein, die unergründbaren Mächte des Schicksals hatten dafür gesorgt, dass er diesen bittersten Tag seines Lebens noch einmal erleiden musste.

Er war kein distanzierter Beobachter der damaligen Ereignisse. Er war kein Zuschauer, der mit räumlichem und zeitlichem Abstand sich einen Film über sein Leben betrachtete. Er war leibhaftiger Teil seiner eigenen Vergangenheit. Er durchlebte einzelne Szenen dieses Tages mit einer unvorstellbaren Intensität.

Die Wanduhr zeigte mit dem kleinen Zeiger genau auf die 6 und der große auf die 12.

Dieses Morgengrauen hatte seinen Namen wirklich verdient.

Am Ausgang einer wachend an Leas Bett verbrachten Nacht war er irgendwann völlig übermüdet in seinem Sessel eingenickt. Ein lautes Klirren riss ihn aus einem tiefen, traumlosen Erschöpfungsschlaf. Ein Wasserglas war vom Nachttisch gefallen und auf dem Parkettboden in viele Teile zersplittert.

Als er hektisch blinzelnd die Augen öffnete, sah er Lea mit weit aufgesperrtem Mund, großen, leblosen Augen und nach hinten überdrehtem Kopf laut schnaubend vor ihm liegen.

Er erschrak fürchterlich.

Es war ein grausiger, unerträglicher Anblick. Im ersten Augenblick war er völlig gelähmt, zu keiner Handlung fähig. Dann ergriff er ihren total verkrampften Arm und suchte nach ihrem Puls. Er raste.

Zwar hatte ihn Lea in langen Gesprächen darauf vorzubereiten versucht, dass genau solch ein Szenario den natürlichen Sterbeprozess einleiten könne. Es war die Variante: schwerer Hirnschlag, verbunden mit einem stundenlangen Todeskampf – also Agonie in Reinkultur.

Das waren exakt Leas eigene Worte, dachte er. Sie wollte es nicht anders. Sie wollte zu Hause in ihrem eigenen Bett sterben. Und diesen Wunsch musste ich ihr doch erfüllen. Ich hatte doch gar keine andere Wahl.

Sie hatte ihn immer und immer wieder angefleht, wie ein kleines Kind, das unbedingt ein bestimmtes Spielzeug haben wollte. Und er hatte es ihr schließlich versprochen. Aber das war ihr immer noch nicht genug gewesen. Er musste es ihr schwören. Schwören, dass er sie nicht im Stich lassen, sondern bis zum letzten Atemzug bei ihr bleiben würde.

Was er dann ja auch getan hatte.

Die Vorstellung jedoch, dass er, der zwar aufgrund seines Berufs schon viele Tote gesehen hatte, aber noch nie einen Menschen bei diesem schrecklichen Sterbeprozess begleitet hatte, bei sich zu Hause im Schlafzimmer, ohne die medizinische Notfallversorgung eines Krankenhauses, dies alles ertragen sollte, zertrümmerte ihm fast sein Herz.

Als Lea, die ja selbst Ärztin war, merkte, dass alle medizinischen Therapieversuche bei ihr fehlschlugen, entschied sie sich irgendwann plötzlich dazu, nicht auch nur noch einen Tag länger im Krankenhaus zu verbleiben. Widerspruchslos hatte Tannenberg sie nach Hause gefahren und die erforderlichen Pflege- und Betreuungsmaßnahmen gemeinsam mit seiner Mutter erbracht. Oft hatte auch Heiner geholfen und seinen Bruder bei den Nachtwachen abgelöst. Dr. Schönthaler trug ebenfalls seinen Teil zur Bewältigung der pflegerischen Aufgaben bei, indem er sich um die medizinische Versorgung der Todkranken kümmerte.

An diesem wolkenlosen, milden Herbsttag, der eigentlich eher ein strahlender Spätsommertag war, hatte er natürlich sofort seinen Freund verständigt, der auch schon wenige Minuten später bei ihm eintraf. Der Rechtsmediziner erschien in Begleitung Margot Tannenbergs, die Lea die ganze Zeit über aufopfernd und liebevoll versorgt hatte. Stumm ergriff sie die eiskalte Hand ihres jüngsten Sohnes und streichelte sie zärtlich, während Dr. Schönthaler Lea untersuchte.

»Wolf, es geht zu Ende mit ihr«, sagte er, als er fertig war und setzte sich für eine Weile still neben ihn.

Dieser Morgen hatte die Freundschaft der beiden Männer noch fester zusammengeschmiedet, als sie vorher schon gewesen war. Tannenberg war ihm unendlich dankbar, dass er ihm in dieser schweren Stunde zur Seite stand. Und auch dafür, dass er großes Verständnis aufbrachte, als Tannenberg ihn bat, sich darum zu kümmern, dass Lea zu ihm ins Gerichtsmedizinische Institut gebracht wurde. Er wollte einfach gerne noch einmal mit ihr ganz alleine sein und in aller Ruhe von ihr Abschied nehmen.

Es war dann auch ein sehr intensiver, emotionaler Abschied geworden, ein schmerzhafter und ein endgültiger zwar, ein Abschied für immer, eine Reise ohne Wiederkehr, aber auch ein Akt der Symbiose zwischen zwei Menschen, deren außergewöhnliche, intensive Bindung noch nicht einmal der Tod zu zerstören vermochte.

Manchmal ist die Liebe eben größer als das Leben!, dachte Tannenberg und seufzte kurz auf. Lea war ja sowieso der festen Überzeugung gewesen, dass unsere Liebe so einzigartig, stark und unvergänglich gewesen sei, dass selbst der Tod sie nicht zerstören könne. Und dass die Bande zwischen uns niemals zerreißen würde …, und wir im Himmel garantiert wieder vereint werden würden ... Und zwar dadurch, dass wir dort zu einer untrennbaren körperlichen Einheit verschmelzen würden. – Das wäre wunderbar!

Tannenberg teilte zwar in dieser Hinsicht nicht unbedingt Leas Zukunftsoptimismus, aber er hatte ihre tiefe Religiosität, der auch dieser feste Glaube entsprang, stets akzeptiert, ihn sogar oft bewundert, gerade nachdem sie unheilbar erkrankt war. Sie hatte selbst zu diesem Zeitpunkt nie die Hoffnung aufgegeben, und auch dann, nachdem sie als Ärztin sehr wohl wusste, wie dramatisch es um sie stand und was noch alles auf sie zukommen konnte, trotzdem nie ihr Gottvertrauen aufgegeben, nie gezweifelt. Ganz im Gegensatz zu ihm, der einfach nicht verstehen wollte, warum Gott ausgerechnet seine Lea, diesen wunderbaren Menschen, mit dieser heimtückischen Krankheit bestraft hatte.

»Ja, lieber Wolf, das ist das alte Problem der Theodizee«, hatte Dr. Schönthaler, der alte Hobbyphilosoph, einmal lapidar festgestellt. »Wie soll man das auch unter einen Hut bringen: Auf der einen Seite an die Güte, Weisheit und Allmacht Gottes glauben und auf der anderen Seite akzeptieren, wie viel unsägliches Elend, Mord und Totschlag derselbe Gott auf unserem Planeten zulässt.«

Theodizee!, dachte Tannenberg. Ein zartes Lächeln huschte über seine Lippen.

Der Rechtsmediziner verabschiedete sich an Leas Todestag nach etwa einer Stunde. Nur seine Mutter blieb bei ihm. Sie versorgte ihn mit Tee und frischen Tüchern, mit denen er den hellen, blasigen Schaum, der ohne Unterlass aus ihrem weit gespreizten Rachen quoll, von Leas Mund abwischte.

Tannenberg hatte so etwas noch nie gesehen. Nachdem er dieses Phänomen als natürliche Begleiterscheinung eines menschlichen Sterbeprozesses akzeptiert hatte, erinnerte ihn diese weiße Masse plötzlich an Badeschaum, und er musste unwillkürlich daran denken, wie oft er mit seiner Frau gemeinsam in der Badewanne gesessen, Musik gehört und in ausgelassener Stimmung Sekt getrunken hatte.

Gegen Mittag hatte dann plötzlich die Atmung ausgesetzt. Sofort tastete er nach ihrem Puls. Er fühlte nur noch zwei Schläge. Dann hörte ihr Herz für immer auf zu schlagen.

»Hast du eben an Tante Lea gedacht?«, fragte Marieke schniefend mit leiser Stimme.

»Ja.«

Tannenberg nickte mit dem Kopf. Dann drückte er seine Nichte fest an sich.

»Entschuldigung. Habt Mitleid mit den Gebrechen eines alten Mannes«, sagte plötzlich Martin Huber, als er Maximilians Krankenzimmer betrat und der beiden an dessen Bett stehenden Besuchern gewahr wurde. »Ich war so in Gedanken versunken.«

»Wir wollten sowieso gerade gehen«, antwortete der Kriminalbeamte mit belegter Stimme.

»Der Herr sei mit euch und tröste euch in eurem Kummer. Aber ihr könnt gewiss sein, dass der Herr, unser aller gütiger Vater und Erlöser, sich der armen Seele dieses Erdenkindes annehmen wird. Gehet nun hin in Frieden und seid der göttlichen Gnade eingedenk, die der Herr euch schenken wird. Der Herr sei dieser armen Seele gnädig. Amen.«

»Warum hat Gott das zugelassen, wenn er doch so gütig ist?«, schrie Marieke dem alten Pfarrer zornig ins Gesicht.

Er blieb ganz ruhig. Man merkte ihm an, dass er solche Situationen in der Vergangenheit schon oft erlebt hatte.

»Mein Kind«, antwortete er mit tiefer Stimme, »bedenke: Die Wege des Herrn, unseres Erlösers, sind unergründlich. Oft handelt er so, dass wir meinen, es nicht verstehen zu können. Aber sei gewiss: Der Herr tut nichts ohne Grund! Deshalb, meine Tochter, lass ab von Zweifel und Schwermut. Auch diesem Sohn Gottes harrt die Gnade des Herrn!«

»Wenn Gott es wollte, würde er wohl dafür sorgen, dass Max uns jetzt hören könnte«, setzte Tannenberg noch eins drauf. »Und wenn er es wirklich wollte und er wirklich die Macht dazu hätte, könnte er doch auch dafür sorgen, dass er jetzt wach wird und aufsteht.«

»Er hat diese Macht, mein Sohn, dessen kannst du gewiss sein!«

»Und warum hilft er ihm dann nicht?«, schrie Marieke wütend dazwischen.

»Aber meine Tochter, wer weiß denn wirklich mit Sicherheit, was Gott vorhat. Vielleicht hat er ihm ja schon geholfen. Wer weiß denn, was in diesem Mann hier jetzt vorgeht? Vielleicht hört er uns ja. Und vielleicht hat er in diesen letzten Stunden seines Lebens einen direkten Weg zu Gott, unserem Herrn, und Jesus Christus, seinem eingeborenen Sohn, gefunden, der uns Außenstehenden für immer verschlossen bleiben wird. Vielleicht betet er ja sogar gerade. Der Allmächtige besitzt nämlich besonders für Menschen, die in ihren letzten Zügen liegen, eine große Anziehungskraft.«

»Vielleicht haben Sie ja Recht«, murmelte Tannenberg mit hängendem Kopf und verließ gemeinsam mit seiner Nichte den trauergetränkten Ort.

Maximilian spürte immer noch die nassen Tropfen, die Mariekes salzige Tränen auf seinem Arm hinterlassen und die tiefe, schmerzende Löcher in seine Seele gebrannt hatten. Er wusste auch noch ganz genau, an welchen Stellen seines stillgelegten Körpers sie ihn liebevoll gestreichelt hatte.

Auch der weiche Kuss, den sie ihm zum Abschied auf seinen warmen, aber regungslosen Mund gedrückt hatte, war noch da – ein Traum von Liebe und Zärtlichkeit. Er hätte sie so gerne zum Schmusen zu sich ins Bett gezogen. Aber er konnte sich ja nicht bewegen, nicht einmal mit der Wimper zucken.

Unweigerlich musste er an einen Zeitungsbericht denken, den er erst vor kurzem gelesen hatte. Der reißerische Artikel hatte von einem Franzosen gehandelt, der nach einem Hirnschlag zunächst 20 Tage im Koma gelegen war und dann durch ärztliche Kunstfertigkeit in eine andere Existenzform transformiert wurde. Diese unterschiedsich anscheinend und die sich anscheinend von einem richtigen Koma vor allem dadurch unterscheidet, dass man sich in diesem Zustand minimal seiner Umwelt mitteilen konnte. Der Mann war dem Bericht zufolge in der Lage gewesen, sein linkes Augenlid zu bewegen und auf diese höchst originelle Art und Weise mit seiner Außenwelt zu kommunizieren.

Nun war das Besondere an diesem Herrn aber nicht die Tatsache, *dass* er diese Fähigkeit besaß, sondern *was* er damit vollbrachte: Laut Angaben seines Verlages diktierte er nämlich ein 140-seitiges Buch über seine Erfahrungen, Gedanken, Träume, Wünsche usw. Natürlich stürzten sich die Medien sofort auf diese herzerweichende Story. Das Buch wurde in kürzester Zeit ein grandioser Bestseller-Erfolg. Allerdings kam der ungewöhnliche Autor nicht mehr dazu, seinen literarischen Erfolg zu genießen, denn er starb kurz vor der Fertigstellung seines Werkes.

Natürlich befriedigte die Reporterin den Voyeurismus der Zuhörer dadurch, indem sie alle möglichen unbedeutenden Statisten dieses makaberen Trauerspiels interviewte, dabei kein Klischee ausließ und keine der noch so abgedroschensten sentimentalen Metaphern bei der rührseligen Darstellung dieser Geschichte aussparte.

Gegen Ende des Artikels, in dem der skurrile Buchautor mehrfach verkündete, dass es ihn sehr verwundere, wie gelassen er angesichts seines Schicksals doch sei, waren noch einige Zitate aus dem Buch abgedruckt gewesen.

Max erinnerte sich noch sehr gut an den letzten Satz des Zeitungsberichts, bei dem es sich um ein Original-Zitat handelte und das vom Autor angeblich als Art Vermächtnis gedacht gewesen war: ›Macht weiter, aber werdet nicht Gefangene eurer eigenen Rastlosigkeit. Auch Bewegungslosigkeit ist eine Quelle der Freude‹, stand da doch tatsächlich geschrieben.

Max hatte zwar damals schon verständnislos den Kopf geschüttelt und hätte dies jetzt gerne noch intensiver getan, aber leider war er dazu nicht in der Lage.

Der konnte wenigstens mit einem Augenlid zucken und auf diesem mühevollen Weg Kontakt zu seiner Umwelt herstellen. Noch nicht einmal das kann ich – verdammt!, schimpfte er los, ohne dass er auch nur den Hauch einer Chance gehabt hätte, dass ihn jemand hätte hören können.

In der Zwischenzeit hatte es sich der ehemalige Trippstadter Gemeindepfarrer neben ihm gemütlich gemacht und hatte ihm sogar, nachdem er sich einen kräftigen Schluck flüssiges Manna einverleibt hatte, ein Gedicht vorgetragen – das angeblich von Martin Luther höchstpersönlich stammte:

»Erst wenn sich leicht die Sinne trüben,
Kann man gut dem Schöpfer dienen.
Lässt sich doch der Herr am besten loben,
Wenn im Kopf des Weines Geister toben.«

Die leidige Sache mit der künstlichen Beatmung war zwar sehr unangenehm und schmerzhaft, bot jedoch auch einen nicht zu unterschätzenden Vorteil hinsichtlich der unappetitlichen Kloakenwolke, die den verwahrlosten alten Pfarrer anhänglich wie ein aufgeschreckter Bienenschwarm durchs Leben begleitete.

Martin Huber schien an diesem Abend zu wahren seelsorgerischen Höchstleistungen im Stande zu sein: »Zweifle nicht an Gott! Er hat dich zwar in einen dunklen Keller geworfen, aber er kann dir auch leuchten. Ja, er kann dich sogar aus deinem Verlies befreien. Dann erst gibt der Herr dir seine Hand und geleitet dich sicher aus der Finsternis. – Höre die Losung des Tages, den Psalm 146, 8: ›Der Herr richtet auf, die niedergeschlagen sind.‹ Denn vertrauen wir auf Gott, werden wir gefasst, still und geduldig. Denn der Herr gibt uns gerade dann unerwartet Kraft, wenn er unvermutet Prüfungen schickt, dann hilft er uns, unser schwaches Ich zu überwinden. Meine eigene Schwäche macht mich furchtsam, aber die Verheißung Gottes macht mich tapfer. Herr, stärke mich nach deinem Wort.«

Dann legte er eine Verschnaufpause ein, musste sich erst ein wenig sammeln, bevor er fortfuhr: »Mein Sohn, du siehst, selbst in den Zeiten der Finsternis gibt es Hoffnung. Vertraue also auf den Herrn, unseren Schöpfer und Erlöser, denn der Herr ist mit dir! Du denkst sicher: Mein Herz ist müde und matt; wann wird endlich der Tag kommen und das Dunkel der Nacht weichen? Ja? Dann denke an den Herrn! Gedenke, wie barmherzig und mitleidig er ist; wie er nie zu heftig schlägt und wie er nie vergisst, dich zu trösten und aufrecht zu halten! Denke an seine Macht. Du selbst kannst dir nicht aus der Not helfen, aber er kann es. – Amen.«

Nach diesem wahren seelsorgerischen Predigtmarathon tränkte der alte Pfarrer die dürstende Kehle, erhob sich von seinem Stuhl und schlich mit schlurfenden Schritten aus dem Krankenzimmer.

Amen, hatte Maximilian automatisch zugestimmt, denn obwohl er solchen litaneienartigen Sprüchen normalerweise nicht viel Positives abgewinnen konnte, schöpfte er in seiner extremen Situation daraus durchaus Hoffnung und Mut, wenn auch nur ein wenig.

Dann versuchte er, seine Lage nüchtern zu analysieren.

Es führt kein Weg daran vorbei: Ich liege als lebende Organkonserve auf einer Krankenstation, deren Mitarbeiter anscheinend nur eines im Sinn haben: mich wie ein Stück Wild aufzubrechen und meine kostbaren Innereien meistbietend zu verschachern. Gibt es denn überhaupt noch irgendeine Möglichkeit, mein Schicksal positiv zu beeinflussen?

Er grübelte und grübelte.

Aber umso mehr er über die Situation, in der er sich befand, nachdachte, umso auswegloser erschien sie ihm, und umso mehr bewertete er seinen geplanten Widerstand als unsinnige Sisyphusarbeit.

Blödsinn, ich kann überhaupt nichts machen. Ich bin ein vollkommen handlungsunfähiges Objekt, ein bereits narkotisiertes menschliches Schlachttier kurz vor dem Ausweiden! Ich bin eine zwar lebende, aber bewegungs- und artikulationsunfähige Mumie, bin skrupellosen Klinikärzten hilflos ausgeliefert, die nur drauf warten, mich zu einem von ihnen festgelegten Zeitpunkt zu töten und meine Organe an finanzkräftige Schwerkranke zu verkaufen.

Je länger er über seine Situation nachdachte, umso deprimierter wurde er.

Ich bin in einer Flasche eingesperrt, die mit einem Stopfen fest verschlossen ist. Mich kann nur noch ein Wunder retten! Aber wer um alles in der Welt sollte denn dieses Wunder vollbringen? Die Externen, also meine Mutter oder Marieke? Oder ihr Onkel, der ja Polizist ist? Nein, unmöglich, denn die wissen doch gar nichts von dem, was sich hier abspielt. – Und die Internen, also die Mitarbeiter dieser Station? Die profitierten doch sicherlich alle in so hohem Maße von diesem einträglichen Geschäft, dass von deren Seite garantiert auch keine Hilfe zu erwarten ist!

Seine trotzigen Widerstandskräfte erlahmten zusehends, große Zweifel hinsichtlich seines Windmühlenkampfs gegen die grausamen Launen des Schicksals bemächtigten sich seiner.

Meine Lebensuhr läuft ab, Sekunde um Sekunde, Minute um Minute, Stunde um Stunde.

Verzweiflung packte ihn.

Soll ich nicht einfach meinen Widerstand aufgeben und mich willenlos meinem Schicksal ergeben? Ich hab ja sowieso keine reelle Chance mehr, kann mich nicht im Geringsten wehren. Wenn ich jetzt einfach einschlafe, bekomme ich von meinem schrecklichen Ende vielleicht gar nichts mehr mit. Und würde einfach nur nie mehr aufwachen – ein sanfter Tod ohne Schmerzen.

Die eben noch erfolgreich von ihm bekämpfte Schläfrigkeit breitete sich erneut aus und legte ihren schweren bleiernen Mantel über ihn. Und wieder erschien diese verlockende Engelsgestalt, die ihn abermals mit eindeutigen Gesten dazu aufforderte, ihr zu folgen.

»Los, los Egon, bring jetzt endlich diesen Kerl hier runter in die Pathologie. Der Hubschrauber ist schließlich schon auf dem Weg hierher!«, rief plötzlich Oberschwester Rebekka in den Flur hinaus, während sie gleichzeitig Maximilians Zimmertür aufriss.

Mit einem Mal war er wieder hellwach.

Ist es jetzt schon so weit? Oh nein, ich will nicht! Ich will nicht!, flehte er.

Sein Kopf schien zu bersten. Schockwellen lähmender Angst durchfluteten ihn. Sekundenlang konnte er keinen klaren Gedanken mehr fassen, alles war auseinandergerissen, nur noch bruchstückhaft vorhanden, bot keinen Halt mehr.

Was kann ich nur machen? Ich will nicht sterben! Ich will nicht! Was kann ich nur machen? Bitte, lieber Gott, hilf mir doch, bitte!

Es war kein richtiges Gebet, das Max da in seiner Verzweiflung produzierte. Es waren angstbesetzte Hilfeschreie, jammervolles Flehen und Betteln, eindringliche Stoßgebete – einzelne Worte, Fragmente von Sätzen, aber auch zusammenhängende Passagen.

Zum Beispiel der Text des Gebets, das er in seiner Kindheit jeden Abend mit seiner Mutter gesprochen hatte: ›Ich bin klein, mein Herz ist rein, soll niemand drin wohnen, als Jesus allein‹. Oder der Anfang seines Konfirmationsspruchs: ›Der Herr ist mein Hirte, er weidet mich auf einer grünen Aue.‹

Dieses chaotische mentale Gebrodel wurde begleitet von spürbaren körperlichen Veränderungen: Der gesamte Organismus wurde merklich sensibler, unruhiger, so als ob dieser seine sensorischen Empfangsantennen stärker ausgefahren hätte. Die seltsamen Empfindungen, die sich Maximilians Körper immer deutlicher bemächtigten, waren schwer zu beschreiben.

Er hatte das Gefühl, von oben bis unten in eine mit tausenden winzigkleinen Nägeln bestückte riesige Decke eingewickelt zu werden, deren Berührung auf der Haut viele unangenehme, schmerzhaft pieksende Nervenreizungen hervorrief. Zeitgleich mit dieser merkwürdigen körperlichen Wahrnehmung breitete sich in seinem Zimmer eine diffuse atmosphärische Spannung aus.

Er spürte diese Veränderungen mit seinem ganzen Körper, aber die einzige bildliche Assoziation, die sich mit einem grellen Lichtflackern in sein Gehirn drängte, war ein leerer Raum, der mit unendlich vielen kleinen rot aufleuchtenden, sich schnell hin- und herbewegenden und gleich wieder verglimmenden Punkten durchsetzt war.

Plötzlich vernahm er ein dumpfes, rumorendes Donnergrollen aus Richtung des Fensters, das sich, stetig geräuschvoller und dadurch aufdringlicher werdend, mehrmals wiederholte und dann von einem, trotz der schalldämmenden Scheiben laut hörbaren Krachen unterbrochen wurde.

Es waren anscheinend mehrere starke Gewitter, die direkt über dem Krankenhaus aufeinandergetroffen waren.

Die atmosphärischen Spannungen verdichteten sich immer stärker. Die unbändigen Kräfte der sich austobenden Naturgewalten schienen wie ein nasser Schwamm die gesamte Energie der näheren Umgebung aufzusaugen und sie in ihrem gierigen Schlund zu einem gigantischen

Energiebrocken zusammenzuballen, um diesen dann urplötzlich wieder auszuspeien.

Gewaltige elektrische Entladungen produzierten eine besorgniserregende lautpolternde Lärmorgie.

Starker Wind kam auf, der pfeifend um das mächtige Barockschloss strich. Zu diesem geräuschvollen akustischen Szenario gesellten sich nun auch noch Klopftöne, die von den, zuerst noch vereinzelt, später in Unmengen schräg auf die Fensterscheibe niederprasselnden dicken Regentropfen erzeugt wurden.

Vielleicht waren es aber auch Hagelkörner, die sich hoch oben in den Wolken dazu entschlossen hatten, etwas akustische Abwechslung in das triste Dasein der bemitleidenswerten Patienten der Schlossklinik zu bringen. Aufgrund des böigen Windes veränderte das prasselnde Rauschen in einem bestimmten zeitlichen Rhythmus seine Intensität.

Eine Melodie entstand, eine ihm bekannte Melodie, gesungen von tausenden kleinen Hagelkörnern: ›Freude schöner Götterfunken …‹ Er konnte es wirklich kaum glauben, aber es war tatsächlich eindeutig die Melodie der ›Ode an die Freude‹ aus Beethovens 9. Symphonie.

> ›Was zürnst du mir mit einem Mal,
> Du ferner Sphären Göttermacht;
> Lässt mich allein in dunkler Nacht?
> Was hab ich dir nur angetan,
> Dass du in deinem irren Wahn,
> Dich froh ergötzt an meiner Qual?
> ›Freude schöner Götterfunken‹ -

Wie war ich früher oft versunken,
Verzaubert ganz durch wundersame Klänge,
Tief eingetaucht in kosmische Gesänge.

Welch ein Genie – der dieses schuf!

Doch jetzt in meiner letzten Stunde,
Erscheint mir diese frohe Kunde,
Eher wie aus einem Satansbuch
Oder wie ein wüster Götterfluch.
Fast will es mir erscheinen,
Als wollten Mächte sich vereinen,
Um mit frostigblauen Händen,
Mein schönes Leben zu beenden.

Göttlich Ironie – mit Teufelshuf!‹

Was geht denn jetzt ab?
Er hatte dieses Gedicht vorher noch nie gehört.
Wo kommt das nun plötzlich her? Hab ich es vielleicht doch irgendwann früher schon einmal irgendwo gelesen, es aber wieder vollständig vergessen? Oder hab ich es mir eben gerade selbst zusammengereimt? Aber wieso?

Plötzlich sah er einen alten Mann sein Zimmer betreten. Das Beeindruckendste an dieser überraschenden Erscheinung war dessen ungewöhnlich volles lockiges Haar, das ihm bis auf die Schultern hing. Er sagte irgendetwas, das Max allerdings nicht verstand.

Plötzlich riss dieser Mann, der ihn irgendwie an Struwelpeter erinnerte, beide Arme nach oben und begann zu dirigieren, während zeitgleich aus den Wänden, den Fluren, dem Boden und der Decke engelsgleiche Gestalten traten, die sofort die Münder aufrissen und zu singen anfingen. Natürlich! Es war der Meister selbst, der die von ihm komponierte ‹Ode an die Freude› dirigierte.

Der Engelschor wurde immer lauter.

Maximilian hob den Kopf, blickte sich um und sah direkt vor sich ein Krankenbett auftauchen, an dessen vergittertem Fußende ein großes Schild mit der Aufschrift ›Danger! – HIV-Positiv‹ hing.

Die in dem Bett liegende Person erwachte gerade.

Eine hagere Knochengestalt erhob sich und setzte sich mit ihren dünnen baumelnden Beinen auf die Liege. Gleich nachdem sie sich aufgerichtet hatte, riss sie sich die Infusionsschläuche und die anderen zur medizinischen Grundversorgung notwendigen Gerätschaften ab, stellte sich etwas ungelenk auf die Füße und kam wie ein magersüchtiger Roboter an Maximilians Bett gelaufen.

Er blickte in ihr aschfahles, regungsloses Gesicht – und erschrak fürchterlich, denn es war kein menschliches Antlitz, in das er da hineinschaute, sondern eine fratzenhaft entstellte Totenmaske.

Als der Sensenmann direkt neben ihm stand, zückte dieser plötzlich eine blutverschmierte Infusionskanüle, warf den Arm nach oben – und rammte sie mit voller Wucht Maximilian in den Bauch, ohne dass dieser allerdings dabei auch nur den Ansatz eines Schmerzes verspürt hätte.

Kurz nach diesem Stich schwoll der Chorgesang noch mächtiger an, die Engel traten laut singend mit ausgestreckten Händen aus dem Hintergrund hervor und bildeten einen dichten Kreis um sein Bett. Wie auf Kommando änderten sie den Text der ›Ode an die Freude‹, den sie die ganze Zeit über ohne Unterlass stumpfsinnig wiederholt hatten und sangen nun:

>»Freude schöner Götterfunken
>Gleich bist du im Totenreich.«

15

Als Tannenberg und seine Nichte nach dem Besuch der Schlossklinik wieder in der Beethovenstraße eintrafen, wurden sie von seiner Mutter empfangen, die es sich wie fast immer um diese Tageszeit auf der Fensterbank auf einem untergelegten Kissen gemütlich gemacht hatte.

»Wolfi, vor einer halben Stunde hat eine Frau für dich angerufen. Eine Ellen Herrbeck oder so ähnlich«, verkündete sie lauthals in Richtung des roten BMW-Cabrios ihres Sohnes.

Vom Inneren der Küche her erfuhr dieser Ausruf eine von Tannenberg als nicht minder unerwünscht empfundene Ergänzung aus dem Munde seines betagten Vaters: »Wer ist denn das? Hat der Herr Hauptkommissar etwa eine Neue? Eine, die er sich wieder nicht traut, uns vorzustellen? – He?«

»Wolfi, ich hab ihr die Nummer von oben gegeben. Sie hat nämlich gesagt, dass sie dich im Telefonbuch nicht gefunden hat. Deshalb hat sie bei uns angerufen. Ganz schön schlau, die Frau, gell?«

»Danke, Mutter«, war alles, was dem Leiter der Kaiserslauterer Mordkommission dazu über die Lippen kam. So schnell er nur konnte, verzog er sich hoch in seine im ersten Obergeschoss gelegene Wohnung.

Es dauerte nicht lange, bis das Telefon zu läuten begann.

»Hallo, lieber Herr Tannenberg, ich bin's, Ellen Herdecke«, meldete sich eine sympathische Stimme am anderen Ende der Leitung. »Stellen Sie sich mal vor, was mir vor zwei Stunden passiert ist: Eine alte Freundin hat angerufen und mich gefragt, ob ich ihre beiden Karten für eine musikalische Lesung heute Abend haben wolle. Sie sei verhindert, weil ihr etwas Wichtiges dazwischen gekommen sei. Und da hab ich mir gedacht: Das ist doch vielleicht etwas für den Herrn Tannenberg, etwas das ihm mehr liegt als eine Oper oder ein Symphoniekonzert. Na, wie wär's, hätten Sie Lust?«

»Ähm ... Na ... Natürlich«, stammelte der völlig übertölpelte Kriminalbeamte. »Gerne. Nur, was ist das denn eigentlich, eine musikalische Lesung?«

Du bist vielleicht ein Trottel!, schimpfte seine innere Stimme sofort los. Musst du dich denn schon wieder als absoluter Kulturmuffel outen?

»Ich sehe schon, Sie gehören zu den Menschen, die man regelrecht mit Kunst umzingeln muss, damit sie nicht mehr flüchten können«, entgegnete Ellen lachend. »Bei einer musikalischen Lesung stellt ein Schriftsteller sein Buch vor, liest, wie der Name ja auch schon vermuten lässt, ein wenig daraus vor. Und damit so etwas nicht zu trocken und langweilig für die Zuhörer wird, gibt es zwischendurch mehrere musikalische Darbietungen. Heute Abend zum Beispiel von einem hervorragenden Streicher-Quintett, das ausschließlich mit Bundespreisträgern des Jugend-Musiziert-Wettbewerbs bestückt ist.

Zwei von ihnen kenne ich sogar persönlich. – Na, was halten Sie davon.«

Tannenberg biss sich auf die Zunge, verschluckte mögliche ketzerische Kommentare und sagte blitzschnell zu. So war zumindest gewährleistet, dass er keinen zögerlichen Eindruck auf Ellen machte.

Aber bereits kurz nach Beendigung des Telefongesprächs war ihm bereits klar, dass er sich mit diesem Spontanentschluss einige gravierende Probleme eingehandelt hatte: Das erste war eher diffuser Art und auf der mentalen Ebene angesiedelt. Es bestand darin, dass Tannenberg eigentlich überhaupt keine Lust auf solch einen Event hatte. Nach dem Besuch der Schlossklinik war er ganz und gar nicht in Stimmung für so etwas. Er wäre viel lieber zu Hause geblieben, hätte sich vor den Fernseher gefläzt und sich intensiv mit seinem geliebten Vino rosso beschäftigt. Aber er wollte es sich ja schließlich mit Ellen Herdecke nicht verscherzen.

Das zweite Problem dagegen war konkreter und weitaus gegenständlicher Natur: Er hatte nämlich kein anständiges Sakko für solch einen etwas festlicheren Anlass.

Was tun?, fragte er sich. – Heiner! Ja, das ist die Lösung! Der hat garantiert so'n Ding! Der geht ja mit Elsbeth regelmäßig zu allen möglichen so genannten Kulturveranstaltungen. Als progressives Lehrerehepaar gehört man ja quasi automatisch zur Boheme. Und da muss man sich eben so oft es nur geht diesen aufgeblasenen Selbstdarstellungs- und Schwafel-Kaspern zeigen und ihnen vorzuführen, wie unglaublich gebildet und kultiviert man selbst ist. Diese elenden, arroganten Labersäcke!

Sogleich machte er sich auf den Weg ins Südhaus, wo er doch tatsächlich im sehr gut bestückten Kleiderschrank seines Bruders ein passendes Exemplar für sich fand.

Die neugierigen, bohrenden Fragen Heiners nach dem Anlass für diese ›Maskerade‹, wie er es wörtlich nannte, schmetterte Tannenberg mit der mehrmals vorgetragenen Erklärung ab, dass ihn gerade ein alter Kumpel aus Saarbrücken angerufen und ihn spontan zum Essen in ein Nobelrestaurant eingeladen habe.

Ellen erwartete ihn bereits ungeduldig, als er kurz nach 19 Uhr 30 vor dem Seiteneingang der Fruchthalle eintraf, in deren Foyer die Veranstaltung stattfinden sollte.

»Guten Abend, Herr Tannenberg, kommen Sie, wir gehen gleich rein. Wir müssen uns schon ein wenig beeilen, damit wir noch einen schönen Platz ergattern«, sagte sie drängend.

Kaum hatte sich die schwere Glastür hinter ihnen geschlossen, waren sie von einer festlich gekleideten Menschenmenge umgeben, die Einlass in den hinteren Teil des Foyers begehrte.

Plötzlich rief Oberstaatsanwalt Dr. Hollerbach über mehrere Köpfe hinweg: »Das gibt's doch gar nicht: Der Herr Hauptkommissar. Haben Sie sich nicht verlaufen? Sie und Kultur? Das passt doch überhaupt nicht zusammen!«

Tannenberg wäre am liebsten im Erdboden versunken. Eine explosive Mischung aus Scham und auflodernden Zorn rötete sein Gesicht. Aber er kam gar nicht dazu, sich irgendwelche Rachestrategien auszudenken, denn wie aus dem Nichts stand auf einmal Bruder Heiner in Begleitung seiner Gattin hinter ihm, stieß ihn an.

»Aha, das ist also deine Einladung in Saarbrücken bei einem alten Freund. – Sag mal, hast du'n neues Sakko? Das kenne ich ja noch gar nicht.« Sein Blick wanderte prüfend von oben nach unten. »Steht dir eigentlich gar nicht schlecht. Solltest öfter mal so was Schickes anziehen. Findest du nicht auch Betty?«

»Doch, doch.« Auch sie schickte ihre Augen auf Inspektionsreise, ging sogar einen Schritt zurück, betrachtete ihn zusätzlich von der Seite. »Das stimmt wirklich. – Aber ich hätte nie gedacht, dass dein Bruder sich in so eine Veranstaltung verirrt. Manchmal geschehen eben noch Zeichen und Wunder!«

Tannenberg war gelähmt, schockgefrostet, sprachunfähig.

»Willst du uns denn nicht vorstellen, du alter Tölpel?«, fuhr seine Lieblingsschwägerin keifend fort.

»Was? … Vorstellen …?«

»Ja, vorstellen.« Betty schüttelte den Kopf, zog abschätzig die Augenbrauen nach oben. Dann streckte sie Ellen die Hand entgegen: »Hallo, ich bin Betty Tannenberg, die bemitleidenswerte Schwägerin dieses ungehobelten Herrn neben Ihnen.«

»Und ich bin sein Bruder, Heiner Tannenberg. Nett, Sie kennen zu lernen.«

»Freut mich sehr. Mein Name ist Ellen Herdecke. Ich bin eine alte Bekannte dieses kulturbegeisterten Herrn hier.« Sie schien Mitleid mit Tannenberg zu haben, hakte ihn unter. »Hätten Sie nicht Lust, nachher mit uns noch irgendwo hin zu gehen und ein Glas Wein zu trinken?«

Dieser Vorschlag traf sofort auf einhellige Zustimmung, sieht man einmal von Wolfram Tannenberg ab, der als leblose Staffage einem unwirklichen Gruselkabinett beiwohnte und sich anschließend wie ein geistig weggetretener Demenz-Kranker von Ellen zu einem der aneinandergereihten Besucherstühle führen ließ.

Jedes Mal, wenn Tannenberg sich in der Folgezeit an diesen Abend zurückerinnerte, sollte ihm stets *ein* Zentralbegriff dazu einfallen, der diese horrormäßige Geisterbahnfahrt in *einem* prägnanten Terminus zusammenfasste: Albtraum!

Denn nicht nur der Oberstaatsanwalt, Betty und Heiner waren bei dieser todlangweiligen Veranstaltung zugegen, sondern auch Ellens Noch-Ehemann, mit dem sie zwar nicht mehr zusammenlebte, von dem sie aber noch nicht geschieden war. Wenigstens blieb er von einem Kontakt mit diesem Mann verschont, wurde ihm nicht vorgestellt. Ellen deutete lediglich einmal kurz auf ihn, als er in einer kleinen Pause zwischen den verschiedenen Darbietungen an der Champagnerbar stehend, heftigst mit einer jüngeren Frau flirtete.

Musikalische Lesung – was es bei diesem Kulturkäse so alles an Schwachsinn gibt!, dachte Tannenberg während ein grauhaariger, recht unscheinbar wirkender Mann damit begann, mühevoll aus einem ziemlich schmalen Büchlein vorzulesen.

Auch noch aus einem Kriminalroman!, stöhnte der Leiter der Kaiserslauterer Mordkommission, nachdem er wohl oder übel den inhaltserläuternden Einlassungen des Autors zumindest am Anfang ein kleines Stückchen weit gedanklich gefolgt war.

Wenn er es richtig verstanden hatte ging es in diesem Buch um eine hanebüchene Story eines bitterbösen, bestialisch mordenden Stardirigenten. Nun war ihm zwar klar, weshalb er an diesem Abend nicht nur eine langweilige Lesung, sondern dazwischen auch noch dieses ungeliebte Streichergekratze ertragen musste, aber das änderte nichts an der Tatsache, dass er sich in diesem ihn zusehends aggressiver stimmenden Kulturzirkus immer unwohler fühlte.

Während er krampfhaft versuchte, wenigstens äußerlich einigermaßen die Contenance zu wahren, wütete in seinem Inneren ein fürchterliches Gemetzel zwischen dem emotionaleren Teil seiner Persönlichkeit, der diesen Albtraum durch Fluchtverhalten sofort beenden wollte und der rationalistischeren Abteilung, die ohne Unterlass das ihres Erachtens unglaublich gewichtige Argument für sich ins Feld führte, dass Tannenberg unmöglich einen Eklat provozieren konnte, wollte er es sich nicht dauerhaft mit Ellen verderben. Und genau das wollte er ja nun wirklich nicht.

Also riss er sich zusammen, versuchte sich irgendwie abzulenken. Aus dem einschläfernden Vortrag des Märchenerzählers klinkte er sich aus. Für längere Zeit nahm er die aufdringliche Stimme des Schriftstellers nur noch als dezentes Hintergrundgeräusch wahr.

Recht bald stieß er auf etwas, das ihn für eine Weile in Beschlag nahm. Bei dem Objekt, das seinen Blick fortan magisch anzog, handelte es sich um einen etwa 1,2 m hohen Wasserspender, der in der rechten Ecke des Foyers stand und zu dem sich immer mal wieder ein Besucher mit behutsamen, leisen Schritten hinbegab, um sich in einen kleinen weißen Plastikbecher Wasser zu zapfen und diesen an Ort und Stelle auszutrinken.

Das war natürlich nicht das Spannende an der ganzen Sache, viel interessanter waren die blubbernden Luftblasen, die direkt nach der jeweiligen Wasserentnahme von unten nach oben zum Deckel des durchsichtigen, bläulichen Behälters strebten und sich dort im ursprünglichen Wortsinne in Luft auflösten.

Aber irgendwann hatte diese Ablenkungsmöglichkeit ihre Attraktivität verloren.

Was nun?, fragte er sich selbst.

Er entschied sich für ein Spiel.

Nur welches?

Angestrengt grübelte er über diese Frage nach.

Dann hatte er die Lösung gefunden: Ich zähle einfach die ›ähms‹ des Mannes, die er bis zum Schluss seines langweiligen Gestammels verwendet. Gut! ... Und wette mit mir, dass er mehr als 200 Mal ›ähm‹ sagt ... Und was ist mein Gewinn? Was muss ich machen, wenn ich verliere?

Auch dafür hatte er bald Vorschläge parat: Wenn ich gewinne, darf ich diesen bescheuerten Nasen- und Ohrhaarrasierer in den Müll werfen, den mir Rainer geschenkt hat – und das ist der Clou an der Sache: ohne jegliche Gewissensbisse!

Und was machst du, wenn du verlierst?, schrie plötzlich sein innerer Quälgeist vorlaut dazwischen.

Tannenberg überlegte nicht lange. Dann muss ich Heiners Sakko in die Reinigung bringen und übernehme selbstverständlich die anfallenden Kosten, gab er energisch zurück.

»Sollen wir gehen?«, fragte plötzlich Ellen Herdecke mit flüsternder Stimme.

»Wieso?«, gab Tannenberg konsterniert in einer derart unangemessenen Lautstärke zurück, dass sich sofort einige der sich in ihrer andächtigen Hingabe gestört fühlenden Kulturfetischisten mit rügendem Blick nach ihm umwandten. »Nein, so schlimm ist es nun auch wieder nicht«, log er, ohne dabei auch nur eine Spur rot zu werden.

Durch diesen Einwurf war sein Spiel zerstört. Natürlich ohne dies zu beabsichtigen, hatte Ellen ihn mit ihrer Bemerkung aus dem Konzept gebracht. Er wusste nun plötzlich nicht mehr, wie viele ›ähms‹ er bereits gezählt hatte.

Und dann war die erste – und wie er spontan entschied, auch garantiert letzte – musikalische Lesung seines Lebens plötzlich zu Ende. Er atmete erleichtert auf, in der zaghaften Hoffnung, dass der nun folgende Gaststättenbesuch mit Heiner und Betty sich für ihn zumindest ein wenig erträglicher gestalten würde.

Dem war aber leider nicht so, denn seine gerade zögerlich wiedererstarkende Lebensfreude bekam sogleich einen gewaltigen Dämpfer versetzt.

»Was macht denn eigentlich ein Deutschlehrer bei einer Krimilesung? Ich dachte immer das ist für euch Germanisten verabscheuungswürdige Trivialliteratur?«, hatte er eigentlich nur neugierig von seinem Bruder wissen wollen.

»Na, ich und Betty passen hier da ja wohl viel besser hin als du. Du hast doch schon seit Jahrzehnten kein Buch mehr in der Hand gehabt – außer vielleicht das Telefonbuch.«

Die Anwesenden grölten, hielten sich vor Lachen den Bauch. Nur Tannenberg nicht. Er saß stumm vor seinem Wein und dachte an Lea.

Mit ihr war alles ganz anders gewesen. Sie hat mich immer verstanden. Sie hätte mich jetzt einfach an der Hand genommen und mich nach Hause gezogen.

Dann bestellte er sich ein weiteres Glas.

Es gab nur Dornfelder.

Er hasste deutschen Rotwein.

16

Samstag, 3. Mai

Der Telefonanruf erreichte Wolfram Tannenberg genau in der Halbzeit des letzten Saisonspiels des 1. FCK, in dem es um nichts Geringeres als um die Qualifikation für die direkte Teilnahme am UEFA-Cup-Wettbewerb ging. Deshalb reagierte der Leiter der Kaiserslauterer Mordkommission verständlicherweise auch alles andere als begeistert, als der Polizeipräsident sich höchstpersönlich bei ihm meldete und ihn umgehend in sein Büro beorderte.

Tannenberg machte sich zu Fuß auf den Weg in das kaum mehr als einen Steinwurf von seinem Elternhaus entfernte Polizeipräsidium. Aus purer, trotziger Wut über den brachialen Eingriff in seinen ihm heiligen Bundesliga-Konsum nahm er aber nicht den kürzesten Weg über die Glockenstraße, sondern ging vor bis zur Eisenbahnstraße, bog dann nach rechts ab in Richtung Bahnhof, um nach knapp hundert Metern wieder nach rechts in die Logenstraße einzuschwenken.

Vielleicht lag die Ursache für diesen Umweg tatsächlich in seiner manchmal geradezu kindlichen Widerborstigkeit begründet, vielleicht war sein merkwürdiges Verhalten aber auch auf seine ausgeprägte Aversion gegenüber dem neu errichteten Erweiterungsbau des Polizeipräsidiums zurückzuführen, in dem sich nun seit einiger Zeit auch das Büro des Präsidenten befand.

Jedenfalls freute sich der Leiter des K1 spitzbübisch, dass er auf diesem Umweg zufälligerweise das alte Polizeigebäude mit seiner prächtigen Buntsandsteinfassade passieren musste, dessen Anblick ihn an diesem Nachmittag unwillkürlich an die Trippstadter Schlossklinik erinnerte.

Mit behäbigen Schritten betrat er den klotzigen, kalten Neubau und erreichte bereits nach wenigen Sekunden das im Erdgeschoss angesiedelte, gleichermaßen steril wie protzig wirkende Dienstzimmer seines Vorgesetzten.

»Wird aber auch mal Zeit, Herr Kollege Tannenberg. Wieso haben Sie denn solange gebraucht? Sie wohnen doch gerade mal um die Ecke«, wurde er vom Polizeipräsidenten sogleich mit Vorwürfen bombardiert.

»Man wird ja in seiner Freizeit auch mal aufs Klo dürfen. Wo brennt's denn eigentlich so fürchterlich, dass ich mir noch nicht mal das FCK-Spiel zu Ende anschauen konnte?«

»Ja, lieber Herr Kollege, das ist leider nicht so einfach zu erklären. Diesen Part werden die Kollegen vom Bundeskriminalamt gleich übernehmen. Sie werden es vielleicht nicht glauben, aber seit ein paar Stunden sind wir keine verschlafene Provinz mehr, sondern plötzlich stehen wir mitten im internationalen kriminalistischen Rampenlicht!«, sagte er mit glänzenden Augen, begab sich zu seinem Schreibtisch, nahm theatralisch Platz und kramte in einer Schublade herum.

Als Tannenberg das Wort ›Bundeskriminalamt‹ hörte, spürte er sofort eine tief in seinen Magen eingedrungene Messerspitze. Nur zu gut hatte er noch die nach seiner Meinung nicht nur sehr arroganten, sondern auch inkompetenten LKA-Beamten in Erinnerung, mit denen er es als frischgebackener Leiter der Kaiserslauterer Mordkommission bei seinem ersten Fall zu tun gehabt hatte.

Und die vom BKA sind garantiert noch schlimmer als die vom LKA!, sagte er zu sich selbst. Wie haben wir immer ›LKA‹ definiert? – Leider-Keine-Ahnung!, schoss ihm plötzlich eine Leuchtrakete in seinen Kopf. Das geht beim BKA ja auch: Bestimmt-Keine-Ahnung!

»Tannenberg, warum grinsen Sie denn so blöd? Ist das etwa so lustig, was ich eben gesagt habe? Sie werden sich noch wundern. Ihnen wird der Humor gleich vergehen, das sage ich Ihnen.«

»Entschuldigung, ich musste nur gerade an etwas Lustiges denken«, versuchte der Leiter des K1 sein unangemessenes Verhalten zu rechtfertigen.

Der Polizeipräsident zog eine schwarze Mappe aus der Schreibtischschublade, klappte sie auf, entnahm ihr das einzige darin befindliche Schriftstück, schob die Handmappe zur Seite, legte das Schreiben vor sich auf die Tischplatte, drehte es um, zog einen silbernen Kugelschreiber aus seinem Sakko und legte ihn vorsichtig darauf ab. Dann wies er mit einer eindeutigen Geste seinen Besucher an, ihm gegenüber Platz zu nehmen.

»Was ist denn das, Chef? Eine Beförderungsurkunde?

Oder etwa ein Belobigungsschreiben des Herrn Oberstaatsanwalts?«

»Ich bin heute wirklich nicht für Scherze aufgelegt. Es handelt sich um eine sehr ernste Angelegenheit. Und zwar um eine Angelegenheit mit globaler Relevanz.«

»Globaler Relevanz?« Tannenberg brummte, ergriff das Blatt und begann zu lesen. »Eine Verpflichtungserklärung? Das ist ja wie in der DDR!«

»Unterlassen Sie solche Anspielungen.«

Die Halsschlagadern des Polizeipräsidenten schwollen deutlich sichtbar an, ein markantes Indiz für die fast erreichte Belastungsgrenze seines Vorgesetzten. Tannenberg wusste, dass er sich nun in Acht zu nehmen hatte, seine Provokationen schleunigst beenden musste. Diesen Rat hatte ihm sein Amtsvorgänger, der alte Kriminalrat Weilacher oft genug mit auf seinen beruflichen Lebensweg gegeben, wenn sie gemeinsam unterwegs waren.

»Wolf, wenn du mal mein Nachfolger bist und es dann zwangsweise öfter mit dem Präsidenten zu tun hast, dann musst du immer auf folgendes achten: Wenn seine Halsschlagadern dick werden, musst du höllisch aufpassen, dann ist er nämlich kurz vor dem Explodieren. Und wenn er mal explodiert, dann wird er zum fiesen Choleriker, dem alles zuzutrauen ist. Am besten zeigst du dir in solchen Situationen innerlich ein Stoppschild. Das hat bei mir immer sehr gut funktioniert«, hatte Weilacher gesagt.

Und Tannenberg beherzigte nun den Rat seines verstorbenen Mentors. »Aber Chef, ich weiß doch gar nicht, um was es hier geht. Könnte ich das denn nicht wenigstens erfahren, bevor ich hier unterschreibe? – Bitte, Chef.«

»Tannenberg es geht doch nur um eine schriftliche Bekräftigung dessen, was Sie sowieso schon in Ihrem Diensteid geschworen haben, nämlich niemanden über dienstliche Angelegenheiten zu unterrichten.«

»Mach ich ja auch nicht.«

»Glaub ich Ihnen ja. Wegen mir müssten Sie das ja auch nicht unterschreiben. Aber die Leute vom BKA bestehen darauf. Und vor allem auch auf diesem Zusatzpassus.«

»Welchem Zusatzpassus?«, wollte Tannenberg wissen.

»Na, da ganz unten am Ende des Textes«, sagte der Polizeipräsident, lehnte seinen Oberkörper nach vorne und wies zur Unterstützung des von ihm Gesagten, mit dem Zeigefinger seiner rechten Hand auf die betreffende Textstelle.

Tannenberg hatte die entsprechende Passage gefunden. Sofort vergruben sich seine Augen in die schwarzen Lettern.

»Da steht, dass Sie, falls Sie sich nicht vollständig an diese Vereinbarung halten und gegenüber Ihren Mitarbeitern oder anderen Personen nicht striktes Stillschweigen in dieser Angelegenheit bewahren, Sie mit radikalen – ich betone radikalen! – disziplinarischen Konsequenzen zu rechnen haben.«

»Das ist ja wirklich ein ganz schöner Hammer!«, fasste der Leiter der Kaiserslauterer Mordkommission ohne Umschweife seine Einschätzung der Sachlage in Worte. Dann las er nochmals den Text.

»Und das bedeutet eben – so haben es mir die Herren vorhin jedenfalls eindringlich geschildert – im Extremfall nicht nur Ihre Entfernung aus dem Dienst, sondern darüber hinaus auch noch der Verlust sämtlicher Pensionsansprüche.«

»Das ist wirklich ein dickes Ding«, wiederholte sich Tannenberg inhaltlich.

»Und ich kann nichts dagegen machen«, entgegnete der Präsident, wobei er die Schultern nach oben zog und die Hände entschuldigend nach außen drehte. »Tut mir wirklich Leid, Tannenberg. Aber ich habe keinerlei Einflussmöglichkeit. Das BKA hat mir sehr deutlich zu verstehen gegeben, dass, falls Sie sich nicht in dem von ihnen gewünschten Maße kooperativ verhalten, ich die Leitung des K1 einer anderen Person übertragen muss. Die sitzen einfach am längeren Hebel.«

Diese Drohung verfehlte ihre Wirkung nicht. Ohne weiter darüber nachzudenken, unterzeichnete Wolfram Tannenberg die Verpflichtungserklärung, die ihn zwar zum kritiklosen Untergebenen des BKAs degradierte, ihm aber zumindest die Kommissariatsleitung sicherte, so er sich denn wohlverhielte.

Zufrieden nahm der Polizeipräsident, dessen Halsschlagadern inzwischen wieder normale Dimensionen erreicht hatten, das Schreiben entgegen und erhob sich von seinem komfortablen Ledersessel. »Jetzt sind Sie aber sicherlich extrem neugierig, um was es sich eigentlich handelt.«

»Das kann man wohl sagen«, stimmte Tannenberg kopfnickend zu und folgte daraufhin seinem Vorgesetzten in ein anderes Zimmer, in dem sie von Oberstaatsanwalt Dr. Hollerbach und einem ganz in Schwarz gekleideten, sehr eleganten Mann mittleren Alters anscheinend bereits sehnlichst erwartet wurden.

»Na endlich! Guten Morgen, Herr Hauptkommissar«, legte der Vertreter des Bundeskriminalamtes gleich los. »Mein Name ist Dr. Erwin Pfleger, ich bin Leitender Kriminaldirektor und Abteilungsleiter des Bereichs ›Organisierte Kriminalität‹ beim BKA in Wiesbaden.«

»Angenehm«, log Tannenberg, ohne dass sich dabei auch nur eine Spur von Gesichtsröte auf sein Antlitz verirrt hätte.

»Ihr Vorgesetzter hat Sie ja bereits ins Bild gesetzt«, Er warf einen kurzen, prüfenden Blick in Richtung des Polizeipräsidenten, »wenn ich sein Kopfnicken richtig zu deuten verstehe.«

»Ja, es ist alles geklärt, Dr. Pfleger. Der Herr Hauptkommissar hat sich sehr einsichtig und kooperativ gezeigt.«

Dr. Hollerbach konnte sich zwar ein kaum wahrnehmbar über sein Gesicht huschendes, spöttisches Grinsen nicht verkneifen, aber er hielt sich mit einer ketzerischen Bemerkung bewusst zurück – was ihm aufgrund der sehr angespannten Beziehung zu Tannenberg nicht gerade leicht fiel, ihm jedoch der außergewöhnlichen Situation als zwingend angemessen erschien.

Schließlich müssen wir jetzt alle mit vereinten Kräften an einem Strang ziehen. Da sollten auch persönliche Animositäten zurückgestellt werden! Nur der Dienst an der gemeinsamen Sache ist von Belang, versuchte sich der

Oberstaatsanwalt selbst zu disziplinieren und sagte anschließend mit ruhiger Stimme: »Herr Kriminaldirektor, vielleicht sollten Sie nun den Kollegen Hauptkommissar etwas detaillierter über die Sachlage informieren.«

»Wollte gerade damit beginnen, werter Dr. Hollerbach«, erwiderte der BKA-Beamte leicht säuerlich und wandte sich an Tannenberg: »Herr Kollege, ich kann Ihnen erfreulicherweise mitteilen, dass Ihr aktueller Fall, also diese beiden Mordfälle mit den Toten an dem Eisenbahntunnel, gelöst ist.«

»Na fein, da kann ich ja jetzt nach Hause gehen und mir mein Fußballspiel zu Ende anschauen«, sprudelte es nur Sekundenbruchteile später aus dem Leiter des K1 ungeprüft heraus.

Natürlich fing er sich umgehend einen tadelnden Blick von Seiten des Polizeipräsidenten ein, der sichtlich geschockt den Kopf schüttelte.

Dr. Pfleger ließ sich von der flapsigen Bemerkung Tannenbergs jedoch nicht irritieren und schob unbeeindruckt nach: »Oder sagen wir besser: fast gelöst.«

Tannenberg schien erst jetzt den Satz vollständig aufgenommen zu haben, verstanden hatte er dessen Inhalt aber noch immer nicht.

»Bitte? ... Ich verstehe nicht ..., was sie meinen ... Wie gelöst? Haben Sie etwa die Mörder gefasst?«, fragte er mit verständnislosem Gesichtsausdruck.

»Nein, wir sind der Täter noch nicht habhaft geworden, aber wir wissen, wer für die beiden Morde verantwortlich ist. Und könnten sicherlich in kürzester Zeit die Täter ergreifen. Aber gerade das wollen wir ja nicht.«

»Also, es tut mir außerordentlich Leid, werter Herr BKA-Kollege, aber ich vermag Ihren Ausführungen inhaltlich nicht zu folgen«, versuchte Tannenberg die gekünstelte Sprachweise Dr. Pflegers nachzuahmen. »*Warum* wollen Sie die Mörder nicht festnehmen, wenn Sie sie doch schon ermittelt haben?«

»Ganz einfach, Herr Hauptkommissar, weil wir die Köpfe der Organisation haben wollen.«

»Welcher Organisation?«

»Mensch, Tannenberg, sind Sie schwer von Begriff!«, konnte sich Dr. Hollerbach nun doch nicht mehr verkneifen. »Welche Organisation? Die Mafia natürlich!«

Tannenberg lachte: »Die Mafia! Die Mafia mitten im Pfälzer Wald?«

»Genau – und zwar die international agierende Organ-Mafia«, warf Dr. Pfleger ergänzend ein.

»Die Organ-Mafia?«

Tannenberg verstand allmählich überhaupt nichts mehr. Er fragte sich ernsthaft, ob er dies alles hier vielleicht nur träumte, zu unwirklich erschien ihm das, was ihm eben von höchster Stelle, wie man ja so schön sagte, mitgeteilt worden war.

»Die Organ-Mafia?«, wiederholte er ungläubig. »Bei uns hier? … Und wo?«

»In der privaten Schlossklinik in Trippstadt. Dort unter anderem treibt diese verbrecherische Organisation ihr Unwesen. Wir …«

Weiter kam Dr. Pfleger nicht, denn Tannenberg stürzte wie ein Besessener auf ihn zu, packte ihn mit beiden Händen an der Schulter und schüttelte ihn.

»Tannenberg, sind Sie nun völlig verrückt geworden? Hören Sie sofort mit diesem Irrsinn auf!«, schrie Dr. Hollerbach energisch und wollte gerade dem völlig überraschten Kriminaldirektor zur Hilfe eilen – auch unter Einsatz körperlicher Gewalt, falls es notwendig sein sollte.

Aber das war nicht mehr nötig, denn in Wolfram Tannenberg kehrte augenscheinlich die Vernunft zurück. »Entschuldigung!« Er löste seine Hände von Dr. Pflegers Sakko, ließ sie kraftlos neben seinen Körper herabsinken und ging mit nach unten geneigtem Kopf zwei Schritte zurück. »Das ist ja der blanke Wahnsinn, der reinste Albtraum«, murmelte er dabei geistesabwesend vor sich hin.

»Was ist denn los mit Ihnen, Herr Kollege«, fragte der BKA-Beamte einfühlsam mit leiser Stimme. »Warum um Himmels Willen reagieren Sie denn derart emotional auf diese Mitteilung?«

»Weil Mariekes Freund Max in dieser verdammten Klinik liegt – und vor zwei Tagen für hirntot erklärt worden ist.«

»Wer ist denn Marieke? Und wer um alles in der Welt ist denn dieser Max?«, wollte der völlig verwirrte Polizeipräsident wissen.

»Marieke ist meine Nichte und ...«

»Maximilian Heidenreich ist ein Patient der Schlossklinik«, sagte plötzlich ein Mann, den Tannenberg zwar die ganze Zeit irgendwie aus den Augenwinkeln wahrgenommen, aber nicht bewusst registriert hatte, weil dieser leblos wie ein Möbelstück, von ihm abgewandt auf einem Stuhl am Fenster gesessen hatte.

»Woher wissen Sie das? Wer sind Sie überhaupt?«, fragte Tannenberg, dessen verschütteter kriminalistischer Spürsinn sich auf einmal wieder bemerkbar machte.

»Entschuldigen Sie, Herr Hauptkommissar, dass ich Ihnen den Herrn noch nicht vorgestellt habe. Aber wir hatten eigentlich vereinbart, dass wir Sie zunächst noch ein wenig besser über den Sachverhalt aufklären wollten, bevor wir ihn mit in unser Gespräch einbeziehen«, erläuterte Dr. Pfleger.

»Labern Sie nicht so lange rum! Wer ist das?«, polterte Tannenberg in seiner direkten Art dazwischen.

»Das ist Dr. Wessinghage. Er ist Oberarzt in der Schlossklinik und …«

»Undercover, oder wie?«

»Nun aber mal langsam, Herr Kollege«, entgegnete der BKA-Beamte mit barscher Stimme.

»Ich schlage vor, Sie halten sich jetzt mal noch eine Weile mit Ihren Fragen und provokativen Bemerkungen zurück – und hören die nächste Zeit einfach nur mal zu. Wir werden Sie jetzt nämlich in Dinge einweihen, nach deren Kenntnis Sie sicherlich verstehen werden, weshalb wir uns hier in diesem Raum unter höchster Geheimhaltungsstufe treffen und nichts, aber auch gar nichts davon nach außen dringen darf. Haben wir uns verstanden?«

»Ja«, war alles, was der Leiter der Kaiserslauterer Mordkommission antwortete, bevor er sich still an einen kleinen Konferenztisch setzte und sich mit zitternden Händen eine Tasse Kaffee einschenkte.

»Gut. Dann fangen wir mal an. Meine Abteilung beschäftigt sich schon seit einigen Jahren mit dem Thema

›illegaler Organhandel‹. Da es sich dabei um ein globales Problem handelt, kooperieren wir verständlicherweise auf internationaler Ebene. Wir haben lange gebraucht, um uns einen gewissen Überblick darüber zu verschaffen, mit welchen kriminellen Methoden die Organ-Mafia arbeitet. Uns hat aber die ganze Zeit jemand gefehlt, der uns als Insider Informationen über die weltweiten, ebenso geschickten wie brutalen Methoden dieser Organisation verschaffen kann – also eine Person, die Zugang zu den Hintermännern, zum inneren Zirkel hat.«

Tannenberg wurde trotz seiner auf eine intakte Selbstkontrolle hinweisende Willensbekundung immer unruhiger, bis er sich schließlich doch wieder einmischte:

»Halten Sie doch keine langen Vorträge. Kommen Sie bitte auf den Punkt. Ich will endlich wissen, was in dieser verdammten Schlossklinik abgeht«, forderte er vehement.

Dann wandte er sich direkt an Dr. Wessinghage. »Was habt ihr mit dem armen Max gemacht? Habt ihr ihn etwa umgebracht, um seine inneren Organe zu bekommen? – Ihr verfluchten perversen Schweine!«

Tannenberg sprang auf und wollte dem Arzt an die Kehle gehen, aber der Oberstaatsanwalt hatte die drohende Eskalation vorausgesehen und stellte sich dem Angreifer selbstbewusst in den Weg.

»Mensch, mäßigen Sie sich mal!«, schrie er ihm ins Gesicht. »Es hilft doch niemandem, wenn wir uns hier gegenseitig beschimpfen und uns an die Wäsche gehen!«

»Regen Sie sich ab, Mann. Ihrem Max geht es gut, bis

jetzt jedenfalls noch!«, sagte der Oberarzt der Schlossklinik.

»Was soll das heißen? Ist er etwa nicht hirntot?«

»Nein, eigentlich erfreut er sich bester Gesundheit und könnte die Klinik sofort verlassen, wenn man ihn denn ließe.«

»Was?«, schrie Tannenberg, dessen gesamter Körper zu beben anfing.

»Also, noch mal: Dieser Maximilian Heidenreich ist völlig gesund und hat bis auf die paar Schrammen und Hämatome keine weiteren Verletzungen von seinem Motorradunfall zurückbehalten. Ja, er könnte eigentlich direkt aufstehen und nach Hause gehen. Aber er kann nicht, denn wir haben ihn in ein künstliches Koma versetzt.«

»Also ist er gar nicht hirntot?«

»Nein! Und nochmals: nein!«

»Gut, das wäre nun ja wohl geklärt, Herr Hauptkommissar«, mischte sich der BKA-Abteilungsleiter in den Dialog der beiden Männer ein. »Zu den Einzelheiten, die diesen und andere Patienten der Schlossklinik betreffen, kommen wir gleich noch einmal zurück. Jetzt freuen Sie sich erstmal über diese gute Nachricht, die Sie natürlich unter keinen Umständen weitergeben dürfen, solange die Aktion nicht abgeschlossen ist – auch nicht an Ihre Nichte. Ist Ihnen das klar?«

»Ja«, antwortet Tannenberg gedehnt.

»Gut, dann machen wir mal weiter. Dr. Wessinghage ist unser Schlüssel, mit dem wir endlich das Tor zum inneren Zirkel dieser kriminellen Organisation aufschließen können. Er ist enger Vertrauter von Professor Le Fuet, der bei dieser ganzen Sache ja eine zentrale Rolle spielt. Dr. Wessinghage hat vom Generalbundesanwalt höchstpersönlich die Zusage erhalten, dass in seinem Falle die Kronzeugenregelung Anwendung findet und er selbstverständlich auch in unser Zeugenschutzprogramm aufgenommen wird.«

»Und wie viel Dreck hat der feine Herr hier denn selbst am Stecken, Herr Kriminaldirektor?«, fragte Tannenberg dazwischen, wobei er bei seinen beiden letzten Worten absichtlich die Lautstärke anschwellen ließ.

»Das braucht Sie nicht zu interessieren«, gab der Angesprochene scharf zurück, fügte aber gleich mit etwas versöhnlicherem Ton hinzu: »Aber ich kann Sie beruhigen: weitaus weniger, als Sie jetzt wahrscheinlich denken.«

»Wenn Sie wüssten, was *ich* gerade denke«, erwiderte Tannenberg ebenso vieldeutig wie energisch. Er war einfach nicht mehr zu beruhigen.

»Dann befindet sich der arme Max doch in extremer Lebensgefahr. Und Sie halten hier seelenruhig Vorträge. – Los, wir müssen Max sofort aus dieser verfluchten Klinik rausholen«, forderte er lautstark und schickte sich unmittelbar danach an, mit fliegenden Schritten aus dem Zimmer zu stürmen.

»Herr Hauptkommissar, das, was Sie jetzt vorhaben, wäre mit Sicherheit das absolut Falscheste, was wir jetzt tun könnten«, hielt Dr. Pfleger dem aufbrausenden Aktionismus des Kaiserslauterer Kriminalbeamten entgegen.

Tannenberg blieb sofort stehen, blickte ihn entgeistert an. »Warum?«

»Weil wir gerade mit solch einem hysterischen Amoklauf die Sicherheit dieses Patienten aufs Extremste gefährden würden.«

»Heißt das etwa, dass Sie ihn schon aus dieser Klinik rausgeholt haben?« In Tannenbergs Hirn leuchtete ein greller Hoffnungsschimmer auf.

»Nein, er liegt noch in seinem Zimmer. Aber er befindet sich trotzdem in Sicherheit.«

»Wieso? Ich versteh überhaupt nichts mehr!« Der Leiter des K1 nahm wieder auf seinem Stuhl Platz.

»Es ist aber ganz einfach«, begann Dr. Wessinghage mit seinen Erläuterungen. »Der junge Mann hat vorgestern Nacht hohes Fieber bekommen.«

»Oh Gott, auch das noch!«, stöhnte Tannenberg auf.

Der Oberarzt reagierte nicht auf diesen Einwurf, sondern fuhr unbeeindruckt mit seinem interessanten Vortrag fort: »Und obwohl er natürlich umgehend mit Antibiotika usw. behandelt wurde, gewährt ihm dieser Infekt, den übrigens ein in Gestalt meiner Person in der Schlossklinik umherwandelnder Schutzengel mit einem alten Hausrezept ausgelöst hat, einen gewissen Aufschub. Es handelt sich dabei um einen uralten Trick, mit dem sich seit Menschengedenken bereits Generationen von Soldaten erfolgreich vor ihrer Einberufung gedrückt haben.«

»Welches Rezept? Welcher Trick denn?«, fragte der Oberstaatsanwalt voller Neugierde mit gerunzelter Stirn.

»Ganz einfach: Man steckt sich gegenseitig mit Viren oder Bakterien an.«

»Genial, nicht?«, fragte Dr. Pfleger in die Runde.

»Man fängt sich also einen schweren Infekt ein, der einen dann zwar umhaut, gleichzeitig aber wehrunfähig macht! – Genial!«, zollte nun auch der Polizeipräsident diesem alten Soldatentrick Anerkennung.

Nur Tannenberg hatte mal wieder etwas an der Sache auszusetzen: »Wie kann man sich in so einer, für den armen Max schließlich extrem lebensbedrohlichen Situation nur derart ausführlich mit solch einem Quatsch beschäftigen? Wir müssen Max endlich helfen!«, warf er wütend dazwischen und kehrte zum ursprünglichen Thema zurück: »Dieses Fieber geht doch auch irgendwann mal wieder runter. Und was ist dann? «

»Ja, natürlich, geht das Fieber irgendwann mal wieder runter. Aber trotzdem befindet sich der Patient durch diese Maßnahme vorläufig in Sicherheit. Denn bevor man ihm seine Organe explantieren kann, muss sich sein Körper erst mal von dieser Infektion erholt haben. Außerdem müssen zuerst die Blutwerte wieder vollkommen in Ordnung sein. Und das kann schon ein paar Tage dauern«, erwiderte der Oberarzt und fügte nach einer kleinen Denkpause hinzu: »Obwohl bei jungen, gesunden Menschen diese Erholung ja oft relativ schnell vonstatten geht. Das ist zwar nur ein zeitlich befristeter Aufschub, aber immerhin hat meine Intervention ihn bislang vor dem sicheren Tod bewahrt.«

»Ach so, Sie sind also auch noch der gute Samariter, der ...«

»Was wollen Sie denn, Herr Hauptkommissar?«, fiel ihm Dr. Wessinghage scharf ins Wort. »Wenn ich nicht eingegriffen hätte, wäre er definitiv schon längst tot. Dann hätte er sich nämlich schon in dieser Nacht von seinen Organen verabschieden müssen. Das sind die nüchternen Fakten!«

»Apropos Organentnahme«, schaltete sich der BKA-Beamte ein, »Dr. Wessinghage, Sie haben mir doch in unserem letzten Gespräch gesagt, dass Professor Le Fuet diese Operationen immer eigenhändig durchführt.«

»Ja, unten im Keller in der Pathologie. Das ist sein Reich, da läuft er zur Höchstform auf. Sie müssten ihn mal erlebt haben, wenn er an der Schlachtbank steht … Übrigens legt er auch immer selbst Hand an die Patienten an und verabreicht ihnen höchstpersönlich die tödliche Überdosis MP 18. Er bezeichnet das immer als ›den goldenen Schuss setzen‹.«

»Wer's glaubt wird selig!«, spottete Tannenberg. »Ich verstehe allmählich Ihre Strategie, Herr Doktor: Sie hauen hier Ihren Chef in die Pfanne, bezichtigen ihn als Alleintäter und wollen uns dadurch glaubhaft machen, dass Sie völlig unschuldig seien und eine blütenweiße Weste hätten. Glauben Sie denn wirklich, dass Ihnen dieses Märchen hier irgendjemand abnimmt?«

»Herr Hauptkommissar, dieses Thema braucht Sie überhaupt nicht zu interessieren«, erwiderte Dr. Pfleger mit unüberhörbarer Schärfe. »Ich hab Ihnen vorhin schon einmal mitgeteilt, dass für Dr. Wessinghage die Kronzeugenregelung Anwendung findet. Diese Sache ist hiermit erledigt. Ist das jetzt endlich geklärt?«

Tannenberg antwortete zunächst nicht, sondern biss sich auf die Lippen und nickte kurz mit dem Kopf. Anschließend wechselte er das Thema: »Dann ist dieses MP 18 auch das Mittel, mit dem die beiden Männer am Heiligenbergtunnel narkotisiert wurden, bevor man sie vor den Zug geworfen hat.«

»MP 18 ist ein Narkotikum auf Morphinbasis, das man – je nach gewünschtem Effekt – sehr gut dosieren kann«, antwortete der Oberarzt der Trippstadter Schlossklinik mit unverhohlener Wertschätzung für dieses Medikament.

»Je nach gewünschtem Effekt«, äffte Tannenberg die Worte Dr. Wessinghages nach. »Wie das klingt. Das ist wirklich irre!« Er griff sich mit der linken Hand an sein Kinn, knetete die stoppelübersäte Haut kräftig durch. Dann erhob er sich, lief scheinbar ziellos im Zimmer umher. »Und *wer* hat nun diese beiden Männer umgebracht? – Wer waren die beiden überhaupt?«

Der Oberarzt wollte antworten, aber Dr. Pfleger fiel ihm sogleich ins Wort: »Vielleicht sollte *ich* besser den Herrn Hauptkommissar über unseren momentanen Ermittlungsstand bezüglich dieser leidigen Sache in Kenntnis setzen.«

»Leidige Sache«, wiederholte Tannenberg murmelnd.

»Ja, genau das ist es: eine leidige Sache! Bei den beiden Toten handelt es sich nämlich um zwei holländische Journalisten, die intensiv über das Thema ›illegaler Organhandel‹ recherchiert haben. Die sind uns ziemlich in die Quere gekommen. Fast hätten sie uns die gesamte Arbeit der letzten Jahre zerstört.«

»Soll das etwa heißen, dass…?« Tannenberg brach ab,

zu erschreckend war der Gedanke, der sich ihm gerade in seinen Kopf gedrängt hatte.

»Was?«

»Dass das BKA ...«

»... hinter den beiden Morden steckt?«, vollendete Dr. Pfleger. »Mensch, Tannenberg, so etwas dürfen Sie noch nicht mal denken! Selbstverständlich haben *wir* damit nichts zu tun! Diese Morde wurden von der so genannten ›schnellen Eingreiftruppe‹ der Organisation begangen.«

»Der was?«

»Tannenberg, ich kann ja auch nichts dafür, aber so heißen diese Jungs eben, nicht wahr Dr. Wessinghage?«

»Ja, genauso heißen sie. Und zwar nicht ohne Grund, schließlich arbeiten sie lautlos, schnell und perfekt. Und darüber hinaus sind sie auch noch extrem mobil«, antwortete der Oberarzt mit sichtlicher Anerkennung.

»Und vor allem hinterlassen sie keine Spuren, zumindest keine, die man mit ihnen in Verbindung bringen könnte«, ergänzte der Kriminaldirektor. »Also, Kollege Tannenberg, man muss objektiv schon feststellen, dass diese Organisation mit einer beeindruckend effizienten Logistik arbeitet. Da könnten sich manche Ermittlungsbehörden eine Scheibe davon abschneiden.«

»Und wie sieht das in der Praxis aus?«, fragte der Leiter des K1, dessen kriminalistische Neugierde geweckt worden war.

»Dann passen Sie jetzt alle mal gut auf«, sagte der BKA-Beamte. »In Europa existieren mehrere dieser

›schnellen Eingreiftrupps‹. Sie bleiben nie lange an einem Ort, sondern fahren überall in Europa herum.«

»Machen Sie das Ganze doch einfach mal an konkreten Sachverhalten fest!«, forderte Tannenberg und erzielte damit ebenso beim Polizeipräsidenten wie auch bei Oberstaatsanwalt Dr. Hollerbach volle Zustimmung. »Hängen Sie das doch mal an unseren beiden Morden hier auf.«

»Gut. Also, wir wissen von Dr. Wessinghage, dass das Handlungsmuster dieser Verbrechergruppen immer gleich ist. Es sieht in unserem konkreten Fall folgendermaßen aus: Jemand von der Schlossklinik späht in der näheren Umgebung ein Auto aus, sagen wir mal eine schwarze Mercedes-Limousine mit Kaiserslauterer Kennzeichen.«

»Kapiert bis hierhin!«

»Schön für Sie, Herr Kollege Tannenberg. Irgendwo an einem weit entfernten Ort, nehmen wir mal Flensburg als Beispiel, wird das gleiche Auto gestohlen und mit dem KL-Nummerschild seines Kaiserslauterer Zwillings ausgestattet. Dieses Auto mit dem gefälschten, und damit hier in der Gegend total unauffälligen Nummernschild wird dann hier runter gefahren und verursacht einen Unfall mit einem Motorrad. Irgendeiner dieser schnellen Eingreiftruppe verständigt direkt den Notarztwagen, der natürlich zufällig der von der Schlossklinik ist. Anschließend machen sich diese Kerle unerkannt aus dem Staub. Und wenn irgendjemandem das Auto und dessen Kennzeichen zufällig aufgefallen sein sollte, dann sucht – und findet – die Polizei natürlich den völlig ahnungslosen Besitzer des Originalautos.«

»Nicht schlecht«, anerkannte der Leiter des K1.

»Sag ich doch: ausgefeilte Logistik.«

»Aber wie verhindern diese Typen, dass andere Motorradfahrer ihnen mit ihren schnellen Maschinen nach der Fahrerflucht folgen?«

»Gute Frage, Herr Hauptkommissar. Aber es gibt dafür eine einfache Lösung. Es werden immer nur Motorradfahrer ausgewählt, die alleine unterwegs sind. Die Verbrecher sind mit Walkie-Talkies ausgestattet und beziehen in der betreffenden Gegend an verschiedenen Positionen Stellung. Nehmen wir wieder unser Beispiel zur Hand. Wir haben hier eine bei Motorradfahrern äußerst beliebte Rennstrecke auf der B 48, die ja unter diesen Freaks nur ›Rinntal‹ genannt wird. Da stellt sich einer der schnellen Eingreiftruppe oben an den Parkplatz unterhalb des Eschkopfs und ein anderer postiert sich 10 Kilometer weiter unten ins Tal …«

»Den Rest kann ich mir denken«, fiel ihm Tannenberg ins Wort. »Das ist wirklich genial. Das muss man diesen Typen lassen. Und dann wird so'n armer Kerl in der Klinik mit diesem MP 18 vollgepumpt und in einen langen, langen Dornröschenschlaf geschickt, aus dem er nie mehr erwachen wird.«

»Verstehen Sie nun, warum es so enorm schwer war, diesen Profis auf die Schliche zu kommen? Zumal das ja noch nicht alles ist, lieber Herr Kollege. Denn in der Klinik wird aus den Papieren des angeblichen Unfallopfers, das manchmal ja überhaupt keine Verletzungen aufweist, sondern nur von einem dieser skrupellosen Sklavenfänger direkt nach dem Unfall narkotisiert wurde, ein Organspendeausweis gebastelt und mit der Originalunterschrift des jungen Opfers versehen ...«

»Und wie machen die das?«, warf der Polizeipräsident verständnislos ein.

»Was meinen Sie wohl, was mit diesen modernen Computern und Scannern heute alles möglich ist«, bemerkte Dr. Hollerbach recht arrogant.

»Ach so, jetzt versteh ich auch endlich, warum die Schlossklinik dabei mitmacht«, schob Tannenberg plötzlich ohne erkennbaren Zusammenhang mit dem gerade besprochenen Thema ein.

»Ich glaub, ich weiß nicht so recht, was ...«

»Ganz einfach, Dr. Pfleger«, schnitt Tannenberg dem BKA-Beamten das Wort ab. »Diese halbverrückten, waghalsigen Motorradfahrer sind die idealen Opfer: blutjung, gesund ... Und wenn sie bei solch einem fingierten Unfall wirklich mal ernsthafter am Kopf verletzt werden sollten, ist das ja auch egal. Schließlich erfüllt das für diese perversen Organräuber genau denselben Zweck.«

»Das ist richtig. Deshalb arbeiten die ›schnellen Eingreiftrupps‹ auch vorwiegend an den bei diesen Motorradfreaks besonders beliebten Strecken. Nur dort finden sie die idealen Bedingungen vor.«

»Mann oh Mann, ist das alles irre!«, bemerkte Tannenberg und durchwühlte dabei mit beiden Händen seine Haare.

»Sie haben vollkommen Recht, aber Sie sollten die unglaubliche Chance nicht außer Acht lassen, die sich uns nun endlich bietet«, sagte Dr. Pfleger mit strahlenden Augen.

»Und was ist mit meinen beiden Mordfällen?«

»Die können Sie doch getrost als gelöst betrachten. Sobald wir genügend Informationen über die internationalen Machenschaften dieser Organisation zusammengestellt haben, schlagen wir zu und liefern Ihnen diese Schurken auf dem silbernen Tablett.«

»Und wann?«

»Natürlich so schnell es geht! Aber Sie müssen doch Verständnis dafür aufbringen, dass wir diese Leute jetzt noch nicht zur Fahndung ausschreiben können. Das würde die Hintermänner aufschrecken und die ganze Sache verderben. Diese Kerle laufen uns schon nicht weg!«

»Aber Dr. Pfleger, Ihnen ist schon klar, dass Sie dadurch in der Zwischenzeit das Leben einiger Unschuldiger aufs Spiel setzen«, gab Tannenberg zu bedenken.

»Was sollten wir denn nach Ihrer Meinung tun? Wenn wir zu früh zuschlagen, können wir doch nicht gegen die Strippenzieher vorgehen. Dann ergreifen wir nur die Handlanger! Und die Hintermänner bleiben ungeschoren. Die sind doch so clever, dass sie schon nach kurzer Zeit ganz cool ihr blutiges Geschäft weiter betreiben. Und damit auf Dauer viel mehr Menschenleben gefährden, als die, die jetzt auf dem Spiel stehen.«

»Mann, das ist ja wie im Krieg: Leichen gegeneinander aufrechnen.«

»Tannenberg, das ist nicht wie im Krieg, das *ist* Krieg! Organisierte Kriminalität ist sogar noch schlimmer als Krieg.«

»Wieso?«

»Weil diese Leute nie aufhören werden, Krieg zu führen und immer stärker werden, wenn wir sie nicht stoppen«, sagte der BKA-Abteilungsleiter und sog einmal tief die Luft ein. »Was meinen Sie wohl, wie viele Unschuldige diese Organisation bereits auf dem Gewissen hat? Wie viele Familien sie dadurch zerstört hat?«

»Ich muss mal etwas ganz Blödes fragen.«

»Fragen Sie, Tannenberg, fragen Sie!«

»Warum gehen diese Leute hier in Europa dieses enorme Risiko ein? Und verrichten ihr schreckliches Geschäft nicht in irgendeiner Bananenrepublik?«

»Das kann ich Ihnen sagen«, entgegnete Dr. Wessinghage gelassen: »Weil die Kunden dieser Organisation eine schriftliche Garantie darüber haben wollen, dass die ihnen implantierten Organe nicht von irgendeinem afrikanischen oder asiatischen Slumbewohner stammen, sondern von einem jungen Mitteleuropäer.«

»Was? Das glaub ich nicht!«

»Doch, das ist so, Herr Hauptkommissar!«

Für ein paar Sekunden beherrschte bleierne Sprachlosigkeit den Raum. Man hörte lediglich das montone Ticken einer Designer-Wanduhr und gedämpften Straßenverkehrslärm.

»So, Tannenberg, ich denke, das reicht für heute«, zerschnitt Kriminaldirektor Dr. Pfleger die andächtige Stille. »Ich denke, wir haben Sie genügend irritiert. Das werden Sie sicherlich zunächst einmal in aller Ruhe verdauen müssen. Sie sollten erst wieder am Montag in Ihrer Dienststelle erscheinen. Und vergessen Sie ja nicht: An niemanden auch nur ein Sterbenswörtchen! Wir verabschieden uns hiermit. Es gibt noch viel zu tun.«

Der BKA-Beamte öffnete geschwind eine Nebentür, hinter die er gemeinsam mit Dr. Wessinghage in Windeseile entschwand.

»Sagen Sie mal, Herr Hauptkommissar, wer war denn diese attraktive, aparte Dame mit der Sie diese musikalische Lesung besucht haben? Irgendwie ist mir Ihre Begleiterin bekannt vorgekommen?«, fragte Dr. Holerbach.

Tannenberg hatte nicht hingehört. Seine Gedanken beschäftigten sich derweil mit quälenden Selbstvorwürfen.

Verdammt, ich hab vergessen, ihnen zu sagen, dass sie mir ja auf Max aufpassen sollen!, dachte er und stürmte auf die Tür zu, die sich jedoch merkwürdigerweise nicht mehr öffnen ließ.

17

Innerlich aufgewühlt, gleichzeitig aber auch benommen von den über ihn wie ein plötzlicher Steinschlag eingestürzten Informationen und Ereignissen, trottete Wolfram Tannenberg mit trägen, schlurfenden Schritten nach Hause. Diesmal nahm er ohne auch nur einen einzigen Gedanken an eine alternative Route zu verschwenden, den direkten Weg über die Glockenstraße.

Wie fast immer blieb seiner Mutter die Heimkehr ihres jüngsten Sohnes nicht verborgen. Sie fing ihn im Flur ab und lud ihn zum gemeinsamen Abendessen in die elterliche Wohnung ein. Tannenberg verspürte nicht die geringste Lust dazu; er wollte einfach nur seine Ruhe haben.

»Wolfi, bitte komm. Heiner und Betty sind auch da«, sagte die alte Frau und wollte ihn sogleich sanft durch die Eingangstür schieben.«

Aber er verwahrte sich dagegen, indem er einfach wie ein störrischer Esel stehen blieb. »Also, Mutter, auf meine geliebte Schwägerin hab ich nun absolut keinen Bock«, bediente sich Tannenberg ungewohnter Weise der Jugendsprache.

»Du *musst* aber kommen!«

»Warum, muss ich?«

»Weil sie sich große Sorgen um Marieke machen.« Dann senkte sie die Stimme, bewegte ihren Kopf in Richtung Tannenbergs Ohr und ergänzte flüsternd: »Sie haben Angst, dass sie sich was antut.« Sie schniefte. »Wegen ihrem Freund ..., der ja jetzt tot ist ... Das arme Kind!«

Nun war ihm natürlich schlagartig klar, dass er das jammernd vorgetragene Begehren seiner Mutter nicht brüsk zurückweisen konnte. Liebevoll nahm er sie in den Arm und betrat gemeinsam mit ihr die gemütlich eingerichtete elterliche Wohnküche. Heiner und dessen Ehefrau saßen schweigend am Tisch und stocherten lustlos in ihrem Salat herum, während sein Vater sich wie üblich mit mürrischem Gesichtsausdruck in die Zeitung vergraben hatte.

Man konnte die schwermütige, erdrückende Stimmung geradezu mit Händen greifen.

»Heiner, was ist denn mit Marieke?«

»Ach, Wolf, das weißt du doch genau. Du hast sie schließlich in diese Klinik begleitet.«

»Ja, klar.«

Heiner stöhnte auf. »Und seitdem ist sie wie ausgewechselt, isst fast nichts mehr, sperrt sich nur noch in ihrem Zimmer ein. Gestern war sie noch nicht mal in der Schule. Die ist völlig fertig mit ihren Nerven.«

»Ich hab wirklich Angst, dass sie sich umbringt«, pflichtete Betty ihrem Ehemann bei. »Sie nimmt von mir keinerlei Hilfe an. Und zu einem Psychologen will sie auch nicht.«

»Was sollen wir nur machen?«, fragte Heiner und schlug sich dabei verzweifelt die Hände vors Gesicht.

Du fragst, was *ihr* machen sollt? Was um Gottes willen soll *ich* denn machen? Ich darf euch doch nichts sagen! Verdammt noch mal! Auch Marieke nicht!, sagte Tannenberg zu sich selbst und dachte plötzlich an die tragische Geschichte eines jungen französischen Schülerpärchens, das vor einigen Jahren an der bretonischen Steilküste Hand in Hand von den Felsen herab in den Tod gesprungen war.

In einem langen Abschiedsbrief an ihre Eltern hatten die beiden Jugendlichen den gemeinsam begangenen Selbstmord zu begründen versucht. Und hatten darin als alleinigen Grund für ihre Wahnsinnstat angeführt, dass sie mit diesem Suizid ihre unglaublich große Liebe zueinander für alle Zeiten konservieren wollten – weil sie es nicht ertragen hätten, dass diese mit der Zeit hätte geringer werden können.

»Irre!«, murmelte Tannenberg kopfschüttelnd vor sich hin.

»Das ist wirklich irre«, stimmte Heiner zu. »Sei froh, dass du keine Kinder hast.«

»Bin ich froh, dass ich kein Kind mehr bin und solche Eltern wie euch habe!«

»Was willst du denn damit sagen?«, schrie Betty ihrem Schwager zornig ins Gesicht. »Willst du dich jetzt auch noch über uns lustig machen?«

Tannenberg sah sofort ein, dass er mit seiner letzten Bemerkung in dieser äußerst sensiblen Angelegenheit eindeutig zu weit gegangen war. Aber seiner geliebten

Schwägerin wollte er trotz allem den Triumph einer Entschuldigung nicht gönnen.

Deshalb zog er sich ohne einen weiteren Kommentar abzugeben in seine Wohnung zurück.

Verdammt! Was soll ich denn nur machen?, drängten sich erneut verzweifelte Gedanken in den Vordergrund. Ich darf nicht darüber reden! Wie hat der Typ vom BKA gesagt: kein Sterbenswörtchen! – Aber ich muss mit jemandem darüber reden! Sonst werd ich wahnsinnig! Ich kann diese schreckliche Situation alleine nicht ertragen. – Basta!

Er ging zu seinem Telefonapparat, zog das Mobilteil aus der Basisstation und tippte die Taste, welche die eingespeicherten Nummern preisgab, wählte den gewünschten Gesprächspartner aus und drückte auf den grünen Verbindungsknopf.

Nach mehrmaligem erfolglosem Läuten, das Tannenbergs Pulsfrequenz nach jedem Rufton ein wenig mehr in die Höhe trieb, meldete sich schließlich Dr. Schönthaler.

»Hallo, Rainer, hast du Zeit?«

»Wann?«

»Jetzt gleich.«

»Nee, alter Junge, ich werd gleich abgeholt!«

»Es ist aber unglaublich wichtig. Ich muss unbedingt mit dir reden!«

»Mein lieber Wolfram, das hat doch wohl auch noch ein bisschen Zeit. Sagen wir um 22 Uhr im La Pergola? Ich lad dich auch ein.«

»Nein, es muss *jetzt* sein. Ich würde dich auch nicht

darum bitten, wenn es nicht wirklich wichtig wäre – überlebenswichtig!«

»Überlebenswichtig?« Für kurze Zeit hörte man nur ein diffuses Hintergrundgeräusch, das eigentlich nur von einer in Betrieb befindlichen Geschirrspülmaschine stammen konnte. »Gut, alter Junge, dann sag ich eben ab!«

»Danke, Rainer, ich bin in ein paar Minuten bei dir.«

Gesagt, getan.

Schon eine knappe Viertelstunde später erreichte Tannenberg das Haus des Rechtsmediziners, der ihn bereits auf der Straße erwartete. Die dringlichen Fragen Dr. Schönthalers hinsichtlich der Probleme seines alten Freundes schmetterte dieser mit der Aussage ab, dass die Angelegenheit so komplex sei, dass er sich völlig außerstande sähe, darüber während der Autofahrt zu sprechen.

»Wo fährst du denn jetzt hin?«, fragte der Gerichtsmediziner verwundert, nachdem der Kriminalbeamte von der L 503 rechts nach Stelzenberg abgebogen war.

»Wart's ab! Du wirst es gleich sehen«, entgegnete Tannenberg und steuerte sein feuerrotes BMW-Cabrio über den Römerweg nach Langensohl, wo er das Auto am Kohlhübel in einem schmalen Seitenweg versteckte.

»Und *was* soll ich jetzt sehen, Herr Hauptkommissar?«

»Mensch Rainer, sei doch nicht so laut!«

Aber Dr. Schönthaler ließ sich von dieser Aufforderung nicht beeindrucken: »Der Herr hat mir eben eine kräftige Stimme gegeben, damit ich ihm laut dienen kann, hat unser Religionslehrer in der Schule immer gesagt.«

Nachdem er allerdings die sich mit Tränen füllenden Augen Tannenbergs wahrgenommen hatte, verwandelte er sich plötzlich in ein sehr sensibles, ruhiges Wesen.

»Ich kann ... einfach nicht mehr, Rainer! ... Das ist der ... totale Albtraum!«, sagte Tannenberg stockend.

»Ja, was denn, Wolf?«, fragte der Gerichtsmediziner betroffen. »Alter Knabe, ich versuch dir ja wirklich gerne zu helfen. Aber dazu musst du mir doch jetzt endlich mal erzählen, was überhaupt los ist!«

»Komm, wir gehen ein Stück!«, bat der Leiter des K1.

Während des Waldspaziergangs informierte er seinen besten Freund ebenso über die schier unglaublichen Erkenntnisse des BKA hinsichtlich der skrupellosen Aktivitäten der Organ-Mafia in der Trippstadter Schlossklinik, wie auch über seine persönlichen Probleme, die ihm auferlegte Schweigepflicht betreffend.

Dr. Schönthaler mischte sich in den Monolog Tannenbergs nicht ein, hörte ihm einfach nur schweigend dabei zu, wie dieser sich mit wilder Gestik seine Sorgen von der Seele redete. Während sein Freund ihm mit eindringlichen Worten den fürchterlichen inneren Konflikt schilderte, an dem sein Herz fast zu zerreißen drohte, nahm das Gesicht des Rechtsmediziners einen immer versteinerteren Ausdruck an.

Nachdem sich der dunkle, dicht bewachsene Mischwald etwas gelichtet hatte, erreichten beide Männer einen breiten Fahrweg, der nach etwa zweihundert Metern schließlich in eine schmale Asphaltstraße mündete. Als sich nach einer kleinen Fichtengruppe unversehens ihr Blickfeld öffnete, verlangsamten sie gleichzeitig ihre Schritte. Dann blieben sie stehen. Vor ihnen lag eine mit blühendem Löwenzahn betupfte hügelige Wiesenlandschaft, über der auf der anderen Seite eines schmalen Tals das Trippstadter Schloss thronte.

»Ach so, jetzt versteh ich auch endlich, warum du mich hierher gefahren fast. Und vor allem versteh ich jetzt auch, warum du diesen Schleichweg über Stelzenberg genommen hast. Du vermutest, dass das BKA die Klinik observiert und ...«

»Klar«, schnitt Tannenberg ihm den begonnenen Satz ab. »Sogar ganz sicher machen die das! Die würden ausflippen, wenn sie wüssten, dass ich hier bin.«

»Und du glaubst nicht, dass sie uns hierher gefolgt sein könnten?«

Daran hatte er nicht gedacht. Der Schreck stand ihm ins Gesicht geschrieben.

Dann fing er sich aber gleich wieder.

»Das denk ich eigentlich nicht, die brauchen ihre Leute zurzeit für andere Dinge.«

Der Gerichtsmediziner nickte zustimmend. »Aber du, ich muss dir ehrlich sagen, dass ich es einfach nicht glauben kann, was du mir eben erzählt hast.«

Er blickte ihm tief in die Augen.

»Doch, Rainer, das ist leider alles wahr. Wirklich alles!«

»So was Verrücktes! Ich kann es einfach nicht glauben: die Organ-Mafia hier mitten unter uns – im Pfälzer Wald

… Das ist ja eine Wahnsinnsgeschichte, die hätte sich ja ein Kriminalschriftsteller nicht besser ausdenken können.«

Wolfram Tannenberg dachte für einen kurzen Augenblick an das Fiasko mit der musikalischen Lesung. »Sei mir bloß ruhig mit Kriminalschriftstellern!«

»Warum?«

»Egal«, gab der Kriminalbeamte einsilbig zurück.

Dr. Schönthaler bohrte nicht weiter nach, sondern versuchte seinen besten Freund ein wenig zu beruhigen: »Wolf, wenn das mit der Infektion stimmt, dann ist dieser Max zumindest für die nächsten Tage, wenn nicht sogar mindestens für eine oder sogar zwei Wochen auf der sicheren Seite. Und wenn dann auch noch dieser Dr. Wessinghage und das BKA auf ihn aufpassen, brauchst du dir keine großen Sorgen mehr um ihn zu machen. Und was Marieke betrifft: Sie ist eine robuste junge Frau, die garantiert demnächst wieder die Kurve kriegen wird. Was meinst du wohl, wie sie sich freuen wird, wenn diese Sache vorüber ist und sie ihren geliebten Max wieder in die Arme schließen kann!«

»Glaubst du wirklich, dass alles gut geht?«

»Klar, Wolf, felsenfest!«

Diese aufmunternden Worte taten dem Leiter des K1 spürbar gut. Seine Verkrampfungen lösten sich zusehends. Erleichtert schickte er seine Augen auf Erkundungsreise in die nähere Umgebung. Plötzlich entdeckte er direkt vor ihnen an einem grauen Metallrohr ein in etwa zwei Metern Höhe angebrachtes Straßenschild, auf dem mit weißen Lettern auf blauem Hintergrund ›Am Galgen‹ geschrieben stand.

»Das gibt's doch gar nicht! Manchmal gibt's Zufälle, die gibt's gar nicht! Das hier zum Beispiel kann doch wohl kein Zufall sein, oder?«, fragte er in Richtung des ein wenig versetzt hinter ihm stehenden Gerichtsmediziners.

»Ja, was denn sonst? Mensch, Wolf, das sind doch alles nur Einbildungen. Solche Phänomene lassen sich ganz schnell mit der Wahrscheinlichkeitstheorie erklären.«

»Aber bitte nicht jetzt, Rainer!«

»Nein, nein ... Du, aber wenn ich mir's so recht überlege, eigentlich gibt es kaum einen idealeren Ort für solche kriminellen Machenschaften: Verschlafene Provinz, wo Ärzte immer noch den Stellenwert von ›Halbgöttern in Weiß‹ haben, die unmittelbare Nähe zum Rinntal ..., das einem bei Bedarf junge, gesunde Organspender in nahezu unbegrenzter Anzahl liefert. – Irgendwie genial!«

»Du, das hört sich ja fast so an, als ob du diese perversen Typen bewundern würdest.«

»Was heißt bewundern? Aber ich muss schon feststellen, dass die Logistik und Perfektion, mit der hier anscheinend zu Werke gegangen wird – schließlich spricht man ja nicht umsonst von ›Organisierter Kriminalität‹, mich schon irgendwie beeindruckt. Du kennst doch mein Faible für spannende Strategiespiele, das du im Übrigen ja auch teilst.«

»Aber zwischen Schach oder Backgammon und dem, was die hier machen, gibt es doch wohl einen gewaltigen Unterschied ...«

»Und der wäre?«

Tannenberg stemmte seine Hände in die Hüften.

»Muss ich dir das wirklich erklären?« Er blickte Dr. Schönthaler herausfordernd an. Aber als dieser nicht antwortete, ergänzte er: »Hier werden junge, hoffnungsvolle Menschenleben ausgelöscht!«

»Und andere damit gerettet!«, parierte der Rechtsmediziner. »Und wenn du die ganze Sache einmal streng ökonomisch betrachtest, musst du sogar feststellen, dass mit *einem* Menschenleben, das beendet wird, das Leben *mehrerer* Menschen gerettet wird. Schließlich liefert ein junger, gesunder Organismus zwei gesunde Nieren, eine Leber, ein Herz usw.«

»Du bist ja genauso verrückt und pervers wie diese Verbrecher in der Klinik!«

»Na, jetzt übertreibst du aber ein wenig!«

»Wieso? Da liegt der arme Max als absolut handlungsunfähiges, lukratives Materiallager in dieser Klinik, ist ein lebloser Spielball einer übermächtigen Interessengruppe, einer Organ–Mafia, die anscheinend einen zwar illegalen, sicherlich aber gerade deshalb besonders einträglichen Handel mit menschlichen Innereien betreibt. Und du bewunderst diese teuflischen Metzgergesellen auch noch! Das gibt's doch gar nicht!«

»Ich wollte dir nur einmal ganz nüchtern die rein medizinische Seite dieser Sache veranschaulichen, die ja im Übrigen die legale Organvermittlung ganz genauso handhabt. Ich weiß, dass die Schlossklinik auch Eurotransplant beliefert. Ganz offiziell natürlich.«

»Ja, klar, das ist ja auch richtig so. Aber da handelt es sich doch tatsächlich um Hirntote, die eines natürlichen Todes gestorben sind und die freiwillig ihre Organe gespendet haben«, antwortete Tannenberg mit dem Brustton der Überzeugung.

»Bist du da wirklich ganz sicher, alter Freund?«

»Wieso?«

»Ich will ja nichts behaupten, was ich nicht beweisen kann. Aber du weißt doch genauso gut wie ich, dass in Deutschland, wo sowieso schon viel weniger als in anderen Ländern obduziert wird, aus Kostenspargründen die Etats der gerichtsmedizinischen Institute immer weiter zusammengestrichen werden.«

»Ja, ich weiß, ich kenne deine Argumente nur zu gut: Ich weiß, dass höchstens die Hälfte der unnatürlichen Todesfälle überhaupt entdeckt wird.«

»Und dass es dabei eine sehr hohe Dunkelziffer gibt, ist dir auch bekannt. Und du weißt genauso gut wie ich, wie viele unentdeckte Mörder deshalb hier immer noch frei mitten unter uns herumlaufen.«

»Ja, ich weiß.«

»Wie sagt der Volksmund so schön: ›Wo kein Kläger, da auch kein Richter.‹ Und Tote können nun mal nicht mehr ihre Mörder verklagen. Wir, die Rechtsmediziner sind die einzigen, die diesen unzähligen Mordopfern ein wenig Gerechtigkeit verschaffen können! ... Wenn es ihnen leider auch nicht mehr viel nützt.«

»Du hast ja Recht. Wenn Morde nicht mehr als Morde erkannt werden, leben die Täter in paradiesischen Zuständen. – Mann oh Mann, was für eine verrückte Welt!«

»Übrigens bin ich mir sicher, dass die ärztlichen Mitarbeiter dieser Organisation in diesem Bereich alle Tricks kennen.«

Tannenberg warf die Stirn in Falten. »Was meinst du damit?«

»Na ja, man könnte zum Beispiel die Monitore manipulieren, die angeblich die Hirnströme des Komapatienten messen ... Oder man könnte den ausgeplünderten Leichnam als hoch infektiös deklarieren und ihn unter Quarantäne stellen, ihn dann verbrennen lassen. Dadurch könnte man Recherchen vonseiten der Angehörigen verhindern. Man könnte Organspendeausweise professionell fälschen ...«

»Komm, jetzt hör aber mal auf! Du bist ja genauso ein Dr. Frankenstein, wie diese Verbrecher!«

»Warum? Ich bin nur ein kreativer Spieler. Und ich *denke* nur bestimmte Dinge, ich *tue* sie nicht. Das ist der kleine, aber entscheidende Unterschied! – Aber mal was anderes: Um diesem Maximilian zu helfen und ihn zu beschützen, könnte ich mich doch als Undercover einschleichen.«

»Was? Du?«

»Ja, warum denn nicht? Zum Beispiel als Mediziner des Gesundheitsamtes oder als Mitarbeiter von Eurotransplant oder als Medizinjournalist, der eine Reportage über Unfallkliniken schreiben will.«

»Also, das ist keine besonders gute Idee!«

»Wieso denn, Wolf?«

»Na ja, weil es von dieser Berufsgruppe schon zwei Tote gibt.«

»Ach so. Ich verstehe: Dann waren die beiden, die man am Heiligenbergtunnel gefunden hat und mit deren Einzelteilen ich bei mir in der Pathologie gepuzzelt habe, zwei Journalisten?«

»Ja, es waren holländische Journalisten. Die haben anscheinend über illegalen Organhandel recherchiert.«

»Aber jetzt mal im Ernst, Wolf: Ihr könntet mich doch verkabeln und auf diese Weise alles mithören. Und wenn die mir an die Wäsche wollen, schlagt ihr zu.«

»Du spinnst ja, ich glaube, du schaust dir eindeutig zu viele Krimis an. Was meinst du wohl, was das BKA von deiner Idee halten würde?«

»Die bräuchten das doch gar nicht mitzukriegen!«

Nur ein paar hundert Meter Luftlinie von der Straße ›Am Galgen‹ entfernt, versuchte sich Maximilian Heidenreich etwa zur gleichen Zeit Klarheit über seine derzeitige Situation zu verschaffen.

Bin ich überhaupt noch am Leben?

Er schickte einen dringlichen Hilferuf an seine Sinnesorgane.

Ich hab Kopfschmerzen ... Da ist auch ein Wundgefühl im Mund und im Rachen ... Ich hab kalt ..., saukalt sogar!

Er setzte sich an den trüben Teich seiner Erinnerungen, warf die Angelrute hinein und hoffte darauf, dass er irgendetwas Verwertbares herausfischen könnte.

Nach einigen erfolglosen Versuchen wurde plötzlich der See von unten her beleuchtet und er bekam eine Szene vorgespielt, die sich genau so vor zwei Tagen an seinem Bett zugetragen hatte: Die Oberschwester entdeckte, dass seine Körpertemperatur auf über 40 Grad angestiegen war. Umgehend verständigte sie Professor Le Fuet, der sofort die Gabe eines fiebersenkenden Medikaments und die Verabreichung von Antibiotika anordnete. Bevor er den Raum wieder verließ, tätschelte der Leiter der Schlossklinik Maximilians Wade mit den aufmunternden Worten ›Mein junger Freund, aufgeschoben ist nicht aufgehoben!‹

Hat der mir wirklich die Wade getätschelt und das gesagt?

Die schummrige, verklärte Welt seiner Gedanken lichtete sich immer mehr.

Dann hat dieses Fieber meine Hinrichtung aufgeschoben – aber eben nicht aufgehoben! Was natürlich logischerweise bedeutet, dass die nur abwarten, bis das Fieber wieder unten ist.

»Ja, da können wir wohl gegenwärtig nichts tun, Chef!«, hörte Max plötzlich eine männliche Stimme aus Richtung der Zimmertür, die sich gerade vor einem Augenblick mit einem satten Hydraulikgeräusch geöffnet hatte.

»Nein, Wessinghage, da müssen wir wohl oder übel abwarten, bis sich die Blutwerte wieder normalisiert haben.« Professor Le Fuet reichte seinem Mitarbeiter eine braune Mappe. »Herr Kollege, sehen Sie selbst: Die neuesten Daten zeigen sehr schön, dass der junge Mann sich auf dem richtigen Weg befindet, dem Weg der Genesung. Von Gleichenstein war zwar überhaupt nicht begeistert, als ich ihn über die Sache mit dem Fieberschub informiert habe. Aber was sollen wir denn machen, wenn der Herr hier sich so mir nichts dir nichts eine Infektion einfängt. Aber die Schweizer wissen ja selbst nur zu gut, dass ein Spender vor der Explantation körperlich topfit sein muss.«

»Natürlich, Chef!«

»Sagen Sie mal, Wessinghage, was ist denn eigentlich mit den beiden Nieren für Eurotransplant? Sind wir da bald soweit?«

Was? Zwei Nieren für Eurotransplant?, wurde Max von einer Schockwelle überspült. Aber er beruhigte sich gleich wieder ein wenig. *Meine sind damit wohl nicht gemeint.*

Diese Vermutung wurde kurz darauf von offizieller Seite bestätigt.

»Ja, der andere Patient ist bereits vorbereitet.«

»Fein, Wessinghage! Dann wollen wir mal zur Tat schreiten! Schließlich tragen wir ja eine enorme Verantwortung für das Allgemeinwohl – sprich: die sozial ausgewogene, gerechte Organversorgung – der europäischen Bevölkerung, nicht wahr, Herr Oberarzt?«

»Genauso ist es, Herr Professor. Dessen sind wir uns hier auf dieser Station alle bewusst.«

»Es muss ja schließlich auch noch Menschen geben, die sich auf legale Art und Weise von ihren Organen verabschieden.«

Lachend verließen die beiden Ärzte Maximilians Krankenzimmer.

18

Montag, 5. Mai

Solch ein schreckliches Wochenende hatte Wolfram Tannenberg schon lange nicht mehr erlebt. Nachdem er seine gewaltigen Probleme dem Gerichtsmediziner offenbart hatte, waren die beiden zu einem ›dringend erforderlichen Kompensationstrunk‹ – das waren die Originalworte Dr. Schönthalers – im Aschbacherhof versackt. Eigentlich hatten sie sich vorgenommen, dort nur *ein* Weizenbier zu trinken. Aber wie so oft, wenn die beiden Männer gemeinsam um die Häuser zogen, hatten die guten Vorsätze auch diesmal schon von vornherein eigentlich nie eine realistische Chance auf Umsetzung gehabt.

Und weil die Landgaststätte irgendwann kurz vor Mitternacht ihre Pforten schloss, ließen sich die Hobby-Zecher noch eine Flasche Riesling als Marschverpflegung für den zu Fuß zu bewältigenden Heimweg aushändigen. Die ganze Sache endete schließlich damit, dass die beiden Freunde nach ihrer leicht torkelnden Rückkehr in die schützenden Mauern der Barbarossastadt in der Havanna-Bar versackten.

Als Tannenberg dann am Sonntagmittag mit einem unglaublichen Brummschädel in seiner Badewanne erwachte, hatte er nicht einmal mehr den Funken einer Erinnerung an die Ereignisse der vergangenen Nacht.

Aber auch der im Übermaß zugeführte Alkohol hatte es nicht geschafft, die schreckliche Situation, in der er sich befand, aus seinem Gehirn zu brennen. Kaum hatte er die Augen geöffnet, waren diese fürchterlichen Bilder wieder da – Bilder, die ihn sofort aufstöhnen ließen: Max als stillgelegtes Organdepot, Marieke als selbstmordgefährdete Trauernde.

Er hatte diese Einspielungen einfach nicht ertragen können.

Ohne auch nur einen Deut über irgendwelche Handlungsalternativen nachzudenken, hatte er sich zielgerichtet an seinen Küchenschrank geschleppt und in einem regelrechten Sturztrunk fast eine halbe Flasche seines geliebten Mirabellenbrandes die rebellierende Kehle hinuntergekippt. Um die brennenden Schleimhäute zu beruhigen, hatte er nach jedem großen Schluck Schnaps ein halbes Glas Apfelsaft getrunken.

Und danach war ihm übel, speiübel gewesen.

Er hatte gelitten, gelitten wie ein Hund. Ein paar Mal war er kurz davor gewesen, Marieke wenigstens ein paar Andeutungen über die tatsächliche Situation ihres Freundes zu machen, hatte sie sogar drüben im andern Haus anzurufen versucht. Aber sie war nicht da gewesen, hatte bei ihrer besten Freundin das Wochenende verbracht.

Irgendwann hatten ihn dann plötzlich starke Zweifel dahingehend überkommen, ob es richtig gewesen war, den Rechtsmediziner ins Vertrauen zu ziehen und sich ihm dadurch auf Gedeih und Verderb auszuliefern.

Weder das BKA noch sonst wer hatte sich an diesem Wochenende bei ihm gemeldet. Er war auf dem Abstellgleis geparkt, fast genauso handlungsunfähig wie Maximilian Heidenreich.

In einem Anflug von alkoholbedingtem Wahnsinn hatte er sich für einen Moment doch tatsächlich dazu entschlossen, sofort in die Klinik zu fahren und auf eigene Faust Max mit einer Gewaltaktion aus diesem schrecklichen Gruselkabinett zu befreien. Aber sein Auto war ja glücklicherweise nicht da, stand immer noch auf dem großen Waldparkplatz am Aschbacherhof.

Allein schon der Gedanke, dass Marieke bei ihm in der Wohnung erscheinen könnte und er ihr in die Augen schauen müsste, wenn er gezwungen war, sie anzulügen, trieb ihn fast zum Wahnsinn.

Und nun saß er am Montagmorgen in seinem Dienstzimmer und kämpfte mit einem ausgewachsenen Kater, einem fürchterlichen Untier, das sich einfach nicht verscheuchen ließ, sondern ihm ohne jegliches Erbarmen immer und immer wieder seine scharfen Krallen in den Schädel jagte.

Wie komm ich nur wieder an mein Auto? Das steht ja immer noch am Aschbacherhof. Vor allem: Wie komm ich dahin, ohne dass es jemand merkt. Denn dann wüssten die doch alle sofort, was Sache ist. – Warum mach ich nur immer wieder solch einen verdammten Blödsinn?, pochte es hinter seiner Schädeldecke.

Dann hatte er eine Idee.

Ohne irgendein Wort an Petra Flockerzie zu richten, schlich er am Schreibtisch seiner Sekretärin vorbei und flüchtete aus dem Kommissariat. Er ging zum Krankenhaus, bestieg dort ein Taxi und ließ sich von diesem zu dem einige Kilometer vor den Toren der Stadt in einem idyllischen Wiesental gelegenen Landgasthof bringen.

Als er etwa eine halbe Stunde später wieder in seiner Dienststelle erschien, wurde er von seinem sichtlich gutgelaunten Kollegen Michael Schauß empfangen.

»Guten Morgen, einsamer Wolf«, begrüßte ihn der junge Kommissar. »Du, der holländische Kollege, dieser Benny de Vries, hat vor ein paar Minuten angerufen. Er ruft gleich noch mal an. Er hat gesagt, dass er interessante Neuigkeiten hat. Mir wollte er sie aber nicht sagen.«

»Das wär ja auch noch schöner!«, brabbelte Tannenberg übellaunig zurück.

»Warum? – Ich stelle fest, der Herr Hauptkommissar spielt mal wieder Montag-Morgenmuffel, hab ich Recht?« Als keine Antwort erfolgte, Tannenberg lediglich eine abschätzige Grimasse schnitt, setzte der junge Kriminalbeamte gleich noch einen weiteren Stachel in das müde, gequälte Fleisch des Kommissariatsleiters. »Sag mal, hast du am Wochenende endlich mal versucht, dich zu rasieren?«

»Warum?«

»Na, wegen der roten Stellen und der Krusten an deinem Ohr und an deiner Nase!«

Reflexartig tastete Tannenberg nach den Gesichtsregionen, in denen er nach seiner verklärten Erinnerung den Ohr- und Nasenhaarrasierer getestet hatte. Die kleinen Wunden hatte er völlig vergessen.

Er nickte nur kurz mit dem Kopf und verschwand brummend in sein Zimmer.

Gelangweilt spielte er an seiner Schreibtischschublade herum, zog sie ein wenig heraus, schob sie wieder bis zum Anschlag hinein. Dann zog er sie ein wenig weiter heraus – und blickte plötzlich auf ein Photo, das Ellen Herdecke vor der Leichenhalle des Kaiserslauterer Hauptfriedhofes zeigte. Blitzschnell drückte er die Schublade wieder zu und hätte sich dabei um ein Haar die Finger eingeklemmt.

»Für diesen Kram hab ich im Moment überhaupt keinen Kopf!«, knurrte er gerade vor sich hin, als sein Telefon läutete.

»Hy, Wolf, hier spricht der Käskopp, mit dem du auf einem kleinen See Paddelboot gefahren bist!«

»Oh je, erinner mich bloß nicht daran!«, bat der Leiter des K1.

»Bist du schlecht drauf, Wolf?«

»Quatsch!« Tannenberg versuchte sich zusammenzunehmen. »Was gibt's denn Wichtiges, Benny?«

»Eigentlich nichts Besonderes, nur dass deine holländischen Kollegen die beiden Jungs ausfindig gemacht haben, die zu deinen Tätowierungen passen. Das war eine ganz schöne Arbeit: Wir mussten ja erst mal rauskriegen, wer sich alles so eine Tätowierung hat machen lassen. Aber zum Glück hat der Hausmeister der Schule sich wirklich alle aufgeschrieben. Dann haben wir angefangen sie abzuchecken. Und ziemlich schnell hatten wir die beiden gefunden. Nee, eigentlich nicht gefunden, weil sie nicht zu finden waren – verstehst du, was ich meine?«

»Ja, klar.«

»Da staunst du aber, was?«

»Ja.«

»Und du wirst es nicht glauben, aber ich kenne die beiden – hab die beiden gekannt. Mit dem einen hab ich einige Jahre lang in unserer Schülerzeitung gearbeitet. Aber seinen Freund kenn ich nicht so gut.« Er wartete einen Moment, bevor er fortfuhr: »Willst du nicht wissen, was die von Beruf waren?«

»Doch, klar.«

»Also: Die waren beide freie Journalisten, ziemlich stark sozial engagiert. Haben sogar ein paar Preise für ihre Reportagen bekommen ...«

»So.«

»Sag mal, was ist denn los mit dir? Interessiert dich das denn gar nicht?«

»Doch.«

»Hört sich aber nicht so an! Wir waren in der Wohnung der beiden und haben dort Genmaterial gefunden, das unser Doktor dann mit den Daten von eurem Doktor verglichen hat. Die sind das ganz sicher.«

Der Leiter des K1 brummte nur.

»Geht's dir nicht so gut? Soll ich mal wieder zu dir kommen und dich aufmuntern?«

Tannenberg ging nicht auf das Gesagte ein. Er entschied sich spontan, seinem holländischen Kollegen, dem er sich inzwischen durchaus freundschaftlich verbunden fühlte, die Dinge zumindest anzudeuten, über die strikt zu schweigen er sich verpflichtet hatte.

»Benny, warte mal einen Augenblick!«

Er legte die Hand auf den Hörer und instruierte via Gegensprechanlage seine Sekretärin, dass er in den nächsten Minuten unter keinen Umständen gestört werden wolle. Dann schaltete er die Anlage zur Sicherheit ganz ab, ging an die Tür und überprüfte, ob diese auch tatsächlich vollständig verschlossen war. Anschließend gab er das Mikrophon wieder frei, senkte seine Stimme und sagte: »Du, bist du noch da?«

»Na klar, hast du etwa gedacht, ich bin mir mal schnell an der Ecke einen Gouda kaufen?«

»Quatsch, Benny.«

Tannenberg legte eine kurze Denkpause ein, prüfte noch einmal in Windeseile, ob er das, was er jetzt tun *wollte*, auch tatsächlich tun *sollte*. Aber eigentlich war diese Aktion unnötig gewesen, denn sein Kopf hatte schon lange vorher die anstehende Entscheidung getroffen, die er nun in die Tat umsetzen durfte.

»Also, Benny, wenn du mir jetzt hoch und heilig versprichst, dass du niemandem etwas von dem erzählst, was ich dir jetzt sagen werde, gebe ich dir jetzt eine Information weiter, die eigentlich streng geheim ist. Wenn da was rauskommt, gerate ich in Teufels Küche!«

»Sicher, du kannst dich darauf verlassen! Aber du hast mich jetzt ganz schön neugierig gemacht.«

Tannenberg blickte sich hektisch in seinem Zimmer um, vergewisserte sich noch einmal, ob er die Gegensprechanlage auch tatsächlich ausgeschaltet hatte. Dann sagte er leise in den Telefonhörer: »Diese beiden Journalisten waren einer Riesensauerei auf der Spur.« Nervös schickte er seine Augen noch einmal auf Inspektionsreise durch sein Büro, drehte sich dann ein wenig zur Seite und bildete mit seiner geöffneten rechten Hand einen Trichter, den er schützend um die Mikrophonöffnung des Hörers legte. Dann flüsterte er: »Die waren der Organ-Mafia auf der Spur. Es geht also um illegalen internationalen Organhandel – und zwar im großen Stil!«

»Was?« Benny de Vries musste diese Information anscheinend zuerst einmal verdauen, denn für einen Augenblick schien es ihm die Sprache verschlagen zu haben. »Warum haben wir dann aber nichts darüber in ihren Wohnungen gefunden? Keinen einzigen Hinweis darauf!«

»Keine Ahnung, vielleicht war ihnen ja die Sache so heiß, dass sie ihr Material in einem Schließfach oder im Tresor in ihrer Redaktion aufbewahrt haben.«

»Das kann gut sein«, antwortete der holländische Ermittler und räusperte sich. »Mach mal weiter!«

»Du, Benny, mehr kann ich dir leider nicht sagen. Das war sowieso schon viel zu viel.«

»Jetzt mach dir mal nicht gleich ins Hemd!«

»Nein, Benny, tut mir Leid.«

»Schade, Wolf, wirklich schade.«

»Aber, weißt du was? Wir machen das einfach so: Ich informiere jetzt mal gleich das Bundeskriminalamt darüber, dass ihr auf die richtige Spur gestoßen seid. Und sage denen, dass sie sich mit eurer Bundespolizei so schnell wie möglich in Verbindung setzen sollen, damit ihr uns hier nicht dazwischenfunkt. Dann erhältst du ganz offiziell Informationen darüber.«

»Gute Idee, Wolf! Dann mach das mal so. Danke!«

»Danke dir auch Benny! Schade, dass du nicht hier bei mir in der Dienststelle arbeitest. – Na ja, egal! Ich komm dich jedenfalls irgendwann mal besuchen.«

»Das wär wirklich toll, Wolf. Da würd ich mich richtig drüber freuen. Dir würde die Gegend hier bei uns bestimmt gut gefallen – schließlich haben wir tolle Seen zum Paddelbootfahren.«

Tannenberg hatte den Hörer nicht aus der Hand genommen, sondern ihn nur kurz in die Schale der Basisstation gesteckt und gleich wieder herausgezogen. Dadurch wollte er sicherstellen, dass die Verbindung nach Holland auch tatsächlich unterbrochen worden war.

Er sinnierte über sein weiteres Vorgehen.

Ich muss jetzt unbedingt diesen Dr. Pfleger anrufen!, sagte er zu sich selbst. Aber ich hab ja gar nicht seine Nummer. So was Blödes! Dann hatte er eine Inspiration: Der Polizeipräsident hat die bestimmt.

Zwar war sein direkter Vorgesetzter nicht gerade begeistert von Tannenbergs Wunsch, auf direktem Wege Verbindung zum BKA aufzunehmen, schließlich hatte er ihn ja selbst eindringlich zur strikten Tatenlosigkeit ermahnt. Aber als der Leiter des K1 ihm die neuen Erkenntnisse der Venloer Kriminalpolizei schilderte und auf die damit einhergehende mögliche Gefährdung der BKA-Aktion hinwies, teilte er ihm umgehend die gewünschte Handynummer mit.

Zu Tannenbergs großer Verwunderung reagierte der kontaktierte Kriminaldirektor ganz und gar nicht so, wie er eigentlich erwartet hatte.

»Ah, der Herr Kollege Hauptkommissar. Das ist aber

ausgesprochen gut, dass Sie sich bei mir melden. Ich wollte mich nämlich sowieso noch heute Morgen mit Ihnen in Verbindung setzen«, begann Dr. Pfleger das Telefonat.

»Aus welchem Grund?«

»Na, es gibt interessante Neuigkeiten bezüglich Ihrer beiden Mordfälle.«

»Dann schießen Sie mal los.«

»Gemach, gemach, Herr Kollege. Damit Sie nicht vergessen, warum Sie bei mir angerufen haben, sollten Sie vielleicht zuerst ...«

Mit wenigen Worten informierte Tannenberg den BKA-Beamten über die brandneuen Ermittlungsergebnisse seiner holländischen Kollegen, vermied dabei aber tunlichst irgendwelche Andeutungen sowohl über seine persönliche Beziehung zu Benny de Vries als auch verständlicherweise über das von ihm begangene Dienstvergehen.

»Gut, dass ich das weiß. Ich werde mich gleich nachher mit den niederländischen Kollegen in Verbindung setzen. Na, sehen Sie, das hat ja auch noch einen anderen Vorteil!«

»Welchen?«

»Na, eben, dass Sie schon einiges wissen, von dem, was ich Ihnen gerade als neue Erkenntnisse präsentieren wollte. – Gut, dann fasse ich jetzt mal den Rest dessen, was Dr. Wessinghage uns in einem weiteren Gespräch bezüglich ihres aktuellen Falls noch an interessanten Details mitgeteilt hat, zusammen.«

»Dann schießen Sie mal los!«, wiederholte Tannenberg seine neugiergetränkte Wortwahl.

»Wie Sie ja bereits wissen, handelt es sich bei den beiden Toten um holländische Journalisten, die sehr hartnäckig über die verborgenen Praktiken des illegalen Organhandels recherchiert haben. Nicht umsonst heißt es ja schon in der Bibel: ›Wer sich in Gefahr begibt, kommt darin um‹.«

Tannenberg kannte zwar den Spruch, aber er hatte nicht die geringste Lust, den zynischen Kommentar Dr. Pflegers zu kommentieren.

»Und im Falle dieser beiden Männer hat sich diese alte Weisheit mal wieder bestätigt …« Aus irgendwelchen Gründen schien der Kriminaldirektor in Diensten des BKAs kurzzeitig den Faden verloren zu haben. »Worauf wollte ich eigentlich hinaus? … Ach so, ja klar: Also, unser Informant hat erzählt, dass einer der beiden Männer eines Tages plötzlich in der Schlossklinik aufgetaucht sei und ein ziemlich aggressives Interview mit dem Professor geführt habe. Dieser hätte daraufhin gleich die Organisation informiert, und die hätten dann über die ›schnelle Eingreiftruppe‹ – toller Name, nicht wahr, Tannenberg? – …«

»Na ja.«

»… das Problem in Angriff genommen.«

»Das Problem?«

»Also, jedenfalls hätten die sich dann um den Journalisten ›gekümmert‹ – so hat Dr. Wessinghage es wörtlich genannt! Und dieses ›Kümmern‹ bestand eben in der praktischen Umsetzung darin, den Mann brutal zu foltern und sich ihm dann auf die ihnen bekannte Art und Weise zu entledigen. Durch die Folter haben diese

Kerle herausgekriegt, dass sich der von ihnen bearbeitete Journalist zwei Tage später mit einem Berufskollegen am Kaiserslauterer Hauptbahnhof treffen wollte ...«

»Mein zweiter Toter.«

»Genau, Herr Kollege, Ihr zweiter Toter.«

»Den die dann auch narkotisiert vor den Zug geworfen haben.«

»Ja.«

»Dann sind die beiden mit dem Zug hierher gekommen. Das würde schließlich auch erklären, weshalb wir kein Auto gefunden haben.«

»Haben Sie irgendwas darüber erfahren, wo dieser Journalist gewohnt hat?«

»Nein, keine Ahnung. Ist ja aber wohl auch nicht so wichtig, oder?«

»Nein, das ist wirklich im Moment nicht so wichtig. Ach, übrigens noch etwas, Herr Hauptkommissar. Etwas, das Sie sicherlich sehr freuen wird: Dr. Wessinghage hat uns die Namen der Mitglieder dieser ›schnellen Eingreiftruppe‹ genannt. Sobald wir die Sache hier erfolgreich zu Ende geführt haben, kommen die sofort auf die internationale Fahndungsliste. Sie werden staunen, wie schnell die gefasst werden. Und dann können Sie sich diese netten Jungs in aller Ruhe zur Brust nehmen.«

»Ihr Wort in Gottes Ohr! Hoffentlich funktioniert das auch alles so, wie Sie glauben, dass es funktioniert.«

»Bestimmt, Tannenberg, bestimmt!«

»Wie lange braucht Ihr Undercover-Arzt denn noch, bis er genügend Informationen gesammelt hat, damit das BKA diese Verbrecherorganisation endlich hochnehmen kann?«

»Na, das kann eben noch ein paar Tage dauern. Er muss ja erst noch die wichtigsten Beweisstücke sichern, ohne die wir gegen diesen Verein mit seinen direkten Verbindungen in die höchsten gesellschaftlichen Kreise keinerlei Chancen haben. Wir müssen schauen, dass wir hieb- und stichfeste Fakten in die Hand bekommen. Sie können sich ja sicher denken, wie extrem vorsichtig unser Maulwurf dabei vorgehen muss. Das ist ja ein wahrer Höllenritt. Was meinen Sie wohl, was die mit dem veranstalten würden, wenn sie von seiner Doppelrolle erfahren würden.«

»Das ist mir schon klar, Dr. Pfleger. Nur müssen Sie doch auch ein wenig Verständnis dafür aufbringen, dass mir das Schicksal des Freundes meiner Nichte sehr am Herzen liegt. Sie können sich ja gar nicht vorstellen, wie sehr das arme Mädchen leidet.«

»Natürlich kann ich das, lieber Tannenberg. Aber was ist denn mit den anderen Freundinnen, Geschwistern, Eltern dieser unzähligen Toten, die diese profitgierige Mafia auf dem Gewissen hat – und den vielen anderen jungen Menschen, die von diesen skrupellosen Verbrechern abgeschlachtet und dann wie ein Stück Vieh ausgeweidet wurden – und immer noch werden! Nur um an ihre gesunden Organe zu gelangen, die dann wie auf einem orientalischen Bazar meistbietend verschachert werden.«

Für einen Augenblick herrschte absolute Funkstille zwischen den beiden Kriminalbeamten.

»Sie haben ja Recht.«

»Sehen Sie, Kollege Tannenberg, so gefallen Sie mir schon bedeutend besser! Was meinen Sie wohl, wie diese enorme Verantwortung auf *mir* lastet. Wie ein riesiger Felsbrocken, kann ich Ihnen flüstern. Aber was soll ich denn machen? Wir *müssen* dieses Risiko einfach eingehen. Wir haben keine Alternative! Uns bietet sich hier die einmalige Chance, dieser international agierenden Organ-Mafia das Handwerk zu legen, an die versteckten Hintermänner ranzukommen. Das dürfen wir doch nicht leichtfertig aufs Spiel setzen, oder?«

»Nein, aber ...«

Dr. Pfleger schnitt ihm das Wort ab. »Nichts aber! Und denken Sie ja immer daran: Sie müssen alles, was Sie über die Sache wissen, absolut für sich behalten. Ist das klar? Totales Stillschweigen, kein einziges Wort an irgendjemanden!«

»Ja, verdammt!«, knurrte Tannenberg. »Aber ich hab einfach Angst um diesen armen Kerl, der diesen Schurken völlig hilflos ausgeliefert ist.«

»Aber das stimmt doch gar nicht! Erstens passt Dr. Wessinghage gut auf ihn auf – und hat das ja im Übrigen auch schon getan! Denn ohne seinen genialen Trick mit dieser fiebrigen Infektion wäre er wahrscheinlich schon gar nicht mehr am Leben.«

»Ja, stimmt.«

»Vielleicht kommt ja alles viel schneller, als wir denken, zu einem Ende.«

»Hoffentlich zu einem guten.«

Es klopfte an der Tür. Tannenberg verabschiedete sich zügig von seinem Gesprächspartner und legte auf.

»Herein!«, schrie er absichtlich lauter, als es unbedingt nötig gewesen wäre.

»Warum schreist du denn so?«, fragte Sabrina Schauß, die gemeinsam mit ihrem Ehemann im Dienstzimmer des Kommissariatsleiters erschien.

»Sag mal, Wolf, was ist denn eigentlich mit dir los?«, fragte Michael Schauß mit ernster Miene.

»Wieso?«

»Das fragst du? Du sperrst dich in deinem Büro ein, schaltest die Gegensprechanlage ab und willst nicht gestört werden. Bei was denn, wenn ich fragen darf? Was treibst du denn hier? Das ist ja richtig konspirativ!«

»Jetzt halt aber mal die Luft an, Michael! Ich bin doch kein kleines Kind mehr, das man andauernd beaufsichtigen muss – damit es keinen Blödsinn macht. *Ich* bin der Leiter des K1 und hab mich Kraft dieses Amtes meinen Mitarbeitern gegenüber nicht für mein Verhalten zu rechtfertigen!«, gab Tannenberg scharf zurück und ergänzte mit vorsätzlicher Arroganz: »Denn *ich* bin hier der Chef, und sonst niemand! Auch wenn ein junger Kommissar schon mal gemeint hat, mich vorzeitig beerben zu können.«

»Was sollen denn diese alten Kamellen schon wieder? Ich hab damals, als du dir im Suff den Arm gebrochen hattest, nur kommissarisch die Leitung übernehmen sollen. Und du weißt ganz genau, dass diese Anordnung von ganz oben gekommen ist! Warum kochst du das immer wieder auf? Ich hab schon genug darunter gelitten! Meinst du, ich hätte mich damals gefreut, als du mir andauernd den Fouquet vorgezogen hast?«

Mit Tränen des Zorns in den Augen machte daraufhin Michael Schauß eine wegwerfende Handbewegung in Richtung Tannenbergs und entfernte sich anschließend aus dem Raum.

»Wolf, was ist denn nun wirklich mit dir los?«, fragte Sabrina mit sanftmütiger Stimme und setzte sich ihm gegenüber auf den Besucherstuhl.

»Ach, nichts weiter, Sabrina. Ich steh nur im Moment unheimlich unter Druck.«

»Ja, aber warum denn? Wir helfen dir doch alle gerne, wenn wir können.«

»Weiß ich ja.« Nervös wiegte er den Kopf, presste die Lippen aufeinander, schlug mit der flachen Hand auf die Schreibtischplatte. »Ich kann aber nicht darüber reden.«

»Hat es denn was mit dieser Frau, mit dieser Ellen Herdecke, zu tun?«

Tannenberg war sehr überrascht, konnte für einen Augenblick nicht antworten. »Was? ... Mit Ellen? ... Nein.« Er schüttelte den Kopf. »Nein, nein. Damit hat es überhaupt nichts zu tun.«

»Ja, was denn sonst?«

Mit unruhigem, flackerndem Blick schaute er ihr in die blauen Augen. »Sabrina, ich *darf* nichts sagen, weder dir, noch irgendjemand anderem.«

»Hat es etwas mit den Morden am Heiligenberg zu tun?«

»Sabrina, quäl mich nicht«, flehte er und schob mit

fast weinlicher Stimme nach: »Ich darf euch nichts sagen. Wenn die Sache vorbei ist, werdet ihr mich und mein merkwürdiges Verhalten vielleicht verstehen können. – Bitte geh jetzt!«

19

»Wolfi, ich muss unbedingt mal mit dir reden«, empfing Margot Tannenberg ihren jüngsten Sohn im Parterreflur des Nordhauses.

»Warum denn?«

Obwohl ihn vor einer Viertelstunde im Kommissariat plötzlich eine unbändige Gier nach den schon morgens von seiner Mutter angekündigten, selbstgemachten Reibepfannkuchen überfallen hatte, war er mit einem Male nicht mehr unbedingt davon überzeugt, einen guten Entschluss gefasst zu haben.

Denn für irgendeine Art von Familienstress hatte er nun wirklich absolut keinen Nerv.

Die recht kleingewachsene, ältere Frau zog Tannenberg ein wenig zu sich herunter und flüsterte ihm ins Ohr: »Kannst du nicht mal mit deinem Vater sprechen – so von Mann zu Mann.«

Wolfram Tannenberg richtete sich wieder auf, runzelte die Stirn, so als ob er das, was seine Mutter eben gerade zu ihm gesagt hatte, inhaltlich überhaupt nicht verstanden hatte. »Von Mann zu Mann?«

»Ja, so wie …, so wie Männer eben untereinander reden.«

»Aber warum denn das? ›Von Mann zu Mann‹ mit Vater reden? – Das geht sowieso nicht!«

»Wieso?«

»Weil ich mit meinem Vater noch nie ›von Mann zu Mann‹ gesprochen habe.«

»Ach so, wirklich?«

»Ja. – Aber um was geht's denn überhaupt, Mutter?«

Nun war er doch ein wenig neugierig geworden.

»Hmh ... Wie soll ... ich das sagen?«, druckste sie verlegen herum. Dann kratzte sie allen Mut zusammen, den sie irgendwo in ihrem alten Körper versteckt hielt. »Dein Vater ...« Sie brach ab.

»Auf Mutter, jetzt sag schon, was mit Vater los ist.«

Unruhig trippelte sie auf der Stelle herum. »Seit dein Vater diesen blöden Computer hat, macht er fast nichts anderes mehr ...«

»Ach so, Mutter, da liegt der Hase begraben. Gott sei Dank! Ich dachte schon, es sei irgendwas Schlimmes«, fasste der Kriminalbeamte seine spürbare Erleichterung in Worte. »Sei doch froh, dass dein Mann sich für so was Neumodisches überhaupt interessiert. Dann geht er dir doch auch weniger auf den Wecker.«

Aber seine Mutter schien immer noch bedrückt. Er nahm sie in den Arm, wollte sie zu der elterlichen Wohnung hin anschieben, aber sie blieb stur wie ein verrosteter Panzer auf ihrem Platz stehen.

»Ich kann ja mal mit ihm darüber zu reden versuchen. Vielleicht schränkt er dann die Surferei ja ein bisschen ein. Aber andererseits ... Du weißt ja, wie er sich immer anstellt, wenn ich auch nur ein ganz klein wenig an ihm herumkritisiere.«

»Ja, ich weiß, das verträgt er nun mal nicht.« Sie seufzte. »So ist er halt.«

»Das sollte besser der Heiner machen, denk ich. Da reagiert dein Mann, dieser alte Sturkopp, nicht ganz so allergisch. – Aber Mutter, das ist doch wirklich nicht schlimm!«

»Das nicht, aber ...« Wieder stockte sie.

»Aber was?«

»Aber das andere ...«

Langsam aber sicher erreichte Tannenbergs Geduld die im Vergleich zu vielen seiner Mitmenschen nicht gerade in gewaltiger Höhe angesiedelte eigene Belastungsgrenze.

»Komm, jetzt leg aber endlich mal dein Ei«, forderte er energisch. »Ich hab schließlich Hunger und ich muss auch irgendwann mal wieder ins Kommissariat.«

Erneut zog sie ihn zu sich herunter und flüsterte mit belegter Stimme: »Dein Vater schaut sich in diesem Kasten oft Schweinkram an.«

»Schweinkram?«

»Ja, Wolfi, solche nackigen jungen Dinger ... und so weiter. Und immer wenn ich ins Wohnzimmer reinkomme, macht er schnell was anderes auf den Bildschirm. Aber ich hab ihn schon ein paar Mal dabei beobachtet. Der hat das gar nicht gemerkt, so wie der gegafft hat, dieser alte Saukerl!«

»Mutter!«

Tannenberg war irritiert, verlegen, unfähig etwas dazu zu sagen. Er wusste natürlich sofort, was seine Mutter mit dem Zusatz ›und so weiter‹ gemeint hatte. Aber mit seinem alten Herrn, der ja schließlich auch ein Mann und zudem sein biologischer Erzeuger war, über so etwas Delikates zu reden, das war unmöglich.

Das hatte er weder in der Pubertät noch irgendwann später gekonnt. Hinsichtlich dieses Themas existierte zwischen den beiden eine dicke, undurchdringliche Mauer. In diesem extrem tabuisierten Bereich hatte von Anfang an eine völlige Sprachlosigkeit zwischen ihnen geherrscht. Und nun sollte ausgerechnet *er* seinem Vater klarmachen, dass diese Porno-Glotzerei für seine Mutter ein ernsthaftes Problem darstellte.

Das geht einfach nicht!, stellte er nüchtern fest.

Margot schien die enormen Schwierigkeiten, mit denen sich ihr Sohn gerade herumplagte, entweder zu kennen oder zumindest zu erahnen. Obwohl ihr persönlicher Leidensdruck so groß gewesen war, dass sie sich in ihrer Verzweiflung mit einem Thema an ihren jüngsten Sohn gewandte hatte, mit dem sie selbst genügend Probleme hatte, erlöste sie ihn dadurch von seiner Qual, indem sie anmerkte, wohl wirklich besser seinen Bruder um eine Intervention zu bitten.

Während des gesamten Essens dachte Tannenberg über diese Angelegenheit nach, kam aber zu keinem akzeptablen Ergebnis, außer der Einsicht, dass er für diese Sache definitiv der falsche Ansprechpartner war.

Erst als Marieke mit hängendem Kopf und verheultem Gesicht in der Küche erschien, wandten sich seine Gedanken der Beschäftigung mit einem anderen, allerdings nicht minder frustrierenden Thema zu.

Dieses Leid tatenlos mit ansehen zu müssen, war unerträglich, Folter pur. Wieder stand er kurz davor, seiner Nichte zumindest eine Andeutung darüber zu machen, dass Max noch lebte.

Was heißt denn ›noch leben‹?, dachte er. Der arme Max ist doch kerngesund! Der schläft ja nur! – Verdammt und zugenäht!

Halt ja deinen Schnabel, du Blödmann!, warf Tannenbergs innere Stimme ohne jegliche Vorwarnung ein. Und was ist, wenn du es ihr sagst und sie damit aus ihrem Jammertal herausholst – und Max ist inzwischen tot oder wird noch umgebracht, bevor ihr ihn aus dieser Klinik retten könnt? Was ist dann, du Pfeife?

Hast ja Recht!, gab er in seltener Einmütigkeit mit seinem Quälgeist zurück. Dann würde sie nur noch in ein viel tieferes Loch fallen. Denn jetzt hat sie ja zumindest schon einen Teil ihrer Trauerarbeit geleistet. Und dann ging ja alles wieder ganz von vorne los.

Diese Argumente hatten ihn überzeugt. Schweigend schaufelte er sich Apfelmus auf die linke Seite eines abgeschnittenen, länglichen Kartoffelpufferteils, klappte mit der Gabel die rechte Hälfte darüber, spießte sie auf und führte sie zum weit aufgerissenen Mund.

Obwohl dieses Gericht seit Jahrzehnten zu seinen Leibspeisen zählte, hatte sich an diesem Tag sein Appetit bereits nach wenigen Bissen verflüchtigt.

Plötzlich hörte er durch das geöffnete, zur Straße hin gelegene, Küchenfenster, wie mehrere Autos durch die Beethovenstraße an ihrem Haus vorbeibrausten. Zunächst dachte er sich nichts Besonderes dabei, handelte es sich doch schließlich um einen ziemlich normalen Vorgang.

Erst als er hörte, dass die Pkws in der Einbahnstraße nacheinander den Rückwärtsgang einlegten und nun entgegen der Fahrtrichtung zurückfuhren, begab er sich neugierig ans Fenster – und staunte nicht schlecht, als er drei schwere dunkle Limousinen mit stark getönten Scheiben und dem eindeutigen WI-Nummernschild ohne Buchstaben auf dem Bürgersteig vor dem Nordhaus abparken sah.

Die Schleicherin, die etwa hundert Meter weiter unten auf der anderen Straßenseite mit einer Frau an deren Haustür gestanden hatte, war vom Fahrer des ersten Wagens nach dem Haus der Tannenbergs gefragt worden.

»Dort, dort hinten, wo, wo das rote Auto steht«, hatte sie gestammelt, wobei ihr vor lauter Schreck fast das Gebiss aus dem Mund gefallen wäre.

Dr. Pfleger verließ als einziger den ersten Wagen.

»Tannenberg, ich muss Sie dringend sprechen!«, rief er so laut, dass sich nacheinander mehrere Fenster in der näheren Umgebung öffneten. »Wo können wir uns denn hier ungestört unterhalten?«

»Kommen Sie erstmal rein!«, forderte der Leiter des K1 und eilte anschließend zur Haustür.

»Wohin?«

»Hoch zu mir in den ersten Stock. Da sind wir ungestört. – Aber wo brennt's denn eigentlich?«, fragte Tannenberg, während er den BKA-Beamten nach oben in seine Wohnung geleitete.

Kriminaldirektor Dr. Pfleger ging auf das Informationsbegehren des Kaiserslauterer Ermittlers nicht ein, sondern wartete gespannt, bis Tannenberg die alte, knarrende Holztür ins Schloss gezogen hatte.

Dann stellte er selbst eine weitere Frage: »Ist hier außer uns wirklich niemand?«

»Nein!«

Skeptisch schickte der für die Bekämpfung der Organisierten Kriminalität im Bundeskriminalamt zuständige Abteilungsleiter seine Augen auf Erkundungsreise, fand aber auf die Schnelle keinerlei Anhaltspunkte dafür, dass Tannenberg nicht die Wahrheit gesagt hatte. »Gut. Wo's brennt, fragen Sie? Das kann ich Ihnen sagen: Wessinghage hat sich nicht mehr gemeldet!«

»Verdammt! Seit wann hat er sich nicht mehr gemeldet?«

»Seit heute Morgen, 8 Uhr. Wir haben vereinbart, dass er uns spätestens alle 4 Stunden eine SMS schickt, einfach nur: ›alles klar‹ – sonst nix. Damit wir wissen, dass es ihm und diesem Max gut geht.«

»Verdammter Mist! Hab ich Ihnen nicht gleich gesagt, dass es viel zu gefährlich ist, den armen Max als lebenden Köder zu missbrauchen?« Wütend setzte sich Tannenberg in Bewegung und begann wild mit den Armen um sich fuchtelnd in seiner Wohnung herumzustapfen. »Was für eine Schwachsinnsidee: Einen unschuldigen, kerngesunden Jungen solch einem Risiko auszusetzen! Das war doch klar, dass der Schutz von diesem komischen Arzt nicht ausreicht.«

»Aber das bedeutet doch nicht, dass die ihn umgebracht haben müssen. Denn auch wenn die irgendwas von unserer Aktion mitbekommen hätten, denk ich nicht, dass die diesem Max etwas antun würden? Warum auch? Wenn die unter Druck kämen, hätten die doch gar nicht mehr die Zeit, den Jungen zu schlachten. Die würden so schnell wie möglich hier die Zelte abbrechen und versuchen, sich aus dem Staub zu machen.«

»Und welche Maßnahmen haben Sie für solch einen Fall vorgesehen, Herr Kriminaldirektor?«

»Tannenberg, nicht so laut!«, mahnte Dr. Pfleger. »Beruhigen Sie sich doch erstmal! Das betreffende Objekt wird natürlich rund um die Uhr observiert. Und wenn irgendetwas Unvorhergesehenes passiert, werden wir natürlich flexibel darauf zu reagieren wissen. Wir machen ja so was schließlich nicht zum ersten Mal. – Aber wahrscheinlich ist ja nur Wessinghages Handy-Akku leer oder das Ding hat ganz seinen Geist aufgegeben! Eigentlich gibt es noch überhaupt keinen Grund zur Panik.«

»Na, Sie haben vielleicht Nerven!«

»Gott sei Dank hab ich die! Die braucht man nämlich auch in meinem Job.« Er drehte mit einer hektischen Bewegung seinen linken Arm nach innen, blickte auf die Uhr. »Wir haben in exakt 30 Minuten mit ihm ein Treffen an dieser Burgruine in der Nähe der Schlossklinik vereinbart.«

»An der Wilensteiner Burg?«

»Ja, ich glaube so heißt die. Und wenn er dort nachher erscheint, ist ja alles in Ordnung«, versuchte sich Dr. Pfleger selbst zu beruhigen.

»Und warum kreuzen Sie dann bei mir hier auf

und machen die Pferde scheu? – Vielleicht völlig ohne Grund!«

»Ganz einfach: Weil ich Sie gerne dabei hätte. Wer weiß, was noch so alles passiert. Und Sie kennen sich doch hier in der Gegend viel besser aus als wir.«

»Ach, jetzt auf einmal wollen Sie mich dabei haben?«

»Ja, Tannenberg, ich bitte Sie sogar höflichst darum.«

»Na gut, wenn Sie mich so schön bitten, kann ich wohl kaum Nein sagen.«

»Gut, dann sag ich schon mal Danke, Herr Kollege. Können Sie jetzt gleich mitkommen? Wir müssten nämlich direkt los.«

»Fahren Sie ruhig schon mal vor. Ich komme mit meinem eigenen Auto gleich nach. Ich muss nur noch mal schnell aufs Klo.«

»Na gut. Aber beeilen Sie sich bitte.«

Gleich nachdem der BKA-Beamte seine Wohnung verlassen hatte, begab sich Tannenberg aber nicht wie angekündigt zur Toilette, sondern suchte in den Schubladen seines Küchenschranks nach einer Pfälzer-Wald-Wanderkarte, die er irgendwann einmal dort deponiert zu haben glaubte.

Da er sehr in Eile war, komprimierte er den Suchvorgang dadurch, dass er die einzelnen Holzschubladen, sofort nachdem er sie herausgezogen hatte, auf den Kopf stürzte und den Inhalt vor sich auf dem Boden ausbreitete. Bei der dritten Ladung hatte er endlich Glück und fand tatsächlich die gesuchte Wanderkarte, die er auch sogleich auf seinem Küchentisch ausbreitete.

Gierig gruben sich seine Augen in die Gegend um das Trippstadter Schloss und die nicht sehr weit davon entfernt gelegene Burgruine Wilenstein. Mit flackerndem Blick versuchte er so schnell wie nur irgend möglich alle notwendigen Informationen daraus aufzunehmen und sie abzuspeichern.

Als er sich genügend darin geweidet hatte, schlug er, ohne jegliche Rücksicht auf die ursprüngliche Faltung der Wanderkarte zu nehmen, diese mit zittrigen Händen zusammen und zwängte sie mit Gewalt in die Außentasche seines Sakkos. Dann verließ er seine Wohnung und trippelte mit geschwinden Schritten die Treppe hinunter.

»Onkel Wolf, was war denn das eben für 'ne megageile Show?«, warf ihm Tobias neugierig entgegen.

Wider sonstiger Gewohnheit reagierte Tannenberg jedoch nicht auf die Frage seines Neffen, sondern stürzte an ihm vorbei in seinen roten BMW, startete ihn und brauste mit quietschenden Reifen davon.

Knapp eine Viertelstunde später traf er nach rasender Fahrt vor der im 12. Jahrhundert von Kaiser Friedrich dem I. erbauten, majestätisch über der wild-romantischen Karlstalschlucht thronenden Felsenburg ein, die seit den 50er Jahren des letzten Jahrhunderts als Schullandheim genutzt wird.

Kriminaldirektor Dr. Pfleger empfing ihn mit den Worten »Dr. Wessinghage ist noch nicht da. Es sind zwar noch fünf Minuten bis zum vereinbarten Zeitpunkt. Aber ich hab irgendwie kein gutes Gefühl.«

»Ich auch nicht«, stimmte Tannenberg zu.

Da er innerlich sehr unruhig und aufgewühlt war, entschied er sich, die aus diesem Zeitlimit resultierende, zwangsverordnete Untätigkeit dafür zu nutzen, sich ein wenig die Beine zu vertreten.

Bewegung ist immer gut!, stellte er fest. Besonders zum Stressabbau. Diese verdammte Warterei! Diese verfluchte Ungewissheit!

Er ging ein paar Schritte, erreichte nach wenigen Metern ein massives Holzgeländer, von dem aus man einen wunderbaren Blick auf das enge Tal der Moosalb hatte, die in vielen, vielen Jahrtausenden ihren Wasserlauf tief in den in dieser Gegend allgegenwärtigen Buntsandstein eingeschnitten hatte.

Tannenberg besaß aber an diesem strahlenden, wolkenlosen Frühlingstag nicht die innere Ruhe, um dieses immer wieder beeindruckende Naturschauspiel auch wirklich genießen zu können. Deshalb setzte er sich gleich wieder in Bewegung und ging eine Runde um das alte verwitterte Burggemäuer.

Als er wieder bei Dr. Pfleger eintraf, blickten beide Männer, wie wenn sie es miteinander verabredet hätten, auf ihre Armbanduhren.

»Zehn nach halb zwei. Der kommt garantiert nicht mehr. Das können Sie getrost vergessen«, sagte der Leiter der Kaiserslauterer Mordkommission.

Der BKA-Beamte drückte seine Lippen so fest aufeinander, als ob er sie auspressen wollte und nickte dabei zustimmend. »Es sieht fast so aus! – Leider! So ein elender Mist!«

»Und was machen wir nun, Herr Kollege? Denn wir *müssen* etwas tun! Das ist Ihnen ja wohl hoffentlich genauso klar wie mir.«

»Ja, aber wenn wir jetzt in blindwütigen Aktionismus verfallen, zerstören wir die Arbeit von Jahren. Die ganze Mühe wäre umsonst gewesen.«

»Und wenn wir nichts tun, zerstören wir Max und meine Nichte gleich mit!«

»Wir müssen ganz rational vorgehen, damit …«

»Wir müssen jetzt nicht rational vorgehen, wir müssen überhaupt vorgehen. Wir haben schon viel zu lange gewartet!« Tannenberg baute sich direkt vor ihm auf: »Und wir müssen *jetzt* endlich etwas tun! Sonst sind diese elenden Verbrecher nämlich über alle Berge. Je länger wir warten, umso geringer werden die Überlebenschancen von Max.«

»Nur mit der Ruhe! Wie mir die observierenden Kollegen noch vor ein paar Minuten versichert haben, hat heute Morgen keiner der beiden uns interessierenden Ärzte die Klinik verlassen, weder der Professor, noch Dr. Wessinghage. Die sind so gegen sieben Uhr kurz hintereinander mit ihren Autos angekommen, und seitdem sind sie im Schloss.«

Der Leiter des K1 brummte nur kurz. »Haben Sie Ihren Super-Spitzel denn nicht mit einem Mikrophon und einem Peilsender ausgestattet, damit wir wenigtens wüssten, wo er sich zur Zeit aufhält und was dort in dieser verdammten Klinik abgeht.«

»Nein, das ging nicht!«

»Warum?«

»Was weiß denn ich«, gab der BKA-Ermittler mürrisch zurück. »Unsere Spezialisten haben mir nur gesagt, dass es wegen der vielen empfindlichen medizinischen Geräte nicht ginge. Das Risiko, dass unser Informant dadurch hätte entdeckt werden können, erschien uns einfach viel zu groß. Deshalb haben wir auf solche Maßnahmen verzichtet«

»Und was gedenkt das BKA nun zu tun?«

Dr. Pfleger zog sein Handy aus der Tasche. »Ich rufe jetzt in der Klinik an und gebe mich als Kollege Dr. Wessinghages aus, der ihn wegen der Vorbereitung auf einen Ärztekongress dringend sprechen müsse.«

Der Kriminaldirektor zückte ein dunkles Notizbüchlein, blätterte hektisch darin herum und tippte anschließend mit dem Daumen seiner rechten Hand die Telefonnummer der Privatklinik ein. Dann drehte er Tannenberg den Rücken zu.

Anscheinend meldete sich gleich jemand, denn Dr. Pfleger sprach den eben ausgedachten Text in sein kleines, silbernes Mobiltelefon. Das Gespräch war umgehend beendet.

»Die Frau in der Zentrale hat gesagt, dass sie nur weiß, dass Dr. Wessinghage heute ab 12 Uhr operiert und er deshalb nicht gestört werden kann.«

»Das ist doch eine Finte! Das ist hundertprozentig eine Finte! Los rufen Sie gleich noch mal an!«

»Quatsch, die sagt mir auch nicht mehr! Die hat garantiert ihre Anweisungen.«

»Kann sein. – Verdammt!«, schimpfte Tannenberg vor sich hin. Nervös fuhr er sich ein paar Mal mit gespreizten Fingern durch die Haare. Dann streckte er beide Arme vor seinem Körper trichterförmig gen Himmel, so als wolle er dadurch die gesamte kosmische Energie auf sich bündeln, warf kurz den Kopf in den Nacken und sagte mit sich überschlagender Stimme: »Dann müssen Sie die Klinik stürmen lassen! Und zwar jetzt! Dazu gibt es überhaupt keine Alternative.«

Der BKA-Abteilungsleiter war anscheinend in der Zwischenzeit gedanklich zu demselben Ergebnis gekommen: »Tannenberg, Sie haben Recht! Ich verständige jetzt sofort das SEK. Die Jungs befinden sich nur ein paar Kilometer von hier entfernt in der Stelzenberger Turnhalle und warten auf ihren Einsatzbefehl.«

Mit fliegenden Fingern tippte Dr. Pfleger auf der Tastatur seines Handys herum und führte anschließend ein kurzes Gespräch. Dann forderte er Tannenberg auf, sich mit ihm gemeinsam an die Landstraße zu begeben, um dort auf die SEK-Fahrzeuge zu warten. Zudem erteilte er ihm die Order, den Einsatzkräften nur mit gebührendem Abstand zu folgen und sich auch in der Nähe des Schlosses dezent im Hintergrund zu halten.

Sein Angebot, mit ihm in einer Dienstlimousine des BKAs zur Privatklinik zu fahren, hatte Tannenberg mit der albernen Begründung abgelehnt, dass er eine Allergie gegen stark getönte Fahrzeugscheiben habe.

Der wahre Grund für die brüske Zurückweisung dieses Angebots hatte ihre Ursache natürlich in etwas ganz anderem: Ihm passte einfach nicht, dass er durch die Präsens von BKA und SEK zum handlungsunfähigen Statistendasein verdammt worden war. Ihm schmeckte ganz und gar nicht, was ihm da an Ungenießbarem vorgesetzt wurde. Angewidert kaute er darauf herum und spie die widerlichen, unverdaulichen Brocken in weitem Bogen aus.

Entgegen der Anweisung folgte er dem aus sechs Fahrzeugen bestehenden Einsatzgeschwader nicht mit dem ihm auferlegten Sicherheitsabstand, sondern hängte sich direkt an den Wagen Dr. Pflegers. Im Ort dagegen ließ Tannenberg plötzlich den Kontakt zu den wie an einer Perlenkette vor ihm herfahrenden Autos abreißen und parkte seinen BMW in etwa einhundert Metern Entfernung von der Zufahrt zum Parkplatz der Schlossklinik in unmittelbarer Nähe des Trippstadter Dorfbrunnens ab.

Als er beim Passieren des Brunnens für einen Augenblick einen dünnen Wasserstrahl dabei beobachtete, wie er stetig auf einen verwitterten und bemoosten Sandstein traf, um sich dort wie durch Zauberhand sofort in eine Vielzahl versprengter Tröpfchen zu verwandeln, produzierte sein Gehirn plötzlich die Verknüpfung zweier eigentlich voneinander unabhängiger Ereignisse, die ihm wenig später in Form einer Inspiration bewusst werden sollte.

Als Tannenberg zu Fuß das in eine Privatklinik umgewandelte Barockschloss erreichte, hatte das Sondereinsatzkommando bereits mit der generalstabsmäßig geplanten Aktion begonnen: Während in Sturmangriffsmanier der größere Teil der vermummten Einsatzkräfte in die Klinik eindrang, sicherten einige wenige, ganz in schwarz gekleidete, martialische Gestalten die Umgebung des Schlosses ab.

Bereits nach ein paar Minuten erschien der Einsatzleiter des SEK-Kommandos bei Dr. Pfleger, der die überfallartige Einnahme der Klinik von seinem Wagen aus beobachtet hatte, und teilte ihm mit, dass das Schloss unter Kontrolle sei, man aber außer ein paar Patienten niemanden dort angetroffen habe.

»Niemanden?«, schrie der BKA-Beamte dem athletischen Mann entgegen. »Keinen Arzt? Keine Krankenschwester?«

»Nein, Herr Kriminaldirektor! Alle Vögelchen sind ausgeflogen.«

»Das gibt's doch nicht! Wo sind die denn alle hin?«

»Keine Ahnung, Herr Kriminaldirektor.«

»Was ist mit den Patienten? War ein Maximilian Heidenreich darunter?«, meldete sich nun auch der Kaiserslauterer Hauptkommissar lautstark zu Wort.

»Mann, ich hab Ihnen doch deutlich genug gesagt, dass ich Sie hier vorne nicht sehen will. Sie sollen sich im Hintergrund halten. Wenn ich Sie brauche, ruf ich Sie.«

Wolfram Tannenberg ignorierte den verbalen Angriff Dr. Pflegers, wandte sich an den Einsatzleiter: »Was ist nun mit Maximilian Heidenreich?«

»Also die Namen der Patienten haben wir nun wirklich noch nicht ermitteln können«, verteidigte sich der Angesprochene, dessen Aussage Tannenberg allerdings nur noch am Rande wahrnahm, denn er war bereits zum medizinischen Bereich der Klinik unterwegs.

Unter den staunenden Blicken der SEK-Kräfte durchsuchte er nacheinander alle Krankenzimmer. Er traf dort zwar auf einige völlig verschüchterte und apathische Patienten – allerdings niemanden, der Max auch nur annähernd ähnelte.

Dann rannte er hinunter in den Keller, wo, wie er ja inzwischen von Dr. Wessinghage erfahren hatte, Professor Le Fuet sein grausames Handwerk verrichtete. Jedoch traf er auch dort niemanden des ärztlichen Personals an, sondern nur zwei SEK-Beamte, die an eine graue Betonsäule gelehnt, gerade gemütlich eine Zigarette rauchten.

Wie ein Geisteskranker rannte er in den Katakomben umher, bis er endlich die Kühlfächer der Pathologie gefunden hatte. Keuchend wie eine alte Dampflokomotive und mit immer heftiger pochendem Herzen zog er eines nach dem anderen heraus – aber alle waren leer.

Nicht beruhigt, aber zumindest ein wenig erleichtert, verließ Tannenberg das Untergeschoß des Klinik-Neubaus, spurtete an dem Hubschrauber-Landeplatz vorbei und erreichte wenig später wieder den Parkplatz.

»Wieso haben die eigentlich gewusst, dass wir stürmen werden?«, sagte Dr. Pfleger gerade zu dem SEK-Einsatzleiter, als Tannenberg laut schnaubend wie ein Rennpferd bei den beiden Männern eintraf.

»Na, vielleicht haben sie ja einen Spitzel ... in ihren Reihen, der diese Organisation ... mit Informationen versorgt. So etwas ... soll's ja schon gegeben ... haben!«

»Was, Tannenberg? Einen Verräter – bei uns? Sie sind ja völlig verrückt geworden!«

»Oder Ihr toller Superagent hat wieder die Fronten

gewechselt!«, bemerkte der Leiter des K1 spottend und setzte sich zur Schlosstreppe hin in Bewegung. »Los kommen Sie mit! Ich glaub, ich weiß, wo die stecken.«

»Was? Wieso? – Können Sie etwa hellsehen?«

»Das nicht, nur kombinieren!«, gab Tannenberg schnippisch zurück, rannte die Stufen hinauf, eilte mit den beiden anderen Beamten im Schlepptau quer durch die Halle und nahm von dort aus eine breite Sandsteintreppe, die hinunter zu einer kleinen Plattform führte, von der aus drei Gänge abzweigten.

Tannenberg wartete, bis die beiden anderen ihn erreicht hatten, dann begab er sich an eine unscheinbare massive Holztür, die kaum erkennbar unter dem verdunkelnden Treppenabgang versteckt war und drückte auf die Klinke. Die Tür war verschlossen.

»Los, verständigen Sie sofort jemanden, der die Tür aufbrechen kann«, herrschte Tannenberg den SEK-Einsatzleiter an, der über sein Walkie-Talkie auch gleich daraufhin jemanden zu sich beorderte.

»Was ist denn hinter dieser verflixten Tür? – Los, sagen Sie schon«, forderte Dr. Pfleger eindringlich.

»Der Brunnenstollen.«

»Was ist das: der Brunnenstollen?«

»Das ist ein etwa dreihundert Meter langer, in den Felsen gehauener Tunnel, der den Schlossbewohnern früher als Abwasserkanal – aber auch als Fluchtweg diente.«

»Ach du Schande!« Der Kriminaldirektor legte sich eine Hand auf den Mund. »So ein Mist, das haben wir doch wirklich total übersehen! – Woher wissen Sie denn das überhaupt?«

»Wir haben in der Grundschule mal einen Ausflug hierher zum Schloss gemacht und damals auch den Brunnenstollen besichtigt.«

Inzwischen waren zwei Männer mit Brechstangen erschienen, die in Windeseile die Tür aufgehebelt hatten. Dr. Pfleger drückte sich sogleich an den SEK-Leuten vorbei in das feuchte, kalte Gewölbe, das von flackerndem Lichtschein stark rußender Fackeln geradezu in gespenstischer Weise beleuchtet wurde.

Tannenberg folgte ihm. Als der BKA-Beamte stehen blieb, drängelte er sich an ihm vorbei. Suchend blickte er sich um. Seine wildgewordenen Augen tasteten hektisch die schwarzgrauen, unebenen Wände ab, die im unteren Bereich, kurz vor der Stelle, wo sie das Wasser berührten, eine rostbraune Färbung angenommen hatten.

Dann rannte er wie ein Wahnsinniger los in den gerade mannshohen, etwa einen Meter breiten Tunnel. Das knöcheltiefe, kalte Wasser, das den Boden des in den Berg getriebenen Stollens bedeckte, registrierte er nur als kurzen Schmerzreiz, der sich aber augenblicklich wieder verflüchtigte. Dann stoppte er plötzlich seine Bewegungen, drehte sich um und watete mit schnellen Schritten zurück.

»Das macht keinen Sinn!«, rief Tannenberg, noch bevor er den Kriminaldirektor wieder erreicht hatte.

»Warum?«

»Weil wir besser außenrum fahren, zum Ausgang des Tunnels. Vielleicht haben wir ja Glück und fangen sie noch rechtzeitig ab.«

»Glauben Sie wirklich?«

»Ich weiß nicht. Aber vielleicht finden wir ja da wenigstens einen Hinweis darauf, wie sie von dort aus weggekommen sind. Am besten schicken Sie ein paar Leute hier durch den Stollen. Die sollen ihn mal genau untersuchen. Vielleicht haben die sich ja auch hier irgendwo versteckt. Vielleicht gibt's ja auch noch irgendwelche Seitenabgänge oder Höhlen.«

Dr. Pfleger instruierte den SEK-Leiter, der umgehend ein paar seiner Mitarbeiter zur Erledigung der anstehenden Aufgaben einteilte.

»Los, kommen Sie, wir müssen uns beeilen«, drängte Tannenberg. »Vielleicht haben wir ja auch Glück und das massive Eisengitter unten am Ausgang des Stollens ist verklemmt oder das Schloss ist verrostet und die sitzen dort fest.«

»Und wo befindet sich dieser Ausgang? Wissen Sie das?«

»Ja, unten im Karlstal. Ich führ Sie hin!«

Abermals bestand Tannenberg darauf, sein eigenes Auto zu benutzen. Wie ein Irrer raste er über die Hauptstraße zum Ortsausgang und bog circa 200 Meter danach in Rallyfahrer-Manier in die zur Karlstalschlucht hinabführende, enge, mit einer Unmenge von Schlaglöchern übersäte Straße. Weil er die erste scharfe Linkskurve zu schnell angefahren hatte, hätte er fast die Kontrolle über seinen alten BMW verloren. Aber es gelang ihm in letzter Sekunde, den Wagen zu stabilisieren.

Danach legte er eine Vollbremsung hin, denn er hatte auf der rechten Straßenseite den gesuchten Waldweg entdeckt. Drei BKA-Limousinen folgten ihm. Bereits nach einigen wenigen Sekunden holpriger, staubiger Fahrt stellte er das Auto ab. Tannenberg riss die Tür auf, sprang von seinem Sitz und rannte sofort los in Richtung eines mit klotzigen Felsbrocken gespickten Steilhangs.

Völlig außer Atem erreichte er den mit einer stark bemoosten Bruchsandsteinmauer eingefassten Ausgang des Brunnenstollens. Die massive Gittertür war sperrangelweit geöffnet.

»Das wäre ja auch zu schön gewesen!«, sagte er keuchend zu den BKA-Beamten, die gerade am Tunneleingang eintrafen.

»Verdammt! Was machen wir jetzt?«

Tannenberg konnte es sich nun wirklich nicht mehr verkneifen. Viele Male in den letzten Stunden hatten ihm diese Sätze auf den Lippen gebrannt, ihn mit all ihrer Macht bedrängt, endlich nach draußen entlassen zu werden. Aber er hatte nicht nachgegeben, sie eisern zurückgehalten. Jedes Mal, wenn er kurz davor gewesen war, sie wie giftige Galle aus seinem Mund zu spucken, hatte er sich mit einer schier unglaublichen Energieleistung selbst diszipliniert. Nun aber versagten mit einem Male sämtliche Hemmschwellen. Wie bei einem berstenden Staudamm bahnten sich plötzlich die eingesperrten Wassermassen brutal ihren Weg in die Freiheit.

»Wer hat denn hier die Entscheidungsgewalt, Herr Leitender Kriminaldirektor des BKA? Sie, sonst niemand«, schrie Tannenberg mit funkelnden Augen des Zorns los. »Ich bin nur ein kastrierter Lakai, der den Einsatz nicht leiten *darf* – ja noch nicht einmal in der Sache ermitteln *darf!* Einen Maulkorb hab ich von Ihnen umgebunden bekommen. Bin von Ihnen geknebelt und gefesselt worden. In meinem eigenen Zuständigkeitsbereich! Und jetzt fragen *Sie* mich, was *wir* machen sollen? Das ist wirklich die Höhe! Ihr seid doch alles nur unfähige Dilettanten.«

»Jetzt reicht's aber! Regen Sie sich mal wieder ab, Herr Hauptkommissar! Wir haben jetzt keine Zeit, uns selbst zu zerfleischen! Wir müssen diese Verbrecher schnappen. Und zwar schnell. Um sonst gar nichts geht's jetzt! Reißen Sie sich zusammen! – Wo sind die? Wo können die denn hin sein?«

Tannenberg bleib stumm, starrte wütend ins Tal.

»Welches sind die nächsten Flughäfen hier in der Nähe?«, fragte Dr. Pfleger, gab sich aber gleich selbst die Antwort: »Saarbrücken ... und im Hunsrück der Hahn. Stimmt's?«

Tannenberg nickte schweigend.

»Ich informiere sofort die Kollegen vom Bundesgrenzschutz, dass sie die Flughäfen, die Straßen und die Züge verschärft kontrollieren sollen.«

»Vergessen Sie ja die Flüsse nicht!«, brabbelte Tannenberg vor sich hin.

»Flüsse? – Ja, klar, gute Idee! Könnte ja wirklich sein, dass die auf der Mosel oder dem Rhein ein Motorboot liegen haben.«

»Aber es gibt ja auch noch Ramstein!«, rief einer der BKA-Mitarbeiter, die sich ein paar Höhenmeter unterhalb des Gittertores neben ihren Dienstwagen aufhielten, zu den beiden Männern hinauf.

»Das können Sie getrost vergessen, meine Herrn Profi-Ermittler. Die Air Base ist ein reiner Militärflughafen«, belehrte Tannenberg. »Glauben Sie etwa, die haben sich dort eine Galaxy gechartert?«

»Blödsinn«, stimmte Kriminaldirektor Dr. Pfleger zu.

Den Leiter der Kaiserslauterer Mordkommission interessierte etwas anderes: »Sagen Sie mal? ... Ihre Leute haben doch das Schloss observiert?«

»Ja, klar, die ganze Zeit über.«

»Und es hat nicht *ein* Auto die Klinik durch die Ausfahrt verlassen?«

»Nein, so viel ich weiß, nein. Aber ich frag gerne noch mal nach.«

Diesmal benutzte er nicht sein Handy, sondern fragte in die Runde seiner versammelten Kollegen.

»Nein, kein Auto, nur vor gut einer halben Stunde ein Notarztwagen. Kurz bevor das SEK und wir vorhin am Schloss eingetroffen sind«, antwortete ein hünenhafter Blondschopf.

»Ein Notarztwagen?«

»Ja.«

»Und da hat sich keiner von euch Idioten etwas dabei gedacht?«, schimpfte Tannenberg ungehalten los. »Das gibt's doch überhaupt nicht. Da fahren die in aller Seelenruhe mit Blaulicht und Sirene an euch vorbei und ihr kapiert nicht, dass die nicht zu einem Unfall gerufen worden sind, um einen Schwer*verletzten* zu bergen und in die Klinik *hinein*zutransportieren, sondern um diese Schwer*verbrecherbande* aus der Klinik *heraus*zutransportieren.«

»Aber woher sollten wir das denn wissen?«, fragte einer der Männer betroffen. Ein unmittelbar danebenstehender, größerer Mann, ergänzte: »Das hat doch wirklich niemand ahnen können.«

Der Leiter des K1 ignorierte gänzlich die stümperhaften Rechtfertigungsversuche seiner BKA-Kollegen. »Da war garantiert auch der arme Max und dieser Wessinghage drin! – Mann oh Mann! Und wir tappen hier im Brunnenstollen rum! Los, los, auf geht's! Lösen Sie jetzt wenigstens eine Dringlichkeitsfahndung nach diesem verdammten Notarztwagen aus!«

»Machen wir sofort!«, erwiderte Dr. Pfleger und gab seinen Mitarbeitern ein aufforderndes Handzeichen. »Los, Jungs – dalli, dalli!«

Nach einer kleinen Besinnungspause revidierte sich Tannenberg unvermittelt: »Obwohl, das ist ja auch Quatsch! Das können wir uns eigentlich sparen!«

»Warum denn?«

»Weil die bestimmt schon irgendwo die Autos gewechselt haben. – Mir reicht's jetzt jedenfalls! Ich hab die Nase gestrichen voll von euch!«

Ohne einen Abschiedsgruß verließ er mit schnellen Schritten die sichtlich geschockten BKA-Ermittler und eilte zu seinem Auto.

Er musste dringend in Ruhe nachdenken.

Als er langsam den Waldweg entlangfuhr, wurde sein Gehirn von der Frage gemartert, wie man wohl einen Komapatienten mitsamt der für dessen Lebenserhaltung unabdingbaren medizinischen Gerätschaften nicht nur aus der Klinik, sondern auch außer Landes schaffen konnte.

Zunächst kann man dafür natürlich einen Krankenwagen benutzen, dachte er. Aber dann? Mit dem Notarztwagen über die Grenze? Das ist zu auffällig, viel zu riskant. Der Tausch mit einem anderen Wagen? Das ist ja irgendwie auch unlogisch, denn die brauchen ja die Geräte. Der Transport mit einem Hubschrauber? Das würde natürlich gehen. Aber nur, wenn nicht mehr als ein oder zwei Begleitpersonen dabei wären. Aber das sind ja bestimmt mehr. Außerdem ist dieser Dr. Wessinghage wahrscheinlich auch noch mit von der Partie, wenn auch vielleicht nur als Leiche. Verdammter Mist! Alles nur eine ziemlich gewagte Hypothese! Vielleicht ist Max ja auch schon tot und liegt gemeinsam mit diesem Oberarzt irgendwo in einem Seitenarm des Stollens. – Was soll ich bloß machen?

Er grübelte und grübelte.

Dann stand plötzlich sein Entschluss fest: Ich setze alles auf eine Karte. Und wenn ich daneben liege, hab ich's wenigstens probiert!

Er beschleunigte den BMW, fuhr ein Stück das Tal hinunter, hielt an und rief die in seinem Handy eingespeicherte Nummer seines Bruders ab. Dann drückte er die grüne Taste. Er hatte Glück: sein Neffe war am Apparat.

»Tobi, du fragst jetzt nichts, sondern tust nur, was ich dir sage, klar?«

»Klar, Onkel Wolf.«

»Du gehst sofort an den Computer und startest ihn.«

»Brauch ich nicht, der läuft schon.«

»Gut! Bist du schon dran?«

»Und auch schon im Internet.«

»Gut. Dann gibst du jetzt in irgendeine Suchmaschine die Begriffe ›Flughafen‹ und ›Pfalz‹ ein.«

»Schon gebongt! – Was suchst du genau?«

»Einen kleinen Flughafen hier in der Nähe. Gibt's so was?«

Keine Antwort, nur ein leises Brummen.

»Ja, Onkel Wolf, es gibt zwei Sportflughäfen in der Pfalz: einer ist in Lachen-Speyerdorf und einer bei Thaleischweiler-Fröschen. – Was für'n geiler Name! Willst du wissen, wie der heißt?«

»Ja, natürlich!«

»Pottschütthöhe heißt das Ding!«

Tannenberg war schon losgefahren. »Wie heißt der?«

»Pottschütthöhe«, wiederholte Tobias. »Das ist ja noch'n geilerer Name!«

»Und wo ist das genau?«

»Warte, da ist 'ne Karte bei.«

Einige Sekunden verstrichen, ohne dass Tobias irgendetwas sagte.

»Was ist denn los? Bist du überhaupt noch da?«

»Klar! Diese Fuck-Site braucht so lang zum Laden!«

»Mann, Mann, Mann«, brabbelte Tannenberg vor sich hin, trommelte ungeduldig auf dem Lenkrad herum.

»So, jetzt ist das Bild endlich da: Du musst von diesem Thaleischweiler-Fröschen aus nach Rieschweiler-Mühlbach fahren und von dort aus nach Battweiler.

Irgendwo dazwischen liegt dieser Flughafen mit dem geilen Namen.«

»Danke, Tobi!«, sagte Tannenberg und drückte die rote Unterbrechertaste.

Dann wählte er die ebenfalls in seinem virtuellen Telefonbuch gespeicherte Nummer seiner Dienststelle. Kommissar Fouquet meldete sich. Wieder hatte der Angerufene nicht die geringste Chance, auch nur eine der ihn brennend interessierenden Fragen beantwortet zu bekommen, denn Tannenberg würgte abermals seinen Gesprächspartner, der ja eigentlich eher ein Gesprächsopfer war, sofort ab, als dieser zur Formulierung einer Frage ansetzte.

Der Leiter des K1 instruierte seinen Mitarbeiter mit nur wenigen, abgehackten Worten dahingehend, dass er sofort mit allen verfügbaren Kräften zum betreffenden Flughafen ausschwärmen solle und darüber hinaus auch die Kollegen in Pirmasens und Zweibrücken zu verständigen habe. Mehrere Notarztwagen sollten sich in Thaleischweiler einfinden und dort für einen möglichen Einsatz bereithalten. Dann drückte Tannenberg abermals die rote Taste, warf das Handy in die Ablage und breschte mit seinem Auto davon.

Plötzlich vernahm er hinter seinem Rücken deutlich hörbare Klopfgeräusche, die mit ›Onkel Wolf‹-Rufen untermalt wurden.

Tannenberg bremste. Das Auto kam zum Stillstand. Er hastete zum Heck des Fahrzeugs, riss den Kofferraumdeckel nach oben – und blickte in Mariekes von der plötzlichen Helligkeit stark geblendete, blinzelnde Augen.

»Was ist mit Max?«, schrie sie gleich los.

»Kind, ich weiß es nicht. Ich weiß es wirklich nicht. Wir fahren jetzt zu diesem Flughafen. Vielleicht haben wir ja Glück und diese Verbrecher sind tatsächlich dorthin gefahren. Dann können wir ihn vielleicht noch retten.«

Vorsichtig half er seiner Nicht aus ihrem dunklen Gefängnis, brachte sie zum Beifahrersitz, schloss die Tür, spurtete auf die andere Seite und fuhr mit quietschenden Reifen und laut aufheulendem Motor los.

»Wie kommst du denn eigentlich in meinen Kofferraum?«

»Ich bin euch zur Wilensteiner Burg mit meinem Scooter nachgefahren. Und dort bin ich dann in deinen Kofferraum ...«

»Aber woher hast du denn gewusst, wohin ich fahre?«, unterbrach Tannenberg.

»Tobi hat euch in deiner Wohnung belauscht. Als dieser Mann vorhin bei dir war.«

»Und wieso hast du überhaupt gewusst, wo die Wilensteiner Burg ist?«

»Ich war dort mal auf einer Chorfreizeit.«

»Ach so, verstehe!«

»Glaubst du, wir finden Max? Glaubst du, dass er noch lebt?«

»Ich hoffe es, Marieke. Ich hoffe es von ganzem Herzen. Aber ich weiß es einfach nicht.«

Tannenberg holte alles aus seinem alten 3er-BMW heraus, was noch an Leistung in ihm steckte. Mit waghalsigen Überholmanövern steuerte er das Auto auf der stark befahrenen B 270 durch das breite Moosalbtal in Richtung Pirmasens.

»Marieke, schau dir mal die Karte an«, forderte er, klappte das Handschuhfach auf und zerrte eine regionale Straßenkarte hervor. »Ich hab nämlich keine blasse Ahnung, wo wir hinmüssen. Dort in der Gegend war ich noch nie.«

Dann fiel ihm plötzlich ein, dass in seinem Sakko ja auch noch die Pfälzerwald-Wanderkarte steckte. Er zog sie heraus und legte sie Marieke auf den Schoß. »Schau da auch mal rein. Vielleicht ist die Gegend hier ja drauf.« Dann korrigierte er sich, zerrte die Karte seiner Nichte aus der Hand und warf sie hinter sich auf die Rückbank. »Quatsch, da ist ja nur Kaierslautern-Süd drauf. Schau in die Straßenkarte!«

»Ja, Onkel Wolf, mach ich. Aber wo willst du denn eigentlich hin und wo sind wir denn jetzt gerade?«

»Wir müssen zuerst nach Thaleischweiler. Und von dort aus dann irgendwie weiter. Im Augenblick fahren wir auf der Verbindungsstraße von Kaiserslautern nach Pirmasens, direkt nach Süden. Auf der Karte müsste auch eine schwarze Eisenbahnlinie eingezeichnet sein. Wir kommen gleich durch Waldfischbach.«

Mariekes Augen hatten sich tief in die Straßenkarte eingegraben. »Waldfischbach-Burgalben?«

»Ja.«

»Das hab ich gefunden, Onkel Wolf. Da ist auch ein Thaleischweiler-Fröschen. Ist es das, wo du hinwillst?«

»Ja!«

»Dann musst du irgendwann von der Straße nach rechts abbiegen.«

»Gut. Und dann?«

»Wohin willst du denn nun eigentlich?«

»Zu einem kleinen Flughafen, der Pottschütthöhe heißt.«

»Wie?«

»Pott-schütt-höhe«, wiederholte Tannenberg abgehackt. »So heißt das Ding halt! Ich kann ja auch nichts dafür!«

Marieke blies wie ein Kugelfisch ihre Backen auf, entließ die aufgestaute Luft aber gleich wieder, sagte jedoch nichts.

»Wenn du den Namen nicht findest, dann schau halt mal, ob du in Richtung Zweibrücken oder Pirmasens ein Flughafensymbol entdecken kannst!«

Tannenberg wurde immer ungeduldiger. »Gleich geht's hier ab nach Thaleischweiler. Und wie geht's dort weiter?«

»Ja, ich hab ein Flugzeug mit einem Kreis außenrum gefunden! Aber wie wir dort hinkommen? Das sieht total kompliziert aus: tausend Abzweigungen und Kurven.«

Nur einige hundert Meter nachdem das rote BMW-Cabrio unter einer hohen, das ganze Tal überspannenden Autobahnbrücke hindurchgefahren war, tauchten schon die ersten Häuser der Gemeinde auf, mit dessen ungewöhnlichen Namen man mindestens drei gelbe Ortsschilder hätte ausfüllen können. Kurz nach der rasenden Einfahrt in den Ort legte Tannenberg direkt vor einem jüngeren Mann, der sich gerade an einer Bushaltestelle auf eine Bank gesetzt hatte, ein abruptes Bremsmanöver hin.

»Wie komm ich zum Flughafen ›Pottschütthöhe‹?«, schrie er aus dem Auto heraus.

»Nix wissen. Ich nix von hier.«

Nach zwei weiteren Misserfolgen und einer aus purer Verzweiflung durchgeführten Irrfahrt in die falsche Richtung, fand der Kaiserslauterer Kriminalbeamte schließlich doch noch einen Ortskundigen, der ihn nach Rieschweiler-Mühlbach schickte.

»Kein Wunder, dass sich bei diesen bescheuerten Namen hier keiner mehr auskennt!«, schimpfte er ungehalten vor sich hin, als sie besagten Ort erreichten.

Niemand war zu sehen.

Nach der nächsten Straßenbiegung tauchte eine kleine Bäckerei auf der linken Straßenseite auf. Tannenberg sprang bei laufendem Motor aus dem Wagen und stürmte in das Geschäft. Seine schreiend vorgetragene Frage nach dem schnellsten Weg zur Pottschütthöhe beantwortete ein freundlicher junger Mann, der sogar mit ihm nach draußen ging und ihm von dort aus mit wilder Gestik den kurvenreichen Streckenverlauf beschrieb.

»Haben Sie in den letzten Stunden einen Notarztwagen gehört oder gesehen?«

»Nein, hier nicht«, antwortete der dunkelhaarige Mann kopfschüttelnd. »Aber als ich vorhin bei meiner Schwester in Maßweiler war, da ist einer an uns vorbeigefahren.«

»Wo ist dieses Maßweiler?«

»Fünf Kilometer von hier, Richtung Landstuhl. – Ich hab mich ganz schön gewundert.«

»Wieso?«, rief Tannenberg, der schon wieder in seinem Auto saß durch das geöffnete Seitenfenster.

»Weil die mit einem Affenzahn durch das Dorf gebrettert sind, aber ohne Blaulicht und ohne Sirene.«

»Wann war das?«

Der Mann blickte auf seine Armbanduhr. »Vor 'ner guten halben Stunde, schätz ich mal.«

Tannenberg brauste los. »Das waren die bestimmt!«

»Bitte, bitte lieber Gott, mach, dass alles gut geht!«, schickte Marieke ein flehentliches Stoßgebet hoch in den strahlendblauen Frühlingshimmel. »Glaubst du, dass die noch da sind?«

»Weiß nicht. Vielleicht sind sie schon weg. – Kannst du ein Flugzeug hören?«

Marieke befreite sich aus ihrem Sicherheitsgurt und streckte den Kopf aus dem Fenster. Kräftiger Fahrtwind peitschte ihr um die Ohren. »Nein, ich hör nichts.«

»Komm, schnall dich wieder an..Vielleicht war ja ihr Flugzeug noch nicht voll getankt oder sie haben noch keine Starterlaubnis erhalten!«, keimte ein zartes Hoffnungspflänzchen in Tannenbergs gestresster Seele auf.

Die Straße führte durch einen düsteren Fichtenwald, wurde immer steiler und kurvenreicher, bis sie schließlich einen nicht enden wollenden Anstieg bewältigt hatten. Unvermittelt sahen sich Tannenberg und seine Nichte in eine völlig andere Landschaft hineinversetzt: Vor ihnen breitete sich eine nahezu baumfreie, von Feldern und Wiesen geprägte Hochebene aus.

Aber Tannenberg fand weder die Zeit noch die Muße, sich an diesen unerwarteten Eindrücken zu ergötzen. Seine Augen waren mit nichts anderem beschäftigt, als diesen Flugplatz zu erspähen. Ein suchender Blick an den wolkenlosen Himmel ergab, dass kein einziges Flugzeug zu sehen war. Nach ein paar hundert Metern weiterer Fahrt tauchte auf der linken Seite ein Hinweisschild auf: ›Flugplatz Pottschütthöhe‹ stand da in geschwungenen Lettern geschrieben.

Tannenberg bremste. »Du steigst jetzt hier aus, Marieke. Und wartest, bis meine Kollegen kommen. Die müssen bald hier sein!«

»Nein!«

»Was nein?«

Tannenberg warf einen kurzen, entgeisterten Blick zu Marieke.

»Ich will mit dir mitkommen.«

»Nein!«

Marieke machte keinerlei Anstalten, das Auto zu verlassen.

»Jede Sekunde, die du jetzt hier sitzt, verringert die Chancen von Max. Los, verschwinde! Sofort!«

Diese energische Drohung zeigte umgehend Wirkung.

Marieke schnallte sich ab und sprang aus dem Auto.

Tannenberg gab Vollgas, zog seine Dienstwaffe aus dem Halfter, legte sie auf den Beifahrersitz.

Das erste, was er außer dem flugzeuglosen Himmel wahrnahm, war ein kleines flaches Gebäude vor ihm auf der rechten Seite. Er drosselte die Geschwindigkeit seines BMWs, schlich in Schritttempo an der Halle vorbei.

Alles war ruhig. Keine Menschenseele war zu sehen.

Tannenberg verließ den Wagen. Er stemmte beide Hände in die Hüften, blickte sich um. Außer einem braunen Kaninchen, das in sicherer Entfernung von ihm unbeeindruckt über die abgemähte Wiese hoppelte, gab es nichts, was sich hier bewegte. Noch nicht einmal die kleinen Fähnchen, die überall an dem Flachbau hingen, rührten sich.

Absolute Windstille. Alles war starr, wie tiefgefrostet – tot.

Einige Segelflugzeuge lagen recht unsystematisch über das weitläufige Gelände verteilt auf der Wiese, jeweils abgestützt auf einem der beiden langen, dünnen Flügel.

Wahrscheinlich haben die hier nur am Wochenende Betrieb!, stellte Tannenberg resigniert fest. Das war wohl nix! Wenn das vorhin in diesem Ort wirklich der Notarztwagen aus der Schlossklinik war, sind die bestimmt von hier aus an die französische Grenze gefahren und haben sie schon längst über irgendeinen Schleichweg unentdeckt passiert.

Mit hängendem Kopf schlenderte er zurück zu seinem Auto.

In der Ferne sah er Marieke, die ihm zuwinkte.

Plötzlich hörte er einen hochdrehenden und anschließend laut aufheulenden Motor.

Sofort blickte er dorthin, von woher er das markante Geräusch vernommen hatte.

Das akustische Szenario wiederholte sich.

Nahezu zeitgleich wurde an einem weit entfernten Hangar ein überdimensionales Tor aufgeschoben.

Ohne nachzudenken sprang Tannenberg in sein Auto, startete es und breschte über die asphaltierte Piste los zu dieser Flugzeughalle.

Die zweimotorige Propellermaschine war in der Zwischenzeit auf die Rollbahn gefahren und bewegte sich mit zunehmender Geschwindigkeit in südwestliche Richtung – direkt auf den roten BMW zu.

Tannenberg schaute für einen Moment seitlich an dem ausgefahrenen Leitwerk des Flugzeugs vorbei und sah dadurch im hinteren Teil des Hangars einen Notarztwagen mit weit aufgesperrten Türen stehen.

Kurz vor dem zweimotorigen Flieger riss er das Steuer seines Wagens nach rechts, kam von der Rollbahn ab und schoss in die Wiese.

Den Piloten der Propellermaschine schien die waghalsige Aktion Tannenbergs irritiert zu haben, denn kurz, bevor das Auto ausgewichen war, hatte er reflexartig die beiden Motoren gedrosselt.

Nun musste er natürlich zuerst wieder beschleunigen und auf diese Weise den unterbrochenen Startvorgang fortsetzen.

Tannenberg witterte seine Chance.

Als er sein Auto wieder parallel zu dem startenden Flugzeug gebracht hatte, kam er zurück auf die Rollbahn gebraust. Dann trat er das Gaspedal bis zum Anschlag durch.

Ihr elenden Drecksäcke: Entweder stoppt ihr diese Scheiß-Maschine oder wir gehen jetzt alle drauf!, schrie er wie ein selbstmörderischer Kamikaze-Pilot so laut er nur konnte aus seinem Wagen heraus.

Bereits nach kurzer Zeit befand sich das Auto auf gleicher Höhe wie die Pilotenkanzel. Für einen kurzen Moment traf Tannenbergs wildentschlossener Blick mit dem eher ängstlichen des Flugzeugführers zusammen.

Diese in den Augen des Piloten kurz aufblitzende Panik war der Auslöser dafür, dass Tannenberg sein todesmutiges Vorhaben nun auch wirklich in die Tat umsetzte.

Nachdem er das Propellerflugzeug überholt hatte, zog er nach rechts und setzte seinen BMW direkt vor die beiden schnelldrehenden Rotoren.

Er schaute auf seinen Tacho.

Es folgte ein kurzer Kick auf das Bremspedal. Bis in die Haarspitzen konzentriert, achtete er darauf, dass er durch das leichte Bremsen keine Geschwindigkeit verlor. Mit Hilfe der aufflammenden Bremsleuchten wollte er auch auf diesem Wege dem Piloten signalisieren, dass ihm wirklich ernst war mit dem, was er gerade tat.

Er gab ein wenig Gas, ging vom Pedal, kuppelte aus, ließ den Wagen ohne Motorantrieb rollen. Er blickte in den Rückspiegel.

Bedrohlich näherten sich die beiden Propeller.

Als sie kurz hinter seinem Heck waren, ließ er die Kupplung kommen, beschleunigte wieder.

Völlig unerwartet machte sich Tannenbergs Handy bemerkbar.

Er zuckte kurz zusammen. Dann war er wieder voll bei der Sache. Das aufdringliche Geräusch ignorierte er.

Erneut zeigte er dem Piloten die Rücklichter. Mit flackernden Augen tastete er den Tacho ab.

Plötzlich hörte er aufheulende Sirenen.

Dann sah er zwei Polizeiautos, die sich etwa dreihundert Meter von ihm entfernt quer auf die Rollbahn stellten. Die Beamten flüchteten aus ihren Fahrzeugen.

Tannenberg beschleunigte, schlug einen Haken und schoss wieder auf die Wiese.

Seine Augen verfolgten gebannt das Flugzeug, wie es mit aufquietschenden Reifen auf die Barriere der Polizeiautos zuraste.

Er hielt den Atem an.

Sein Herz raste.

Er zitterte am ganzen Körper.

Verkrampft hielt er das Lenkrad umschlossen, presste sich in den schwarzen Ledersitz.

Die Propellermaschine kam einige Meter vor den querstehenden Polizeiautos zum Stillstand. Mehrere zivile Einsatzfahrzeuge, darunter auch die seiner eigenen Dienststelle umringten das Flugzeug von beiden Seiten.

Michael Schauß forderte mit einem Megaphon die Insassen auf, sofort die Maschine mit erhobenen Händen zu verlassen.

Plötzlich riss jemand die Fahrertür seines BMWs auf. Es war Marieke, die nun seitlich neben ihm stand.

»Los, komm mit!«, schrie sie und versuchte ihn aus seinem Auto zu zerren.

Als er sich endlich mit schlotternden Knien aufgerichtet hatte, nahm sie ihn gleich an der Hand und rannte mit ihm los. Er vermochte ihr kaum zu folgen, wäre fast auf die Rollbahn gestürzt.

Schon bald hatten sie die beiden Dienstfahrzeuge des K1 erreicht.

Mit stummem Kopfnicken begrüßte Tannenberg Sabrina und Geiger, die mit ihren Pistolen im Anschlag hinter den Autos in Deckung saßen.

Glücklicherweise war es nicht nötig, den anderen Mitarbeitern des K1 Feuerschutz zu geben, denn bereits kurz nachdem Tannenberg und Marieke sich ebenfalls hinter den Dienstfahrzeugen in Sicherheit begeben hatten, erschienen zuerst die beiden Piloten mit erhobenen Händen auf der kleinen Gangway der Maschine, dann Oberschwester Rebekka, schließlich der Krankenpfleger Egon und als letzter Professor Le Fuet.

Von Dr. Wessinghage und Maximilian Heidenreich war nichts zu sehen.

Da zu diesem Zeitpunkt niemand wissen konnte, ob sich nicht doch noch im Inneren des Flugzeugs irgendjemand verschanzt hatte, stürmten die Kriminalkommissare Schauß und Fouquet, sich gegenseitig Feuerschutz gebend, die betagte Flugmaschine, während ihre Kollegen aus Pirmasens die Mitarbeiter der Schlossklinik in Empfang nahmen, mit Handschellen versahen und in drei Kleinbussen verstauten.

»Wo bleibt der Notarzt?«, schrie Michael Schauß aus dem Bauch des Flugzeugs heraus.

Marieke blieb fast das Herz stehen.

Tannenberg stockte der Atem.

»Was ist los, Wolf, willst du nicht endlich mal reinkommen?«, rief Kommissar Fouquet von der Bordtür aus.

»Doch klar«, antwortete der Leiter des K1, drückte fest Mariekes Hand, die immer noch in der seinen lag und zog sie mit sich zur Propellermaschine. Unmittelbar vor ihnen huschte ein Notarzt in Begleitung eines Sanitäters in den Flugzeugrumpf.

Leicht schwankend bestieg zuerst Tannenberg die schmale, klapprige Gangway. Marieke folgte ihm auf dem Fuß.

Dann sahen sie ihn: Maximilian Heidenreich lag im hinteren Teil des mit Spanngurten und Riemen übersäten Transportraums auf einer am Boden und an der Wand befestigten Krankenliege.

Sie rannte zu ihm.

Er war ohne Besinnung.

Der Notarzt machte sich an ihm zu schaffen.

Etwa zwei Meter von ihm entfernt saß der an einer senkrechten Stange mit Händen und Füßen gefesselte und geknebelte Dr. Wessinghage, der sich bester Gesundheit zu erfreuen schien.

»Was ist mit Max?«, schrie Marieke.

»Der junge Mann hier ist zwar bewusstlos, junge Dame. Aber ansonsten sind alle Körperfunktionen normal.«

»Und Hirnfunktionen?«, brach es aus Tannenberg unkontrolliert heraus.

»Also, ich hab jetzt zwar hier in der Eile kein EEG machen können, aber alle Reflexe, die ich getestet habe, sind normal. Ich schätze, dass er narkotisiert wurde. Aber der wird bestimmt bald wach.«

Marieke weinte. Sie kniete neben Max, streichelte ihn, küsste ihn zärtlich.

Plötzlich zuckten seine Augenlider, der Kopf wiegte ein wenig hin und her. In Zeitlupe öffnete er seine Augen. Langsam schoben sich die Lippen auseinander.

»Welche ... Augen! ... Welch ein Lächeln! ... Engel, du siehst aus ... wie meine Marieke«, sagte er stockend. Dann verlor er wieder das Bewusstsein.

Alle lachten. Es war ein unglaublich befreiendes Lachen.

»Wir nehmen ihn zur Kontrolle mal mit ins Pirmasenser Krankenhaus. Der Patient braucht jetzt ein bisschen Zeit, um sich zu erholen.«

»Nein, kommt gar nicht in die Tüte!«, stellte Tannenberg unmissverständlich klar. »Den fahren Sie uns natürlich nach Hause ins Westpfalz-Klinikum. Da wohnen wir nämlich nur einen Katzensprung davon entfernt.«

»Gut, wenn Sie das wollen, machen wir das selbstverständlich.«

»Natürlich wollen wir das, nicht wahr, Onkel Wolf? – Bin ich froh, dass ich dich habe!«, sagte Marieke, drückte ihren Onkel ganz fest und gab ihm einen dicken Kuss auf den Mund.

Tannenberg ging schmunzelnd zu seinen Mitarbeitern, während Marieke fortan ihrem Max nicht mehr von der Seite wich.

»Jetzt ist uns auch endlich klar, was mit dir die ganze Zeit über los war, du alter einsamer Wolf! Gott sei Dank ist ja alles noch mal gut gegangen«, freute sich Sabrina und verabreichte ihrem Chef ebenfalls einen saftigen Schmatz.

»Ich bin auch froh, dass es vorbei ist. Das könnt ihr mir wirklich glauben«, entgegnete Tannenberg, der sich immer noch ein wenig schwach auf den Beinen fühlte, mit einem zufriedenen Lächeln – einem Lächeln, von dem man den Eindruck gewinnen musste, dass es überhaupt nicht mehr aus seinem Gesicht verschwinden wollte.

»Dein Tobias hatte uns übrigens schon lange vor dir informiert. Der wusste ja, dass Marieke dir folgen wollte. Aus Angst um euch beide ist er dann zu uns gekommen und hat uns alles gesagt, was er von deinem Gespräch mit diesem BKA-Menschen mitbekommen hatte. Michael hat dann auch noch Benny de Vries angerufen. Und der hat dann plötzlich ebenfalls Angst um dich gekriegt. Deshalb hat er uns dann schweren Herzens die Dinge gesteckt, die du ihm mitgeteilt hattest. Und den Rest haben wir uns dann eben selbst zusammengereimt.«

»Nicht schlecht, wenn man solche cleveren Mitarbeiter hat! – Danke für eure Hilfe!«

Wie aus dem Nichts tauchte plötzlich vor Tannenbergs innerem Auge das Bild seines Vaters auf.

Er entfernte sich ein paar Meter von den Kollegen und wählte die Nummer seiner Eltern.

»Hallo, Mutter, gib mir mal bitte deinen Ehegatten!«

»Ja, Wolfi, gerne. Aber der liest doch gerade seine Zeitung. Dabei will er doch nicht gestört werden. Das weißt du doch.«

»Macht nichts, Mutter, gib ihn mir trotzdem. Es ist wichtig!«

Margot Tannenberg reichte den Hörer weiter.

»Was ist denn los?«, fragte eine tiefe, brummelige Männerstimme.

»Hallo, Vater, an deiner Stelle würde ich die Leute im Tchibo so schnell wie möglich davon in Kenntnis setzen, dass sie schon mal ihren Wetteinsatz zusammenkratzen sollen.«

»Wieso, Wolfram, hast du etwa …?«

»Ja, Vater«, fiel ihm Tannenberg ins Wort. »Der Fall ist gelöst!«

»Juhu! Mutter, wir sind reich!«, rief der Alte so laut und unvermittelt, dass sein jüngster Sohn erschrocken das Mobiltelefon von seinem Ohr riss.

Der Freudenschrei Jacob Tannenbergs war im Musikerviertel weithin zu hören. Natürlich erreichte er auch die Schleicherin, die sich gemeinsam mit ihrem vierbeinigen Anhängsel umgehend in Bewegung setzte.

ENDE

KRIMI IM GMEINER-VERLAG

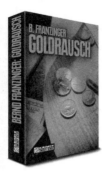

Bernd Franzinger
Goldrausch

376 Seiten. 11 x 18 cm. Paperback.
ISBN 3-89977-609-7. € 9,90.

Brand in einer renommierten Softwarefirma! Bei der Brandnachschau finden Feuerwehrleute einen stark verkohlten Leichnam. Hauptkommissar Tannenberg nimmt nur widerwillig die Ermittlungen auf, denn sie führen in eine Welt, in der er sich ganz und gar nicht zu Hause fühlt. Während er sich, genervt von einem cleveren Anwalt und mit privaten Problemen überhäuft, mit der frustrierenden kriminalistischen Alltagsarbeit herumplagt, werden seine Kollegen vom Virus der Geldgier infiziert.

Bernd Franzinger
Pilzsaison

441 Seiten. 11 x 18 cm. Paperback.
ISBN 3-89977-606-2. € 9,90.

Wolfram Tannenberg, frischgebackener Leiter der Kaiserslauterer Mordkommission, wird in seinem ersten Fall gleich mit einem mysteriösen Verbrechen konfrontiert: Im südlichen Teil des Stadtwaldes liegt auf einem Sandsteinfelsen eine weibliche Leiche, in deren aufgeschlitzter Kehle mehrere Pfifferlinge stecken. Die Kriminalbeamten tappen völlig im Dunkeln. Bereits wenige Tage später finden Spaziergänger eine weitere Frauenleiche. Tannenbergs Gegner ist ein geschickter Stratege, ein leidenschaftlicher Spieler, der immer eine Überraschung für seine Häscher bereithält.

KRIMI IM GMEINER-VERLAG

Norbert Klugmann
Schlüsselgewalt

*24 Seiten. 11 x 18 cm. Paperback.
ISBN 3-89977-615-1. € 9,90*

G. Matt / K. Nimmerrichter
Schmerzgrenze

*230 Seiten. 11 x 18 cm. Paperback.
ISBN 3-89977-620-8. € 9,90.*

Zwei Rätsel, ein Motiv: Felix von Oldenburg, der Sohn eines bekannten Reeders aus Lübeck, wird ermordet in einem Keller gefunden. Der Keller gehört einem stadtbekannten Weinhändler, bei dem zum Zeitpunkt des Verbrechens der Marchese zu Gast ist, Weinkenner, Frauenschwarm und Hochstapler. Am Morgen nach der Tat findet der Marchese eine Weinflasche, in ihr steckt ein alter Schlüssel. Ein Mord und ein Schlüssel – wie passt das zusammen? Der zweite Fall für den Marchese: Mit Charme und Scharfsinn nimmt die lebende Legende aus der Welt des Wein das Duell mit der Lübecker Kripo auf. Eine heiße Spur führt in die Geschichte der Hanse zurück.

Eine verhängnisvolle Entwicklung nimmt in der mediterranen Landschaft des Languedoc ihren Lauf. Das zunächst harmlose Zusammentreffen verschiedener Personen führt zu unheilvollen Verwicklungen: mysteriöse Kunstdiebstähle, Banküberfälle und Mord in der idyllischen Landschaft des Bodensees. Was hat ein schüchternes 16-jähriges Mädchen damit zu tun? Menschen, die vertrauen, erleben Täuschung und Irrtum, verlieren plötzlich Halt und Lebenssinn, erreichen die Schmerzgrenze. Privatdetektivin Carmen Keller, dem Leser bereits aus »Maiblut« bekannt, steckt mitten in einer Ehekrise. Vom Familienurlaub in Südfrankreich erhofft sie sich einen Neubeginn, nun findet sie sich in atemberaubenden Verkettungen wieder ...

 GMEINER-VERLAG

www.gmeiner-verlag.de

KRIMI IM GMEINER-VERLAG

Monika Buttler
Herzraub

Manfred Bomm
Irrflug

276 Seiten. 11 x 18 cm. Paperback.
ISBN 3-89977-614-3. € 9,90

422 Seiten. 11 x 18 cm. Paperback.
ISBN 3-89977-621-6. € 9,90.

In einem Hamburger Stadtwald wird die Leiche der berühmten Schauspielerin Celia Osswald gefunden. Man hat ihr das vor kurzem implantierte Herz herausgeschnitten. Wer hat der Frau das Herz geraubt? Für Kommissar Werner Danzik beginnt eine nervenaufreibende Suche nach dem Täter: im privaten Umfeld der Schauspielerin, in der Hamburger »Transplantationsszene«, im Kreis der Spenderfamilien. Ein Medizinkrimi aus Hamburg, der sich dem Thema »Organspende« so beängstigend authentisch nähert, dass er an Spannung und Dramatik kaum zu überbieten ist.

Ein Sommermorgen auf dem Sport flugplatz Hahnweide bei Kirchheim Teck. Als die Sekretärin der Motor flugschule zu ihrem Büro fährt, pack sie das Entsetzen: Vor einer Flugzeug halle liegt eine tote Frau, eine zweisi zige Cessna ist im Laufe der Nach spurlos verschwunden. Die Ermit lungen der Kriminalpolizei führen die Umgebung des nahen Göppinge wo einige der Hobby-Piloten wol nen. Dort übernimmt der in knifflig Fällen erfahrene Kriminalist Augu Häberle den Fall – ein Praktiker, ke Schwätzer, einer, der Land und Le te und deren Mentalität kennt. Stü für Stück puzzelt er aus einer Vielza von Merkwürdigkeiten die wahr Hintergründe des Falles zusamme Die Spur führt nach Ulm ...